黄土情韵

镇原文学作品选
诗歌散文卷

中共镇原县委宣传部
镇原县文学艺术界联合会 / 主编

甘肃人民出版社

图书在版编目（ＣＩＰ）数据

　　黄土情韵：镇原文学作品选.诗歌散文卷／中共镇原县宣传部，镇原县文学艺术界联合会主编. -- 兰州：甘肃人民出版社，2019.12（2024.1重印）
　　ISBN 978-7-226-05527-4

　　Ⅰ. ①黄… Ⅱ. ①中… ②镇… Ⅲ. ①中国文学－当代文学－作品综合集－镇原县②散文集－中国－当代③诗集－中国－当代 Ⅳ. ①I218.424

　　中国版本图书馆CIP数据核字（2020）第008004号

责任编辑：张　菁

封面设计：韩国伟

黄土情韵：镇原文学作品选·诗歌散文卷

中共镇原县宣传部　镇原县文学艺术界联合会　主编

甘肃人民出版社出版发行

（730030　兰州市读者大道 568 号）

河北浩润印刷有限公司印刷

开本 710 毫米×1020 毫米　1／16　印张 37　插页 3　字数 515 千

2020年12月第1版　　2024年1月第2次印刷

印数：2051～4050

ISBN 978-7-226-05527-4　　定价：66.00元

《黄土情韵——镇原文学作品选·诗歌散文卷》
编 委 会

前　言

　　为全面贯彻落实习近平总书记关于文艺工作的重要讲话精神和习近平总书记 2019 年 8 月在读者出版集团考察时"要提倡多读书,建设书香社会"的指示精神,推出镇原文学精品,展现镇原人民的精神风貌,挖掘镇原文化底蕴,展示 70 年来镇原文学创作成就,发挥文学在脱贫攻坚工作中启智扶志作用,整理、编辑和出版镇原文学作品选十分必要,意义深远。

　　镇原文脉深厚,是"后汉三贤"之一王符的故里、《潜夫论》的诞生地。镇原也是诗歌的故乡,早在 4000 多年前周祖不窋在此"教民稼穑",开启了中华农耕文明的先河,勤劳的先祖们创作出《诗经·大雅》中的《生民》《公刘》及《诗经·豳风》中的《七月》等著名诗作。魏晋南北朝时,胡充华创作的《杨白花词》被收入《乐府诗集·杂曲歌辞》,其艺术水平放在古今一流的诗词中也毫不逊色,这首率性而作的词作,在文学史上占据了一席之地。

此外,在古典文学创作方面,北朝时胡叟的《示所知广平程伯达》、胡义周的《统万城铭》等文学作品广为流传,《统万城铭》被誉为赫连夏文学完璧独存的珍品。唐宋时,陶翰的《出萧关怀古》,魏野的《登原州城呈张贲从事》等流传甚广。明清时,许理的《在任思亲》《奏晁太监疏》《请黜不职疏》、邹应龙的《道经丹阳题潜山许公祠》、李东阳的《重修镇原县庙学记》、张述辕的《寇氛记》、张继孔的《为邑灾民请粮上黄道台书》、刘曾的《汉关夫子春秋楼记》等都十分贴近生活。知县宗书与原州七子贾胪乙、常太一、张善祖、贾衣之、张善述、田元培、田心培等皆善诗赋。张祖绪的《咏史诗》,郑国治的《平凉溃兵过境抢掠》及民国慕寿祺的《喜雨歌》《求是斋集句诗抄》《歌谣汇选》《请实行尊孔疏》,张宸枢的《潜山怀古》等文学作品独领风骚。

镇原文学也是解放区文学的有机组成部分。《在延安文艺座谈会上的讲话》发表之后,镇原文艺工作者积极响应党的号召,深入生活一线,创作出一批有影响力的作品。王文才的小说《长征鞋》《红军帽》《两代人》描写了镇原军民齐心抗战的故事,表现了根据地人民坚持斗争、英勇不屈的精神。

中华人民共和国成立后,在当代文学创作方面,镇原人也毫不逊色。1956年起,一批文学性较强的作品不断涌现。张得祥在《甘肃日报》发表儿童文学作品《一本新书》,白新文在各类报刊发表民俗及民间文学作品120多万字。改革开放后,镇原的文学创作翻开了新的一页。1980年是镇原文学创作的一个高峰,柏原(王博渊)的短篇小说《喊会》获得1987—1988年全国优秀短篇小说奖;《奔袭》获首届中华文学选刊奖,并获甘肃省敦煌文艺奖。鱼舟、李志文的短篇小说在文学期刊《飞天》上连续刊发,被时任《飞天》杂志编辑的冉丹赞为甘肃小说界的两颗新星。

1990年起,镇原的文学创作队伍逐渐壮大。在小说创作方面,王博艺、李树春、鱼舟、李志文、王琴、马靖国、李伟东、冉赟贤等崭露头角。农民作家王博艺先后 9 次获省市文艺创作奖,其长篇小说《社火》被国家文明办、文化部列入农村文化读本。镇原的诗歌创作队伍也逐步形成。目前,全县有诗歌创作者近 100 人,在省级以上刊物发表诗歌 1700 余首,其中在国家级报刊发表的诗歌有 360 多首。省内外有影响的诗人有郭晓琦、惠永臣、袁俊宏、秦铭、北浪(刘鹏辉)、申万仓、杨佩彰、鱼自灵、刘立堂、潘正碧、郑苏青、张占英、包雨蕾、秦江波、石枫恋、姚康康、刘玲娥、王进明、秦克云、邢莉、张小瑜等。他们曾在《人民文学》《诗刊》《星星诗刊》等刊物发表一批诗作,出版诗集多部,产生了较大影响。郭晓琦、惠永臣入选"甘肃诗歌八骏"。郭晓琦诗集《穿过黑夜的马灯》入选"21 世纪文学之星丛书",获第十届华文青年诗人奖、甘肃省第二届黄河文学奖。古体诗也有良好的传承,代表人物有梁希孔、刘金玉、张元印、范天合、贾立、李尊儒、段安邦、张维、刘信、秦铭、赵亚东、李儒峰、冉国胜、甄天赦、贾璞、杜经枢、冉赟贤、陈自贤、慕思恭等。刘金玉、贾录会当选为甘肃省诗词学会第五届理事,秦铭、赵亚东、冉赟贤等人的诗词获中宣部、中华诗词学会举办的全国诗词大奖。中国楹联协会会员张元印创作了大量对联和格律诗,有 200 多首发表于《中国楹联报》等报刊。

镇原的散文创作队伍蔚为壮观,经常进行散文创作的作者达 150 多人,散文创作者来自于各行各业。自 1990 年起,镇原散文创作开始繁荣。主要作家有柏原(王博渊)、赵宝玺、鱼舟、秦铭、常文昌、袁俊宏、白生金、王博栋、马靖国、张占英、杨佩彰、刘信、张宁、张得祥、白新文、畅恒、秦克云、刘志洲、张晓波、李儒峰、石代莲、石枫恋、张纯锦、何等强、王进明、张宏、张亚丽、姚康康、刘万祥、包焕新、张文进、赵彦昌、李普越、李辅子、张文博、刘举权、赵利君等。柏原(王博渊)、鱼舟、马靖国除了小说创作,散文作品也质量上乘。张占英的《中国村官》《第一书记》等系列作品出版发行,产生了较大的影响。《中国村官》被人民日报出版社确定为"庆祝中华人民共和国成立六十周年重点图书"，秦铭散文《刀客》获 2010 年全国散文作家优秀作品二等奖，石枫恋、姚康康、张小瑜有多篇散文在省级文学刊物发表或获奖。张文博、畅筱燕、畅萨丽、常红艳等教育工作者不仅在网络上创作发表了许多优秀散文，还在培养和指导校园文学新生力量方面发挥了积极作用。剧作家刘镜、畅快创作和发表了一批有重要影响的戏剧作品。在文学评论方面，目前力量还相对薄弱，常文昌、孙强、刘鹏辉、姚康康出版的文学评论专著，对引导和开展文学评论发挥了积极作用。今后我们要把壮大文学评论队伍、开展文学评论作为必修课，完善文学生态，切实提升镇原文学的整体质量。

70 年来，镇原文学创作成果丰硕，全县先后有 57 人的文学作品获全国及省级文学奖、市级"五个一工程"奖，在省级以上文学报刊发表文学作品 2300 多篇(首)。现有镇原籍中国作家协会会员 7 人、省级作协会员 43 人、市级作协会员 75 人。经过多年建设，全县拥有一支阵容齐整、功底扎实的写作队伍，这是镇原文学今后赖以繁荣兴盛的基础和希望。我们相信，在习近平总书记在文艺座谈会上的重要讲话精神的指引下，在各级各部门的关心和支持下，有广大作家的奉献和耕耘，镇原的文学工作者一定会讲好镇原故事，创作出更多"冒热气""接地气"的优秀作品。镇原文学的明天一定会更加美好！

编者
2020 年 5 月

目 录

Contents

诗歌卷

诗

歌

卷

郭晓琦的诗

冬天的红棉袄

有一天，黑渠口土塬上大雪纷飞
一个穿红棉袄的少妇
朴素的乡村少妇，踽踽独行
穿过茫茫的雪地

多么难得！有一天大雪纷飞
瞬息淹没荒芜的西部大野
寂静！寂静的世界几乎空白——
大雪却不能熄灭一件烫心的红棉袄

一件红棉袄在慢慢移动，慢慢地
——进入我的幻想。像一团滚动的火焰
她并不带着什么神话
多年后，我却不能彻底忘怀

黄昏：一个人经过黑渠口崾崄

我注意到啸叫的冷风要比往日阴森
早年，毡衣马帮住过的原始洞穴
像钉在土崖腹部的一排黑扣子
狠狠地盯着我。一只乌鸦
一只哀鸣的乌鸦
是孤单的。黑翅膀扇动了沉沉的暮色
一尺一尺加深着凄凉
这是祖父的故事里神秘的古渠口崾崄
——一个土匪猖獗过的地方
如今，脚下埋葬着多少残损的白骨
有多少不散的阴魂，在风疾月黑的暗夜里
踽踽游荡
这是我一个人必须经过的古渠口崾崄
幽冥、荒芜。仿佛有马嘶的声音
铁刃的声音。仿佛有人在呐喊，嘤嘤啜泣
在背后叫我的名字
我小跑着，故意抖出坚硬的咳嗽
越来越紧的羊皮袄
越来越紧地揪着我的心口

一个人吼着秦腔从山上下来

远远的，一个人吼着秦腔从山上下来
声音沙哑、沉闷
像是有人故意向他的嗓子里
扬了一把沙子

经过一片杂乱的坟地时
他停了下来，肯定和某个未曾见面的长辈
打招呼。或者怕吵醒那些沉睡的人
大约一袋烟的工夫，他又吼起来
吊在谷穗上荡秋千的麻雀
忽地一下惊飞，落到了更远的田埂上
荒草丛中竖起耳朵的野兔
机警地注意着他提在手里的镰刀和麻绳
可是他没有注意到这些，只顾吼秦腔
他的声音将身体里堆积起来的疲乏
一点一点卸在了路上——

而一只隐藏在树荫间的蝉
突然加入，使他的声音更加沙哑粗糙
像两张相互较劲的砂纸，擦伤了
这个格外寂静的正午

我总是描述不好故乡

我总是描述不好故乡。我把山说成是穷山
把水说成是瘦水。我写下的路
窄小,摇摇晃晃。我写下的阳光太毒,月光太凉,太忧伤
我把蓝天写得太蓝了,把白云写得太白了
把青草和小野花写得太纯朴,太羞怯
像闪到路边的小姑娘

我总是描述不好故乡。我把春天
写得缓慢、迟钝,像性情温顺的婆婆
把夏天写得急躁,风风火火
像一个坏脾气的倔老汉
我把八月的苞谷,看成是腆着大肚子的、怀孕的村妇
把九月的高粱,看成是醉酒的汉子

我总是描述不好故乡。我把羊群
写得散漫,从秋天的大洼
慢慢游移进冬天的谷底。把公鸡写在黎明的墙头上
把牛写在黄昏的田埂上。我把驮水的毛驴
写成了民歌手。把鸽子写得像公主
把乌鸦写得似巫婆

我总是描绘不好故乡。我把钻天杨
写得太英俊，一直插进了云霄。把枣树写上断崖
像绷紧的弓。我把柳树的脖子写歪了
把杏树的腰写弯了。我把瓦屋写得低矮、破旧、松动
像蹲在时光里咀嚼往事的老人
我把父老乡亲写成了忙忙碌碌的黑蚂蚁，四处奔波

……我总是描述不好故乡
这让我一直背负着作为一个诗人的羞愧——

一盏马灯摇晃着穿过漆黑的夜

漆黑、黏稠的夏夜，一盏灯摇晃——

我猜想，那是一盏祖传的铜马灯
擦得干净、锃亮
指甲花一样大小的光芒，摇摇晃晃

静寂的夜，也被弄得摇摇晃晃——
是在寻找一只跑丢了的馋羊？一个
挨了耳光赌气出门的孩子？
一对抗婚，趁着黑暗夜色私奔了的乡村恋人？
是在护送临产的孕妇
赶往镇子上的卫生院？还是接一个
在外打工的亡灵回家？哦，一盏马灯——

一盏开着指甲花那么大一点光芒的马灯
温暖的、坚强的马灯
让乡村一寸一寸冰凉下来的夜，摇摇晃晃——

对一座废弃宅院的简单叙述

窑洞老了,老到局部塌陷和昏黑

门框老了,老到抱不住门扇

门扇老了,老到转不过身

围墙老了,老到豁口、晃动和扑通一声跪下

墙头上摇晃的狗尾草老了,老到白了头

墙根斜依的芦苇老了,老到折了腰

恩爱夫妻老了,老到一张白纸和一块石碑的背面

牛老了,老到皮革厂的一张好皮子

羊老了,老到牧羊人身上的一件皮夹袄

狗老了,老到一条褥子

杏树老了,老到一个屠夫尖刀下的案板

井老了,老成一根空空荡荡的肠子

木桶老了,老到肋骨松动、瘫痪

石磨老了,老到秃了牙齿,嚼不动一粒粮食

碌碡老了,老到瘦腰、圆滑,拔不出

土里的半截身子。哦! 老了

静静墨守的几寸光阴也老了

老成这荒凉院落里一片片肆意蔓延的苍苔——

和一场沙尘暴同时经过黑渠口小镇

骤起的沙尘暴,把黑渠口正午的天空刮破了
把春天的绿头巾刮破了
把铁匠铺的炉火和叮叮当当的声响
刮灭了。把羊肉馆的门扇刮得甩来甩去
把两只铁皮桶,刮得
哐啷哐啷地滚。把一个瘦老汉和他灰暗的羊群
刮得飞起来,像一团废塑料纸
过了空荡荡的河湾,贴在一面斜坡上

这先于春天的沙尘暴太猛烈
来不及躲闪的黑渠口小镇,习惯性地缩着脖子
弯下了腰
瓦屋弯下了腰
树木弯下了腰
而我,还没来得及揉亮飞沙击痛的眼睛
就和另外一个男人
另外一个包着红头巾的
女人。以及一辆摇摇晃晃吐着黑烟的手扶拖拉机
沙子一样,被刮进了心慌的�崄

打磨一把锄刀

我弯腰。十年时间里,我弯着腰
打磨一把呆笨的锄刀
一把退出生活的锄刀
我用一块青石板,一桶黄河水
对付那些堆得越来越坚硬的铁锈——

最先,我打磨出了
亮光光的白天,一大片亮光光的阳光
打磨出了寒凉的夜晚
挂在树梢上的一弯冷月亮
接着我打磨出了乌云、雷鸣、闪电、雨水
清露和霜雾
我打磨出了一道炫目的彩虹
一绺赤脚奔跑的风
一嗓子粗犷的老秦腔——

我继续打磨,把褐色的、青色的、黑色的
扭结在一起的铁锈慢慢剥开
用干净的抹布小心地擦拭
生怕弄脏了紫花苜蓿饱满的汁液

玉米秸秆里沸腾的糖。我怕惊扰了
野花朵失散多年的魂魄，
以及油菜花地里，两只蝴蝶
彻骨的爱情
我还怕打断绿蚱蜢声势浩大的合唱——

用了十年的时间，我一直在打磨一把铡刀
如果不够，我会再加上十年
二十年。我一定要找到
父亲丢失的几粒咸涩的汗水
母亲粗糙的指尖上一股喷涌而出的血——

除夕的早晨劈一截木头

除夕的早晨,我感觉浑身是劲
开始在院子里
劈一截木头

我把雪亮的斧子抡得很夸张。一截木头
被劈成四半
我惊奇地发现它们就是躺在我面前的四个季节
春天慵懒、酥软。夏天燥热。秋天铺开短暂的
金黄和无边的萧瑟
冬天冰冷、坚硬、风声呼啸
让我的斧子劈出了四溅的火星
不过,这并不影响我的惬意和痛快
我浑身是劲,一口气
把四个季节劈成一年中的十二个月份
把十二个月份
劈成一年中的三百六十五天

飘雪的一天
麦草垛着火的一天
新屋上梁喜庆的一天

沙尘吹暗的一天

桃花点亮的一天

冰草梁上栽瓜种豆的一天

牛配种的一天

搓麻将的一天

跟老婆吵架窝火的一天

骑自行车带母亲去镇子看病的一天

日偏食的一天

挥汗如雨抢收麦子的一天

小南风里碾场的一天

为李阴阳送葬的一天

帮邻家迁祖坟的一天

编背篓的一天

掰玉米棒子的一天

榨油磨面的一天

骟羔羊的一天

喜宴上没放倒村长却放倒自己的一天

杀猪的一天

……

哦,美好的一天和不美好的一天

当我把这些用过的时光

整齐地码在屋檐下时

我发现,这一年,只不过是一小堆温暖的柴火

好多人陆续回到了村庄

就像这刺骨的北风吹散了又旋回来的叶子
好多人回到了村庄
好多去了北京、南京,去了上海、广州的人
挣到钱的人,没挣到钱的人
伤了筋骨的人,怀有疾病的人
心里装着一座山,一汪水,一棵草的人
身上背着铺盖卷、姓氏和故乡的人
他们挤火车、转汽车、搭拖拉机、骑摩托车
急匆匆地回到了村庄——

时光老得真快啊!一年。一年只不过是
被汗水浸泡得发黄的一页纸
哗啦一声,就要翻过去。哗啦哗啦的声响
追赶着他们回到了村庄
在车站、集市、乡村土路或者村口相遇
他们粗大的手
使劲捏在一起,高喉咙大嗓子地打招呼、递烟
皱巴巴的脸上挂起了几缕阳光

好多人回到了村庄,就有好多流浪的钥匙

找到了属于自己的那把

锈蚀的锁

就有好多漂泊在城市旮旯里的炊烟

找到了属于自己的那筒

孤单的烟囱

就有好多走失在出租屋、工棚、桥洞、候车室的鼾声

找到了属于自己的那盘

暖烘烘的土炕

好多人回到了村庄,好多浪迹天涯的云

回到了蓝蓝的天空

好多奔波他乡的风

回到了草木萧瑟的田埂

好多拥挤在钢筋混凝土森林里的乡音

回到了潦草的庭院

好多徘徊在霓虹灯下的一小片一小片失眠的月光

回到了贴花的木格子窗口

好多孩子,兴奋地奔跑起来

好多老人,脸色红润起来

好多鸡,跳上墙头打鸣

好多狗,围着大门撒欢

好多水桶,咣啷一声推开黎明的柴门

好多灯盏,照亮黄昏的屋檐

好多锈了的农具,重新又打磨了一遍

好多倒了的柴垛,再一次被扶了起来

就像这刺骨的北风吹散了又旋回来的叶子
好多人回到了村庄。好多村庄兜出了生活的声响——

一个有霜的早晨

浓稠的霜雾压下来,崖畔上的枣树
将佝偻着的身子
又向下弯了一下
这些正好被我看见——

我还看见,它们把枯黄的叶子
一把又一把
抛撒给经过的西风,纷纷扬扬地飘
仿佛是在抛撒
堆积在身体的忧伤——

这时候有出殡的唢呐声响起
一个小男孩,喘着粗气从我身边跑过
他披着白孝衫
披着这个冬天的第一场白霜
他还小。他的伤心并不怎么明显——

郭晓琦,男,汉族,生于1973年,甘肃镇原人,中国作家协会会员,鲁迅文学院第15届中青年作家高研班学员,甘肃省第二届、第三届"诗歌八骏"成员之一。在《诗刊》《人民文学》《作家》《天涯》《青年文学》等30多家文学刊物发表诗歌、散文随笔及小说作品,作品多次入选《中国年度诗歌》《中国诗歌精选》等。有诗作入选高中语文阅读教材和小学五年级《经典诵读》;曾获《诗刊》《作品》等刊物举办的全国诗歌大赛奖、第十届华文青年诗人奖、敦煌文艺奖、黄河文学奖等奖项。诗集《穿过黑夜的马灯》入选"21世纪文学之星丛书"。2008年参加诗刊社第24届"青春诗会"。

惠永臣的诗

需 要

在这里,我举目无亲
居无定所。我愿意独自流浪
愿意认下,这些道路,庄稼,鸟雀
和阴影;认下这里生冷的石头
一场无缘无故的大雪
一场风庄严的意识……认下
这些亲戚

认下这一片天空
她暂时是属于我的
让云朵,尽情地梳理羽翼
准备再次降下
甘霖和布施

此刻,打开天空的仓库
放出星群和夜归的乌鸦
它们代表着黑白的两面
这都是我所需要的

在这里,我无需安慰
无需爱,或者被爱

空阔的草原

空阔的草原上
七个月亮,围着一顶帐篷

礼佛的人,刚刚离开
一只藏獒,就对天长吠
空阔的草原上,围栏已经收紧
散放的牛羊
没有归栏的,都是神的孩子

我像其中的一头
在坡地上忘情地放牧
秋风已凉。草木的体内
营养堆积。借此机会
我要喂肥那颗最瘦小的月亮

草原空阔
在今夜,只有那七个月亮
是不孤单的
只有那硬板床上,一只七星瓢虫的睡眠
是不孤单的

深　醉

月牙扑地,碧水沉默
遥远的敦煌已经入眠。我们突然地撞入
让篝火点燃了狂欢与热辣的酒精

我们是诵经的人,是心怀沧海的人
失败的人,口唇干裂的人
围着已经深醉的篝火
扭动着性别,绰号,嬉笑和无忧——
杂乱的歌声
如夜空的灯盏

我曾有过忧伤
在酒杯里,辛辣的回忆重新荡漾
在今夜
我不能等同于往昔,我要彻底灌醉自己
我要同他们一起忘记
明亮的怀抱

……那个手搭在我肩膀上的人
她是今晚最大的月亮

寻人启事

谁见到过罗栓龙,请告诉我一声
我四十年前借过他一元钱
那时我饿得发昏
我用他的一元钱救过自己的命
这么多年,我很少回家
有过一次,碰到过他
还他一百元,我说包括利息
他佝偻着腰身,红着脸,硬是说没零钱找我
让我以后再还

这以后,再没见过他
有人说,在乌市的一家监狱见过
有人说,在东莞一家洗头房见过
有人说
他在兰州,穿着破烂,沿街乞讨
也有人说,他从一家建筑工地的半拉子楼上
摔下来,被包工头偷偷地
在荒郊挖坑
掩埋了
还有人说,他发家了,娶了两房太太

一家在广州，一家在北京
他衣冠楚楚，坐着豪车
两头奔波……

不管怎么说
谁若见到他，请告诉他：
他的老母亲前年已经过世
村里人帮他抬埋了
他最疼爱的姑娘
在某市洗浴中心，遇到了大款
现在珠光宝气，生活很幸福
让他勿挂念

岸　边

湖水不断地向行人推波助澜
时光只是晚霞的一部分

我在湖边散步
我的影子一次次被湖水索取
唯有鸟是自由的
它们一会儿此岸，一会儿彼岸
我只能靠瞭望
才能领略彼岸那逐渐模糊的事物
但我的瞭望
非常有限和狭隘

水里不断传来声音
大概是水底沉睡的石头
醒过来了。时光只是一件模糊的事物
水面暂时还不能呈现

是谁打开了水底的藏宝箱
水面有了斑驳慌乱的光影
但很快就被夕阳收走

那站在对岸的人
她挥动的手臂还没有来得及放下

有人在此岸，双手插入水中
他却摸到了时间的冰凉
和辽远星空送过来的虚无的问候

经　历

不是激动
　一块石头从词语的水里,拎出
了花纹

　　我及时出现,记录了
　　一次潮汐后无边的寂静

　　看不见的内里,一定是
　　波涛推卷着腥咸的
　　抚慰,掠过一次次心跳
　　每一枚词语
　　像这花纹
　　轻飘飘地,不经意会飘进
　　谁的旋涡?

　　但有一种蓝,是翻卷的

是值得记忆的
这些被遗弃了的石头,记录了
浪花的一次次咸涩的记忆

这些记忆,这些长满海藻的
潮湿的词语,却不能让我
"虚构一个实在的爱人"①

———————

　①出自冯娜诗句。

颂　词

河已干涸。还没有及时撤退的苇草
无比慌乱。秋风按下她们的头颅
像我把词语
一次次地按在绝路上

愁白了的头
像飘忽不定的旧日子

风掏走了她们内心的热情
现在只剩下空茫，杂乱
和无由头的喧嚣
河床干坼，苇草丛里
是否还埋着许多暗礁
一不小心
让一滴泪，触礁而亡

凹　陷

凹陷来自于寂静
结着一层白冰的寂静,独对一个人的注视
旷野无人,我得适应
一个人与自己的影子相遇

凹陷的地方,需要填充
这些再也流不动的水,最终选择这里
以另外一种方式继续寂静
即使火车飞奔过来
即使一只划伤翅膀的鸟落下来
依然寂静

我不断地扔石头,想让他们破裂
像两个人一样
但最终,石头只能成为凹陷的一部分
而我,面对落日的余晖
突然泪流满面

体　验

河岸慢慢延伸。拐弯的地方必有异景
赏看的人，都在彼岸
火车像从鸟笼里刚刚放出，它黑色的翅膀
把飞翔再一次抬高
水面忙着收集人影、鸟鸣、花香、灯火和种子

醉酒的人，摇晃着，影子是迟疑的
有桥，架在不远处
还是从桥上经过吧
就学那列火车
吐一口黑烟
就能快速地脱离人间的光亮

迹 象

迹 象

虚空里，鸟声激越
一些旧事物似乎都有着新面孔
浮桥晃荡在光影里。风暴已经彻底过去
一切沉浸于彼此友好的时序里

风似乎没有带走什么
也没有带来什么
只是桥左边的林子里
投送过来了一些声音，尔后消弭
几座摇晃的桥墩
没有给水面带来过多的虚惊

没有人真好
两个人真好
"伤感不曾来临。我们只看到春色"

大风过后
我们彼此知道，这些草木和移动的光影一样
不会有任何冲动的迹象

有　别

他们仿佛是些心怀仇恨的人。他们不停
向水里扔石头
好像他们只有不停地扔
才能解恨。唯有我
站在水边,看倒影的远山。树木。一些缭乱的身影
唯有我
理解江水的宽容和接纳

唯有我,手里攥着一块石头
迟迟不肯扔出去

唯有我,理解一个站在不远处的美女
她的泪珠儿,像酒滴一样辣人

安　慰

这样的北风,恰好给坚果晃动的理由
它们的声音,过于细小
以至于匆忙的秋天
也没有觉察到

野鸟的声音里,落着冰霜
"世界的白,是对亡灵最好的安慰"

万物似乎都有归宿
他们都懂得,只有不断地交出自己
才能不断地赢回自己

悲伤没有由头
你看,我走过的土地上,白霜哗啦啦地白着

惠永臣,男,生于 1978 年 9 月,甘肃镇原人,中国作协会员,甘肃省第三届"诗歌八骏"成员之一,煤矿工人。出版诗集《时光里的阴影》《春风引》,先后有 1000 多篇(首)诗歌、散文发表于《诗刊》《中国作家》《解放军文艺》《青年作家》《草堂》等多家报刊。曾获甘肃省第五届、第六届黄河文学奖。

常文昌的诗

红鬃烈马
——与妻戏作

你是一匹桀骜不驯的红鬃烈马
扶我挎枪打天下
你为我带来了骄蛮的茜茜公主
我的朝廷便升起了灿烂的云霞

都说你高傲的头颅里
蕴藏着风雨雷电
却不知你这特殊的性格
一半是温柔的海水，一半是暴
烈的火焰

你有了你幽静的田园
我有了我自在的江山
一个是形销骨立的骑手

一个是伤痕累累的战马

你是一匹桀骜不驯的红鬃烈马
伴我走过了天山脚下
而今驰骋在浩瀚的中亚
迎来了人生的第二个青春年华

斯巴西巴①，我的红鬃烈马！

常文昌，男，生于1947年5月，甘肃镇原人。曾任兰州大学中文系教授、博士生导师。甘肃省当代文学研究会副会长，中国当代文学研究会理事，甘肃省作家协会理事。享受国务院特殊津贴。

---

①斯巴西巴：俄语，"谢谢"之意。

袁俊宏的诗

三 爷

做了一辈子木活的三爷
将能看得见的木头
全做成各式各样的家具卖了
就差将自己的胳膊腿当木头
锯下做了家具

村里人问三爷
为什么没给自己做口棺材放着
三爷说
死了就一了百了
管他怎么埋呢
即使用炕上的烂席子
卷了扔到沟里喂狗
有意见你也没法提

三个叔叔听了三爷的话
将院子一棵三爷年轻时栽下的杨树
连根挖下
找人给三爷做了副棺材
放在三爷的炕边

三爷这儿摸摸那儿敲敲

有一天趁家里没人

偷偷掀开盖子

躺进去试了试

然后躺到炕上

又看了一眼伸手就够得着的棺材

永远睡了过去

七　爷

吃糠咽菜的年月
七爷的胃口健康得能消化铁

刚刚日子好起来了
七爷的直肠却出了问题
癌变了的直肠
像是有吐不尽的血泪史

医生嘱咐不让吃肉
说吃肉会要命的
可七爷爱吃
家里人不给
他就偷偷到集市的馆子里吃
吃一次肉拉半盆子血
他还吃

亲戚家人都劝他
命要紧
可七爷说
我这辈子就没吃过几顿肉

要死了

享不了别的福享个口福不行吗

一天

七爷数了数口袋里的零钱

到集市上饱吃了一顿

然后心满意足地抹了抹嘴

了无遗憾地

用一根牛缰绳

将自己挂在了自家烤烟房的横杆上

被血抛弃的七爷

就这样抛弃了生命

等人发现时

七爷无血可流的身体

如一片烤焦了的烟叶

袁俊宏，男，甘肃镇原人，中国作家协会会员，中国新闻摄影学会理事。出版有散文集《大河上下》《地主》《天宗》，纪实文学《席卷西北》《戈壁凯歌》《中国军马》，诗集《与太阳干杯》等。作品获黄河文学奖、昆仑文艺奖、解放军文艺新作品奖等，作品散见《人民文学》《诗刊》《星星诗刊》《人民日报》《解放军文艺》等。有作品被《读者》《新华文摘》《文摘周报》等转载。

秦铭的诗

蓝布衫

昨夜,那块苜蓿地又开出一片紫色的蓝

我看见一只蝴蝶最先抵达还未

搭头镰的花香

那只春天的蝴蝶不停地飞

飞在苜蓿的额头

飞在紫色的布上

飞在相识的左右

可我再也找不见曾经扑住她的那件

缝着补丁的蓝布衫

塬　畔

三月塬畔的
一棵杏树闪身成
一团火
一只飞蝶
一件红夹袄

九月塬畔上
一杆唢呐
一头毛驴
一声揪心的信天游

西海固访诗友

徒步驾车都不重要
只要顺着诗的藤蔓
就能抵达六盘山的高处
触摸大夏古国的脉搏

深秋的西海固找不见形容词
山脉消瘦
枝蔓却深入远处
洋芋的真诚
依然让人感动

一位姓单的汉子和一盘羊蹄
奉献的红烧
像两双世俗的眼睛
坐在对面
飘香的是
这方天地下嚓嚓作响的骨头

西北风掀动的头发耸立在
西海固高高的山上

挥手上车的时候
单姓兄弟两颗尖尖的虎牙
挂住了我的忧伤

洋　芋

在故乡人们不叫马铃薯
不叫土豆
洋芋是它永远的
昵称乳名

在故乡洋芋就是我的兄弟
紫色的花是他朴素的心思
默默地为果实开放
枯萎的枝蔓是化繁的舍弃
他把成熟深深地埋进秋天的深处

在故乡人们把他当蔬菜
更当粮食
人们都说
要吃饱肚子，洋芋加葫子
就这么个土头土脑的家伙
喂养着乡村和岁月
给牛拉动犁铧的力气
给我倔强和骨气

剪　纸

走进陇东
就走进了剪纸的天地
纯朴的乡俗
亲切至极
一把剪刀
把生活深刻得
淋漓尽致

无论是炕墙还是窗棂
高兴时就喜鹊登枝
悲伤时就平沙落雁
古稀总有五蝠拜寿
喜庆总会双喜临门

真想做一帖剪纸
让殷实的日子
身卧福地　出门见喜

土　话

是娘烙在身上的胎记

土话和小米汤一起喂养童年

喂养山沟梁峁

离开土话的日子

就像缺奶的孩子

思念常常面黄肌瘦

缺乏营养的病句

生硬绕口

难以成章

走南闯北

总是走不出土话

犹如黄皮肤一样牢牢地刻骨铭心

流淌在血脉里

毕竟不能像抖落满身的风尘那样

抖落乡音

牛回草的声音

牛回草的声音来自夜晚

最后一只萤火虫踩着小夜曲归去

父亲的咳嗽声也从主窑挪到牛棚

半背篼的春天　一升的秋天

就够牛细嚼慢咽一个整夜

但他不会囫囵吞下一个季节

会把贮藏在胃里的一些细节或者某一天

泛上来再一遍遍嚼着

寂静的长夜总把往事慢慢咽下

走过谠金山

走过谠金山
我看见一滴雨最先抵达车窗
然后落在祖母绿的草地上
落在天空一样的青海湖上
落在塔尔寺的金瓦上
那些风雨中的牦牛
那些超脱的羊不知蔑视还是无谓麻木
竟然专心地低着头
缓慢地阅读着每一棵相识的草

那个怀抱羊群的少女
把七彩裙搭在祁连山上
那匹藏獒追赶的马
风一样绵绵地掀动无际的油菜
草原整个心事悄然开放

这些年

这些年
我远离了蝴蝶放飞的梦想
远离了苦苦菜花清淡的芳香
还有那枯蒿草偎热的日子
春天那暖暖的小溪

这些年
我一直在一个小城作诗饮酒
许多朋友走了
他们去了南方去了兰州西峰
朋友就这么走了却留下了那么多的酒
偶尔与仅剩的一两个朋友对饮
更多的时候是自斟自饮
有时明月也不请自到
我不明白那么多的酒却灌不醉孤独
常常把与我痛饮的人都当作朋友

让我再想想那些事

我唯一拥有的
就是想一想那些事情

想想那些窑洞有点深
纸糊的窗棂挡不住外面的寒
我就想想他那温暖的黑
那些烟熏火燎的黑
桃花粉红的信笺
风一笔就写满了一地
我就想想羞涩
想想燃烧着的红夹袄

让我再想想那些干净的幸福
那些温暖

如果你回到老家

你不用急急地放下行囊
你就直接走进田地
和麦子在一起,与玉米苗在一起
让厚厚的黄土淹没皮鞋再静静地
看着七星瓢虫随意地爬过脚面　让它走一走弯路
心中总会有那么一点怜悯和愧疚　再听一听
蛐蛐的歌唱和麦牛的诉说　这些是温暖的
是那么容易让你泪流满面

如果你多住几天
只感到你还是一个没有断奶的孩子
不能离开这些慈祥这些简单的温暖
突然间就没有恩怨没有欲望
也没有了对手和愤恨
也许就这么忘了回城的路

当我老了

当我老了　就把剑收进鞘里
免得再划伤手指和那些忧伤

当我老了　就把半生的诗歌都腾出来
挑拣一句干净温暖的句子
驱赶夜晚常来敲门的孤独
疗抚那些年轻的伤痛和轻狂
然后把其他的句子都放在春光明媚的午后
让他们像雪一样融化

当我老了　腰一定会更弯
驼着的背不再因世俗而弯
就像深秋的果树枝
那么舒展

儿子，我们回老家

儿子
我们回老家
陇东黄土高坡那处祖辈
用汗水和希望繁衍出的地坑庄
就是我们的家
你奶奶说过
兔子腊月也不离窝

儿子
我们回老家
你要记住
进村见到老柳树下
一边张望村口大道
一边走着不太整齐针脚的
小脚白发老太太
你要叫声奶奶
我自然会叫声妈

儿子
我们回老家

老家的西北风叫刀子
你奶奶的手常被割得裂口
横七竖八
不过你不要怕
你奶奶早准备好了羊粪和蒿草
她会忍着烟呛跪在炕眼门前
把土炕煨得通红
即使大西北的后半夜
也会温暖无比

纳木错湖

水天融出一色的蓝
只有这里的蓝才能称为蓝
蓝得一望无际
蓝得让人心律加快让人窒息
蓝得只有阳光擦过水面的声音

原以为是雪山的儿子
现在才知道清澈已经丢失
我只是浑浊尘世的俗子
真想做一朵纳木错湖畔
没有一丝忧伤的白云

赶在冬天到来之前回趟家

无论多么忙
也要赶在冬天到来之前回趟
家
给爷爷的新家培几锨土
让田鼠不要骚扰
让站在村口的奶奶躲开肆虐
的北风
把期盼和思念揽回家
劝劝咳嗽不止的父亲
穿上那件羊皮夹
用柔软护住前后心
再把母亲扫堆的秋天
以及枯叶蒿草背回家
然后修一修羊圈的木栏
围几捆谷草

赶在冬天到来之前回趟家
扫一扫结层的黄土
拾一拾麻雀遗落的羽毛
再闻一闻那幸福呛人的土炕
味道

秦铭,男,甘肃镇原人,中国诗歌学会会员,中华诗词学会会员,甘肃省作家协会会员。先后在《诗刊》《星星诗刊》《飞天》《光明日报》等报刊发表评论、诗歌、诗词、散文600多篇(首)。散文《刀客》获全国散文大赛二等奖,并被编入《中学生新课标课外读本》。诗词《南梁革命根据地抒怀》获中宣部、《党建》杂志社、中华诗词学会主办的全国诗词大赛奖奖项。出版有诗集《心返家园》、散文集《时空回眸》。

申万仓的诗

陇东故乡(组诗)

城里媳妇乡下娘

娘说,你翅膀硬了,该飞了
飞吧,城里好
城里的人啊,就像天上的鸟
城里的家是树上的鸟窝
娘说,饿了渴了
就回来吧,天上的鸟
还要到地上觅食呢。人不是鸟
不吃饭咋活,地里刨吃不会挨饿
城里媳妇笑笑,像一只小鸟
娘说,果子挂在树上呢
绿色环保,自己摘吧
要多少摘多少

叫　魂

"回来——,回——来——万久
回来吃馍馍喝汤汤。"
妈妈一边用筷子敲着空饭碗,一边

从十字路口往家里叫着

"回来了——,回——来——了——万久

回来吃馍喝汤汤。"

爸爸用我的外衣裹着一盅子红布包的麦面

前面走着应声

我丢失的魂就被爸爸妈妈从荒郊野外

一路叫了回来

等我吃了叫魂面烙的馍馍烧的汤汤

浑身又有了使不完的力气

就这样,我一步一步走过了饥饿

自小知道

魂,是麦面一样的主心骨

一枚针

一枚针,一枚缝衣的针

锋锐,光芒,你注视过

断折的声音,我肯定

你没有听过

那是母亲倒下的声音

要用心灵的耳朵去倾听

才能听见的声音

一枚针,一枚普通的缝衣针

穿透多少冰封的河流

把四季缝补,春华秋实
阳光下,针的光芒走不出生活的阴影

九年了,九年的今天,大年初一
我才听到一枚针折断母亲的声音

新麦上场

新麦上场。果子挂在树上
妈盘算着,那几只翅膀硬了的燕子
几时能飞回屋檐下的泥巢

玉米怀抱金黄的愿望。黄花香
儿子想,喜鹊都知道在槐树上为妈筑个新窝
明天,一定要让妈住上城里装修最好的新房

董志塬上,风儿都在歌唱
一群鸽子擦亮天地
花朵为蜜蜂和蝴蝶鼓掌

突然,一杆唢呐,吹了个透心凉
天塌了。妈倒在地上
庄稼走了几步,给妈让出几尺居住的地方

新麦上场。果子挂在树上
玉米怀抱金黄的梦想。黄花黄

董志塬上，风儿在歌唱

小鸟衔着微笑

蜜蜂背着花朵飞翔
溪水洗净的早晨
土地擦亮犁铧。阳光跳跃
石头从黑山里铺出碧绿的大道
油菜花飘香的绘画上烟舞轻纱
一条小路牵着一头牛说话

站在河岸上，满眼都是喜悦
古城村的路上，一只松鼠
翻越一棵树的枝枝杈杈
小鸟衔着微笑，叽叽喳喳

与一粒盐对视

蓦然回首，与一粒来自盐池的盐对视
我看见我的前身

我赶着一头疲惫的毛驴走在驮队中间
肩上背负的盐袋越来越沉
脚下的路越走越长
大山里行走绕不过攀登的艰辛

我和我的毛驴走出陇东

从盐池往回走

给村庄一片片小树林,一孔孔窑洞

驮回一些盐,驮回一些精神

那一缕缕青烟和微风

是窑洞里挪动的盆瓢碗碟的响声

一粒盐,一粒来自盐池的盐

给过我多少欢欣和痛苦

我记得那头永远留在盐道上的

黑驴,曾经使我多么自豪和幸福

它,在盐道上放下生命

送盐上路

我在前面走

若不是常常回头

看黑驴走在路上的亡魂

就找不见回家的路

柳州城

这是一块水环山拥的高台

是一块飞鸟和鸣虫的乐园

蒲河和清水河像它的左手和右手

随意率性地环抱一些代代口授的

传说。在城子山下保持经久的沉默

兰宜公路一刀切下去,有人看见了

北宋的铁柜,谷种,灰坑

有人想倾听这块土地上久远的声音

有人想寻找这块土地上埋藏的黄金

春天如约而来,时间像一位永远的谶者

把识别的密码藏在青青的草上

眼睛无法顺着根系抵达深处

双手接过刨根问底的重任

石头和瓦片抵挡过多少利刃的刺探

千年风雨,盛满一只豆青瓷碗的约会

功利的镢头落下时,北宋的饭碗

又一次破碎了。传说的柳州城

只能用一堆又一堆碎砖烂瓦证明

传说的真实。抚摸过铁柜,谷种,宋瓷的人

怕行人挤垮通往果园的独木桥

独守秋天飘香的秘密

柳州城,春天的柳州城

在一只只忙碌的小蜜蜂看来

是真实的油菜花,是遍地的黄金

向天地谢恩

阳光像一位唯美的铁匠

使出浑身的光芒

锻打一枝麦穗的光亮

大塬里出没的我,看见

苜蓿拿出一地紫色的微笑
向我述说，长在黄土塬的荣耀

蝴蝶张扬的翅膀上
驮着我和庄周的思绪
在天地之间往来
割麦的母亲没有看见飞翔的美
甚至顾不上擦一把汗滴的苦和咸

碾麦场的微风送来花的香
扬场的父亲正在扬起满怀的希望
落下的麦粒填满空荡荡的心房
割苜蓿的哥哥背回一槽牛的喜悦
天地轮回。炊烟柱天

申万仓，男，生于 1967 年 5 月，甘肃镇原人，中国作协会员。出版诗集《心灵的微笑》《心灵的天空》《心灵的拓片》《心灵的家园》《心上地》。作品曾在《诗刊》《星星诗刊》《诗选刊》《飞天》《朔方》《语文教学与研究》《人民日报》等报刊发表。曾获甘肃省优秀杂文评选一等奖、"中环杯"第三届《上海文学》诗歌大赛三等奖、诗刊杂志社举办的"我心中的增城"全国征文优秀奖、第三届和第四届甘肃省黄河文学奖。2017 年 10 月入选"中国新诗百年百位最具实力诗人"。

北浪的诗

在怀柔

你反复告诉我
那边天气晴朗
栗子在秋天里熟了

……以及你厌倦的伤口
时光缓缓卷走的年轮

说你枕着兔子弄脏的琴弦
触摸栗子在暮色里泛出的红色
睡梦里返回往昔的爱恋……

长满翅膀的文字
牵着你单薄的梦飞动
在牧草间短暂歇息
你用这些干净的文字
涂抹幽暗的伤口
接着诉说你神往着的——
祖国的生日
故乡的黄昏

闪着光

半山坡上一棵枯杏树闪着光
还有灶膛火映红的姐姐添柴的一只手

嚼着干草思水的牛眼角的一滴泪闪着光
还有闪进牛圈门口的父亲半张脸上一道皱纹

窑顶上被风吹乱的瓦片闪着光
还有绕过东庄的马莲河滩上一堆鱼鳞

母亲出嫁时压在木箱底的小铜镜闪着光
还有我小时候埋在门槛下的一颗乳牙

大佛寺里几幅镀金的额头闪着光
还有乡民们一直读不懂的一本经文

高处的村庄

麦子纷纷倒下
黄土就高了
高起来的
还有蚁群和星辰
还有梦呓、雁鸣和诗篇

秋风滚滚而来
清扫冰凉的墓碑
不安分的少年
沐着谦卑的夕辉狂奔

在此刻坦荡的大野中央
我怀想那双捂暖我肩头的素手
沾满露水、尘土和麦芒

太平镇

那年三月,杏花怀胎
桃园遇到一场晚雪
阳坡上炊烟遮天,牛羊密集
源头的水深藏于一口古井

丝绸绣荷包
麻布做嫁衣
一个人牵着毛驴走坡道
夜里辨风向
时辰返回青铜镜的背影
流星一头栽进黑暗的大地

他把命运的青草交给毛驴
他随身带走了一葫芦井水
他把要在正午报时的雄鸡
祭献了村里的庙堂

那一年,太平镇出现了一位算
命先生
太平乡里来了一位货郎
围观的孩子们
就像这里
年年盛开的杏花、桃花、野菊花

夕　照

绵羊上山坡
断崖上山羊呼应

泉水流响
谷地徘徊的山雀
被梯坡上滑升的夕照拉高

羊群上了山顶
跟着落日后面
午夜里它们像雪花
沾满人间的尘埃

梦里少年
依旧朝正午的泉边奔跑

这时候
姐姐就站在塬边
像一身紫花的树
红的、白的云朵从她身边浮过

雁影掠过泉心
月亮仍在路上。我的姐姐
那边塬上的一棵梨树
暮色里,三个跑进院门的孩子
喊她:妈

荷　包

她把四月里返回的蝴蝶绣好了
把传说中的凤凰绣好了
把凄凉的月光绣在天鹅头顶
把她清贫的青春——
都绣在怀旧的碎布上了

她要在麦子成熟之前
绣好时间的花蕾
她省略着美学的手指显得苍老
清洁的内心羞于修辞

她知道把一只小小的老鼠
绣得再小一些就可爱了

她要把刚绣好的一条鲤鱼
像从前那样用丝线悬在床头
断线的瞬间正好被我看见
她伤神的样子正好被我看见

她自言自语:你还要到海里去吗
这是我第一次听见奶奶提到海
她这一生都没有见过海
她相信她绣出的鲤鱼荷包
一定也带着一片茫茫的大海

天使在暗处独语
—— 给 XC

午夜的白色廊道里
你的步履从容,沉郁
我忆起童年的贾家村里
孤自芬芳着的桃花

你的目光轻轻落在
病魔侵扰着的黯淡颜面

微笑,是三月里沐雨的蓓蕾
爱恋与和风不可替代
花朵里隐秘的毒刺
也是无尽的诱惑,莫名的忧惧

你温暖又彷徨的青春……

时光正跑步逃匿
星辰一颗颗跌落
素洁的衣裾——硕大的莲花之瓣
静穆的昆仑冰峰优雅垂落着的雪幕

凄迷。尊贵的桃花容颜
要在万物复活的时辰频频呈现
暗里有低语递来
说你是诸神——
洁净的女儿
寂寞的情人

羊

在远远的坡梯上
你没有见过
一只山羊驻足回望的姿态多么娇媚
它专注的样子一定是听见了谁的呼唤

你没有见过它向泉溪的奔跑
有多轻捷和优雅
双眼在水中的倒影多么有神
一只是幽暗的幸福
一只是明媚的痛苦

你没有见过老山羊对它临盆的孩子
多么爱恋和亲昵
夕照里的草坡上
你没有见过
小羔仔跟着妈妈攀坡的情景
多么动人

你没有见过它老去的时刻多么凄凉
它的双唇抽搐

像一位老人要说出最后一句遗言

你没有见过它紧贴大地的身躯
多像月光下一团洁净的雪
它的眼睑闭合的瞬间
你没有听见那一声轻微的呐喊

陪母亲走过喧哗大街

过马路时
我没有理会街对面
人群里那个招手喊叫我的人

母亲只是习惯性地说了两个字
"快走——"

她这一生都在不停地走
从昏暗的灶屋
到鲜花烂漫的田头……

如今
又老又病的母亲
根本经不起一大声吆喝
也受不了大街上
一阵接一阵刺耳的车鸣

潮涌的人流中
母亲只熟悉我这张亲切的脸

我是一个多么胆小而虚弱的人

从小就跟在母亲身后

在明亮或黯淡的光线里

走来走去

在无数个恐惧的时刻

大声地喊叫她

"妈呀——"

这时候

那个向我招手的人

还在自言自语着回忆

母亲和我恍惚不安的神情

菩 萨

北石窟寺

佛和菩萨

都面带笑容

笑得最好的

是那些无头菩萨

破四旧那年

头被砸下来

还对暴徒微笑

一些信佛的人

用黄泥石膏混凝土

给她们做的假头

也面含笑意

这么容易的笑

我一个有血有肉之人

却很难学会

北浪,男,原名刘鹏辉,笔名北浪,甘肃镇原人,庆阳职业技术学院副教授,作品入选《新世纪诗典》《中国新乡土诗选》《中国现代诗歌精选》《新大陆诗刊》(纽约)及多种年选,出版诗集《低音区》、文学批评专著《捉影书——21世纪庆阳文学研究》等3部,有文字被译成英、韩等语种。

杨佩彰的诗

梦中黄土坡

这是辽阔的黄土坡么
像男人的胸部荡荡乎
茁壮着绿草
还有红的白的紫的小花
摇动着眩晕的媚眼可饮可醉
一种粗犷的气息像爷爷的手掌
骚动我的心窝我的两腋
我不胜其痒拄着阳光跳起来
为洇润憨厚的黄土坡
送上悄然一吻

宽阔的草坡
从十五的月亮里脱胎
在一碗碗月光的滋养中
与牛羊硕大的乳房一起成熟
春风催动鞭哨声声
牧羊犬的眼睛亮着
天穹上野花似的星星亮着
扬鞭姑娘的眼睛一闪一闪地亮着

我在花蕊里睁开全部毛孔
呼吸浩荡而来的大风
舐着醪糟一样的远古牧歌
我的眼睛为牧羊姑娘亮着
沉醉如痴跌落在牛蹄浑圆的印坑

花朵如盏蘑菇如伞
举着伞
我在黄土坡浑厚的生命里跋涉
一任灵魂在如茵的调色板上迷路

我摆开奔跑的姿势
在岁月的栈道上与苍莽为伍
羊群浮在绿色的河流上
羊毛如茧缠绕我的胳膊
使我以谦恭的姿态
面对黄土高坡

大山遗风

黎明被晨鸡唤醒

亮开嗓门地道情

唱醒大山的眼睛

随即山村纯朴的地方戏亮丽登场

牛哞羊唤骡嘶

女人男人车轮

都一齐在白茫茫的雾霭中上路

其实这样的大戏每天开场

几辈辈人轮流扮演角色

喜怒哀乐都装在岁月的瓦罐里

开封时的醇香

挥洒成山村厚重的家谱

选择一种最佳的方式走路

大山以集体的高歌蹚过四季

一条小河一片桃林

总在花开花谢中唱响一首赞美诗

阳光在一群女人的搓板上汩汩作响

不时飘来的片片花瓣

被花手帕细心地包起

夜晚的灯下

羞赧的两颊就有两片桃红

蓝天很亮也很亲切

桃花汛期有几朵白云飘过

雨滴窃窃私语抚摸大山裸露的胸肌

山民的酒杯里

醉透了飘香的五谷

大山里厚实的日子

因此而得意

黄土窑洞

躺在黄土窑洞的眼睛里
耳朵里传来历史书页翻动的声音
一种古老情怀吟咏成新约全书
奶奶讲过的童话染成花朵的颜色

窑洞以凝重的姿势从大山中走出
装满大千宇宙所有的喧哗和静谧
漫长而永久的经史
是刀耕火种依穴而居
是文明闪耀的光华
定义曾经的辛酸和亢奋

灿烂的花朵绽放在灯芯上
灯影爬上四壁
扣住人生和岁月最真实的一瞬
一个独特的呓语诠释古老的意念
雄奇而崇高的亮相
在文物中叙说沉淀的生命
泪和笑的典故
化为一个家族曾经的记录

梦中我看不清她的笑容
看不清她清亮的眸子
只听见一缕缕悠扬的催眠曲
缠绕成我手中的鞭梢
催动情感的双蹄追赶百灵

号啕大哭让窑洞笑出泪水
生命降生或新娘出门
宽阔而旷达的胸怀
囊括人生悲欢爱恨的全部记忆
热吻饱嗝笑声
在袅袅炊烟中
发酵成难以忘怀的日子

于是
我的心在一串儿时的铜铃上摇荡
闭起眼感觉熏黑的穹隆辽远的思绪
多少年我常常绊倒在窑洞的掌心里
蹒跚中头枕老祖宗写成的家史
沉沉入睡

母亲河

（一）

我睡在土地上

我看见了旁边在风与石头之间

一条清澈如带的河流蜿蜒而行

天空蔚蓝　河水蔚蓝

纷纷扬扬的泠泠之声

驮着一轮灿然如金的斜阳

缓缓地缓缓地翔舞在村庄和田地上

我此时的姿势非常贴近

耳畔上一种迫切的声音无法抗拒

我看见很多人游动在水里

很多树和鸟游动在水里

就宛如很多的音符游动在水里

河水的炽热深沉厚重

在我的视野里高高飞翔

我注视河流

许许多多金属般的簧片

在阳光里发出灿烂的鸣响

河面很宽阔很明净

仿佛母亲或爱人的怀抱

河水也很丰沛很深厚

如同我们一生享用不尽的

母亲或爱人的泪水和爱

我走在河畔走了很久

惬意的阳光贴在我的臂弯

河风也温柔地沐浴着我的全身

一如女孩子的纤手

抚摸着我的皮肤和灵魂

我依然保持这种姿势

只见蔚蓝宁静的河谷

如一封公开的情书

写满阳光田野村庄

还有桃花爱情梦乡

（二）

面对土地绿草河流

我和噙着阳光的鸟儿私语

心的独白青翠成一片叶子

高高挂在季节的枝梢

在绿色的地平线上

我恪守我的誓言还有我的女人

我看见有人歌唱

我看见噙着阳光的鸟儿歌唱

之后风景这边独好

河岸上的一切

包括果园、垂柳和茅草

也包括我自己笨重的身体

开始发光开始燃起赤的绿的火焰

我的眼前倏地亮了

一只摇不响的水壶

随河漂流

我走了很久

我觉得我走了很久

我就以这么贴近的姿势

聆听河流的全部心音以及脉动

河水濡湿了我的眼睛

濡湿了我的双足手以及心灵

我沿着河水流淌的方向

沿着她的血脉顺着她的骨骼

探寻记录生命之源的石片或者贝壳

或者一束草一片叶

我忽然发现

许多人溯流而上的时候

我从河流泠泠如唤的声音里

听到了绵长悠深的颤音

在她亿万年走过的漫漫长路里

留下了岸边无数的生灵和故事

有唱童谣的牧人以及新娘

还有麦穗铧刃羊群

我看见一伙人以荷叶为舟

划动在河面上

肥鱼玉米和音乐

就在河面和岸上生长出来

我掬起一捧浪花

低头在指尖上阅读她的全部含义

（三）

走了很久很久

我终于坐下来

在河流亲切深情的温暖中坐下来

我倚着她　她握住我的手

我听到了鱼的歌声水草的歌声

也听到了阳光的歌声我的歌声

我用河水灌溉我的喉咙

灌溉我的灵魂

再一次沉醉如痴地阅读她

只见她依然坚韧地蜿蜒而行

一个声音告诉我

那就是给予我生命和爱和活力的亲人

——呵母亲河

燃情岁月

岁月的三原色纯正地

坐在方格稿纸上

惊蛰之后的雷声如烈酒般地

荡漾浑浊的往事

一腔情思沿着台灯爬上窗棂

敏感地嗅着生活的滋味

然后变成方块汉字　立正成

一种风度

在激情燃烧的岁月　我清点

霉了的心事

伟男子的气韵翻动抽斗里的草纸

一缕思念来自远方

连同麦香与蝉鸣

在濡湿的枕头旁横卧成瘦瘦的镜子

时光的燧石在眼睛的撞击中

火光四溅

气象预报固执地说

明天依然晴天多云

软绵绵的阳光
舐着我思维的骨骼
在不为人知的夜晚
厮守孤独的心房

凭水相望
一个个日子走过的痕迹
印在往事的边缘
丽人的裙裾
夸张成一片绿荫
浓烈的情愫
在心灵的原野独步
擦肩而过的岁月之船
满载一肚子故事
在倾诉的讲台上娓娓而谈

天空毕竟辽阔也很年轻
饱蘸浓墨的笔插在云际
一声鸟鸣很抒情地掠过
写意成岁月的画面
在青春的霞光里
布满蠢蠢欲动的情怀
为你醉过也为你哭过
没有人能这样出色地
预感麦子熟透的日子
一种想象十分高远

在历史的一角

偷偷地为文字镀上金色

使真诚的胸膈

在温柔的呼吸中颤动

融在岁月的井水中

我的目光很晴朗也很潮湿

一种美丽的暗示

奔腾于仰望里

注视对面的风景

仇恨和痴爱

不过是几行字迹

只缘发乎于情

在生命的咏唱里注销

眺望梦境

一颗处子之心

在感情的陈酿里涨潮

杏花飞扬的季节

我吹响生命的口哨

一个人生完美的姿势

撞碎了湛蓝的酒杯

飘然而至的月光

将歌声卷成雪茄含在嘴里

一支芦笛削成两根拐杖

搀扶我蹒跚的双足

岁月的音乐渐渐低沉

舞蹈还在继续

没有舞伴和甜梦的日子里

我点燃情感

为四季取暖

杨佩彰，男，笔名阿彰，号潜山秀士，甘肃镇原人。甘肃省作家协会会员。著有《燃情岁月》《守望家园》《镇原史纲》《镇原文化概论》及电影文学剧本《大山深处的保尔》（合著）等。

潘正碧的诗

家在黄河边

家在黄河边
家就是一辆永不锈蚀的水车
日夜吮吸着黄河母亲的乳液
吱呀呀扭转岁月

我的列祖列宗
以及后代子孙
就是那畦割不完的韭菜
一茬又一茬
在岁月的刀痕下
死去活来

尽管哺乳的姿势改而又改
金子般的乳汁
亘古不变地鲜活着我们的血

羊皮筏子鼓足的勇气
使我们成为人类最初的优秀水手
泅渡山洪暴发的悲哀以及旱灾

木排挺直的脊梁
撑我们走南闯北
把小小的家拓宽成世界大都市璀璨夺目的华人街

黄河母亲的血性
使我们义无反顾气吞山河汹涌澎湃
涤荡圆明园的耻辱重筑虎门炮台
托举那轮环球同此凉热的太阳出海
让世界刮目相待

和黄河母亲合影

不是真的不是
我魂牵梦绕的
不是你这尊石头

你怀抱中的孩子
望着你那硕大的奶子神情专注
也许就是我的原型
但你不是绝对不是
我的黄河母亲

我的黄河母亲
岂是一尊任人攀缘而无动于衷的石头

和你合影
我合腿打坐在兰州滨河路旁的一处风景
以及源于心流淌于雕刀下的悠悠神韵
还有被雕塑家骗去的我的那份至真至情

我的黄河母亲
用她的眼睛点燃我们的眼睛

让我们横穿黑夜找到光明

她把奶子高耸成山峰

让我们春风吹又生

她铿锵有力的脚印

是亿万年流不尽的博大精深

以至于我的目力已不能触及她慈祥的全部

更无法穿透她的灵魂

和黄河母亲合影

日月争抢着为我们按动快门

把一帧帧风情四溢的照片

镶在岁月的窗口

我们站在黄河母亲的身旁

靠着一根龙的脊梁

浩浩荡荡

沿着黄河母亲的手势我们出海

沿着黄河母亲的手势
从巴颜喀拉山出发

盐锅峡燃起的光焰
使我们懂得如何对付夜晚
刘家峡淬火的宝剑
斩断千百年笼罩黄土家族的黑暗

突围壶口
我们逐渐摆脱峡谷的羁绊
东出潼关
我们提前思考
如何铺轨固堤
才能避免新的灾难
在河口
我们终于见到世世代代梦寐以求的海了
南来北往的大舰
不再使我们心慌意乱

我们选择我们该选择的航线

我们停靠属于我们的港湾
我们打捞我们需要的海鲜
让一路翻山越岭赴汤蹈火护送我们入海的
黄河母亲
和我们盘腿共进午餐
让海的波涛注满胸间

包　拯

自从你到开封府
青天
就成了你包家的财产

铡了一辈子贪官
也未被贪官的血污染
只错杀了一个包冕
几百年一直在赔情道歉

做梦也未见过电视的你
如今成了电视明星
一晚接一晚一遍又一遍
老百姓们总是
兴致盎然百看不厌
铡刀上的寒光
使他们感到很温暖

不喜欢看电视的妻子
竟让《包青天》作了我女儿的
胎教片
上幼儿园的儿子问我
"爸爸,包青天是好官
为什么总住在电视里面"

范仲淹

说一句名言容易
活在一句名言里却不堪重负
有人用名言作招牌作屏风
你说出了就一字一字地付诸行动

你被一贬再贬
自己的忧愁已够销魂
仍以天下为忧
且在天下人之先
范仲淹你愁苦无边

以天下人之乐为乐
且在天下人之后
范仲淹你乐在何年

塞北的雪
江南的莲
杏的枝头
梅的枝头
都为你绽放笑颜

范仲淹你的欢乐也无边

你把普天下的喜怒哀乐
都装入自己的胸间
范仲淹你好大一个官
你死了
仍在乐享千年

游崆峒

聚仙桥使我身离凡尘
望驾山又迎我成至尊
弹筝峡赐我一方明镜
胭脂川里梳妆整容
广成子等我问道宫中

雷声峰鸣锣开道
凌空塔站岗放哨
蜡烛峰照亮前程
上天梯考验诚心
未达绝顶
我已崆崆峒峒
还要舍身崖何用

浴丹泉里沐灵魂
太和宫中会天尊
凤凰岭上我栖身
人乎神乎
广成子可否指点迷津

闪　电

是谁那勇敢的手
伸向乌云伸向夜空
让我们看见乌云之外黑夜之后的前程

是谁那焦渴的手
撕裂干旱撕裂天庭
挥洒甘霖浇铸我们期待已久的灵魂

是谁这么自信
敢在苍穹的头顶
带血带火地发布石破天惊的号令
让芸芸众生统统仰起头颅倾听

敢焚烧黑夜的是那颗怒火中烧的星球
敢撕裂乌云的是那些舍生忘死的灵魂
敢引领潮流的是那些最早睁开的眼睛

我想起钻木取火的那只手
我听见历史滚滚而来的车轮声

我把我自己的手放进灵魂深处漂洗干净
我发现我们每个人的手上
都布满智慧的罗盘和奔腾不羁的河流

父亲的春天

等不得清明
父亲就把犁插进阳光
翻晒冷却了凡心的黄土
此起彼伏的布谷以及款款而至的雁影
就被你一犁一犁翻晒得有形有声
父亲和他的黄牛
就成了田野里最早长出的植株
打点行装
准备着栉风沐雨横穿春夏秋冬
然后把心花绽放在
杏树桃树梨树千树万树的枝头
让陇东五彩缤纷

妈　妈

生下我
你为自己生下第一座山
我一落地就为你伤感
你却喜滋滋地
让山们列队把脊梁压弯

用那把拧车
把日子拧紧
把自己拧干
让每个山顶
都悬起一嘟噜一嘟噜甘泉
滋润山们长成风景
念想着走不动的时候
靠山吃山

风声伴着雨声
黑夜连着白昼

两步并作一步
把一生用
　半
　　生
　　　走
　　　　完

牧羊的少女

牧羊的少女
从校园外经过
琅琅的书声
震落她眼中的珍珠
羊羔羔的唤声湿漉漉

那条她曾把书包舞成风筝的路
被羊群淹没

牧羊的少女
在水土流失严重的山坡上
牧羊
她是被流失的
最大的一块土壤

晚春的独白

曾记否傍依你小屋的那棵杨树
风风雨雨寒来暑往守护着你的小屋
深情的目光注满窗户
任青翠的岁月落叶缤纷

不知道你为什么要搬走
为什么要拆了那座小屋
为什么不把我也一起砍走
为什么看不见我握住空气和风的手

十年后你旧地重游于晚春
乌黑的秀发面对苍白稀疏的头
可曾看见骄阳之下
我心形的叶上露珠盈盈

别　情

站在雨中
红纱巾飘成风景
听爱情一点一点
渗透的声音
伞紧紧合拢
让所有的雨丝
灌浆成熟

一声一声
数他远去的脚步
直至把他从瞳仁数进心头
总是这样把一颗女儿家的心
一次又一次
放逐

剩下的日子
就斜依村口的那棵梨树
痴痴地望着天空
数日落日出
翘首的姿势

如一张箭已离弦的弓
让远在天边的他
万箭穿心
然后抚摸自己
流血的伤口

某夜日记

大雪纷飞

大雪弥漫了天宇

弥漫了我的骨肉

我的血脉

身处六楼

深处我不足六平米的书房

我被刀郎的歌声绑架到乌鲁木齐的第一场雪里

面前的地图

又掠我到乌市以西的博乐

这个让人心旷神怡的地方

是不是如她的名字一样

盛产快乐

艾比湖能养育出水芙蓉吗

那朵美丽的雪莲能经得住西北风的摇曳吗

为什么近在咫尺却远在天边

渴望一场风把我卷上天山

渴望奎屯河的涛声把我击穿

有歌唱道

梦已经醒来

心不会害怕

有诗人说

梦醒了就无路可走

那么我宁愿窒息于赛里木湖那深不可测的蓝

死在眼前

生于辽远

一场雪正在落下

一场雪正在落下
一场铺天盖地的雪
落在远方的那棵小树上
直到我的心头也白雪茫茫

一场雪从很远很远的远方
直落到与我负距离的心上
远方的一场雪就这样
寒冷了我的心房
我站在小城的子夜
默望很远很远的远方
遭遇一场雪落下
从青丝葱葱
直到白发苍苍两眼冰花

苗苑夜色

先是绿草铺就的小路　　　　　　一弯新月
温柔了我的脚趾和脚跟　　　　　斜倚我绿树掩映的小屋划进
紧接着是这夏夜的风　　　　　心海
在柳枝上给我鞠躬　　　　　　依稀有仙子舞着广袖
再下来是一畦一畦　　　　　　不约而来
我亲手栽植的　　　　　　　　我给我点的那盏灯
松呀柏呀枫呀杉呀等等　　　　伸出温情的手
把我前呼后拥　　　　　　　　扶我入梦

周末我告别盛夏的公堂
告别功利的炙烤
在这清清凌凌的夜色里
在我扎根泥土的苗苑
沐浴大自然的恩宠

潘正碧,男,笔名潘杨剑,生于 1965 年,甘肃镇原人。1985 年发表诗歌处女作《瞧我家乡的牧羊女》,诗歌在《星星诗刊》等刊物获奖 4 次。作品入选《中国朦胧诗纯情诗多解辞典》《如诗年华·一九九六(诗历)》《永恒的诗神》《西部诗人 40 家》《中国世纪潮·走进新世纪(下卷)》等选本。

包雨蕾的诗

惊　蛰

我不是多情的北风

没有理由指点河山

我是你食指尖上的小伤口

渡一朵桃花,怒放

黄河两岸

我们之间一定还有相约

河流从高原苏醒

盐巴消融,来来往往的日子

开始变咸,漫上心头的

何止这柳绿花红

打不死的欲望

尽情渲染,冷暖细碎的时光

那些立上枝头的话,红遍江湖

黄土高坡,从这时起

融洽柔腻,影子里闪过的光阴

瞬间变老

谁爱上谁都不重要

我的黄土高坡怀胎九月

该生的都生吧。春天来了

我要把内心最柔软的部分

留下,等你播种

遥想当年，我初嫁了

一

那年那月那日，阳光挤满小院
我红鞋子，红袜子，红裤子
像土坡坡上的红果果
一会酸一会甜
把父亲母亲，七大姑八大姨
都整得一把辛酸
我出嫁了，离别黄河岸
直去长江畔

二

一腿秦岭风，两袖中原云
几番楚地的山山水水
终见到那东西湖畔的半壁小镇
招呼了天上的大鸟小鸟
初识了镇上的老狗小狗
我初去乍到，不懂方言
听不懂蝉儿迎宾的歌唱
宛若离空隔世，成为他乡人妻

三

江汉水乡,一场雨水的到来

把我们滴滴答答的日子

叮叮当当敲响,芝麻开门了

芋头开花了,野菱角在婆婆的手中

理得顺顺当当,我在绽放的一朵莲里

怀孕了,我在自己的子宫里

孕育着江汉平原,孕育着

新河镇悠远的明天

四

理不清东西湖上烟雨蒙蒙

数不完黄鹤楼前人来人往

长江之上,汽笛声渐近渐远

小轩窗外,一池莲牵挂着另一池莲

小小人间,淹没在闹哄哄阁楼之中

迢迢苍木尽头,炊烟四起

一天一天隆起的肚皮

把新河镇的天撑得高高

像悬挂在高处的灯盏

等待照亮小镇的明天

五

夕阳交出灯盏,春月点亮黄昏

一江春水挂在江汉平原

这是一年最美的季节

我把孩子生在了东西湖畔

端起阶前月光一杯,就醉了

一壶青花酒

饮桃花,流水,春风

饮梨花,纸鸢,湖光

我们有着南北血统的孩子

一半是长江,一半是黄河

一半是雄厚的高原,一半是温婉的水乡

六

汉口岸,长江把汉江拥入怀中

这位抚养了三镇的妻子

依在了长江肩头

抱抱我吧,我的爱人

洗衣,做饭,带娃,挣钱

像长堤边一阵轻风,多么正常

没有来龙去脉,没有应不应该

牵手了,就一起走吧

往前是大江的尽头,往后是遥远的故乡

蛇醒了,娘子的模样

如果你醒着
我就解开薄薄的一层
贴在你的胸口
花开花落,野火轻燃
我只想,轻轻地轻轻地
在你的江湖风云突起

今生,只想柔软成你的女人

把我的千娇百媚,慢慢贴近

你的柔波万千

你的烟波浩渺,就是我的十里春风

你的呼吸,我多么爱啊

在你的堤岸边,我只为你起舞

把千丝万缕的爱恋

舞进春风,舞成你的一举一动

把我自己也舞成你吧

把我的影子,骨血和灵肉

都细化成丝丝缕缕

每一个缝隙间都站一个你

像这些细细的叶子

站满枝丫。这些都还不够,我就

天天站在你必经的路旁

一生都弯下腰身,为你背负

世间所有的柔情

天冷了

天冷了,瓦片的脸都青了
河水栽跤扶胯往东跑
想必,爱在那
你不在,眉毛都黄了
种下的相思太稠
都魇在了梦里。疯长的
无非是一些白
指甲长了,你手心里的温度
留里面刚好。幸亏
你给我不多。心都堵住了
决堤就能忍住
一路向西
有满山遍野的大事小事
摘多了,高原
就低下头。其实
我也心知肚明
没有你,天一样很高
我一样变老

西北之秋

是谁操纵着这里的秋天
让大面积的青草使命般死去
鸟儿远飞，寒冷钻进每个空隙

草原喂养的马群四处惊散
狼群和野花相继离去
再也不会成为某个奇迹中的一员

肆意进入每个骨节的风
越吹越紧，仿佛是前世的孽债
要在骨骼上刻下记痕

今生的悲欢根本来不及计较
阳光一闪，一天又错觉般消失
人群中又看到你，目光叛逆

哥哥，我还记得你
记得秋风，羊奶，一袭长袍
和你的套马杆

我从草原来

我不想和你无休止地争论流星的去向
你住在连星空都看不见的地方，有什么底气
和我说天。这里的云朵，在天上跑着跑着
就跑到草原上，它们在草原上沾花惹草

牧人主管着这里的一切
野狼，鹿群，撒欢的马儿
哪怕青草细微的鼻息
爱情，亲情，以及仇恨和无奈
牧人的靴子比牧人更早来到大地

长鞭一挥的弧度，就是一颗流星的走向
衰败和复兴，羊群的起起落落
这里的天归谁掌管？有人把它赋予了天神

那么多爱恨分明的野花，一夜之间
开遍草原。似乎除了鲜艳地活着
一切都没那么重要。风像个赶脚的信使
快乐地，腾空一蹦，是牧人散落的套马杆

闷头吃草的黑牦牛,它有一个心事
一个信仰,一个不为人知的秘密
其实,它有身边的野花
头顶的白云,这就够了

请你给这些美丽的花儿起个名字吧
名字里最好有雨也有蕾
这样,就会让我想起那些微雨的清晨
我年轻的父亲,那个贫穷但快乐的童年

给马匹,牛羊,野狗,秋天的草虫
都起个名字吧! 就算,不枉此生

深　秋

太阳凉凉的,像个摆设
我看着树叶,落下来了
有人蹚着落叶走
沙沙,又沙沙

与一只蝴蝶狭路相逢
我惊讶它恍惚,落魄,狼狈
无力的翅膀

近在眼前小草的高度,成了它
无法逾越的伤痕
像一只住在心里的鬼

我承认它曾惊艳过岁月,那又怎样
如果命运错了,所有的对
都是人间盛开的地狱之花

来世一遭,过程繁杂
老杨树周身都长着解不开的疙瘩

顽固,坚硬,没有彼岸

想起江南,绿化带上的彼岸花
她唤过谁的名字? 而我
不在此岸就在彼岸
花开花落,来来往往

秋　离

大雁远去，留下跑不动的
这大好河山，也要冻结
我一拖再拖的老毛病，像一片红叶
终成了病。边塞已不是边塞
一条长河假装还如当初

喊疼的都是不疼的，这黑风荒地的
离天那么远。一远再远，已经远到
黄河尽头，天苍苍，野茫茫
苍茫一世的西北大地，你已
害我病得不轻。病了，还爱着
谁让你是我的故乡

半窗秋寒，半床棉被
我的诗歌病得不轻
竟然把人世间那些小事拉扯出来
把不起眼的破棉被，看得太重

去河边走走，那些生老病死的
他们都去了哪里？河水一定知道

它不说,我也就不好问了
只能看着这大面积的树木黄一片
红一片,牵扯出那么多往事
数也数不清

送你走,我只能说
这里秋寒已重

包雨蕾,女,甘肃镇原人,甘肃省作家协会会员。2005 年开始在《诗江南》《黄河文学》《读者》《飞天》等报刊发表诗歌、散文作品多篇(首)。获第六届黄河文学奖、"杨花词杯"全国爱情诗大赛三等奖、"电力杯"全国诗歌散文大赛优秀诗歌奖、庆阳市新创歌曲大赛歌词创作奖等奖项。

石枫恋的诗

六月祭

六月金黄遍野
希冀遍野遍野金黄
铁骑疾叩的军令
排山倒海

六月麦芒遍野
丰收遍野遍野麦芒
包裹在甜蜜果核里的绵密银针
竖满天空大地

六月坚硬的锋刃
划过新艾半掩的门扉
青涩花事尚未妙语成章
哑然成殇如坟头淡菊

六月江河瘦成指间一枚地图
鱼在纸上徒步以腹代鳍
蔚蓝色的海面暮色低垂
心头白羽燕山雪一样纷扬

六月大风起兮雨滂沱
刻在石头上黛色的名字
一笔一画尽数散失遗落
他年对面波澜不惊水色枯

六月万顷黄金奔涌的大河
看一眼从此眼窝深陷
直视过万丈阳光生命中
留下永恒的黑洞

豆豆布谷

豆豆是一把五谷
落地生根读着《绿野仙踪》
就长成一阙春水江南

布谷是一只鸟
划破长空诵起古老的偈语
八百里秦川就黄袍加封

金豆豆银豆豆
布谷——布谷
布谷要吃白面馍馍
锈镰刀的眼睛亮了
豆豆要骑高头竹马
青山冈的额头暗了

小豆豆小鸟小五谷
孕育与出生都是饱满的

甜甘蔗芯的内心
向阳花的色泽和红石榴的外
衣

收仓的一环也很重要
两只胳膊劲使圆了使匀了
碎的石头稗子漏下去
大的枯枝败叶旋上来

在春天

其实我还是我
还是过去那个我
甚至以后那个我

只是这一刻我不去管我经营的酒店
是不是来了一个客人并且兴师动众
让我的几个懒散员工忙活一阵外加一些水电费
使我更加入不敷出

也不去管集市上商贩嘈杂在兜售什么
甚至连和我扯了十几年结婚证的老汉子
有可能借外出为家庭增收创利为由
正驾车急匆匆载着哪个腰身软软的少妇

啊呀这是多么严重的事件
尤其对女人

可我这个蠢女人啊穿着起皱的衣衫
不梳不洗更不想怎样修改昨夜的新诗
眯着眼睛坐在春天的门槛晒着太阳

怀里抱着我扁桃体发炎的小男孩

即便他不生病我也要放下手头的一切
多抱抱他多抱抱他
因为风吹着我娃就长胳膊长腿
说抱不动就抱不动了

桃花签

请你勒勒马缰快一点

勒勒马缰慢点
我桃红衣衫
只要春风一诺便浩荡荡
开满你十万封疆之土

你

你的骨骼要很重很重
比铁沉比山沉
比时间沉

我要很轻
很轻

我才觉得我
是你的

弧　度

刀子钝了
就有了弧度

金色的父亲穿过秋天
仰望一只鹰驮着夕阳的翅膀

银梳子

水里的碎银
桂花里的光
薄情的小银匠
睡梦中打下银梳子

那么软那么亮
拉萨河源头梳下来的星光
拉则寺未成年的小腰上
晃着的青月亮

深谙冰火
细小的刺通灵
遁在流水的木匣子
等一场大雪

一把刀子有疼痛

一把拎起的刀子是悬崖
蝴蝶立不住，流水立不住

终身祈祷一场大雨。假借
羔羊与麦子的身体流泪

敛起锋芒穿过心脏，就是
抱紧你，与你肌肤相亲

刀子背负罪名抱紧疼痛
就像天空抱紧无尽的虚空

豆豆妈妈
多年前豆豆妈妈还是个年轻的妈妈
年轻轻的妈妈似乎不会洗衣不善做饭
不会照顾娃
这个枲妈妈就像只会起名字

豆豆豆豆娃豆子臭豆娃
蛋蛋蛋蛋娃蛋子臭蛋娃

魔怔般的妈妈一边把鲜美的乳汁喂进你的嘴里

一边把这些黄豆般乱蹦的小名捂在怀里

一张口满屋子浸着母乳的清香

你小脸粉白妈妈乌发堆积

映照得整条老巷子明媚如春

多年后麦子青了又黄　布谷飞去又回

你已脚丫生风能言会辩羞于很多举动

当年的杂妈妈还是不会针线

不善茶饭不会教诲娃

这个杂妈妈仿佛一生的使命

就是起那些写不进家谱的杂名字

亲娃宝娃臭娃狗娃

亲亲宝宝臭臭狗狗

依旧魔怔般的妈妈一边把笔墨装进你的书包

一边把这些珠玑般圆润的名字投进日月

一举手便满季节荡着五谷的清香

你气宇轩昂　妈妈身形佝偻

回首处岁月苍茫甘甜如饴

原来时光不老乳名长在

直到妈妈老了你老了

乳名依旧缠绕膝下芬芳四溢

擦　鞋

我今天擦了鞋
是亲手给你擦了鞋

一下一下
刷去鞋上一层白蒙蒙的浮土
清理掉几片黄褐的泥污
再用干布蘸着清洁剂擦拭一遍
最后涂上鞋油反复擦拭直到打出光度

看着一双摆在墙角的脏鞋重新焕发青春
我拍拍脏手抿嘴笑了
这不是你不干净实在是农村春雨后
到处的黄土都软哒哒地
像苏杭老巷子的吴言侬语

给自家男人擦个鞋就像睡觉翻了个身
再平常不过的事不说明什么
不表示我爱你也不表示我不爱你
就像我给你擦鞋不表明我是个好女人
不擦也不代表我是个坏女人

大多数时候我都是个好女人

有些时候我还真的不是个好女人

生活中什么又是个绝对的好

什么又是绝对的不好呢

尤其是寻常夫妻过日子

就像有些时候我给你擦鞋

并且与你生死与共

有时候我就不擦

有些时候我属于你

更多时候我只属于我自己

但无论怎样不每天都给男人擦鞋

是一个好女人一生铁的纪律

石枫恋，女，生于 1976 年 10 月。祖籍山东，现居镇原。在《诗刊》《星星诗刊》《四川文学》《飞天》等刊物发表诗歌多首，著有诗集《红粉妆颜》。

张占英的诗

一个小女孩借我手机打电话

我路过一个山里人家
门前正开满杏花
杏树下端坐着一个女孩
她明显有些忧郁
在一树繁花下一语不发

可是她看到我拿着手机
突然起身拉住我
她说叔叔给我
我要给妈妈打电话

她接过手机说
妈妈妈妈
今天我把一颗牙牙掉啦
淌血啦有点怕
可是不疼我也没哭
奶奶还不知道她会骂我吗
这是我的不小心我错了
妈妈妈妈

她的脸色突然变了
面露窘色也很尴尬
她才知道电话那头没有妈妈
之前她就没有拨电话号码
她还是叫了几声妈妈
把手机还我时真的就哭了
可是她的哭只有眼泪没有声音
然后低头慢慢走进杏花深处
一处安安静静的窑洞人家

梦见李白

平白无故地梦见李白好难
和梦见李白时梦见两条之字形的白云绕着李白
一样的难
梦见李白戴着一顶相公帽
相公帽的缨子像两条柳叶很细伸得很长
李白面对着一团盛大无比略带橘黄色的月亮
他那靠近我的胳膊和手明显地扬起
不知是端着酒杯或是要打一个响指什么的

一点都不明白是我问的
还是李白自个儿说的　李白说
写诗啊得儿时甜糯
少年策马青春风流
老年其实倒不要紧　关键是
壮年以往特别是中年
得意比若驿站　驿站与驿站之间
要有大段大段壮怀激烈一样的风烟与蹉跎

李白还说老家得很远很远
（李白说的老家好像指祖籍地）

故乡得很远很远

（李白说的故乡好像是出生地）

你得走得很远很远

人生须有九万里的豪情

还得有比豪情更多多少倍的惆怅

遇到的天一定要蓝

水一定要清

情一定要切

（记着李白说的不是真）

这些有了　遇见月食沙尘暴地震战争

都不打紧无甚关碍

李白好像还说

故乡得有一团略带橘黄色的月亮

你想故乡了就能看见那么一团盛大无比

略带橘黄色的月亮　清辉无边地照着你

你的眼里就会滚落硕大硕大的眼泪

斟满酒杯打湿衣裳

一位老人拉着玉米秆在塬上缓缓地走

冬至那场大风把平泉塬刮了个天安地静
一位老人拉着玉米秆在塬上缓缓地走
老人像个烧开的水壶,口里不停冒着热气
只是热气刚从嘴里出来就被风吹了回去
绝大多数落在荒草一样的眉毛上
还有少许落在若有若无的睫毛上,化为淡淡的白霜
他到我面前得空似的停歇下来,仰头喘了几大口气

我发现,他和父亲前些年干活时几乎一样的卖力
一样的狼狈,在生人面前表情淡漠略怀歉意
他从我身旁缓缓地拉过去,向后握着两截浑圆的木头
握着架子车伸给他的两只小手,一步一喘地移动
从后面看上去,风吹拂那么一大堆玉米秆边缘的叶子
每片叶子羽毛一样轻微又轻松地扇动着,一刻不停
简直就是一只形体较大的鸟,在塬上悠闲地漫步

我望着金张掖心里一片愤怒和黑暗

眼看比河西走廊还要干燥污浊的大口
2018 年 11 月 25 日 15 点 29 分
正活生生把金张掖黑黢黢地吞没

黑黢黢里的车灯成了几颗黑黄的牙齿
我的同学陈维文、范继红，还有徐蓉
在黑黄的牙缝里一个都找他不见

我站在阳光响亮的董志塬上猛烈地咳嗽
我披头散发，目眦尽裂
想挥舞着千里长剑冲刺过去一剑封喉

黄　昏

起初以为是一个树桩

那时我正经过村口

渐行渐近

才发现原来是一位老人

他站在那里一动不动

老人的身子和头都有点弯

或者有点歪

看不清他的模样神态和表情

老人看上去比黄昏更黑一些

静静地黑在那里

老人好像在那里站得很久了

或者习惯站在那里

像树桩一样一动不动

成为村口黄昏和夜晚的一部分

老人身后是一处没有院墙的房子

院子和房子里没有灯光

没有炊烟

也没有狗

我的心里突然痛了一下

这是谁的爷爷

谁的父亲

她们总是在好天气里摆小摊

我突然觉得她们非常聪明

几个人年龄介乎阿姨和奶奶之间

在县城东门坡坡北面的土桥上

她们总是在好天气里摆小摊

小摊里摆的都是小袋袋

每个小袋袋只装着一样东西

黄豆豇豆红豆绿豆小米

探头探脑　和路人一样彼此好奇

这些都是阿姨和奶奶自己亲手种的

亲手施肥的

亲手除草的

亲手捉虫的

亲手搭架的

亲手摘的

亲手剥的

亲手拣的

这些豆子和米粒颗颗滚滚浑圆

颗颗闪烁着粮食谦逊的光芒

和这些抚育者年轻时和她们的儿子孙子

一样精神饱满

有时候

她们也扩大规模多摆几个小袋袋

里面装着黄花菜萝卜干花椒

甚至还有荞麦面黄米面

也可能有冰草扎起来的小把菠菜

几只新鲜的萝卜几捆小葱

不过这需要很好很好的天气

阿姨和奶奶坐在小木板凳上

欢喜地介绍自己的得意之作

讨价还价

阳光照在她们素面沧桑的脸上

感觉她们就是她们摆出的某颗豆子和米粒

或者别的什么朴实的收获

而她们笑着说着

仿佛赞美这会儿无处不在的好天气

我在福州大街上没头没脑地走

微风吹来才清楚地知道
此时此刻我对美好和幸福
既无设想也不期待
我只是穿着短裤有鞋无袜
在福州大街上没头没脑地走

刚才西湖边喝了一杯茉莉花茶
没觉得 35 块有点太贵
只觉得湖曰西湖有点无语
湖边送来阵阵桂花浓郁的清香
蚊子也把我的小腿叮得奇痒
喝了三泡没等到尿尿
我站起来埋单离开湖边
街上人没有车多　没有风多
微风如爽风张满我的三件衣裳
我不看男女也不想往事
我把思维和苹果 6
一同关闭装进裤兜
把自己交给桂花浸润的风
沿着大街东西南北地走

东南西北的街基本一样

一样的是桂花飘着浓郁的清香

不一样的是桂花的浓郁时浓时淡

不一样的是桂花的清香时淡时浓

我就这样没头没脑地走

不知是已经沉醉还是渴望沉醉

我就这样没头没脑地走

我只是往前走不辨东南和西北

也不管大街和小巷只放任生命

在桂花中东西南北地巡游

这样子没头没脑说不定很像天使

起码一只脚在人间一只脚在天堂里走

夜已渐深行人愈少

呵呵谁知道呢也许此时此刻

我成了风的幸福、美好和风景

如果不是这样的打扮　此时此刻

我亦风光无限裙裾飘飘

哟我的头顶被砸了一下

我感觉很轻　是个花骨朵

我不在意却清醒了许多

我知道在累的地方或者在累了不远的地方

就有宾馆或者的士

我要走到累了再说再无他想

可是我突然看见一个东北菜馆

我顺顺溜溜走了进去

我说那个翠花翠花啊

上我一盘你那旮旯里顿顿吃的蘸酱菜

雾　霾

我们往往把偌大的鸟群
看成一朵云　正如
我们把无数射来的箭镞
看作温柔敦厚的雾霾

灰蒙蒙的有点像水墨
可不是水墨
水墨有水
这是人类迄今为止造孽一样
傲慢和偏见膨胀的储蓄的
不可抵挡地射向的自己的
最锋利的罪恶黑暗的箭镞
它从各个方向射向你的肌肤
血液骨髓任何一条
血管和神经以及不可限量的末梢

只是它不是一般的非凡的箭镞
它扎到哪里
它就活到哪里死到哪里
你休想拔出它

你的身体血液和神经从此以降

就是它的归宿战场血　浓于水的故乡

不过雾霾知道自己太埋汰了

它需要躲到我们身体里

身体的深处最深处

好比深山老林深深换一口气

诗是天地人心间灵异的事物

不比别的诗这种事物

乃是神谕唯有神谕

没有神谕不可作诗

如母孕有命母生成人

何时神谕何时作诗

何时瞌睡何时醒来

神谕什么写什么诗

如碰见何人梦见何事

神谕写几行就写几行诗

如吃几碗饭喝几口水

神谕只可默念不可写在纸上

一辈子也不可说出口

想说的时候可吹一声口哨

看大地有花在开有水在流

望苍天有云在卷有云在舒

神谕之诗便已传晓天地人心

张占英，男，甘肃镇原人，甘肃省作家协会会员，《甘肃经济报》特邀记者。出版《中国村官》《第一书记》《大学生村官》等系列丛书，获"庆祝中华人民共和国成立六十周年重点图书"、"梦阳文艺"暨五个一工程报告文学类一等奖，被选为甘肃、宁夏、青海、浙江、福建、广西多地"农家书屋"和干部读本。

姚康康的诗

风从塬上吹过

风在塬上,发出咔嚓咔嚓的收割声

起先是油菜、麦子

接着是胡麻、糜子、荞麦

还有豆子和玉米

从五月一直忙到十月

人都说,草木一秋,人生一世

在庄稼地里忙活了一辈子的祖父,还有大舅

去年也被风一并收割了去

母亲一不小心,被风狠狠地撞了一个趔趄

落下了腰痛腿疼的毛病

这些事情,都发生在刚刚过去的一年

春节,从远方回来

我们满眼泪花,望着母亲笑

母亲也望着我们笑

无　题

一个人,犹如一片大海

是一片回声(黄河之水天上来,奔流到海不复回)

我坐在月光下面

感受秋天凋谢,风雪孕育

二〇〇九年,我在兰州

推敲我的凉州词

用快递的方式,邮寄向远方

地址:唐朝

邮编:不详

小学校的钟声

十一岁那年,常俭小学,我上五年级
拥有了一块崭新的电子手表
数学老师,值周的那几次
会把敲钟的任务交给我
比做四则混合运算还准确的
是每次的下课时间

在那年冬天,敲钟的时候
我还吓醒了站在枝头的几只麻雀
它们叽叽喳喳,谈论了一个下午

小学校已经搬迁了多年,当年的房屋一间也没有留下
我们在教室后面,偷看过小说,下过跳棋
还有几次,差点忘记了上课的时间
如今数学老师已退休在家,那块崭新的电子手表
也遗失了很久,十一岁的少年
已经做了六岁孩子的父亲
刚刚过完生日的儿子
一直梦想着走进南区小学一年级

下乡札记

下乡，我们是带着任务去的
开门的大叔，脸上的尘土被风吹淡了一些
如今的女子彩礼可贵得吓人哩
不知谁说起这个话题
你一句我一句就说开了
只有大叔一个人，在墙角抹眼泪
给儿子说下的媳妇刚刚结婚没几天就跑了
跑了也就跑了，十几万的彩礼跟着也跑了
法院里的人说了，不到领结婚证的年龄
你的委屈没处说理啊
大叔心疼他十几万的彩礼，我知道
那个跑掉的女子真的不咋的
你说你跑了也就跑了，怎么
连十几万的彩礼也跟着跑了
大叔说起这些，哭得像个泪人似的
你说那十几万的彩礼跑了也就跑了
不争气的儿子还在外面晃荡几年不给家里打个电话
媳妇可是儿子逼着父亲给张罗娶的
听说，这儿子有时还打父亲呢
真是一肚子苦水没处诉说
这不，包村的干部刚刚下乡来了么

从殷家城返回三岔途中

夜色这么好
月亮在山顶上缓缓移
河流默默流
几点灯光
全都落在了汽车后面
三十六年了
我第一次半夜从殷家城返回三岔
四周静悄悄

沿着河流奔跑的树

树似乎不清楚河流到底要去哪里
它们只是沿着河流奔跑
有时在河的左岸多一些
有时在河的右岸多一些
跑进风轻雨柔的春天它腰肢柔软
跑在郁郁葱葱的夏季它精神抖擞
跑到瓜果飘香的秋天它脚步放缓
跑出银装素裹的冬天它忍不住回头
望了望河边捡石子的男孩
河流终究要流向远方
树也随着河流
跑过衰朽的窗棂
跑过高高的山巅
跑过有月光的晚上

秋来了

有几个人,认识或不认识的
在这个秋天,走了
具体的细节我就不说了
就像翻过山冈那样走了
就像来你家敲了敲门没人言传那样走了
就像夜里风来了又走了
留下的遗憾秋天也无法帮他完成
留下的悲伤秋天也无法帮他抚平
留下的亲人还孤独地在秋天活着
在秋天里
采摘春天的树上结的果子
收割夏天播种的粮食

走在秋天的马路上,满眼泪水

村里人的一辈子

都说村里人忙着呢么

放羊是一辈子

种地是一辈子

织布纺线是一辈子

一声不吭的一辈子

谝闲传的一辈子

偷鸡摸狗的一辈子

在十几亩薄田上流汗一辈子

在几眼土窑洞里忙活一辈子

在旁人面前不掉一滴眼泪一辈子

出人头地是一辈子

打牛后半截是一辈子

长的是一辈子

短的是一辈子

生在黄土里是一辈子

埋在黄土里是一辈子

村里人的一辈子,其实

忙活了一辈子

致 S 和他的爱妻 X

秋天,像雪花一样
从天空慢慢飘落
遮住了温暖的街道和阳光
啊秋天啊秋天
他坐在亡妻的坟前
含笑唱着一支古老的歌
夏天去了夏天去了夏天她还坐在他身边

潜夫亭

人们都说,那时候
你常坐在亭子上读书
闲来写书,名字叫做"潜夫论"
镇原是你的故里,你坐在北山
有手植柏,有黄土千里

我倒相信
你进出在黑暗破旧的窑洞
衣服破旧,面有菜色,寒风里
蘸了夜色,瑟缩中写下
黑夜的黑黑暗的黑,还有黑馒头的黑

姚康康,男,生于1982年7月,甘肃镇原人,文学硕士,甘肃省作家协会、甘肃省文艺评论家协会、庆阳市文艺评论家协会理事。曾获《甘肃文艺》新锐论文奖、"武酒坛藏杯"全国散文征文优秀奖、庆阳市第十届精神文明建设"五个一工程"奖暨第五届梦阳文艺奖、"我的读书故事(赵州桥杯)"征文优秀奖。诗歌入选《高天厚土传齑风:新世纪陇东诗歌群体大观》。在《书屋》《西北军事文学》《博览群书》《星星诗刊》《岁月》《寻根》《钟山风雨》等刊物发表文学评论、散文及诗歌若干。出版文学评论集《落地的麦子》。

刘玲娥的诗

露

先于清晨的
是人间的一颗甘露
行走在这个世界的一株草
先于一颗露,在黎明前抵达
而整个早晨,都清晰地映在一颗露珠的眼眶里

晨曦下,露珠在草尖碧波荡漾
它用内心流水的声势,制造了一个翻江倒海的清晨
立誓为草出生入死
这一切都被我窥视到
此情此景,幽静处巨大的力量
洗涤了我的柔情似水

耻辱多么赤裸裸
在生长与死亡交汇的这一刻
想起曾经那些年
我的青春年少,像露珠
悬挂在青草之上滑落之下的那一瞬
巨大的力量

让我内心高过风月的年华日落西山般

塌陷

眼睁睁,这短暂又漫长的一生

从美好的时光中

跌

落

秋天的一个下午

妈妈把最后一颗土豆挖了出来
她用了整整一个下午
最后坐在一堆藤蔓上
嘴里念叨：一下老了，一点力气都没了，成个废人了
但眼前一大堆土豆足以让人惊喜啊

傍晚阳光懒散，已经没有足够的热能捂住这块庄稼地
晚风吹来，撩起妈妈蓬乱的白发
她像一堆藤蔓中枯萎的那一根
我依着她疲惫的身体坐下来
像成堆土豆中的一颗重新结回枯萎的藤蔓上

天亮了

先听见黑暗和光碰撞的声音

喜鹊和乌鸦急促地叫出第一声

窗边开始透进一小片亮

帘子形似无物，放进一些温暖或冷空气

树木安详地生长或者有落叶砸向大地

风迫不及待地推了推湿漉漉的小草

世界开始在硕大的子宫里躁动

婴孩的哭泣声、厢房飘出的叹息声

脚步声、叫卖声、鸣笛声

磨刀匠低头的沉默声

厂房机器的轰鸣声

银匠铺金属的碰撞声

空气和空气的摩擦声

年龄在时光里的衰老声

……

啊！这么多幸福和不幸接踵而至

这奔跑中的喘息声

一切好像从未发生过

或者正在延续昨天的阴云未曾退去
恰似一种坏心情,扎根在有光的人间
生长,或者
死亡

故　乡

当我写下故乡,窗口的月光愈加明亮了

像黑夜突然睁开的眼睛,温顺地照在稿纸上

可,那一夜,你是我遗失的半块月饼

我在祖国的版图上寻找

找日思夜慕的甘肃

找喂育了我的黄土地

找脊梁一样坚挺的高山、匍匐的沟川

找苦涩的记忆甘甜的清泉水

找坡头刮过一场风吹散的炊烟

找六月黄土下的一场透雨

找麦粒一样小小的马沟村

找夕阳西下山一样的柴火压弯瘦弱的身躯移进家门的背影

突然消失在古老的夜色中

……

麦浪流金,玉米拔节,洋芋打花

门前的杏花谢了杏子熟了

村口的烟柳叶落了又成荫

坟茔上的蒿草枯了一茬又绿了

……

在外漂泊

常常把他乡当成故知

把形似衰老都比做父亲

把天空的白云都当成坡头的羊群

把出租屋里孩子的哭声都当成儿子的唤娘声

把乡音都当成亲人

把每一次离开都当成更好的归宿

……

哦！故乡

贫穷的笔尖怎能描绘你的幸福与疼痛

故乡啊

我翘首的目光，低眉的愁

是，一纸之隔千里之外的家书

请给我

八百里加急

在异乡

随意不能谈及故乡
她会让坚强的人变得懦弱
让心中的顽石柔软
让怀乡的浪子,落泪
久居他乡的人儿
经常用目光托起炊烟
以及炊烟下的村庄
亲人和旧梦
如果在静夜躺下
胸口隔着一座山
山那边圈养乡愁
伸出手
月光就能拧出水
打湿山两边没有入眠的眼睛
哦! 远离故乡的亲人
睡吧
闭上眼睛
你就会赤脚走在故乡柔软的肚皮上

阳光照进火车里

下午,阳光突然照进火车

我全身顿感温暖,好似我乡下的亲人远道迎来

从窗口伸进一双大手焐热了我

她用同样的动作焐热火车里每个人

你看,他们脸颊泛出红晕

贪婪地享受人世额外的恩赐

我看见她焐活了枯树上冻僵的灰喜鹊

把窗外的雪焐出了一团火

把路过的风焐得那么温顺

把冰冻的湖面焐出了动荡的水波

把凸出在冬天的石头焐成了一尊佛

把大塬上一个孤独的坟丘焐成一个人行走的样子

把一段废弃的铁轨焐融了

把时空下的碎片焐得透明、幸福……

把伸向前方的路焐出了家的温度

把火炉焐燃了

把酒焐滚了

把我的伤口焐愈合了

我是多么热爱,这温暖的物象
像爱着生命的列车决绝驶远
黄昏下,逐渐冰凉的人间
无法阻止的悲伤

一颗牙

一颗被硬物磕掉的牙
再也不敢以硬碰硬
我挑拣生活中最柔软的食材
适度咀嚼
一不小心就会被生活磕碰
疼,忍
忍,疼

在镜子面前
光总能折射出内心掩饰不了的惶恐和怯懦
把我的软弱定格在脱落之后的牙槽里

起先她也和生活中棘手的人撕咬
嗑瓜子,咬杏核
嚼碎生活中坚硬的部分
一次次满足我随心所欲的胃口
让我的身体有足够的营养绝处逢生

如今,话未出口早没了底气
于是我打碎了牙往肚子咽

处处小心,吃软怕硬

极力掩饰体内被生活磕掉的部分

用沉默填补我在生活中接连不断的漏洞

总有太多不如愿的残缺

在一些年少轻狂的孩子面前,捂住嘴

把尊严和羞耻一并咽下

一再地

委曲求全

在梨园遇上一只雀

它轻轻落下来,像生活排挤出的一块污,在我面前蹦跶

胆怯地看一眼,又惊慌地飞出两米开外

它兴许是从老家飞来的

它弱小,似乎还没有学会赖以生存的能力

它不断向我投来祈求的眼神

在这座繁华的城市,被城市的热浪拍打

它不停抖动灰色的羽毛,好像要极力抖去身体上的污

我周身搜空掏不出一粒施舍良心的米粒

风说来就来,掀起它单薄的小身板

在它飞远的一刹那,我想起单亲家庭的儿子

走在放学的路上,满眼迷茫

梨花如雪

飘落在春天,我的胸口上

白　发

越来越多的白发超越了我的前半生
走完了她身体里的黑
为我后半生落下剧幕
这是一场绑架了人生越过季节的白雪
过早地落在我的黑发上
我更清楚这落雪的分量
过程是疲于奔命的
每一次在镜子前,我都心生紧张
无数次想将这些白得生疼的尤物
连根拔出光阴之外

这使我始料不及的、自身不能抗拒的
越来越多的某些部分
那么突然,那么悄无声息地
扎根我的身体
枉自独白
像一个走夜路的人
掏空躯体里的魂
在月光下,弄丢自己的影子
哭诉着自己漫无边际的孤独

三个住在病房的人

一个用手使劲按住心口的疼向对方诉苦
另一个则挖出内心的雪向对方晾晒
连天的秋雨浇得他们心急如焚
穿白褂的年轻护士像雪地里开出的白花朵
在各个病房轻盈地飘飞

他俩继续交谈
说到同时入住病友
提前为秋天交出命运的白骨
昨夜走了
他们谈到这,都沉默了
感叹
有时迈过一个门槛比迈过曲折的一生还难
秋天的黄昏真的来得太快了
时间短暂性死去
整个房间雪上加霜
两个人同时望着窗外
落叶正为秋天举行一场葬礼

春花祭

三月,青草使劲生长
一群羊追着一片青草奔跑
母羊为了临盆的孩子
屠宰厂等待一场杀戮

春天追赶一场花事,从花开到荼蘼
我追赶时光的指针
该用怎样老去的速度,才能拦住
一个鲜花烂漫的春天
身后巨大的荒芜

刘玲娥,女,1977 年冬月生,甘肃镇原人,2014 年开始发表诗歌,有诗作刊登于《参花》《陇东报》《新世纪诗选》《大别山诗刊》《北京诗人》《长江诗歌》《陇东诗群大观》等,计 300 余首(篇)。

张小瑜的诗

动听的声音

如果没有花开,欢笑

和甜蜜的情话

别忘了还有一种悦耳的声音

比沉默更为动听

更被期待

如一件需战战兢兢捧着的瓷器

哗然碎裂的声音

一棵两人合锯了多时的大树

扑向地面的声音

明月夜

这样的夜晚
怎舍得睡
要睡，也应睡在光明里
嘘——
别作声，只仰望
望到夜阑人静
世界只剩月光

沉默是金

如果你要的是一场
和平的、秩序井然的爱
那么,我努力
不动声色
把春天的枝叶缚上铁丝
把午夜的黑猫拴上绳索
把麋鹿绑进笼子
把云雀关进柜子
把江水封住
把火山加固
把雷,闪电,和暴雨
锁在乌云里

冬日随想

冬天
赞美归于那些安眠的生物
和那些散漫的
无为的人

冬天
有福的人会看见虚空
触到她安宁的裙裾
会欢喜
我是她玩泥巴的孩子

冬天
可飘雪,可不飘雪
可说话
可不说话

城　堡

夜里去看
望见我的城堡亮着一扇小窗
我知道谁在里面
这昏黄的温暖的光晕
如远山的灯塔
隔着漆黑的海面
如一尾闪亮的游鱼
就要游进幽深的街道
如温柔的手臂
无声地揽住我的肩膀

无　际

星空无际
虫鸣无际
沉默的树木无际
夜,无际

墙壁和篱笆混沌无际
拾荒人的脸模糊无际
婴儿和老人安睡无际
流浪狗和独行者步履无际

在这无际的夜里
炽热的心可隔着微凉的空气观看
可看至浮云虚淡
两相安息

只是
一颗流星瞬间消失的光芒
忽然就
落在眼里

爱情狂想

我是清晰的
我爱的人应该在高山之巅吻我
而不是暧昧的犄角
我是响亮的
我爱的人应该赞美我飞扬的眉眼
而不是萎黄的隐忍
我是独一无二的
我爱的人应该给我至尊的王冠
而不是尘埃里竞艳的花朵
我是自由的
我爱的人应该携我比翼
而不是以我为马,或者仅仅是
策马的鞭子
我是和平安宁的
我爱的人应该是田园、牧歌
而不是刀光剑影的江湖和硝烟弥漫的战场
我是具体的
我爱的人应该看见我,触见我
如同看,和触碰真实的自己
而不是鬼、神,或者

一个叫作小玉的单薄符号
我是活着的
我爱的人应该呈我以胸膛和热血
而不是牌坊和墓志
我更是天真的
我爱的人应该与我同在混沌之初
而不是天地两极,万物有名

鹊　桥

蝉声嘶鸣

太阳睡着了

在白色的树林里

我看见一座石桥

拱如满月

这是鹊桥，一定是

七夕已过，它还在这里

我奔跑而至

等一个人和我重新相遇

和我凭栏依立

说话或者沉默

风都会吹动我们的衣衫

美好的早晨

鸟鸣,安静的楼道
抬起手指可慢慢触摸的阳光
阳光里的灰尘
和鹅黄嫩绿
陌上风熏,山上花开
人们在生活
这美好的早晨
应该有一扇虚掩的门

没有也好吧
这样的早晨
我应该是欢乐而感激的
感激有这鸟鸣,这透过阳光的安静的楼道
这一扇闭着的
亲切的门
感激慈爱的神
示我以满世界明亮的春天

| 张小瑜,女,甘肃镇原人,现供职于镇原县老年大学,诗作见于《飞天》等刊。

刘志洲的诗

风从故乡来

风从故乡来
带着故乡泥土的芬芳
淡淡的咸咸的
这味道
让我的嗅觉失灵
这味道
淹没了
陇东高原上其他味道

风从故乡来
带着菜园子的一畦畦韭菜香
我知道
父母亲在菜园子里
种玉米洋芋豆子除草
我闻见了
韭菜饼子的香味
洋芋馍馍的香味

风从故乡来
带着母亲的思念

我知道

母亲一定站在崖畔畔

眸子里满是盼归

家门口用石子铺就的

大大的回字路

在向我招手

风从故乡来

带着麦田中的一抹绿

吹乱了我的思绪

我穿千层底的双脚

拼命奔跑

在麦浪里

在菜园子里

替母亲除草

故乡的味道

故乡的味道
是老屋中散发的幽香
酸辣咸甜涌上心头
冲击着思维的空间
广袤的黄土地
不再显得荒凉贫瘠

故乡的味道
是氤氲在村庄上空的袅袅炊烟
伴着淳朴的柴火味清香
飘荡在一望无际的山川、田埂
沁人心扉
深深地烙在味蕾之上

故乡的味道
是黄酒缸中陈酿的思念
萦绕在心头的
是家的温暖
这味道在哪里
家就在哪里

故乡的味道

是农家小院中的一缕情丝

是时间长河里思乡的韵味

剪不断,理还乱

老了容颜

厚了乡愁

乡村腊月

时光驮着腊月

不紧不慢地

走近了乡村

盛满乡情的年夜饭

沸腾了整个村庄

杀猪宰羊、磨面榨油

赶集、祭祀扫旧

朴实勤劳的乡亲

脸上绽放出如花的笑靥

把五味杂陈的日子

过活成光彩照人的图景

一缕缕升起的炊烟

如母亲长长的银发

散落在山巅

洒落在田里

灶膛里

柴火欢腾

照亮母亲慈祥的面庞

麻雀是腊月的歌者

雪花是腊月的舞者

烟火是腊月的颜色

我想把这些乡村腊月的元素

刻进岁月的光盘

永久播放

刘志洲，男，甘肃镇原人，80后，甘肃省诗词学会会员、甘肃省作家协会会员。作品散见于《中国劳动保障报》《人民代表报》《中国应急管理报》《中国建设报》《工人日报》《火花》《甘肃日报》《甘肃工人报》《兰州日报》《陇东报》《天水晚报》等报刊和网络媒体。

贾录会的诗

鬓角,被一场雪覆盖

有一种白,真的
让人惊心动魄
有一种白,真的
让人思绪万千
不经意间,一场岁月
深处的雪覆盖了鬓角
这个突兀的闯入者
传递着若有所思的信息
和真理的真正形态
因了这场雪的提早到来
我学会放下
学会煮香每天的太阳
面带笑容地
好好活着

建筑工人

他用水泥沙子
抬高城市并顽强真实地活着
他虽然脸上在彰显
岁月无情履痕的道道皱纹
和见证曾经逝去年轮的缕缕白发
但他朴实得让桃花
都惊慌失措
洒落一地
缤纷

他用汗水让苦日子有了甜味
又用几行文字充实
漂泊在外夜的孤寂
他不但有底层人的爱好和尊严
还从容地走过四季
驮着叶子或高举花朵

倒春寒的风
吹得蝴蝶四处逃散
伫立远眺，我看见

他的目光是那样坚韧

他给季节涂抹着春天的颜色

站是一条龙,万里长城永不倒

他的所有光芒都烂漫成

一种精神,一种

时代的印记

我突然感到

能为城市繁荣添砖加瓦

是多么的荣幸

我相信,他和我有着

相似的共同之语

在逆风中穿行

黄昏,天空很干净
词语在夜的枝头开着繁密的花
然后在梦里装点着
沉重的本色溅起的沉重话题
苦旅,含着多情的泪
目光越过目光和故乡
测量出快乐与寂寞的距离
面对黄河,任十二月的寒风
沐浴孤独,听城市
飘来一曲短笛长音
抒情而忧郁
多像塔吊起降的声音

夜晚将一天冻结
我在疲惫的诗句里
想象着暮色中的彩虹桥
就这样,我一个人坐在
没有月亮的工棚里
静静地看着玻璃窗外的飞雪
它们一片一片地从天国起程

虽然不言不语,虽然有点柔弱
但他们的步子却是那样的坚定
就像诗歌在沉默中穿越奢华
面朝黄河,等待
春暖花开的一首信天游

北石窟寻禅

乘着阳光的尘埃

在北石窟聆听梵音

在北石窟,每一片黄土

都和风共雨,辉耀陇原

每一株庄稼都

佛法有道,普济众生

一座香火起伏跌宕的石窟

有着太多的故事碎片,像我的

村庄,我的祖辈、父辈

怀藏着太多的幻想和虫鸟啾鸣

一千六百年之后

我不骑马,不举刀

穿破红尘禁地

走近北石窟,在一堆

菩萨中寻找隐形的禅

然后,盛大地活着

贾录会,男,又名贾惠,甘肃镇原人。甘肃省作家协会会员,第五届甘肃省诗词学会理事。作品散见各类报刊。

何等强的诗

父　亲

父亲把时光填满烟锅
日子就这样从他的口中吐出
像是母亲的炊烟
被一缕清风带走

那对老黄牛
拉着岁月的犁铧
犁出父亲额头上的年轮
犹如一轮弯月爬上柳梢

母亲纳的那双布鞋
父亲从家里一直量到了村口
暖冬的太阳
隔着楚河汉界
和他就这样一直对坐着

陇东的正月

陇东的正月　　　　　　　　　　陇东的正月
镶在古色古香的窗花上　　　　　泡在酽酽的黄酒罐里
从纤巧的玉指间　　　　　　　　沿着裹布的竹筒
流淌着平安的音符　　　　　　　把幸福吸进了陇东人的心窝里

陇东的正月
贴在火红的春联上
从浓浓的墨香中
带来了绿绿的春意

陇东的正月
装在花花绿绿的鞭炮中
划过深深的夜空
带回嫦娥红红的嫁衣

何等强,男,甘肃镇原人,中国范仲淹学会会员,甘肃省作家协会会员,《镇原文史资料》杂志主编。先后在《读者》《人民政协报》《甘肃日报》《丝绸之路》《光芒》《文史天地》《民主协商报》等刊物发表文史、文学作品百余篇。

秦江波的诗

眼窝中的语言

默不作声,深陷的眼窝中
藏着丰富的语言
深深一躬,算是对所有语言的答谢

在异乡的夜中孤独地想念母亲
才知母亲眼窝中深藏的语言
竟是那么单一,唯有的字
爱,是大写的,而又以不同的姿势和方式
藏在母亲的体内,个个带着
鲜血

日头
针尖
田野中的野八角和挟着武器的风
还有对我夜夜的思念和牵挂
无一不是凶手

静夜中的等待

一夜就这样过去了
我没有听到半点的乡音
黄昏和黎明没有见上面
在异乡,一切都悄无声息

今夜夜莺没有出声
小虫也没有弹琴
公鸡没有打鸣
黑夜走得匆忙,没来得及道别

水静静地流着
流过大地蓝色的眼睛
大地殷红的血液中
流淌着我在异乡对你滚烫的思念

我睁着黑夜的眼睛
在白天看到黑夜里等你的身影

春天的色彩

因为拥有梦想,蛰伏冬天的草也在悄悄生根
因为你如春风浩荡,大地才会一片葱茏

盛开的桃花,可否是你灿烂的笑脸
怒放的梨花,可否是为你精心准备的嫁衣

至于遍地金黄的油菜花,那肯定是大地
精心准备迎娶你的彩礼

我知道我有一片蔚蓝的天空就足够了
这里将有百花齐放,也有百鸟争鸣

远　方

看不到亲人的地方是远方
听不到乡音的地方是远方
扛着水泥,扶着粗糙的墙
目的地所在的地方也是远方

太阳在远方,明亮了近的心窗
月亮在远方,将思想人的心轻轻擦亮
今夜我站在异乡的楼顶西望
遥远的大西北有我那美丽的故乡

远离故乡,我的心房明亮开敞
在明亮的月色中将远方的你想上一想
再远的远方,我也能够听到你笑着的声响
看到爱的光芒在你的心底里疯长

你的眼睛是我夜行中明亮的灯

厚厚的黑隐去了一切
眼前和身后是什么都已看不清
唯有我心中那双明亮的眼睛
在照着我，在暗夜中前行

天多么冷，北风和大雪一齐来袭
夜行的脚步依旧那么紧
我心中那双明亮的眼睛
是燃在冬日旷野里的明灯

对望的眼睛，汪满了深情
你转过身，扶着身旁的松
我的脚步越紧，走得愈远
我才会离你越来越近

今夜，你在德令哈

我知道，今夜，你在德令哈
等待。手中捧着洁白的哈达
眼望着远方的白塔
心里的马蹄声哒、哒、哒

我知道，今夜，你在德令哈
呢喃。唐古拉山上的雪莲
长在了你的心间
盛开的格桑花在你的心中摇啊摇啊摇

我知道，今夜，你在德令哈
沉醉。你多么渴望穿越可可西里
渴望犁尖划地的声音
鲜红的光彩泻在你的脸上，不是羞赧

我知道，今夜，你在德令哈
呜咽。低低地流悲伤的泪
你婀娜的体态会发颤，心田战栗
高高挂在墙角的马头琴也会一脸的忧伤

八百里之外，我正扬鞭催马
马嘴里热气连连，马背上汗水滴滴
月亮盯着我的眼，风儿擦过我的脸
我马鞭的响声接连不断

在从格尔木去德令哈的路上

日悬中天,我孤自背着行囊
从格尔木出发,向着德令哈的方向
我将路上的泥土,踩得沙沙响
云从山间生起,神鹰展开的双翼上闪耀着光芒
我的目光穿过空旷的山野,越过山冈
在浩渺的云端里痴望
我用满腔的真诚和神往,一直在找寻
佛,啊! 佛的光芒会在哪里一片呈祥

我知道我穿行在柴达木的腹地,匆忙
不仅是我的脚步,还有那精巧的藏羚羊
在雪域的正午,从格尔木去德令哈
一个人伴着寂静的风,将唐古拉仰望
谛听可可西里脉搏中热血的声响
我愿坐在正午的阳光下独自歌唱
海西,美丽的地方,我心中久远的神往
啊! 海西,你让佛将我心房变成了美丽的殿堂

在从格尔木去德令哈的路上
我将我的心曲,一遍遍地演唱

倾听歌声的有悠闲的野驴,成群的牛羊
还有神犬脖子下面的铃铛,缓缓的阳光
照着美丽的藏族姑娘,姑娘迎风跳着锅庄
我知晓,那来自天上的金色的光芒
是佛的语言,能让人们的心灵亮堂
生命长青,幸福绵长

海西之夜

一弯新月，每夜都在眯眼细看
海西的改变，那些长夜不解的困惑
在日出之前纷纷躲到了唐古拉山下的石崖里
时间久了，便成了玛尼堆上难懂的语言

随风的经幡，旋转的经轮
云端上的神鹰，帐篷前的神犬
热气腾腾的奶茶，古铜色脸上的笑颜
青瓷碗里的青稞酒，痛饮不醉

袅袅青烟升天，虔诚信徒的顶礼膜拜
我闭起双眼，让月光缓缓流进我的心田
在海西之夜，一个人在空旷的夜晚，在野外
感悟禅，心随夜静，世事如烟

海西大地上隆隆穿行的火车与我无关
偶尔霓虹灯的闪现更与我无关。我无言
双手合十于胸前，闭着眼
享受心宽的惬意，领略快乐的极限

海西·德令哈之夜

站在德令哈的夜里,我能听到

巍巍昆仑舒缓的呼吸

隆隆的火车驶过,那耀眼的光芒

让我渐渐沉寂的心猛然发颤

星星很低,我觉得举手可摘

但我没摘,我只是那么默默地与它对视

相互用目光交流着心中那最深的情感

站在德令哈的夜里,我能嗅到

珠穆朗玛峰上冰雪的气息

今夜,我的心在柴达木盆地里

平静如水,偶尔的车鸣或神犬的狂吠

都惊不起我心的波澜

闭着眼,忘记周围的一切

我觉得,佛就在我的身边与我交谈

站在德令哈的夜里,我能感到

高原盆地里的沙漠与红河水

一起奔跑了起来,这时代

是高速行驶着的列车,向着明天

明天太阳将升起来,阳光灿烂

经轮圈圈,诵经声不绝,经幡随风飞舞

我背起行囊,默默向前,一个人,不孤单

柴达木

这里有条路从西宁走来
还要走到比拉萨更远的地方去

那些在月光下闪着盈盈光亮的湖泊
像柴达木夜里看星星的姑娘的明眸

这些一路随风柔软了的沙砾
在柴达木的山上穿了一袭素衣

在柴达木的温暖的怀抱里
云朵和牛羊在一起飞来飘去

这里离可可西里不远
但许多的人站在这里却不想再向前

在夕阳照亮红河水的那刻
我面对河水,摸着自己的喉结,然后默默离开

唐古拉山口的风吹红了我的腮
我匆匆离开柴达木,将灵魂留了下来

秦江波,男,生于 1977 年,甘肃镇原人,中国诗歌学会会员,甘肃省作家协会会员。先后在《飞天》
《星星诗刊》等报刊发表诗歌百首。

王进明的诗

思念母亲的晚上

思念母亲的晚上,我没有数数的
习惯,我不会把母亲的白发数清楚
我总是在心里,把母亲踩出的小路
再走一遍;把母亲说过的话
再说一遍;把母亲的雏鸡
再喂一遍;把母亲的驼背
再望一遍;甚至把爱过的人
再爱一遍
把恨过的人,再恨一次

思念母亲的晚上,我总是在心里
重复很多事,重复地走路、说话
重复地望
甚至,重复地爱
重复地恨

雅安,请给我一只手

雅安,请给我一只手

让我拉住你沉重的躯体

不让你滑落

雅安,请给我一只手

让我扒开你头顶的废墟

不让你受难

雅安,请给我一只手

让我捂住你流血的伤口

不让你疼痛

雅安,请给我一只手

让我触摸你跳动的脉搏

和你一起承担

雅安,请给我一只手

让我增加你浑身的力量

和你共同面对灾难

在祖国的怀抱

雅安就是我们的雅安

雅安永远不会孤单

如果可能,我愿意用我的苍老

换取雅安的青春

如果可能,我愿意用我的生命

换取雅安的平安

雅安啊雅安,请给我一只手

让我和你相牵

此生不离不弃

王进明,男,甘肃镇原人,中国散文家协会会员,广东省青年产业工人作家协会会员,镇原县作协会员,自 2008 年起有 200 余篇作品散见于《小小说月报》《黄河文学》《当代小说》《中国散文家》《华夏散文》《散文百家》《山花》《打工文学》《秦岭印象》《文学月刊》《河南日报》《深圳特区报》等,有多篇作品获奖并收入文集。

刘立堂的诗

登 高

被无垠的青空拥抱
汗滴和勇毅捆在身后
群山在脚下流动
如茫茫海涛
推上浪头的感觉
高远而且深邃
流失的岁月
——岩鹰眼中散落的卵石
破败的篱笆在旋涡里沉积
太阳燃烧了彼岸
如我奔涌欲决的血液
潜入龙宫的村庄
世世代代刀耕火种
点缀成璀璨群星
我顶风静立,任风涛
吹散我的长发
撕扯我的衣襟

不远处的浪头
镂刻躬耕者的雕影
我低首沉思
头顶有几只云雀掠过

刘立堂,男,甘肃镇原人,已故,中国哲理诗学会理事,曾发表诗歌 50 余首。

秦克云的诗

大美临泾

临泾,这个临近泾河的名字
随着沧桑的历史尘埃
飘落在潜山以北广袤的麦子塬

临泾,这个历史悠久的名字
毗邻的书家都想把它扒进自己的庄园里
老镇原的古今里
潜山虬枝峥嵘的古柏
是长眠麦子塬那个叫王符的哲人手植
先生所著的那本《潜夫论》
三十六篇治国安民之术
思想垂耀千秋

蟠龙山的无量佛法
奈何不了金兵肆意的铁蹄
平净庵的道行抵抗不住金军的长戈
倒在瓦砾堆里的那些白骨
至今还在泥土里阻挡我耕田的铧尖

这个文化底蕴深厚的地方

偏偏有那些说不上故事的村名
青龙,桃园,十字
沟圈,良韩,包庄……

那个叫新堡的村庄
是贼乱的那年
缺腿少膊的张爸王妈
为延续香火组建的新家

人才济济的祁庙
是山西大槐树下迁来祁氏祀祖的祠堂
只因正月二十的庙会唱红了陕甘

毛头的来历
听了庄户人流传的古今
才知道与猫有关

博物馆保护的那只石羊
是长眠高庄坳那个寂寞的御史的宠物
只因来过那个多嘴的神汉
在庄稼遭到年馑的时候
那些愤怒的镰刀
砍走了石兽那对竖着嚣张的尖角

红军的旗帜飘过唐家圳的时候
那一缕春风

吹绿了临泾人多彩的生活
盛世和谐的日子
被挥毫泼墨的先生们写在书画里
让巧手的女人用剪纸刻在红火里

三月的村庄

绿色蔓延了我的地坑院
崖背上的杏花开了
门前的桃花开了
红红火火的花朵间蜂歌蝶舞
沁人心脾的芳香塞满了村庄的沟沟岔岔

黄土地上
弯木犁重复着先祖古老的歌谣
柔软的春风趁着墒情饱满
在犁沟里搂紧扑入黄土中的粒粒种子

走在绵软的土地上
农人扳着指头掐算着
施肥的日子
锄草的日子
收割打碾的日子

三月的村庄
酣睡的春天醒了

梦见薛庄

梦见薛庄
杏花热热闹闹地盛开
玉米地里甩着袖头守护幼苗的稻草人
奈何不了肆意横行的呱呱鸡
一阵旋风起
飘落的草帽
呼啦惊起一地黄尘

梦见薛庄
滚滚麦浪泛金光
埂头田边黄花蕾繁枝茂
熟透了的杏子赶忙了留守家园的人
捎话带信唤回在捞钱的人

梦见薛庄
瓜果溢香的味道充满了山乡
沉甸甸的谷穗又压瘪了张爷车胎
一望无垠的田野又是麦苗遍地青青
这一路芬香的山菊花又迷了赶路人

梦见薛庄
堡山梁怒吼的老北风
哇呜旋天地送来一场毛毛雪
暖烘烘的阳坡湾湾
吱啦的旱烟锅子伴着唾沫星子
便把薛庄的春夏秋冬
七嘴八舌谝起来
让我在异乡的梦里回味

雁阵飞过薛庄

白露为霜
薛庄的树叶随着老北风飘扬
麦田犁沟蛰伏的雉鸡眯着眼睛懒得再吼一声
任凭那些残枝败叶席卷着那一抹绿色
哗啦啦的从薛庄上空吹过

天高云淡
楸树沟水瘦草枯
唯有这一沟山菊花分外芬芳
草甸里发情公羊的那一声柔情的呼唤
一群群南归的雁阵带着北方飘雪的消息
鸣叫着从薛庄飞过

一阵北风吹过
于是童谣和着山沟里的崖娃娃
又在秦家胡同唱起薛庄的今昔故事
遭年馑的那些苦难
贼乱的那些真善
前年春天衣衫不整走出的二蛋
去年冬年驾着豪车挽着女友荣归的旦娃
都在山神庙门前那一页一页的牛九牌中
不紧不慢飘开

舔　碗

舔碗是家乡人的习惯
吃米舔
喝粥也舔

舔碗的老人说
民国十八年呐
粘在碗边边的几粒粒米
能救活一条人命

舔碗的庄稼汉说
这米粒粒里
有庄稼人的汗
耕牛的泪

在异乡觅光阴的乡党
把这个习惯从干涸的犁沟里
带到了喧嚣的城市
就成了一道靓丽的风景

在城里人诧异的目光里

我的乡党

舌头夸张地撩揽着

那一粥一米

好像挥舞着镰刀在地里

收割庄稼

打谷场上颗粒归仓

一样的认真

秦克云，男，笔名默耘，生于 1970 年，甘肃镇原人。中国诗歌学会会员，甘肃诗词学会会员，作品散见《甘肃农民报》《甘肃经济日报》《速读》《西王母文艺》《今日西峰》《祁山》《大渡河》《陇东报》《潜夫山》《天水人防》等报刊。

李普越的诗

秋　蝉

蝉,鸣在林间

蝉,鸣在路途

切开原野上凉凉的风

不间断地加重浅秋的幽深

一声声蝉鸣,掠过流水

行走于碧波荡漾的湖面

远山,送来它的回音

让奔波的行人,止住脚步

秋　草

星星隐去
滴下颗颗晶莹
像风的耳朵撒下一片碎银
小草昂起头
揉着阳光掌上的微笑
路旁的野菊和藤蔓握手言和
河水流淌在九月的唇边
倾诉小草的生死繁衍

秋　雁

一条带羽毛的河
一队赶路的字
把秋空擦得飒飒有声
它们随时变换舞姿
多么像一个尖喙的词语
在天空飘荡
我看到野菊花里出现心跳的影子
那是大雁离别掉下的泪
我伸手在雁翅上
摸到了村庄移动的侧影

秋　风

把一个梦拉长

延伸到苹果的红里

许多字面都凉了

但我还想在地面捡起

秋风吹落的果子

枫叶中有一本多角的书

经霜的文字

像叶脉边的故乡

稻谷和菊花黄了

秋风吹起，把花香缀在妹妹发梢

我的内心，心事已被掏空

一片片落叶

将黯淡的背影缓缓照亮

李普越，男，笔名田野，甘肃镇原人，高级农艺师。《科技报》记者，《甘肃科技报》特约通讯员，《陇东报》特约通讯员等。

张维的诗

踏　秋

重临潜夫山

看两千年游云散落的足音

脚印夯实的秋的故事

洒满一地落英

刹那间

又幻化为彩蝶

分食着季节凋零的讯息

秋天在潜夫山睡着了

变成了落地的一片片枫叶云

该收获的在哪里呢

这收割后的秋天

在我的脚下

静美地

流向远方

田　间

剪燕衔来了春天

柔风一阵阵吹绿了乡野

希望破土而出

田间

老乡们在开垦蛰伏了一个冬天的秘密

阳光笑得多么灿烂

岁月拔节之韵

是骨骼奋斗的人格宣言么

生活劳作的乐章多美哦

空气里雷声的钝响,是谁在殷殷呼唤

金黄的庄稼,那是永不褪色的期待

张维,男,甘肃镇原人,中国书法家协会会员。陕西省作家协会会员,西北大学特聘教授。在各类报刊发表诗歌百余首。

高杰的诗

庆阳的黄土塬

黄土塬上的麻雀
正站在沉默的窑洞旁
高一声低一声地呼喊

脚印踩痛雪的脊梁
慵懒的冬小麦
活动了一下筋骨
还没有来得及看看天

西北风火急火燎地赶来
说了一些莫名其妙的话
一溜烟便不见了踪影

西北的汉子,扶着犁耙
吼上一句情真意切的"乱弹"①
用力地把天往上掀了掀

黄花菜围着房前屋后

---

①乱弹即秦腔。

看守着杏子晾晒的金黄

碾子蹲在场院里

静静地聆听着远去的耧声

调皮的红富士,爬上墙头

无意间,窥见了高谈阔论的新农村

鞭炮迎接着锣鼓喧天的欢闹

神采奕奕的春官

正说着

一元复始,万象更新

母　亲

随一缕炊烟
萦绕在房前屋后
贮进时光

扶起无邪的童年
爬满沟壑的疲惫
刻进岁月的骨头

用如月的佝偻
垂钓起相思
让牵挂把一世安康
倾力张望

如清浅的诗行
经反复吟唱多遍之后
把一生瘦成一个故事
流传至今

感恩黄土

害羞的糜子

举着火把的高粱

弯腰的谷子

还有红杆杆上开着白花花的荞麦

它们把广博的秋天

分成不同的条块

犹如彩色的钢琴键

被摁进光阴的日记里

让守拙抱朴的黄土塬

在晨雾暖阳的晕染中

赋予诗的意境，画的质感

用恬静的细腻描绘丰稔的韵味

殷实成醉美的

风香日甜

守望田园

父亲天生就是个羊倌

默默地从远山走来

赶着羊群

蹚过小河

来到这里

站在高高的山坡上

尽情瞭望

在春播叮咚叮咚的耧声中

在驱赶牲口的吆喝声中

在虚无缥缈的晨雾中

在春风化雨中

随太阳一起出发

随嫩芽一起前进

草绿了

花开了

阳光笑了

世界由此绚丽多彩

麦子熟了

弯腰挥镰漫山遍野翻滚着麦浪

忙碌抢收挥汗如雨的执着
焦灼的心情在希望中疯长
随着小河流水的增加
是雨后
杏落满地的金黄

盛开的黄花菜在女人的手里荡漾
让田野听到一声清脆的声响
收获让激情沸腾
丰收让喜悦舞蹈

小河在阴雨绵绵中暴涨
晨雾深　夜露重
在肆虐的狂风中
让偷懒的太阳无处躲藏
极不情愿地露了个笑脸
便迷迷糊糊地睡着了
所有的青春
在霜刀露剑中勾勒出俊俏的模样
在阳光里坚韧

干涸的小河是冬天捎来的名片
庄稼人便迎来烟锅点太阳的悠闲
不议往事只盼来年

高杰，男，甘肃镇原人，中国寓言文学研究会会员，中国微型小说学会会员，白银市作协会员，白银市文艺评论家协会会员，作品散见于《甘肃农民报》《河南经济报》《海口日报》《华西都市报》《北方时报》《骏马》《作家文学》《新长城诗歌集》《闪小说精品选·点评集》等刊物。

李辅子的诗

故　园

落霞沉醉于夕阳的笑颜
棋盘纵横的田地
虔诚承载一束山丹花的守望
黑黝黝的群山
流转如岁月的磨痕
轻舞飞扬的炊烟
飘逸似时光的流淌

一弯金色的镰刀
演奏优美的清唱
一根悠长的扁担
装满晨风挑起暮雨
临行的叮咛
缝进冬天里的春天
山峁梁上的呼唤
我的乳名凝成了千仞的屏障

魂牵梦绕中
鸿雁的呢喃挂满泥土的芬芳
故园是我一生的绝唱

李辅子，男，甘肃镇原人，中国诗歌学会会员，全国公安文联作协会员，甘肃省诗词学会、楹联学会会员，庆阳市作家协会会员。在《中华文艺》《中国诗歌》《中国楹联》《诗词世界》《甘肃日报》《甘肃诗人》《甘肃文苑》《散文诗》《星星诗刊》等报刊发表散文、诗歌200余篇(首)，多次获奖。

邢莉的诗

生活的门扉

你不可能进入我的生活
因为那久闭的门扉
不会轻易打开
不是害怕要承担和付出
只是害怕岁月的磨难
毕竟
长长的人生换不了太阳

晓　镜

原以为
我已经把你藏好了
藏在那样诚那样深的
昔日的心底

原以为
只要绝口不提
你就会变成一个古老的秘密
可是不眠的夜
仍然太长
而早生的华发
又泄露了我的历程

母亲不会怠慢你
——写给澳门

在那个血雨腥风的年代
你走失了自己
——在祖国母亲的视线内消失

漆黑的夜里
母亲为了寻找失散的儿女
张开的双臂伸展成了中国
母亲的泪流向中国的心脏
母亲的血注入祖国的血脉
血与泪交融的乳名便是长江与黄河

然而血泪的倾诉没有找到儿女的下落
几千年的风雨几千年的血泪
埋葬了母亲的青春
使中国母亲的满头青丝
变成了千年不化的长白山

可是母亲始终期待着孩子们的归来
丑牛蹒跚着步履牵回了香港

母亲哭泣的脸上出现了难得的笑靥

有救了！我的孩子

于是

她手中领着香港心中想着澳门脸上写满了期盼

母亲脸上的笑靥有凝固了

"澳门,你在哪里？"

一声呼唤惊天动地

——唤醒了玉兔

玉兔这才揉揉惺忪的睡眼

记起了遗忘了千年的职责

"得送澳门回家了！"

玉兔依依不舍地哭红了眼睛启程了

近了！澳门归家的脚步声近了

母亲张开你的双臂吧

为风尘仆仆归来的游子接风洗尘

中国大地是你博大的胸怀

任何时期你都不会怠慢儿女

这就是你

——中国母亲伟大的本色

归来吧澳门

母亲不会怠慢你

邢莉,女,笔名白荷,1973年生,甘肃镇原人,庆阳市作家协会会员,《九头鸟》特约撰稿人。曾在《跨世纪青年诗选》《陇东报》《九头鸟》《回归》等刊物发表诗作。有多首诗作获奖。

赵彦昌的诗

悦读中秋

一片落叶渲染了秋色

一季落花沧桑了流年

云卷云舒花开花谢

一枚种子承载艰辛

一路走来

把所有的磨难和汗水

变成这硕果累累的盛宴

呈现给滋养它的黄土地

海上生明月,天涯共此时

采摘一把清香的菊花

泡一壶淡茶

慢慢品味这中秋

让思绪在高粱田里去徜徉

在丰收的喜悦中

细细咀嚼带有乡土气息的月饼

祝福祖国繁荣昌盛

祝福人民幸福安康

高原魂

——写给一位坚强的母亲

您柔弱瘦小的身子
在高原的狂风中
不住摇摆
似乎这狂风
能把您吹出宇宙
可是
这狂风哪里知道
您刚强坚毅的脊梁
负重万斤
丝毫没有动摇
比泰山还要稳

您结满老茧的双手
春种夏锄秋收
磨细了多少镰刀锄头
结实的把柄
那把老犁的把上
曾经被你手上的
斑斑血迹染红

圈厩里的那两头
能懂人性的驴儿
伴您
在沟沟岔岔的山地里
留下了耕耘的足迹

哦
这就是
我们黄土高原的母亲
在不测的命运面前
从没有
低下她永不言败的头颅
赡养着耄耋之年的老母亲
抚养着有病卧床的女儿
把所有的眼泪
都咽到肚里

哦
我们的高原母亲
您是高原不灭的魂魄
您是陇东不朽的丰碑

每颗露珠上都住着一座村庄

你伴随着
晨曦送走黑夜迎来黎明
好似一个个小精灵
洒落在村庄的花草树木上
在朝阳的照耀下晶莹剔透
又宛如颗颗珍珠
镶嵌在村庄的田间地头
把乡村的清晨
点缀得光彩靓丽
分外妖娆迷人

都说这滴滴露珠
是天使流出的眼泪
一滴露珠就是一段难忘的故事
一滴露珠上都住着一个村庄
鸟雀、牧童、炊烟
和露珠静静地诉说着
村庄的往事和沧桑
五月麦田里
父亲的镰头上
一颗露珠在欢快地歌唱

去青藏的路上

丢掉私心杂念

丢掉一切污秽的东西

怀着一颗至诚的心

踏上去青藏的旅程

把洁白的哈达

献给圣洁的布达拉宫

献给巍峨的珠穆朗玛峰

献给那些架通天路的最可爱

的人

在去青藏的路上

少不了

品一杯高原的奶茶

喝一碗雪山的青稞酒

住一次草原的毡房

吼一曲原生态的藏歌

把心彻底交给世界屋脊

在去青藏的路上

围着篝火和牧民跳一场舞吧

五十六个民族五十六朵花

每个民族都是祖国的儿女

放声高歌一曲

民族大团结万岁

赵彦昌,男,笔名潜夫山之子,甘肃镇原人,中国诗歌学会会员,甘肃省诗词学会会员,甘肃楹联学会会员,庆阳市作家协会会员。先后在《中国诗歌报》《甘肃农民报》《甘肃科技报》《北斗》《陇东报》等报刊发表作品多篇。

赵亚东的诗

和平永恒
——纪念抗战胜利 50 周年

战争的烽火

徐徐熄灭

正义

最终战胜邪恶

和平

期盼已久的——和——平

重新回到了大地上

和平的生活

多么自由吉祥

蓝蓝的天空中

鸽子在自由自在地翱翔

红红的太阳下

鲜花在无忧无虑地生长

绿绿的大地上

奥林匹克的圣火

映红了五环旗

不同肤色的人们

手拉手把友谊歌唱

和平的日子

多么幸福舒畅

平安上班的人流

迎来了绚丽的朝阳

珍珠港前

安然归来的渔舟

送走了多彩的霞光

十都朝会

华灯下的熙熙人流

悠然共赏一轮明月映长江

今天的和平

付出了无数人的流血牺牲

今后的和平

更需要我们去献身

祈愿世界上

从此没有战争

每天都是快乐和歌声

让和平永恒

伴随人类始终

赵亚东,男,甘肃镇原人。中华诗词学会会员,甘肃省诗词学会会员。作品在《甘肃教育学院报》《甘肃诗词》《北斗》等报刊发表。作品入选《金色之路》《东方红日》《合欢花》等书。论作多次获奖。

段建华的诗

登潜夫山忆王符

站在潜夫亭上

与王符塑像对视

俯首沉思

感慨历史长河

王符走了

二千年后

一座石像

孤零零地站在潜夫山上

看着潜夫纪念馆前日升日落

云卷云舒

佑德观中的古柏把岁月拉得更直

鸟瞰古原州城

古老的茹河只把一股低沉的调子

交给了身边的城邑

依旧的犬吠守着寒色

依然的鸡鸣催促着生活

陈旧的服饰簇拥着秦时的颜色

一张张嘴巴保持着汉代的口音

平庸的日子

打掉了岁月的棱角

纵横的沟壑

切断了涌动的云朵

到底改变了什么

到底什么没变

衰老的山

已经冬眠

河边的树

深情地护着茹河干渴的水

古老而神奇的潜夫山

诉说着王符传奇的一生

段建华,男,甘肃镇原人,中国书协会员,甘肃省作协会员,有多篇文章发表。

杜向阳的诗

这一刻
——献给"5·12"地震灾区的人们

这一刻
全世界的目光
聚焦在巴山蜀水
一个叫汶川的地方

这一刻
山崩地裂沙石飞扬
无数间房屋被吞没
天涯人断肠

这一刻
孩子失去了爹娘
撕心裂肝
年迈的母亲痛失儿郎

这一刻
太阳也失去了光芒
失去了老师学校家园
孩儿永不能忘

这一刻，
胡总书记、温总理语重心长
党中央一声召唤
全国动员，民心高昂

这一刻
我们的爱心飞翔
亿万人民魂牵梦绕
汶川失园之殇

这一刻
红旗猎猎群情激昂
英勇的人民子弟兵
第一时间开赴现场

这一刻
多少人断了水源和口粮
生命大声地呐喊
我们就在你的身旁

这一刻
空降兵破雾起航
陆海空三军挺进
打通道路意志如钢

这一刻
震撼白衣天使的心房
拯救生命
奉献无须报偿

这一刻
义士们背起行囊
跋山涉水,奔赴千里
让感恩照亮心堂

这一刻
甘洒热血奋不顾身又何妨
千万个人站起来
挺起中华民族的脊梁

这一刻
生活充满阳光
伸出你的手澎湃的血脉传出
生命美丽的闪光

这一刻
灾难无情大爱无疆
同舟共济自强不息
未来我们一起开创

这一刻

释放我们无穷的力量
万众一心众志成城
中华儿女当自强

这一刻
努力把握明天的方向
不屈不挠气壮山河
中国更加坚强

杜向阳,男,生于 1968 年,甘肃镇原人,诗歌《采油姑娘的笑声》荣获"长庆油田迎春征文"一等奖,诗歌《我的祖国》获中国石油川庆钻探公司征文二等奖。

范宏伟的诗

如　何

一条河

历经千百年的冲刷

镌刻成弹丸小地的界限

我站在高高的堤岸

高风剌过她和我的面

这一世沧海桑田

竟换给你一滩枯蔓

和龟裂的荒颜

就像门前老杏的树干

田间交织的阡陌

奶奶那双布满老茧

龟裂的手纹

你不是母亲

一个母亲怎么舍得干涸乳汁

让待哺的孩儿挨饿受煎

可你又是一个母亲

许多年扯动着贫瘠的血管

滋润你的子民干裂的唇

我不知道对你

是感叹是咏赞

是怨怼是感恩

是博大是平凡

或我只是曾经汲取你的甘泉的

一个乳臭未干的毛头小子

可我找不到你的终极

就如同找不到自己的无极

哪怕我站在潜夫山巅

茹河呵

如何让我遁出人世的樊笼

心无旁骛看秋水长天

茹河呵

你如何才肯教我穿梭时空的秘籍

不让肉身受这凡尘的极限

有一天

我如何能成为你

端起先人们遗留的钵砚

在摸爬的途中盛满

向前的时光

夜是一条静静流淌的河
我是河床底下的一块青石
浓黑的血液汩汩流经
年月冲刷的血管壁
在石上留下经久的辙

蹚在这没有重量却厚重的河里
剥不开无尽的茧壳
熙来攘往的生物群体
是被裹挟在其中的时光的猎物
远方的星光落在青石上
黑夜多了一只眼
我睁眼迎着奔流而过的野风
头顶压了整整一段岁月

长歌回声
大河激浪
世界的节奏繁华依旧
心的承载惊涛频仍
都在日夜的揶揄中不觉向前

细细整理光河的琐碎

一把拂过累在边际的云霭

俯身

时光流过的地方

纹理清晰

| 范宏伟,男,生于 1987 年,甘肃镇原人,有作品发表。

杨彦刚的诗

簸　箕

秋天在农具的声讨中被征服了

饱经风霜的玉米

深沉老道的谷子

轻佻妖娆的糜子

在农家的场院里集合

干瘪的麻袋张开欲望的大口

等待父亲手里簸箕的停息

簸箕在父亲的手里得到了驯服

一粒粒橙黄的晶体在一个小小的舞台上

演着生旦净末丑

一些绝望的颗粒在簸箕的舌尖流产

引来了一对对觅食的雏鸟

在咀嚼一种相思

酝酿着一个餐桌上的命题

而那些被父亲青睐的窑洞

挤满了秋天的颜色和味道

我仿佛徘徊在磨子掠夺他们身体时

惨叫之后的欢悦

满脸尘土的父亲

把簸箕安放在场边

捋捋茅草般的胡子

吧嗒吧嗒地抽着老旱烟

一卷卷眼圈套住了几只贪婪的麻雀

父亲累了

佯装着微笑在场院里捉着迷藏

他用那个簸箕盖在自己的身体上

在场院里

换来了一轮弯月压弯的黄昏

而一只只麻雀

成了天空中流动的最小纽扣

又一只鸟

以飞天的醉意接近我的金色画框

而父亲

又一次小心翼翼取下那个挂在窑洞墙上的簸箕

像是取下一架古老的马头琴

在场院里弹着村庄丰收的小曲

架子车

我家的破柴房

一辆疲惫的架子车

平静地休息了

柏油路高速路

一辆辆汽车像热恋中的青年

铆着劲在各自的屁股后面热乎着

没有低速、失恋的架子车

而它

只能在村子里的羊肠小道

独自忧伤地徜徉

在蝉的叫声中线装一串串对仗的诗行

不用执照不用牌照

半亩地的庄稼

搭乘最后一列架子车归巢

在场院束装整容

羊圈猪窝鸡舍里的粪便

在铁锹声中

用架子车送进了一片空地的心脏

像馈赠给心仪的人昂贵的润肤膏

来年的麦子谷子会在麻雀的舞蹈声中丰收

裹着红包巾大红鞋的嫂嫂

是用架子车迎娶回来的

一滴滴眼泪滴在车轮压断的小径上

婚车在村民们的吆喝声中

走进了圣神的爱之殿堂

那个充满记忆的两轮车

爸妈将患病的雏儿

用它跑完最后的力气

生命有了回落

架子车是乡村的马头琴

每一根肋骨都有深深的曲子

杨彦刚,男,20世纪70年代出生,甘肃镇原人。作品散见于《甘肃交通安全报》《兰州晚报》《甘肃农民报》《西部商报》《潜夫山》等报刊。

路永前的诗

四　月

多情的四月
唤醒沉睡的季节
奏响春的复苏曲
大地焕发生机
铺上绿色的地毯

柳丝曼舞,菜花金灿
老农吆喝着耕牛
翻开了新的一页
播下了深情的种子
让希望发芽

对面山梁上的桃花烂漫
游客穿梭在桃林中抓拍
少女摆弄着妩媚的姿态
留下羞答答的记忆
娇艳的容颜与花争姿斗艳

远处沟里桃花的温馨
梨花的纯洁、迎春花的高贵

各自争先恐后的开放
将这个多情的四月
渲染的风情万种

有生命的东西
以不同的方式点缀这个季节
感叹大自然的别具匠心
让贫瘠的土地变得如此多彩
四月是一个诗情画意的季节

| 路永前,男,生于 1976 年,甘肃镇原人,部分作品见有关网络平台。

贾聪燕的诗

梦中的鸟（组诗）

音乐篇一

夜晚,忧伤的布鲁斯

一千种失意,何须沉默

孤独黎明诗意的人生

爱情这芳香的美酒

晚风弥漫,秋啊

秋天在我瘦小的乳房之上

音乐篇二

爱情,绝望的眼神

我幻想你是一道光

闪耀在夜的尽头

啊,梦中的鸟

神秘的优昙婆罗

我洁净的肌肤

水流荡漾,为什么

爱你是一杯毒鸩

脆弱的灵魂,万物消失

爱情的坟墓,钟的迷雾
写作情诗,就在此刻
献给梦中的鸟

音乐篇三

风没有语言,隐秘于夏
月光里的爱恋
我幻想你妩媚的风情
哦! 这迷人的季节
夏日里最后一朵玫瑰
梦与烟的声音
在那不遥远的地方
风啊风! 我是你最贞洁的玫瑰

音乐篇四

七月,忧伤的白茉莉
风中盛开的蓓蕾
清泉从你上空流下
啊! 醉人的夜晚
我在梦中采撷果实
牧人的归途
泉水流过田野
你柔美的气息
清泉涓涓

七月不远

风起时,你很美
云散时,你很美
七月不远,姐姐的发髻很美
幸福很远,你的一生很美

九月的风

捡起黎明,种下太阳

九月的风,玫瑰花般美丽

草原美丽,少女美丽

秋天的马奶子美丽

| 贾聪燕,女,笔名谢潇玉,甘肃镇原人,文学爱好者。

惠娟的诗

塬上,在冬月老去的故乡

在深冬的北方,哪里
都有一种暮年的感觉
无论风怎样吹
山、草、树都没有从前那样的颜色
风声过后,斑驳的树干
一棵又一棵摇晃的枝条
被沉默拥抱在怀里

塬上,众生无处归巢
这些人间丢弃的事物
没有任何依靠
足以见证,万物的清白
都已弃冬远去

整个村子,现在就是这样
身披荒芜,坐在残阳如雪的云朵下
孤独地患上虚空的忧郁症
无一尺之忧无一尺之虑
一生的安顺,归宿于这片寂静的塬上
漂泊无回的,仿佛只有炊烟一缕缕

怎样过一个冬天

冬天凛冽萧凉地来了

在黄土高原把影子拉成巨人

天空静无鸟喧

阳光惆怅地在窗里探首

我躺在遥迢的太阳下

祈祷着

请给我一个温暖的冬天吧

终不能做到是寻常

哦,你不知道

其实啊,悲伤的事

有时候看起来也很幸福

冬天,有雾,有雪,有酒

还有小火炉

一个人在山中夜雪围炉

饮酒作乐

放逐婉约的泛滥

浮云旧事皆温柔

约一场风花雪月,等你来

悲　悯

总有一些人，一些事
从村庄走过
打麦场老石碾
老柳树的浓荫下卷着老旱烟的老人们
嬉戏的孩子围在幸福的身边
笑声话语知了
都已隐藏于枯萎的麦草垛

冬日的阳光
板着冰冷的面庞
孤高的杨树挺拔地立在道路两旁
不见喋喋不休的麻雀落下
清冷的小路上
我是被遗忘的旅人
这片土地全部是亲人
七股八杈都沾亲带故
成群的土鸡悠闲地觅食
伴随着呱呱的下蛋声
家犬不时叫几声忠诚
东家进西家出的婶子笑声漫过村庄
傍晚慢腾腾燃起的炊烟

那是我童年美好的记忆

伴随着梦想随我漂流远方

当归来时迎接我的却是消失的村庄

熟悉的村庄

深深浅浅的小路

都是脉搏中流淌的血液

都是生命成长的细节

早起的人在田地里

享受独自的宁静

锄地的声响,惊醒泥土的清梦

春去秋来,都能收获丰硕的希望

雨后的村庄穿着艳丽的新装

架子车在路上唱着不老的歌谣

伴着黄牛悠悠的脚步

一次次将落日的余晖碾碎

又一次次将朝霞托起

如今,妹子阿哥带着荷尔蒙的汗味

蒸发去了远方

只有父亲弯曲的脊背和低头的禾苗

支撑着村庄的孤独

几只鸡在乱窜

几只家犬慵懒地打盹

几株杨柳皱巴着皮肤

残冬还在肆虐着威风

村庄,倦怠地拉长苍老的身影

夏日的黄昏

穿越人间的晚霞
轻轻贴过将要成熟的麦田
黄绿色的麦穗
任由风温柔地吹
从风的这一头
吹向另一头
隐隐约约的
是日后不断想起和回味的

多么美呀
寂静正在发生
小径通往炊烟和云的村庄
小小的野草花开得天真
穿梭的光影
整个下午都没有走出一片树荫
轻的事物总是缓慢

镰刀与半尺厚的黄土对坐
收割零乱的希望
一把又一把孤寂的汗珠

清澈，又慈悲
我驻足落日里
隐士的干净，世俗的幸福
描抒这一世的衷肠

惠娟，女，甘肃镇原人，文学爱好者，偶有创作。

虎仪宏的诗

今日小雪

走过幽暗的时间长廊
总是在不经意间
将回忆碰撞
今日小雪
地始冻思正长

永远记得
在那落雪的日子
灯花似豆
窗花映墙
娘将细针擦得银亮
一针一线
一丝一缕
将无限的温暖
缝在我的心上

生而为人
节至思娘
难忘那绵密的银丝
难忘那含泪的凝望

难忘那小巧的油葫芦

以及从锅台飘出的清香

······

娘说过

儿子娃娃不能哭

可为什么我的眼泪

却会忍不住往下淌

又是一年小雪

我想起了娘

天似乎无色

地好像无光

啊，我的亲娘

天空之上

您可要穿起

那不透风的棉裳

虎仪宏，男，笔名书男，甘肃镇原人，甘肃省古代文学学会会员、甘肃省网络作协会员、庆阳市诗词学会会员、庆阳市民间文艺家协会会员。在《诗刊》《北方文学》《大渡河》《北斗》《中国教育学刊》《短篇小说》等刊物及中国作家网、中国诗歌网等网站发表作品数百篇，著有《虎仪宏诗文选编》。《家乡的杏》获虞姬文学奖一等奖。

路海珠的诗

盼你北归

你踏着残冬的韵律南去了
我寂寞的日子
就默默在你的余音里

常凭栏于残冬
望不够昔日那条
四季飘香的曲曲山路

偶尔飞来的鸽子
忽然哑了一声折了回去
甩落的鸣声
被山野传得遥远遥远

黄昏似水般漫过来
浸满我怅然的双眼
黄昏离去便是夜
夜来你的月光就来
照彻我冰凉的阳台

路海珠,男,字通天,笔名山路,甘肃镇原人。诗词散文见诸报刊,作品收录《中国当代诗坛新星》等。

张亚娟的诗

转身遇见冬

雁去秋声远

山寒水瘦

冬如期而至

带着一分素净

几许薄凉姗姗而来

踏着凛冽的寒风

漫步新的征程

轻轻推开轩窗

迎一缕凉风入屋

拥一怀冬阳住心海

轻执笔墨

描一抹冬的宁静素雅

将往日的阴霾

放逐于萧萧寒风中

随风飘远

时光的渡口

总会留下美好的瞬间

谁说冬薄凉如冰

·那一季难忘的倾心回眸

分明悄悄藏在时光的回廊

谁说冬是满目疮痍

那段光阴的故事

分明激滟了心湖

谁说冬是萧瑟落寞

那执着的誓言

分明装进了心房

足以暖透整个漫长的寒冬

告别秋色斑斓

转身遇见冬

拾一米冬阳

走好这漫漫的旅程

其实这古道斜阳的凄然

也是一种醉美的情怀

冬来了

静坐流年一隅

与一屏素淡的文字坐老时光

一笺素纸

放笔为江山

如此便好

轻轻地冬来了

岁月荏苒
流年匆匆
一转眼
秋去叶亡
残红碾尘
冬带着秋的幻影
轻轻地来了

站在季节的转角
悄悄地推开冬的门扉
铺开岁月的素笺
整理逝去的青葱往事
我把最温润的心
留在这个冬天
好看尽这雪飞
寒凉与萧瑟

挥手告别秋
转身遇见冬
于静默中回望

曾经的千回百转

已成为回不去的从前

却穿越时间的栅栏

牵惹着柔软的心

烟花岁月

曾经等待的风雪夜归人

那苦苦的守候

演绎了多少萍水相逢

远去的风景

依然会如约归来

离开的人

是否会再回来

轻轻地冬来了

守一季冷暖交织的光阴

携一缕清风阳光

拥抱那一场

繁华落尽后的素颜与真实

度一段如歌岁月

等待春暖花开

| 张亚娟,女,笔名巧玲,甘肃镇原人。有作品在省内外报刊发表。

散文卷

柏原的散文

柏原,男,原名王博渊,生于 1948 年,甘肃镇原人,中国作家协会会员,原甘肃省作家协会副主席,曾任《飞天》文学编辑。发表小说 100 多篇,出版短篇小说集《红河九道湾》《在那个早晨》《我的黄土高原》,散文集《谈花说木》。

猛犸湖遐想

没遮没拦的,车子闯进黑山一片景区,地图上标作"野马自然保护区",乍听挺有点刺激味。可是,车子一路开过来,野马没瞧见一头,连野牛也没瞧见一头。

瞧见的是一群猛犸象,真正叫作"大跌眼镜"。

就我的一丁点阅读,猛犸象(Mammuthusprimigenius)原是繁衍在欧亚大陆的寒温带、寒带原野上,体型如埙,披毛如蓑,长牙如椽……如此庞然大物,乃是第四纪冰河期的北国原野的王者。成年公象肩高可达三米六,最高的接近或超过四米,现存非洲大象要是跟它站一块比比,可以说是矮一头小一膀了。若论象类动物最显著的那个标志——象牙,猛犸象母象的牙普遍在一米五至两米,公象的牙则长达两米五,个别的甚至接近三米。

假如我是去西伯利亚玩一趟,或者去的是阿拉斯加,遇上一处猛犸象遗址,那是不会觉得意外的,可这是在南达科他州境内,密苏里河平原上,让人好生疑惑。明尼苏达州、南达科他州、密苏里州……历史上是那么寒冷吗?中国发现猛犸象化石的位置,最靠南的一个点是内蒙古满洲里的扎赉诺尔,那里气候至今仍是挺冷的。

当然,看的并非是一群活的象类动物,而是一个古象遗址。

　　遗址文字介绍说,此地的旅游开发项目,原本是围绕着一片温泉景区展开,这儿要建一处与温泉旅游相关的住宅。不想大型建筑设备一铲子下去,挖出了大块大块的化石,猛犸古象的奥秘便哗然揭开。自1974年以来,古生物学家一直在这块地方考察、研究,小小一地——充其量有一个足球场大,却储藏了上千万年的历史奥秘。

　　对我,即是对芸芸游客而言,在南达科他的诸多景点间梭巡而流连,奔波的匆忙中,顺带瞄一眼猛犸象,倒是很能增添点旅游的兴味,相对于那专程前往阿拉斯加或者墨西哥看一回猛犸象遗址的游客,这里真是太划算了。

　　展馆外表,看上去很简朴,进入内部浏览一圈,建筑设计和文物布排,却是很花了些心思,亦称得是气度不凡。已发掘的大部分空间,是在地面以下,相当于一个篮球馆的大小,深度超过两三层楼。一坨地,原本是一个小而深的湖,或者说是一个挺大的水潭吧,前来饮水的猛犸象,有的从陡峭的岸畔滑坠下去,身重十来吨的它们,就再也没爬得上来,一只,又一只,沉积在了水潭底部。

　　这么一则故事,重复了多少遍?又重复了多少个地质纪?也许是以世纪计,也许要以千秋计。后来不知是什么原因,湖泊被泥土淤平了,那些掩埋在深处的骨骼,慢慢变成化石。据说动物骨骼变成化石,最短年限需两万年。现在的古生物学家,扒拉着泥土中散落的骨头块数来数去,数出了60多只猛犸象。可以想象,数千年或者几万年时段,曾经坠下水潭去的猛犸象,何止60多只。

　　距今大约一万年,猛犸象开始在地球上灭绝,这一关键性的时间点,正是第四纪大冰河期的结束,也恰逢现代人类的出现,所以关于这一巨型动物的灭绝,科学家说法不一而足。可惜,展馆的文字解说和标注,纯是英文一种,我连一句都读不懂。留学的年轻人翻译几个句子,那样专业性的语词,我连贯不起来。

这却有一点好处,可以不受专业的拘束,自由地展开文学作者的想象。

一群群的猛犸象,为什么跑这个水潭来喝水?我想,不会是地表水源稀缺的原因吧?猛犸象,是早已适应第四纪冰天雪地环境的动物,猛犸象化石出土最多的地理纬度,是现今的北极圈附近,而南达科他州的黑山,距北极圈还远得很,这说明当时此地冰河期的冰原尚未退去。在皑皑冰雪中,有一处或几处湖泊,蒸腾着袅袅白汽,象群从很远的地方循迹而来。它们当然需要饮水,它们更大的需要可能是沐浴,浑身长了那么厚那么长的披毛,要清除披毛里钻的寄生动物,光在雪地上打滚儿,可能不完全管用,同时需要在水里长时间浸泡。于是,有的只是为了"温泉池子"泡一泡,却再也没上得来。

很可能,这座居心叵测的大水潭,或者附近还有几片小的湖泊,实际都是温泉湖,涌流至今的温泉水源可为之证。即便在冰河期,它们也是长年不会封冻,弥漫着霭霭白雾。土著的印第安人当然清楚哪一座湖泊隐藏着哪一样奥妙,他们有意把象群往这一座大水潭赶将过来。

猛犸象被称作狂暴动物,三四米高的个头,两三米长的牙,十来吨重的身躯,人类的个体在它面前算什么!然而,一万年前,人已经进化成现代人了,冰河期结束后勃然兴起的智慧动物。人,不光发现了火,还在深度开发火,火可以把动物的肉体烧成美食,火还可以用为最厉害的"热兵器",所有动物一见火都逃之夭夭。况且,人已经驯化和利用狗,狗群在它的野生时代,本就让别的动物难以应付,驯化的狗群简直是所向披靡。所以,印第安人很容易做到把猛犸象群一拨儿一拨儿赶到这个水潭来,让有些坠下去活活淹死,然后从容地打捞上岸,一只一只拖回去,慢慢享用。时间挪后数千年,印第安人对付北美野牛的办法,不就是这一套吗?把成群成群的野牛,赶向一座座悬崖峭壁,叫它们从悬崖边上纷纷坠下,然后找到悬崖脚下去,收拾那些摔死了的,多来劲。

当年,被驱赶到大水潭来的猛犸象,坠下去而没爬上来的猛犸象,大部分应该是被人捞走了。有个别的没捞起,或者印第安人觉得部落里储存的肉已经够多,这几只就让它永远留在水底好了。

有人类学家说,美洲大陆的印第安人,在距今两万年前后,从亚洲大陆的最东端,涉过白令海峡冬季的"冰桥",登上北美大陆的最北端(今阿拉斯加)。驱使他们不远万里、蹈海的那个动力,就是一直追逐着那些可供猎获的野生动物的种群。

有古生物学家说,人类曾一度把猛犸象当成猎杀的重要对象,它长长的毛可用为纤维,厚厚的皮可制作衣裳,结实的骨骼可搭建房屋……当然,主要一条还在肉,猎获一只猛犸象,就有好几吨肉吃。在北半球陆地被冰原覆盖了约一半面积的那个地质期,人类祖先曾经大量捕杀猛犸象。猛犸象一直是原始人洞穴壁画的主题,可为之证。

以此推算,在印第安人祖上到来前,这个居心叵测的大水潭,已经沉积了许许多多猛犸象的遗骨。那么,如果这与现代人的到来无关,又该是怎样一则故事?

今天,我走到这了,我看到你们了,猛犸象。不,我看见的,只是一个古动物的遗址,或者说是今天人类文化的一个标点,与地球上曾经生存的巨型动物猛犸象无关,它们在地球上绝灭快一万年了。

有点伤感。不知道在伤感什么。

圣地抑或叫冥界

　　离开猛犸象遗址，车子在平缓起伏的原野上疾驰，下一游览景点是"风洞"。

　　女儿利用行车间隙，给不懂英语的爸妈做一做辅导。她说，我们得抓紧时间，到风洞去参观的人可不少呢，我们可能要排很长时间的队列，而且进的那个洞子很长很长，进一趟要花很多时间。

　　我听得不大上心。一个什么洞子，即便它长而又长，想来也没多少看头。我向来对洞穴参观项目不怎么热心，因为生来最怕的一种动物是蛇，这大概跟我的属相有关。直到瞧见路边一块大大的广告，才对她的辅导认真起来。广告牌上写 Wind Cave National Park，即"风洞国家公园"，在美国国家公园中排第七或第八的位置，且是老罗斯福总统钦定的。这，我就要认真听听了。

　　传得神乎其神的洞洞，今天我走到了它面前。耳朵贴洞口听听，里面的确有气流回旋的吟啸之音，经久不歇的嗡嗡声，诚然是"噌吰如钟鼓不绝"。遂想到了苏轼名篇《石钟山记》，在苏氏做刨根究底的勘察前，当地人把它说得神而又神。眼前这个洞洞，也被美国人说得神了，说若有它的一滴水滴身上，能够走运七年。

　　"风洞"者，无疑与风有关，最初可能是叫作"吸风洞"吧？传说公元1881年，富于探险经历的汤姆·宾厄姆哥俩，行经此地时，被洞口的"口哨声"吸引过去，发现一阵一阵的风啸，是从一个缸口大小的洞眼吹出来的。出于好奇，宾厄姆把头伸进洞口去看，结果帽子一下被风吹落了。几天后，听说这一奇闻的朋友们，赶过来观看这个会吹风的洞子，头伸洞口里瞧一瞧，并没有一阵一阵的风吹出来,正觉奇怪,不料帽子被风吸进洞子去了。

实际上,印第安人很早就知道有这么个洞子,世世代代栖息在黑山森林地区的印第安人,早已发现它的地下有一巨大而复杂的洞窟。印第安人认为,这个深不见底的洞窟,正是人们生前死后居留的地方,所以成了让他们胆战而崇仰的圣地。流传着印第安人的一个说法,美洲原野上的野牛,就是从这神奇的洞窟里产生的。我揣猜,印第安人听洞里持久不断的风的啸叫,和草原上百千成群的野牛的奔腾之声很相似吧。

进洞窟里面看看,的确要排上好长一会队。慕名而来的游人,倒也不像中国的热门景点那么拥挤,排了好长时间的队,是因为参观洞窟的游人须分批进入,而允许的每一批的人数不能多。里边的"路"难走着呢,一个人跟着一个人,慢慢往下蹭,走得快会一个踩着一个。

虽然我游览过的深邃的洞窟寥寥无几,毕竟也看过那么几个,其中有的也够深了,机动游艇开了足有半小时。但是,今天进的这一个,一开始感觉就不一样。进了洞,一直往下走,一直往下走……当然不是一条斜下的直直的阶梯,每下几十个台阶,往往有一级可以驻足的平台,灯光稍亮,让游人能够站住脚,看看洞壁,看看穹顶,欣赏那嶙峋的岩石纹理,欣赏那奇特的地质构造。接着,拐一弯,或者变一变步调,继续往下,一个劲往下。

别问我看到了哪些个好景致,可以说,没什么景致,跟很多溶洞里面的光怪陆离全然不一样,它并没有五颜六色的灯光映射,只有光线偏黄的普通白炽灯泡照明。借助微弱的光线,一级一级地往下去,有些路段洞窟会收缩得很窄很窄,要侧着身或勾下腰,才过得去。

就这样,并不是什么"寄情山水",而是循一条幽暗而危险的阶梯,通往一座地下迷宫。头顶,布满看似薄薄的脆脆的方格子,即蜂窝状的方解石,这种石头朴实无华,历千万年的沧海桑田,并不显现让人惊讶的迷幻色彩,只是自然界的原汁原味。

下了一个地层,又下了一个地层,让我走得心惊胆战!以往钻过的那些深邃洞穴，基本都是往山体深处摸索而进，即便里面的隧洞曲里拐弯也罢。今天这一个，却是往地层深处下去了！大家懂得，越往地层深处，头顶上承载的压力就越大，脚底的温度也会渐渐升高……如此这般，脚踩无数的石级，手抓脆弱的铁栏，一级一级沉降下去，一级一级沉降下去，连续下降将近一小时，算算，应该比一眼矿井还深了，比一整座山的海拔落差还要大了。

我这是要去哪？到阎王爷的冥府做客吗？蓦然意识到，在我之前，数千年之前，那些往洞窟最深处蹭下来的印第安人，太让人佩服了！他们居然钻进如此幽深而黑暗的地层夹缝，黑灯瞎火的，找什么呀？找死！头顶上亿万吨重的岩石山体，人就像一丁点儿肉馅，包在厚重无比的岩石夹缝里，它要是来点什么小小的恶作剧，嘎吱一扭……

不记得下降了多少层级，到底是"深可见底"啦，见到了印第安人的一块圣地。印第安人圣地，不要理解成中国人意念中的阎王殿，唯有那几根粗大的天然立柱，与冥府差可比拟。圣地种种景观，都是亿万年来岩层中的水的杰作，有的像钟乳石，又有很多不像。

说到水了。对，在这比矿井还深的地底下，不说一说水就没道理了。风洞深处，感觉仍凉凉的，这个洞穴体系原是在海底下，照片上那些盒子一样的结构，是由珊瑚形成的。偏偏，"海底下"一掬水不见，一滴水声也没听见。地下几百米深处，怎么一滴水也没有啊？你不觉太奇怪吗？不奇怪，一点不奇怪，要是有水，哪怕是一滴一滴，几千年前钻进来的印第安人，早就淹死了。他们哪有电灯？他们哪有步行的阶梯？他们哪有鼓风机、换气扇？

导游说，来到这里，你们就算走到底了。好好欣赏一番，可以照相留念，但不能打闪光灯。下一步，我们就要返回地面。她说的是"走"到底了，不是说已经到达这个风洞的底了。旅游资料讲，风洞的地下洞穴，枝枝杈杈，扭扭拐拐，层层叠叠，若是把所有洞穴的长度加起来，总长度达 106 英里。我们这才走了多大点，只是它的很小很小的一段罢了。

公园门票分几种，也就是分几个等级，我们买的是游客们普遍欢迎的一种,进了洞大约要下降 300 多级阶梯,约三分之二英里长,全部步行需 75 分钟至一个半小时。"走到底了",就可以乘电梯返回地面,对一般体力的游人,这一行走的强度是适当的。听说,比这更强的一个参观线路,要下降 450 级阶梯,其中有 89 级是往上爬。

既然"到底",心惊肉跳的感觉平复一些,才顾得上欣赏地下洞府的迷幻。最显著的特色,是它的方解石的蜂窝状网格(Boxwork)和方解石的霜花(Frostwork)。据有关资料介绍,世界上已发现的箱状构造物,大约有 95% 在这个洞穴里,它被认定为世界上密度最大的三维空间迷宫似的溶洞体系。风洞国家公园,是美国第一个为保护地下洞穴体系而建立的国家公园,1903年,由西奥多·罗斯福总统签署,为美国第七个国家公园。迄今,已开发的隧洞总长为 140 英里,长度居世界第六位,且每年还有新发现。

进得洞来,一路上导游讲了哪些个有趣的风物故事,我不知道,我一句英语不懂,女儿仅仅来得及翻译一些关键性词语。有一则故事,不用翻译我也听得懂。导游叫所有人站好,别说话,定定站着别动,不要开手机照相,不要用手电筒照亮……总之是都保持一个凝固状态。然后,灯光突然没了,她要让大家体验一回,什么叫真正的黑暗。

一瞬间,没了一点声音,没了一丝光亮,没了物体的任何形态,没了我们所认识的那个世界的一切,似乎连我自身也没了——看不见自己身体的任何一部分。只有漆黑,只有宁静,只剩下幻觉,只剩下冥想……灵魂,缥缥缈缈,脱离了肉体,飞向那无边无际的虚空。体验到什么了?我只能用一个词表达——死亡。噢,死亡,原来是这个感受。

突然想到斯蒂芬·霍金。他用量子理论研究黑洞,得出的结论之一是,黑洞不是全黑的。可是,这一瞬间,待在风洞的印第安人的圣地,这里是全黑的。

经历一次真正的黑暗,当坐电梯上升到地面后,的确有一种强烈感受,我又活过来啦!脚踩真实的土地,天上阳光明媚,眼中一切都是有形的、有色的。活着多好!

好大一黄金坑

又一大清早,车子匆匆上路。不知道今天要奔哪个点去,反正南达科他的所有景点,于我都是两眼一抹黑。莫名其妙的是,开车的两年轻人一改往常,不再对老爸老妈做行车间隙的科普"教育",比如今天去的这地儿名叫什么,到了那有什么好看的,等等。

跑半小时,没到景点。跑了一小时,也不到景点。跑两小时了,还没到!这是打什么主意哩?我肚里直觉来气。

事后才明白,留学出身的两年轻人,并不是心里在打什么歪主意,而是敲着一面小鼓。因为他们自个也拿不准,地图上标的那地名,究竟算不算一个游览景点?跑了长长的三小时,终于到了点上,眼前什么也没有!我是说,并没瞧见什么可以称作游览景致的东西,只看见一些无甚特色的老建筑,高大的像是厂房,低矮的像是职工宿舍。长途奔波几百里,就为看一眼职工宿舍啊?

年轻人只好装装样子,好像这地方真有点什么,问这个问那个,联系此地管旅游服务的人。管旅游的人,对突然出现几个中国人,好像挺觉诧异,并不怎么热情地卖我们几张旅游门票。他们嘴里叽里咕噜地在说什么,我听不懂,女儿抽空翻译一两句。这是一个大金矿,北美洲最大的金矿,当然也是美国最大的金矿。您,也许去过金矿,但是最大的金矿没去过吧?

北美洲最大的金矿啊?先别忙激动,但是——这个金矿已经近乎完全关门。关门的原因是美国人的精明,黄金作为金本位的货币职能,早在20世纪70年代已退出了,国际金价变得挺便宜,直接从国外买黄金回来不得了,比自己在这里挣死扒活地挖矿淘金划算啦,所以这个"北美洲最大金矿",居然要自我淘汰了!不过,您一听也别太觉扫兴,如此大产值的一座矿山,关门停产有没有补救办法?有,积极探索开发旅游产业呗,前几节反复提到,南达科他州的旅游业,已上升为该州的第二大产业。

一座百年老矿,嬗变为一处旅游景观,当然是件不简单的事情,对吗?须得说一句,这座大金矿的名字叫霍姆斯塔克金矿,其成矿原理在全世界金矿中颇有点典型性,叫作什么"硅铁建造中的似层状金矿床"。此类矿床生成于前寒武纪,区域上具一定层位,矿石是含金硫化物类型,由自然金、磁黄铁矿、毒砂和石英组成。这类矿床的分布,在世界上不是很广泛,最具典型性的一处,就是这个霍姆斯塔克。专业话语不多写了,总之以其"最大"的历史,以其"典型性"地位,似乎适合转换为一种旅游资源。

旅游开发搞得咋样?这不,一家中国人跑来了。门票包含两个项目,一是俯瞰一座挺吓人的露天采矿留下的大坑,若能下到垂直几百米深的露天矿坑的底下看一看,也不失为一种游玩的兴致。可是,人家又说,今天游览车开不到矿坑底下去(我猜是因为今天游客太少),那,今天我是咋个参观法儿?站一座观景台往下看呗,敢情是节省力气。岂不知,我曾俯瞰过巨大的露天采矿矿坑,那是在甘肃金昌市的金川公司,那儿的露天矿坑也够吓人的,不过岩石层理好像没它这么丰富、鲜明,噢,应叫地质原理的典型性。

二是坐上游览车,到厂区里面转悠一圈。细节无须多描写,并不比我在国内参观冶金矿业来得生动。

却碰上了一则故事,顿然改变我的一路不高兴,无意中碰见一头驴!不承想,会在南达科他碰上一头驴,我只知道,毛驴跟我老家农民的劳作息息相关,从没想象过它与美国西部淘金客是怎样的一个牵肠挂肚。

不是说在厂子里转悠,突然瞧见一头驴子,不,是导游给游客讲霍姆斯塔克故事,讲出一头毛驴子。站观景台上看的那座大坑,只算一景,更大的景在我们脚底下,一两千米的地层深处。自美国西部兴起淘金热以来,矿工们一代接一代，从地底下往上背金砂，背上来越多，矿井就越深，至今最深处已达两千五百米。那些出苦力的金客，肩扛背驮的，把坑道挖大了，就造出小型斗车，推的人推，拉的人拉。主坑道越变越大，就会寻找别的动力来替换人力，他们找到的最好的一种，正是一头毛驴。

唉，毛驴啊毛驴，你在中国占了一个尴尬地位——六畜中不占一席，百家姓中绝不闪面。到美国了，你也是这样一个悲情角色，为什么不把马或牛弄金矿底下去？

导游员讲的不是煽情，也不是艺术荒谬，而是为表达金矿底下的金客的劳作之苦。一头驴，在地面上劳作，可以活到十多岁，若是下到金矿底下，两三个年头就会送命。所以，把一头驴吊到千米之深的矿井下，没人想着它会重回地面，即使是重新吊上来，它也就马上死僵僵。

我听得怦然心动，几年后仍萦回在心中，毛驴知道黄金是个啥？不知道。给毛驴一大块金子它要？绝不会要，那它下到千米深的地底下为的啥？

也许，我的文化之根，最深最深的地方还是在农耕。美国人好像不是，来到距金矿不远的枯木镇，这一点会看得明白，六畜中与他们心心相印的是马，很多艺术雕塑都是振鬃奋蹄的马，还有野牛，具某种野性的开拓者称作"牛仔"。

枯木镇（Dead Wood），音译戴德伍德，距霍姆斯塔克金矿很近，三四十公里路吧。小镇历史很浅，西部淘金热年代才出现的。距小镇不远的金矿，不止霍姆斯塔克一处，黑山这一大片地域富蕴黄金。黄金意义是什么？让人花的钱啊，花钱，要有个花的去路，也要有个花的场所，对吧？所以，距几座金矿都不是太远的地方，勃然兴起一座专供淘金客挥洒金钱的镇子，镇上挤满了一家家旅馆、酒吧、餐厅、赌场、妓院……一言蔽之，吃喝嫖赌抽，再加盗窃、抢劫、决斗、枪战。这便是，闻名遐迩的枯木镇，淘金者醉生梦死的乐园，或说是一个臭名昭著的销金地，一个需要重点扫黄打非的阴暗角落。

不劳您去打喽，因为金矿已经枯竭。枯木镇的全部根源在于黄金，黄金没了，它当然会自我消失。我们来的时候，它的某些表象还在，看上去依然风姿绰约，居民们生活悠然自得，景色也很美。网上，来过这儿的中国游客撰文称赞，说这里保留了最地道的美国西部文化。问题是，黄金没了，潇洒的钱打哪来？噢，明白，从游客口袋里掏，全世界游客冲"美国西部文化风情"来了。这不，我们今天也找上门来。

我感兴趣的是一座博物馆，英语名称叫什么，没留意，反正是关乎此地淘金历史的一座博物馆。看过的图片、实物，也记不得多少，只记住一条史料，即此地淘金业最兴旺的年头，前来淘金的中国苦工，曾有四五百人之多！就和听见"一头驴"的故事一样，中国金客的数字让我又一次五味杂陈……

中国淘金客，怀揣一个梦，远涉重洋，前来北美大陆赌一把命运，真正叫远涉重洋。我乘现代民航客机，要飞十几个小时，他们钻在那样腌臜的船舱里，挨过了多少个日日夜夜？那段辛酸历史，我粗略知道点儿，近年还读过旅美作家张翎的长篇小说《金山》。但是没想到，一百年前，太平洋那边的穷苦人，深入到南达科他，深入到霍姆斯塔克，以至深入到枯木镇……我今天站在这，和他们偶然邂逅。

老乡，你们哪些人淘到金了，哪些人并没淘到金，哪些人落叶归根了，哪些人做了孤魂野鬼？哪些人就像地层深处拖金砂车的那头毛驴，不仅累死在井下，连一丝冤魂也被压在地层深处了？

好大一黄金坑。

梁希孔的散文

梁希孔,男,字道如,甘肃镇原人,陇东学院副教授,主讲唐宋文学,兼授英语。已故。出版《碑文屏序选辑》,校点清康熙《镇原县志》。

明月与诗词

与太阳相比,月亮对大自然和人类的贡献要小得多。然而,人们并没有因此而冷待它,反而喜爱它。这大概是因为,太阳虽然给世界带来了光明、温暖和生机,但它光焰炽烈,太刺目,太威严,因而人们对它多怀敬重之意,却少缠绵之情。月亮则不然,你看它:"熔银百顷湖,挂镜千寻阙",是那么皎艳美丽;"月色如霜不粟肌,月光如水不沾衣",又是那么清爽宜人;"三五明月满,四五蟾兔缺",它那摇曳多姿的消长盈虚尤其逗人情思,惹得人们幽思遐想联翩而来,以至神驰千载,魂游万里。月亮在夜空中的出现确实给人类生活增添了不少光彩和情趣。

我国是一个古老的农业国,长期使用阴历。我国人民和月亮打交道的历史太长久了,因而特别熟悉它,热爱它。"晨兴理荒秽,戴月荷锄归",生产作息要看月;"孤灯不眠思欲绝,卷帷望月空长叹",心有所思要望月;"月上柳梢头,人约黄昏后",情侣幽会要待月;"弯弓辞汉月,插羽破天骄",将士出师要誓月;"宝马雕车香满路,凤箫声动,玉壶光转,一夜鱼龙舞",元宵之夜要玩月;"影开金镜满,轮抱玉壶清",中秋佳节要赏月……"万树苍烟三峡暗,满川明月一猿哀","月明山鸟多不栖,下枝飞上高枝啼","蝉声断续悲残月,萤焰高低照幕空"，连我们的猴子、鸟儿、知了也见月动情。我们中华民族对月亮的感情实在太深厚了。这种感情在我国人民的心灵深处凝结成了一个牢固的传统观念：花好月圆象征着亲友间的幸福团聚，月缺花残则意味着生离死别。在人们的心目中，月亮的阴晴圆缺总是和人世间的悲欢离合息息相关，因而直接牵动着人们的喜愁哀乐。《民歌》："月子弯弯照九州，几家欢乐几家愁"，便是这种传统民族心理的典型反映。

我国人民对月亮的酷爱之情，在文学领域里表现得最为充分。嫦娥奔月、玉兔捣药、吴刚伐桂、桂子飘香、蟾蜍蚀月、玉斧修月等神话传说就都是这种感情浇灌出来的文艺花朵。特别是在古典诗词中，咏月成为一个普遍的题材和重要的写景抒情手段，可以说千古诗家无不吟月，这并不是过分的夸张。当你翻阅古典诗词时，几乎在每一部诗词集子中都会读到专题咏月的篇章。至于那些因情而涉及吟月的诗句，更是多得不可胜数。从这些激情洋溢的诗句中，我们看到诗人们对月亮的爱恋之情简直达到了如醉如痴的地步。杜甫沉吟："若无青嶂月，愁杀白头人。"晁补之唱道："堪爱处，最好是，一川夜月光流渚。"李商隐怜惜"嫦娥应悔偷灵药，碧海青天夜夜心"。苏东坡"欲乘风归去"，"抱明月而长终"。李太白更是爱月如狂，他担心"嫦娥孤栖与谁邻"以至"欲上青天揽明月"。后来大概是因为登天无梯吧，据说他在一次酒后干脆爬上采石矶，纵身江底打捞水中月影去了。

我国古典诗词对月亮的描写是丰富、细致而生动的。单看对月亮的称谓，就有素月、玉兔、玉蟾、玉轮、玉盘、玉镜、玉环、玉弓、玉钩、玉娥、冰蟾、冰轮、霜轮、金镜、悬珰、桂月、桂影、桂魄、蟾影、姮娥、婵娟等数十种。在宇宙间古往今来的一切事物中，月亮的别名恐怕要算是最多最美的了。

由于时间、环境的不同和盈亏、阴晴的变化，在诗人们笔下，月亮的风度也是千姿百态，各呈异彩。有新月、嫩月、纤月、满月、残月、缺月……有秋月、晓月、夜月、斜月、落月……有皓月、白月、淡月、寒月、烟月、流月、孤月……有海月、湖月、池月、江月、溪月、山月、林月……有闺里月、中庭月、东厢月、深巷月、故园月、庚楼月、镜湖月、栖霞月、汉宫月、长安月、青海月、燕山月、汉月、胡月、边月……这一弯弯、一轮轮明月正像尘世间一个个活生生的人物，各具面孔，各有个性，各呈其感人的魅力。同此一轮明月，在我国古代诗人的彩笔下竟如此变幻神奇，绚丽多彩，这在世界各国文学中是绝无仅有的。

"只有三更月，知予万古心。"在我国，无论是迁客骚人，还是渔翁樵夫，无论是豪杰志士，还是游子思妇，他们都愿把自己心头的忧乐向明月倾诉。明月确实是我国人民的一位雅俗共爱、少长咸亲的朋友。我国人民与明月的友谊是万古长青的。

赵宝玺的散文

赵宝玺,男,字印堂,甘肃镇原人。曾任镇原县人大常委会主任,《镇原史话》主编,《潜夫论百家谈》执行主编,参与审定新编《镇原县志》《镇原县教育志》及《镇原名人文典》等。

坎坷创业史

我的籍贯是镇原县庙渠乡慕塬村,我于 1941 年 5 月出生在环县演武乡路塬村。这里有一段搬迁流离的漫长过程。在 1929 年即民国十八年,爷爷刚 38 岁就暴病身亡,又逢饥荒,奶奶和伯父、伯母、父亲、两个姑姑,六口之家难以糊口,第二年逃荒到环县,曾在合道、演武乡的布鸽塬、董掌、庄台、古城坳等地借居,最后在 1940 年定居演武乡路家塬村,这里距老家有 120 里。我母亲是 1935 年过门的,我是 1941 年农历五月初六在这里出生。当时属于陕甘宁边区管辖,对穷人是很不错的。我们家种的是路姓人家的地,他们是路有儒、路有德、路有贤、路有喜兄弟四人,对我们老人很好,应该是我们世代不能忘记的恩人。在这里又结识了牛姓、韩姓、岳姓等人家。时间久了,老人和他们有拈香的、也有结干亲的,往来甚多。还有从镇原逃荒落户的高姓。演武乡路塬村,和贾姓、赵姓等一些亲戚、熟人,相互关照,亲密相处。山里人厚道、朴实、善于交人,是他们共有的高贵品质。这里地广人稀,文化落后,没有学校,很少有识字人。看不到戏剧、社火,间或有个串乡的道情牛皮影子戏,也不是经常能看到的,文化生活很乏味。不过,山民们自得其乐,放羊的、种田的、吆脚的,喊乱弹、唱山歌倒随处可以听见,尽管不成曲调,也可活跃山间的寂寞。伯父海业,念过两年书。父亲脑子相当好使,没念过书,在伯父帮教下自学识字,学啥会啥,过目不忘。他俩都识一些字、能写会算,诚实憨厚,和当地乡邻能合得来,所以,常在农闲时节给村里年轻人教认字,打算盘,讲三国、隋唐等历史故事,教唱民间歌曲。这里的人原来过年或有喜庆事,门上贴两条红纸,他俩就帮助写对联。我家虽是外来户,却很受当地人尊重,两位老人常被人请去写契约、登礼薄、说理评法。奶奶也是个大忙人,她好剪裁,善烹饪,人缘也好,谁家有事,常被请去做嫁妆、主厨、帮忙,受人敬仰。我三四岁时,就跟上奶奶串亲戚,直到离家升学一直没离开过她。我们那时租种路姓人家的地,分养了他们的羊畜,后来他们又免了租。功夫不负有心人,到我六岁的时候,全家种100多亩地,养四五头牛驴、四五十只羊,家什农具也置买齐全。麦秋油料存有几十石,都是艰苦勤劳得来的。平时,奶奶做饭、看孙子,伯父、伯母、父亲、母亲耕、种、锄、收、打碾,长年累月忙在田间地头。我大哥宝玉自小就成了家里的好帮手,11岁就能耕地种田。进入冬季,奶奶和伯母、母亲纺线织布,准备第二年全家人衣物,多余的布匹拿到市场销售换些零用钱。伯父、父亲、哥哥放羊喂牲口。奶奶是家里的掌柜,主宰着全家;伯父很有主见,也很有毅力,处事公道,邻里尊崇;伯母诚实憨厚、吃苦勤劳;父亲智力超群,待人随和,遇事谦让,与世无争;母亲宽宏大度,心地善良,人情门户过人。他们对老人都很孝顺,按照奶奶的安排经管着这个家,尊老爱幼,兄弟团结,妯娌和睦,家里一片祥和气氛。

我的奶奶出生在庙渠乡文夏村和氏门第。她的娘家是一个地多财广的没落富豪人家,奶奶的父亲和树清,是个治家理财的能手。哥哥和万邦,1921年考入甘肃省立第一中学(兰州),当时镇原考取的只有几个人,家里卖了120亩塬地,吆上骡子、驮上银元送他上学的。谁料毕业回县,他的同学都做了官,而他却抽大烟成瘾,后被带到方山处决。弟弟和万安老实厚道、待人诚恳,温和寡言,他是和长工一起劳动的受苦者。土改时,乡亲们斗地主,一致认为他是地主家庭里面的长工头,"大跃进"时,错误地把他当地主分子对待，最后死在去修水利工程的半路上。奶奶还有五个妹妹，她为长女，长相清秀，自幼受良好家风影响，性格温柔贤惠，处事大度，很有主见，烹饪、纺织、刺绣、种菜皆精通。衣着穿戴讲究，即使身处困境，也不失体面。一对三寸金莲，到老一直穿着绣花鞋。可一个大家闺秀，缘何嫁给赵氏？

原来我的祖辈一度日子也很红火。大概是清朝道光年间，我的先祖从陕西搬来。据说老户在陕西永寿的义井乡，因年成不好，先祖老两口担上货郎担，一头是货箱，一头笸箩里放个小孩，一边卖货，一边串乡，最后定居到镇原开边，做小生意发了家。在开边老城购买三间门面，还置了几十亩坪地，日月殷实起来。然而政局不稳，同治年间，陕西有起事，波及陇东。开边乃通向宁夏、固原的要道，兵匪骚扰，民不安生。先祖在这里生活了几十年后，决意搬迁到文夏塬的慕家墩墩。这时，我的高祖赵双清和他母亲及三个弟弟，全家七八口人。以后三个弟弟两个夭亡，一个失踪。双清生二子五女。长子润屋、次子润身。长女适慕塬张姓，次女适开边王凤沟佟姓，三女适孟坝西壕姜姓，四女适开边葡萄沟沟王姓，五女适杨家洼杨姓。润屋生子二，长子嘉录，次子进录。嘉录就是我的爷爷。润身生子官录、虎儿。当时家有十几口人，土地二百多亩，羊畜成群，雇有长工，财气兴旺。赵、和二姓做亲婚配，真乃门当户对。我奶奶过门后，家大人多，上有她的爷爷、公公、婆婆，下有几个弟弟、弟妻，和睦相处，由爷爷管外，奶奶主内，事事有条不紊。岂料此后多年，一家人病魔缠身，老殁少亡，减丁少口，这是造成我这一户至今人丁不旺的根本原因。又遇天旱受灾，发生粮荒，家气不和，爷爷堂兄弟分为四份，我爷为一家掌柜，觉得分家不公，尽生闷气，突患急病，吐血而逝。天灾人祸，债务累累，眼看无粮，大有停炊断顿之势，然逼债索账者守门不走。在这无路可走之际，我奶奶只三十七龄，她打掉改嫁再醮之意，要从困境中走出来，把儿女扶养成人，大模大样地在人前站起来，便和两个年幼的儿子商量生存活命的出路。先去娘家找门路，万邦、万安兄弟看到外甥可怜，思谋着把他杨祁山的地和庄出租给外甥叫过活去。而大舅爷万邦惧内，嫌亲戚的事难办，只好作罢。

我二爷进录先一步出户在三岔安了家，遂托人在环县给我家揽上了庄稼。在这万般无奈的情况下，离开多年经营的老家出了户。亲戚邻家商量由王元璋、张巨富吆上牲口赔送，我奶奶引上六口人，背上锅，拿上零碎用具，挥泪向亲邻告别，乡亲们含泪相送。他们叹息，可怜的一家人出去怎么过活！

在环县一过就是十几年。这时，我奶奶思谋着要迁回老户。她刚上来时，六口人，嫁出两个女儿，现在有十一口人了，这里十多年的辛劳，已经积累了比较雄厚的家底，粜些粮食，卖些羊畜，准备些钱，把原来离开老家时当给时姓人的地赎回来，借给刘姓的庄基要回来，我父亲兄弟需要一人先一步搬回老家打前站，随后一起搬回去。这里毕竟条件差，过日子吃力，娃娃上学也没个学校。再说，她要争一口气，叫那些没支持她克服困难的人知道，我赵家人是有骨气的。奶奶这个打算使我伯父兄弟二人为难了，起初像叫花子一样要吃上来的，现在日子刚红火就走，这个思想弯子一下转不过来。左邻右舍知道了也来相劝，都劝说奶奶在这里长久安家，但都无济于事。1946年夏季，我奶奶坐娘家先走一步，这一年我六岁（虚岁，下同）。秋季，我父亲引上我回到镇原老家，母亲和我大妹云云腊月回来。收回借给刘姓的老庄基，正式落户。伯父母仍在环县留守。回到老家，看到平展展的塬面，整齐宽展的庄户，对我这从山里出来的孩子而言，可真是见了大世面，觉得塬上就是比山里好。

在我母亲未回来的那几个月，奶奶、我、父亲三人生活。突然一场伤寒病，三人一齐病倒。患病一月多，躺在床上不能动，那时无医无药，只能用点单方，或在庙里求神舍药。多亏了二舅爷万邦和生辉表叔，他三天两头送来二舅奶蒸的馍，吆上驴驮来烧的、煨的。本村老表爷张发财一家驮水、伺候、照应。左邻右舍王、罗、李、赵各家不时上门探望。病情逐步转好，我母亲回来时，三人基本痊愈。弟弟宝莹腊月十七出生，给家庭增添了新的喜悦。我小时，不喜欢玩，奶奶逛亲戚肯引我。平时在家，父亲给牲口提水拌草，我取料；父亲担土垫圈，我打胡基；碾麦时，我背麦衣；母亲收麦，我拾麦穗。尤其每年冬季半夜三更拉驴套磨，母亲叫我做伴，她用木柴烤火，为我烤馍，还给我讲故事。我一天活动随父母转，随叫随到，比较听话，家里又缺帮手，从来不喜欢串门，不喜欢玩耍，孩子们玩耍的门路，我一样都不会，也不和别的孩子闹仗、打架。老人常夸我是个好做活的。在父亲的思路上，叫我识几个字，能写会算，人哄不过就行了。我弟宝莹小时脑子聪明，教啥会啥，准备供给上学，参加工作。那时，也不知道做啥好，老人说啥就是啥。

为了把伯父从环县迁回来，新中国成立后，父亲还置买了三十多亩山地。几经周折，1957年，伯父全家的户口顺利迁回镇原，离开老家二十八年，终于结束了颠沛流离落足他乡的日子，实现了返回老家过光阴的梦想。从当时出走时的六口人增加到十八口（不算出嫁的两个姑姑和郭家姐姐），这是我们一家非常荣光的时刻，也使长期关心我们的亲朋好友放下了牵挂的心。

随着时间的推移，父辈下世，我辈兄弟五人，继承传统，耕读传家，相互照应，生活自立，家境渐裕，各自安居。我和几位弟弟都上过学，为公家的事，集体的事，都做过奉献，这里要提及的是大哥宝玉，他年长，在我这一辈五人中，他吃的苦最多，出的力最大，没读过书，不识字，积劳成疾，刚包产到户，没过几天好日子，五十岁就病殁，使我一想起他就心酸。不过，他的后代理家有道，他也应该在九泉之下无所惦念了。

这就是我家坎坷的创业史，记住它，就叫不忘本。

常文昌的散文

常文昌,男,甘肃镇原人,兰州大学文学院教授、博士生导师。甘肃省当代文学研究会副会长,中国当代文学研究会理事,甘肃省作家协会理事。享受国务院特殊津贴。

难忘的岁月

每当回忆起 50 年前庆阳一中的学习生活,留恋、感激之情油然而生。这是我人生中最淳朴、最难忘的一段记忆,现在回想起来,那时的一切都是美好的、诗意的。比起小学的幼稚不懂事和成年人的功利化,中学时代的生活弥足珍贵。

庆阳一中是陇东人才的摇篮,是学子心目中理想的航母。70 多年来,一代又一代人才在这里集结,从这里放飞,成为各行各业闪耀的群星。

1963 年入学,到 1968 年离校("文化大革命"将我们在校时间延长了两年),那时的庆阳一中是甘肃全省试行《中学 50 条》的 17 所重点中学之一。我们是首届从全区各县选拔招收的学生,是庆阳地区当时唯一解决高中学生粮户关系、吃国库粮的一所中学。师资力量雄厚、教学设备良好。在当时,其优势自不待言。

艰苦的年代

20 世纪 60 年代初期,是一个艰苦的年代。那时的庆阳一中,是我最向往的中学。当时家境贫寒，家里让我将第一志愿填报成庆阳师范，一则是全额助学金，二则毕业后有工作。家里的考虑自有道理，但是我心里不高兴，我知道上师范就上不了大学。县城会考完，没想到在镇原全县考生中，我总分第二名，数学第一。我便决定将第一志愿改为庆阳一中，这是通往大学之路，符合我的理想。于是我找到前来招生的董万才老师，得到了他的支持，改了志愿，把我录取到庆阳一中，实现了我人生的第一个梦想。

记得庆阳一中入学通知书要求中有一条是带小马扎。我当时疑惑不解，不知道带马扎有何用处，还专门找木匠做了一个小马扎。到学校后才明白，为的是全校开大会，或有其他活动，可以携带就座。因为那时学校没有礼堂。当时交通不发达，我从老家去西峰，没有班车，走最近的路也有160里。开学时，二哥用扁担挑着行李送我，步行两天才到达。他的两只脚全磨出了水泡，我也疲惫不堪。由于交通不便，一个学期，几乎不回一次家。虽然辛苦，心中却充满了理想和希望。

上高中，告别了初中背吃炒面和菜疙瘩的年代，每月有31斤供应粮，在当时伙食已经很不错了。记得，每次回到家里，母亲总要在书包里查看我吃剩下的馍，一看是白面馒头，就放心了。一个细小的动作，可以感受到慈母之心。每当星期天，偶尔去大什字饭馆站着吃一碗手工酸汤面，改善一下生活。一碗8分钱，味道不错。多少年后，回忆起大什字的酸汤面，就像回味兰州牛肉面一样，倍觉亲切。在食品匮乏的年代，国家为我们提供了足以支撑紧张学习的食粮。

当时西峰有一个露天电影院，只有围墙，没有座位。偶尔看看电影，小马扎可是派上用场了。记得有一次上映苏联电影，我们和俄语老师陈廷试坐在一起，陈老师看着字幕，嘴里不停地说着俄语和汉语，我们间或能听懂一句台词 Какиехорошиецветы（多好的花），心中充满了学过俄语的快意。

那时老师也很辛苦，基本都是单身汉，一人一间10平方米左右的平房，既是办公室，又兼卧室，吃饭都在学校食堂。

冬天,不要说学生宿舍没有暖气,连火炉也没有。一个大房间,两排通铺。就凭我们年轻,是火热的一群,抗拒着冬天的严寒。这使我想起了何其芳写于延安的诗句:我们是一堆红色的火,蓬蓬勃勃燃烧着。

艰苦奋斗是庆阳一中精神的重要内涵。艰苦,能锻炼人的意志。一中艰苦生活的磨炼,培养了我们人生道路上不畏困难、勇往直前的精神。

回忆 50 年前,我们怀念那时的学习氛围。我们以一中人自豪,由于一中有良好的校风,营造了浓郁的学习氛围,课堂的不用说,整个校园处处都是学习环境。比如学习英雄人物,住在一中的地区教研室刘凤阁老师,在校园贴出了他学习英雄人物创作的一首新作,开头写道:

> 我才挪动脚步,
>
> 你已站立山顶。
>
> 人生怎分长幼?
>
> 兄弟的公式应当重订。

写得多好!"兄弟的公式应当重订"最为警策,年龄大小同道德操守高低不一定成正比。这首诗,50 年后还活在我的记忆中。这种氛围是老师和同学共同营造的。当时有各种板报、墙报。比如,数学板报就很专业,是爱好数学的同学感兴趣的。记得高年级同学办的墙报上,登载了一个故事《秀才买肉》,讲一个秀才买了一块肉,但是不知如何做。卖肉的详细告诉了他,他一一写在纸上,揣在怀里。走到半路,碰到一只狼,肉被狼叼走了。秀才很丧气,转眼一想,肉的做法还揣在自己的怀里,狼叼去也不会吃。这对书呆子的讽刺入木三分。从我记忆中的几个例证,就可以感受到当时的校园文化氛围对学生的陶冶。

一代名师

办好一所学校,师资力量起着决定性作用。庆阳一中的老师都十分敬业,具有很强的业务能力。怀念母校,首先怀念的是我们敬爱的老师。一中确立的教风是:严谨治学,精心育人,教学相长,为人师表。

校领导张永升、秋世宽、李文凯都是治校有方的教育家,确立了庆阳一中的办学理念及校风、学风,制定了一系列行之有效的规章制度,使学校的教学质量稳步提升。

庆阳一中的教学质量之所以高,首先是有一支高素质高水平且无私奉献的教师队伍,他们中有当之无愧的一代名师。班主任张德厚对学生既严格,又宽容。我印象最深的是,他的原则是有所为而有所不为。对于学生个体来说,要抓学习,德智体全面发展,也要尊重个性,发展每个人的特长。而班集体不要事事处处都非拿第一不可,那样会把学生搞得很紧张。现在回想起来,他的管理是有道理的,从而使我们班营造了较为宽松的学习生活环境。化学老师董万才,是教研组组长,业务能力很强,学生戏称"董捷列夫"。他对学生要求极严,学生不敢马虎,谁的作业做错了,或学得不好,他就气得不成,狠狠批评,把学生当成自己的子女一样,严格要求,使学生养成一丝不苟的学习习惯和严谨的治学精神。数学老师薛广元人很聪明,采用启发式教学,他的一题多解方法留给我们很深的印象。潘承尧老师对物理教材烂熟于心,极有个性,用一支粉笔、一根线就能在黑板上画出精确的图形。李文凯老师将矛盾论讲得深入浅出,使我初次学到了辩证法。张家骅老师大家都叫他张画家,虽然没有给我们教过课,他的大型油画《毛主席去安源》,仿制得与原作没有多少区别,他为炊事员袁师傅画的肖像气韵生动,令人叹服。我们看到了一中老师的业务水平,大大激发了学习的积极性。

中学老师对学生学习兴趣乃至专业方向的选择,有很大的影响。我这里重点要说的是语文老师和外语老师对我一生的影响。"学好数理化,走遍天下都不怕"是当时同学们的口头禅,也是社会的共识。但是我的兴趣偏偏在文学上,一生与文学结下了不解之缘,这与中学语文老师的影响不无关系。上初中时,我的文学启蒙老师刘信,刚大学毕业,已经发表了许多诗作,剪贴了一本自己的诗集,供大家欣赏。他的语文课讲得极其生动,又有一支生花妙笔,连私人书信也写得文采斐然,使我对文学产生了兴趣。上高中,庆阳一中语文老师可谓实力雄厚,本来中学语文是基础课,教师队伍就庞大,加上母校人才济济,其影响力就更大了。记得年轻老师孙志超在《甘肃文艺》上发表了一篇小说,开头一句:"人都说我哥和我嫂子把胎投错了,这话一点儿不假。"同学们读了交口称赞。给我们上过语文课的老师有谢德俊、李昭先、秋世宽、梁希孔。谢老师以扎实的语文功底,吸引同学。听同学说,他在大学当过助教,更使我们肃然起敬。秋世宽给我们上课不多,却具有示范意义,他将《狱中杂记》从字句到整篇意义讲解得十分透彻,给我们留下了深刻的记忆。李昭先讲课很有个性,有自己独创的一套教学方法。他在平凉师范、平凉一中教过语文,在庆、平两地都很有影响。给我印象最深的是,他讲课能全身心投入,讲着讲着,自己已经陶醉于其中,同学们也被感染了,进入艺术境界中。被同学们称为"陇东文豪"的梁希孔老师,具有深厚的古文功底,教语文可谓声情并茂,加之口若悬河,神采飞扬,特别能吸引学生。课堂上,不是你要捕捉他讲什么,而他的讲解就像一块有引力的磁铁石,能紧紧钳住你,使你无法逃脱。他讲授《中山狼传》:"赵简子大猎于中山,虞人导前,鹰犬罗后,捷禽鸷兽,应弦而倒者不可胜数。有狼当道,人立而啼。简子唾手登车……"朗读抑扬顿挫,若大河滔滔,不由得使你鼓足了浑身的力气。"唾手登车"不用文字解释,作唾手状动作。听他的课是一种艺术享受。一次,看见梁老师发表在《甘肃日报》的评论庆阳剧团演出剧作的文章,被剪贴在剧院门口的宣传栏里,我们羡慕不已。以前,我们只阅读作品,不读文学评论文章。梁老师要我们读读评论,一时间同学们争相去书店购买书评之类的书籍。显然,对于爱好文学的同学来说,是上到一个更高的台阶了。梁老师还组织学生写论辩文章,在教室后墙的"语文园地"上展开论争,提高了学生的理论思辨能力和写作水平,从这里培养了一批能写文章的"笔杆子"。高中毕业,我的志愿便是报考大学中文系。高中阶段,为我后来在兰州大学中文系学习乃至任教奠定了基础。

我们的俄语老师陈廷试,是北京师范大学的高才生,北师大乃中国师范院校的龙头,能分配到庆阳一中,在当时实乃一中之幸也。他是四川人,长得十分帅气,脾气又好,不仅是可敬的师长,同时又是同学们亲密的朋友,大家都不怕陈老师。他的课堂,最为活跃,有时吵成了一片,陈老师一声 Тише(俄语动词命令式:静一静)才静下来。那时学外语,没有磁带,更无视频。就靠课本,读、写、练。口语对话与现在相比,就差远了。在那样的条件下,陈老师凭着他扎实的俄语功底,凭着他对学生的一腔热情,大大调动了学生学俄语的热情。他将复杂的语法编成口诀,很容易记住,教我们唱俄语歌曲,阅读《俄语学习》杂志,背诵俄语诗歌。50 年后的一次聚会,路志龙同学还能熟练地背出中学俄语课本上的诗歌:Быстролетоминовало,Наступилновыйучебныйгод.……俄语对我后来的发展,实在太重要了。不仅仅是职称晋升要考外语,俄语能当敲门砖,尤其是去俄语国家任教和开辟新的研究领域——东干文学研究,假若不会俄语,就一事无成。1994—1995 年,我第一次出国,去哈萨克斯坦法拉比大学任客座教授。哈萨克斯坦同事说他们的法拉比大学就相当于中国的北大,在哈萨克斯坦是首屈一指的,由总统府直接管辖。哈萨克斯坦有 120 个民族,俄语是通用语言,生活和工作都离不开俄语。在比什凯克,我完成并出版了我的俄文版学术著作《亚斯尔·十娃子与汉诗》。这一切,都同中学时代的俄语基础和会西北方言是分不开的。

这里谨向母校及母校的老师致以深深的谢意!

温暖的集体

回忆在庆阳一中 5 年的学习和生活,最不能忘怀的,除了我们敬爱的老师,还有朝夕与共亲如兄弟姐妹的同学——高六六届二班集体。这是我们温暖的家,有共同的经历和共同的语言。"文化大革命"开始,高校停止招生,

1968年,我们回到各自的乡村。那时,最思念的就是同班的同学,我曾写过这样一首诗:"归来田间夜沉沉,幽室不点读书灯。静坐门前思故友,晚风忽报秋将尽。"表达了当时的苦闷和对同学的思念。

高六六届二班是一个精英荟萃的集体,似乎上帝赋予了他们聪明、善良和智慧,加之老师的培养和各自的努力,后来在工农商学兵等各行各业都做出了自己的贡献。

同学们来自全区7个县,文化上风俗上已不同于初中的单一了。比如正宁、宁县靠近陕西,当地人发音前鼻音和后鼻音十分分明。其他县同甘宁青的兰银官话一样,只有后鼻音,没有前鼻音。前面提及的我那首小诗在韵脚上,就不合规范,前后鼻音通押。甚至还有东北的刘玉均、广东的邱贵云,从兰州回来的张民庆,都增加了我们班文化的多样性。邱贵云演节目,学广东人叫狗的声音,其实是我们这里叫猪的声音,惹得大家哈哈大笑。当时都是十几岁的青少年,性格各异,各有所长。南玉印是多面手,兼通琴棋书画,文理基础都好。同学之间,没有什么遮着藏着的,老南甚至给我们念他的恋爱日记,可见同学之间的亲密程度。刘建农是工程师的儿子,又长在庆阳首府西峰,学习好,性格豁达开朗,遇事好发议论,在班上能经常听到他发布的新闻和高见。几十年后,我在网上还看到有人赞扬刘建农敢于仗义执言,厂里的领导见他也礼让三分。路志龙沉稳睿智、功底扎实,在我的印象中,他性格略带羞涩。后来成了嘉峪关的"诸侯",与同为庆阳一中毕业的侯生华"雄霸"一方。郑含珍和包维宁高中时期就颇有谋略,是我们班的"军师"。含珍是什社人,大家戏称他"什社省长"。我们镇原的同乡段国安,很少高谈阔论,却极有见地。马振岳是一位雄辩家,有三寸不烂之舌。朱绍文倒很持重,我不会做的数学习题经常请教他。高永吉为人随和,有谦谦君子风度。夏锦秀是乐天派,总是保持乐观态度。郭玉梅像一位大姐,成熟老练,善于洞察是非曲直。吉毓英虽是处级干部的女儿,却毫无养尊处优的傲气。金连福练得一笔好字,是我们班的书法家之一。梁玉亭太个性化,高一就能用古文写作:"余少时常尿床,吾母痛打之,吾甚恐。"王长青当生活委员,要将45位同学一周每顿吃什么饭菜——预约制表,花去了不少时间也无怨无悔。

我们班是全校的体育强班。篮球队在校内所向披靡,还和各县来西峰参加高考的考生进行比赛,一决雌雄。田径也是我们班的强项,梁树和不仅百米速度快,保持学校的最快纪录,四程接力赛最后一棒是他,后劲十足,越跑越快。而白建忠、张培祥则是学校足球队的主力运动员。他们不知从哪里学来如此娴熟的足球技艺,让人羡慕。这一个个龙腾虎跃的形象就是我们班生气勃勃的缩影。越是学习紧张,越要加强锻炼。记得毕业考试后,文理科分类准备高考,我们加大了活动量,早晨锻炼有时甚至环半个西峰城跑步。

当时的学习很紧张,但是课外活动又丰富多彩,甚至从校外请来指导老师。有各种课外活动,我参加了无线电收发报活动组。军分区一个参谋来学校教我们,大家戴上耳机,教室里一片"嘀——嗒——,嘀——嗒——,嘀嘀嗒——"的发报声。也有课外学射击的,有的同学参加全省射击比赛后,留在省体委。有的后来转到部队上,任省军区处长、军分区副司令员等。可见,课外活动还奠定了后来从业的基础。

同学之间的友谊很单纯, 没有隔阂。记得冯学智同学有一把破旧自行车,为了帮我回一次家,他骑车带我,一路要翻越两道深沟,汗水湿透了他的衣衫。那时我骑车还不熟练,有时和他采用"狗撵兔"式的轮番骑行。往常要步行两天的路程,不到一天就赶回去了。这是同学友谊的写真。

来自偏远农村的我,在这个集体里也得到了锻炼。刚到一中,团支部开会,我最怕发言,不知为什么,那时我还没有发言,就紧张得不行,心要跳出胸膛。可是,别的同学像学生会主席南玉印,非常老练。当时他把我弄到校学生会当学习部长,办数学板报,具体题目内容都由数学老师郑评瑞提供,我还是缩手缩脚,放不开。几年的高中生活,我锻炼得胆子大起来了,班上发言,心跳也正常了,即使上台发言,也没有那么紧张了。这是班集体陶冶的结果。

庆阳一中留给我许多美好的回忆。老师都为人师表,任课老师陈廷试和李克恭总是和颜悦色,从来没有看见其暴怒和大发雷霆。连食堂炊事员袁师傅,都是善与美的光辉形象,十分受人尊敬。那时他已上了年纪,还在兢兢业业地工作,他把学生当作自己的亲人一样,热情洋溢,和学生说话,总是面带笑容。你问他什么,他从不厌烦,给人以温暖。我们班集体,都很友好。最能代表这一精神境界的要首推孙雪峰,她的温柔善良,是人所共知的。就连她应答一声"哎——"也是轻轻落下,余韵徐歇,充满了友善,代表了她美好的内心世界。

结　语

在我们古稀之年,回望50年前的高中生活,就像回望我们人生启航的港口。在漫漫的人生道路上颠簸了半个世纪后,再回到这个港口,回到青少年时代,别有一番滋味在心头,用语言难以表达清楚。我知道,以上这些粗浅的回忆,挂一漏万,远不能描绘我们丰富多彩的青少年生活,不能表达学子对母校的感恩之情。愿我们淳朴的友谊像高山流水一样长存!祝母校更加欣欣向荣!

贾立的散文

贾立,男,字三立,甘肃镇原人。曾参与审定《镇原县志》,参与编辑《潜夫论·百家谈》和《当代镇原名人文典》第二卷主编。已故。

从苍鹰说起

鹰,这种食肉猛禽种类较多,有头尾皆白、全身通黑的,有麻褐色的或麻白相间的。我们家乡人把它们统统叫花鸹。记得 20 世纪四五十年代时,花鸹实在多,天上飞的,树上卧的,埂边蹲的,到处有它们的身影。它们是蓝天的骄子,或悠闲地盘旋,或流星般地俯冲,其身姿是那样的优美和矫健,是任何鸟类都无法媲美的。它们自由地翱翔在蓝天的怀抱里,在白云的衬托下,成为高空中一种独特的景观。然而如今再也见不到它们的身影了,除了匆匆而来又匆匆而去的候鸟之外,万里苍穹一片寂静,静得寂寞和苍凉。

我从小和老鹰打交道。每年腊月杀过年猪,这时的农家院里热闹非凡,孩子们听说谁家要杀猪,便你约我叫地挤在一起围观,那情景比看西班牙斗牛还带劲。猪嚎人喊狗叫,气氛紧张而忙碌。平时叽叽喳喳的麻雀吓得不知飞到哪里去了,而庄院周围的树上却落着等待叼食一点血腥的许多老鹰。民风淳厚的庄户人除给请来帮忙的邻居饱餐一顿外,临走时还要端上熟的,拿上生的。没来人的家户,由孩子送去。我年年担当这送肉的差事。冒着香气的大碟大碗由姐姐端在盘子里走在前面,我手拿长棍跟在后面当保镖,以防老鹰冲下来。八岁那年,我第一次"护菜",业务生疏,行至半途,突然一阵犀厉的风声呼啸着盖顶而来,我被扇倒在地,姐姐双手抱着头,盘子打翻,碗碟摔出七八步远,肉菜全泼散在草丛里。母亲教我说:要把棍头高高举起,不停地摆动,眼睛既要看天空的鹰,又要看脚下的路,嘴里还要"喔——喔"吆喝。我按要领操作后,果然灵验。虽然两手冻得发麻,我毕竟掌握了战胜老鹰的法子。每年春夏之交,家里孵出小鸡以前,我要在庄院四周的墙头上每间隔一米左右钉上许多木橛,拴上草绳,编成一张覆盖全院的漫天大网。老鹰再不敢下来抓小鸡了,这是我战胜老鹰的又一得意之作。腊月送肉的风俗,大约到合作化以后就渐渐失传了,这是因为各家的存粮一年不如一年,能养得起猪的人家越来越少的缘故。

　　人们真正战胜老鹰的"壮举"是 1958 年及以后的事情。大炼钢铁时没有煤炭,就砍伐大树代替煤炭,苍鹰无处筑巢,大部分迁徙得不知去向,留下的只好在地上栖息过夜。初冬的凌霜落在老鹰身上,冻结了羽毛飞不起来,有的成为狐狸和狼的夜餐或早点,有的被万物之灵的人类捉住,翅膀做了扇子,腿骨做了水烟锅,利爪成为孩子们的玩具,鹰的数量减了十之七八。20世纪六七十年代,偶尔还可看见天空掠过那久违的身影,到了 80 年代,这种以兔子、鼠类和小鸟为食的猛禽,在陇东地区绝迹了。现在要看鹰,只能在电视里看《动物世界》了,这是鹰的悲哀,也是人的悲哀。

　　人类繁衍的速度连自己也恐慌起来,但比人类增长速度更快的是鼠类。据报载,生物学家报告,地球上已有 300 多亿只老鼠,是人类总数的 6 倍多。据电视报道,地球上每年有百分之二十的粮食被鼠类吃掉。这种恶棍为害甚烈,人们恨得咬牙切齿又无可奈何。然而人类毕竟是由灵长类动物进化而来的,除了已登上月亮之外,已经向远得连想都想不清楚的冥王星也发去了探测器。但就我看来,最大的科研成果要算制造鼠药,并且早已普及到家家户户,大批老鼠中了圈套,抛尸野外后,被猫、狐狸、蛇、鹰、猫头鹰吃了,这些鼠类的天敌也跟着一命呜呼。天敌迅速减少,鼠类繁殖更快。近几年人们惊呼,原本很小的家鼠,如今全变成了新品种,尾巴长如筷子,腰围粗如茶杯,健步如飞,身躯吓人,这是制造鼠药的人类始料不及和哭笑不得的。只有猫、鹰、蛇、猫头鹰等天敌繁殖起来,老鼠数量增多的势头才能得到有效遏制。再加上人用科技办法,灭鼠才能大见成效。

张得祥的散文

张得祥，男，笔名张牧，甘肃镇原人，曾任《甘肃日报》记者、编辑。主编《镇原文艺》《镇原县志》《庆阳地区志·艺文志》等。出版著作及论文《甘肃民歌选》《陇东民间小戏选》《略论陇东小戏的艺术特色》等。2007 年去世。

盛开的山丹花

我的家乡，在甘肃陇东的沟壑区。这里是一个蕴藏丰富的民间文学宝库。民间小戏是宝库里边一颗闪亮的珍珠，它像山丹花一样，开放在地边田埂，开放在村头院落，开放在劳动人民的心中，用它那鲜艳的光彩，诱人的清香，陶冶着勤劳善良的劳动人民，显示出劳动人民强烈的爱憎。

陇东人民把春节的演出活动，总称为"耍社火"，社火的种类很多，民间小戏是其中的一种。十三四岁的时候，我是村里社火班子里的主要演员，一到春节前后，我和伙伴一起积极参加排练和演出，常常赢得群众会心的笑声。后来离开了农村，中断了这一活动。近年来，又返回家乡工作，虽然不再参加演出，但它那浓郁的泥土香味，生动的生活气息，紧紧地吸引着我。

陇东民间小戏，很少在舞台演出，大部分在群众的院落或广场，就地围圈，就地演出，陈设也极为简单，一般只用一条长板凳就行了。小戏的内容极为丰富，从多方面反映了绚丽多彩的社会生活和广大农民的思想感情。

劳动是农民最基本的实践活动，许多小戏真实地再现了劳动生活的场景。《种荞麦》描写的是一对青年夫妻种荞麦的故事，吃早饭的时候，他的妻子一手提着干粮篮，一手提着米汤罐给丈夫送饭，因为家中活路太忙，妻子没有顾上"打扮",引起了丈夫的责怪,但当妻子说明她的困难和以后的打算时,她得到了丈夫的谅解,丈夫感到妻子想得好,看得远。戏中通过对唱,反映了农民对美好生活的向往和追求。

《打草鞋》给我们展示了一幅欢乐的生活图画。一个农村寡妇,养着三个孩子,适逢年馑,无法度用,靠打草鞋为生。在这样困苦的生活条件下,出现的不是一种悲惨的景象,他们家庭充满着欢乐的气氛。兄妹三个,一面劳动,一面又唱又闹,他们以乐观主义精神,把个破破烂烂的家庭搞得生气勃勃。这出戏的演出,不仅仅起到娱乐作用,而且给人以克服困难的信心和勇气。许多下层社会人们的生活,在小戏中得到了充分的反映,如钉缸匠的生活,剃头匠的生活,货郎的生活,等等。创作者根据他们不同的职业特点,塑造出了各种不同的、生动感人的艺术形象。

对昏官污吏的讽刺和鞭挞,是陇东民间小戏的重要内容。小戏中出现的县官,大都是贪得无厌、外强中干的丑官,他们千方百计地敲诈勒索,鱼肉百姓,正如《打锅》中董不清的自白:"一品官,七品官,大官小官都爱钱,唯有本官指甲短,抠得草根面朝天。"作者用漫画式的手法,将这些丑类置于放大镜下,使他们丑态毕露。如《剃头》中的知县,以过四十大寿为名,强迫群众为他行"官情"。他是属鼠的,在他过生日的时候,他的下属为了表示孝敬,送给他一只金老鼠,他觉得还不满足,一再告诉剃头匠,他老婆是个属牛的,明年过四十大寿,希望群众给他送一头金牛。见多识广、机智聪明的剃头匠,对他蔑视、鄙夷,用极为幽默风趣的语言,毫不容情地进行挖苦,把他的丑恶面目揭露在光天化日之下。《鸡大王》中的县官,更是明目张胆地敲竹杠的家伙,他听见鸡大王这个外号,如获至宝,带着衙役来到深山,质问鸡大王,为什么称自己为大王?有多少兵?有多少将?强迫鸡大王交代,并要罚一百个公鸡蛋,没有公鸡蛋,就要金蛋、银蛋。但当鸡大王暴露了自己原来的身份,并用大话吓唬他的时候,县官却被吓得战战兢兢,急忙跪在地下,连声不断地叫干大,请求饶了他。通过这些情节的描写,他那外强中干的本质暴露无遗。

群众的爱情生活,在陇东民间小戏中也得到了充分的反映。《刘海打柴》可算这方面的代表作。勤劳善良的刘海,为了养活双目失明的老娘,每天不辞辛苦,前往深山打柴,得道成仙的狐狸精,"冷眼观遍全世界",才知道"真情出在劳动人间",于是变做一个村姑,缠住刘海不放。当刘海提出自己的困难"一副担儿养不起三口人"的时候,她说:"我有一双勤快的手,做起活来没麻达,能做饭,能绣花,又能织布纺棉花……你到深山把柴打,有我侍候老妈妈。"刘海听见"村姑"和他是一条心,欣然接受了她的爱情,结为夫妻。对以劳动为主要生活内容的农民来说,劳动是爱情的基础,爱情常常是劳动的结晶。陇东民间小戏中,反映爱情生活的戏很多,有《杜十娘怒沉百宝箱》《闹书馆》《李彦贵卖水》《二姐娃害病》《兰桥相会》等。有的虽是从"大戏"截取的片段,但是经过了民间艺人的再创作,剧情更加集中,语言更加凝练,人物更加突出。如《杜十娘怒沉百宝箱》,"大戏"演出需要两个小时左右,小戏则用半小时就可以演完。它把人物活动的空间限定在船舱里,把人物活动的时间又限定在李甲回到船舱以后很短的时间里,在这样一个特定的环境里,通过唱词交代了杜十娘和李甲的爱情基础,表现了杜十娘对李甲纯贞的爱情,揭露了李甲虚伪庸俗、见利忘义的丑恶面目,鞭挞了孙富卑鄙下流、依财害人的罪恶行径。全剧是非分明,爱憎分明,使观众对杜十娘寄予无限同情,对李甲、孙富表示极大的愤恨。

　　陇东民间小戏所反映的社会生活面异常广阔、复杂,如《张连卖布》《打锅》,塑造了两个不同性格的赌棍;《小姑贤》《两亲家打架》,表现了封建礼教与包办婚姻给妇女带来的灾难;《过年》反映了封建社会中劳动人民物质生活上的极端贫困。这些小戏的作者,总是站在被压迫、被欺凌的人一边,歌颂他们善良正直、见义勇为的高尚品格,同情他们不幸的遭遇。对于那些剥削者、压迫者和其他丑类,给予了无情的揭露和批判,或者与他们展开面对面的斗争,或者对他们进行尖锐的讽刺、挖苦、打击,使他们狼狈不堪。

　　至于陇东民间小戏的艺术特色,我将在另一篇文章里探讨,这里不再赘述。

马靖国的散文

| 马靖国,男,甘肃镇原人,甘肃省作协会员。爱好文学,著有小说、散文集《苦乐人生》。2017 年去世。

一段往事

每当我想起或看到北山，就勾起心中的一段往事。北山是镇原县的一景,位于县城的北面,它像一尊巨佛盘脚静坐,静观着人间的世事沧桑。

那是 1958 年我从部队转业南京,整整十年没回过家。在海岛时我常望着茫茫大海愣神发呆,家是那么遥远,满眼只有海浪的呼啸,海鸥的翱翔,还有星星点点的渔船,我多么希望有一双翅膀,让我飞回生我养我的家乡,看上一眼我慈祥的母亲。

后来我离开海岛走进工厂,这时我才有幸回家探亲,终于踏上家乡的土地,见到了我日盼夜思的父母,还有我那憔悴瘦弱的弟妹。随之我的心被一种无形的东西撕扯着,便产生留在老家的念头。一个偶然的机会,我认识了县农具厂厂长张桂林。他人高马大,说话声音洪亮,给人一种宽厚平和的好感。于是我向他吐露了自己想留在老家的愿望。当初的镇原老家十分贫穷落后,技术工人几乎一个没有,有的只是小手工业者。张厂长一听我是来自大城市大工厂的技工,当即就答应我到他的厂子上班。事情竟是那样出奇的简单和顺当。可当张厂长将我领到厂里参观时,真吓我一跳,那叫什么工厂哟,几间土坯房,里面一溜的烘炉,全是打铁的工匠,整个工厂一片叮咚叮咚叮叮咚的声响。师傅扯着巨大的风箱,吹起熊熊火焰,忽儿一块红中带白的煅料出炉,那铁锤像雨点一阵起落,火花飞溅。工人一律穿大护裙,满脸黝黑,满头大汗,从表情上看不出有多少使他们感到兴奋的东西,只能说明劳作是为了生存。他们的产品大都是镢头铁锄之类,也就是说一盘炉子两把铁锤搞社会主义。

看到这一切,我的心凉了。但张厂长对我是热情的,他把我介绍给一位掌钳的师傅,说让我干点修理活吧。其实这位师傅对我还是不错的,他精瘦的脸上除了汗水满是诚实。他说厂门口有个修车铺,让我和那位比我父亲年纪还大的瘦老头一块修车。其实镇原有什么车呢,有的是马车牛车,他们也不到这来修。全县只有一辆小嘎斯汽车,也轮不上咱修。自行车倒有,但也不多,我们整日只能在那守株待兔。

后来从省城来了两个大学生,是学机械加工和机械制造专业的,一个姓马,一个姓张。一个穷县城,分来两个大学生,这在当时来说,是上头对下面的最大奖赏,所以县长书记都很重视,将姓马的留县委工作,专搞标语美术字一类,将姓张的分到修车铺。他跟我年龄相差无几,我们一见面就像一对遇难兄弟,很能合得来。之后张厂长要我和小张搞一台手摇车床,我和小张经过一番努力,终于搞成了。每日我和小张轮流当动力,轮流掌刀,干得汗流浃背,气喘吁吁。这时我俩似乎才意识到,这是干啥哩?是自己给自己制造枷锁呀。尽管如此,每月只二十来元工资,还吃不饱肚子。

不久张厂长调走了,厂里来了个孟厂长。孟厂长是个粗人,动不动就骂人,骂起人来还扒人家的帽子,拳头晃得满天飞。孟厂长不管咋凶,打铁的师傅不敢犟嘴。小张是见过世面的热血青年,他不吃那一套,一次孟厂长冲他吼,说他没干够八小时,他就满不在乎地说:有话好好说,别来家长作风。当时我吓得捏一把汗,忙对他说:不敢,孟厂长是领导,不得顶撞,顶撞了不会有好果子吃。

果然事情不出所料,厂里给工人评级,大家一时拿不准该给小张评几级,当大伙大眼瞪小眼时,孟厂长发话了,说:"我看给小马评个五级,小张评三级。"我十分惊讶地瞅住孟厂长,我觉得他把事情搞颠倒了,五级该是小张。显然孟厂长听不得反面意见。

那时的镇原穷,一天傍晚,我和小张、小马悄悄溜到东城墙上聚会,肚子饿得咕咕叫,每人手里攥个细瘦的白萝卜啃,一边啃一边望天上的星,觉得那星很灿烂,很诱人,像一锅刚出笼的馒头,可是我们晓得那真要是馒头也是吃不上呀。它太遥远了,可望而不可即。

夜色中我们仰望北山,潜夫亭赫然触目,百十棵高大挺拔的古柏在夜风中瑟瑟鸣唱,像对我们讲述一个久远的故事。我透着月光似乎看见那位城府很深的王符老先生挑着一担水,艰难地行走在崎岖的山道上。他为啥要那样?我们不知道。我想老先生也许是贫穷潦倒,和我们一样啃萝卜吧?但是他的睿智,使中国哲学史上出现灿烂的辉煌,他的价值和他的著作一样千古不朽,而我们呢,只是为填饱肚子辛苦奔忙,我们算什么呢?就在这天晚上,我们筹划准备离开镇原,为了活命,也顾不得许多了。

我们的举动好像被工交局的一位头知道了,一天他在街道碰上我,将我拽到没人的地方,小着声对我说:小伙子,谨慎点,弄不好就有罪哩。我边朝他点头边说:我老饿,吃不饱哇。这位头说:"哎呀小伙子,咱们好赖每天还有两个馒头呢,农民吃啥?他们的馍连个驴粪蛋都不如,千万要小心呵,要知道咱镇原是留不住人的,尤其留不住人才,为啥?就是一个'穷'字作怪。"我十分敬重这位头,从而更坚定了离开镇原的决心。

我们商定,小马先留下,因他的工作在组织部,毕竟不错。小张走平凉,我走西安,手续均由小马办理。一切就绪后,最大的问题就是无法走出镇原县城,每天去买唯一的一张卡车票,人家不卖给你。这样持续了个把月,无奈之下,我们就壮着胆子去找县委书记。这位书记,瘦高个,大背头,有文化人的风度。他听过我们的陈述,当即拍案叫我俩走,他说镇原一没电、二没工厂,现时不适合你们的专业。而且让有关部门给我们开出介绍信。

那晚我们三人又一次来到东城墙上聚会,仍然每人手里攥一个细瘦的白萝卜啃,一边啃一边望天上的星,高高的北山上松涛声声,那位王符老先生的身影似乎又一次在我眼前浮现,我们的命运似乎是连在一起的。

一晃四十余年过去了。离开镇原后我什么都不想,唯有两件事时常萦绕于心头:一是怀念北山,尤其是北山上的百十棵苍翠挺拔的古柏,它的涛声时常在耳畔响起,从这涛声里我似乎看到王符老先生隐居在这并不隐蔽的地方挥笔著写《潜夫论》;另一件就是那位县委书记。

时隔四十余年后的今天,镇原变了一个大样。然而北山依然如一尊巨佛盘脚静坐,纵观世事沧桑。奔流不息的茹河水依然向人们讲述着它的故事。横空出世的潜夫亭永远是镇原的象征和骄傲。这尘世间发生的一切,王符老先生如果有灵的话,他会看得一清二楚的。

刘信的散文

刘信，男，甘肃镇原人，甘肃省作家协会会员，镇原县作家协会名誉主席，中学高级教师。曾参与撰写修订《中国共产党镇原县组织史资料》，担任《镇原革命风云录》责编等，著有《刘信诗文杂选》三卷。

生命主题

小时候经历的事几乎都淡忘了，但印象最深刻的一件事到老仍记着。我五六岁时，父亲刘承礽正在我们家乡的中心小学当校长，那是他风华正茂、奉献教育的得志之时。谁知由于家境贫寒，人口众多，日子紧巴得过不下去，他便与伯父们挥泪分居了。那时，我们弟兄三个都才只有几岁，所以，务庄稼、放羊喂牲口之类的农活眼看都停了。无奈，他夹着铺盖卷，泪汪汪地回到家里，绝望却意味深长地给母亲说："我这辈子肯定再没福气教学了。往后就看咱的娃娃吧……"

农村娃，见啥都新奇。一天夜里我拿着他的手电，爱不释手。但不管怎么捏，总是不发光。父亲开导我说："你爱手电，明年就好好上学念书，等你上了中学我就给你买一个。将来上大学，在中学里当教员。"这些话尽管当时我觉得还很渺茫，但寒来暑往，渐渐才知道那是父亲对我的期冀。如今我敢说，那是滴进我幼小心灵土壤里的第一颗热爱教育事业的种子。上小学时，每当碰上佩着"镇原中学"校徽的学生在街上给他的老师恭恭敬敬地行礼时，我油然而生敬意，我心往神驰，我倾慕不已！我盼望着能有一天也在街上给自己的老师敬个礼，也盼望着能有一天在街上学生给自己敬个礼。于是我就按父亲的嘱托，把自己前途的准星瞄在了"在中学当教员"的靶心上。从小学到中学，我孜孜以求，成绩虽不是每次都名列前茅，却也常常是个呱呱叫。好几次作文题都是《我的志愿》，在我每次的作文里，"将来在中学当教员"则成了永恒的主题。高考时，招生的张志俭老师问我为什么愿意当教师，我说："我父亲让我当教师，我也爱教书。"因此就毫不犹豫地上了师范院校。困难时期，为了减轻负担，学校取消了晚自习，增加了文娱活动。但我不顾饥饿，常常一个人待在教室里，焚膏继晷，刻苦砥砺，的确达到了"衣带渐宽终不悔，为伊消得人憔悴"的程度，因为我从自己老师的教课中深知，有没有博渊的学识是能否当个好教员的关键和前提。临近高校毕业分配，有的报社、电台、群众文艺馆打算要我当个记者或采编，我一时有些眼花缭乱，写信征求父亲的意见，他回信说："我许愿给你买手电，早就兑现了。至于你毕业后的工作，还是那句老话——回家乡在中学当教员。你不该挑肥拣瘦，要好好想想国家培养你十多年的恩情啊……"于是我辗转反侧，夜不能寐：想到了国家给我八年的助学金、公费医疗和城镇粮，想到了全国优秀教师李景兰激动人心的报告，想到了老师们苦口婆心的教诲，想到了"教师是人类灵魂工程师"这句名言的深刻含义……后来我虽然填过十多次志愿表，但每次都相同——"平凉专区(那时平庆没分家)镇原县中学当教员"。1961年秋天，我们父子俩都如愿以偿了。我被分配到镇原六中，父亲高兴得合不上嘴，逢人便说："我总算把娃娃供到了好地方。"六中位于"馒头山、绺绺天、山大沟深崾崄宽"的三岔镇，距我家一百二十里，不通车，全凭两条腿。途经三条河，上下七面坡。晴天满身汗，遇上雨雪两腿泥，好些人不愿去。可是我没嫌远，不怕苦，无怨言。常常鸡叫头遍启程离家，熄灯时候摸黑进校。一头扑在讲台上，一干就是十年，把自己的黄金年华献给了山区教育事业。

这期间，我曾被评为全县优秀教师，受到了县委和县政府的奖励，为我终生当教师增添了无穷的活力和信心。一次，县上有位领导动员常文广校长，要我改行到一个要害部门去工作。他婉言谢绝了，说："我那个人得三个人才能换去啊……"我把这事悄悄告诉了父亲,父亲批评我:"你不能好高骛远啊,得天下英才而教之,一乐也。我没机会教学,遗憾终生;你何乐而不为?"校长的激励,父亲的指点,使我浑身是劲,八对大牛也别想把我拉出学校门!

"文化大革命"中,因我的教学业绩突出,连年教毕业班的课,所带班的升学率又是百分之百,工作组说我"这是资产阶级智育第一",要我在全校作检查,我又把这种委屈讲给父亲听。他当时也因为在旧社会教过书,是旧制人员而被揪斗,可他却劝我说:"我过去当教师,如今受批斗,但我不后悔,因为我教的是知识,没做亏心事;你要多一些谅解,少一点怨气,不管遇到什么委屈冤枉,都要襟怀坦荡。千万不能误人子弟啊。"他还用"量小非君子,无度不丈夫""将相头上堪走马,公侯肚里能行船"等古语启迪和宽慰我。我满腹怨气顿时烟消云散了,工作始终没懈怠。

种瓜得瓜,种豆得豆。有所奉献,自有回报。随着教龄的增长,我的桃李遍天下。他们有的成了专家教授,有的升为中高级干部,有的当了团师职军队干部,有的是中小学骨干教师,有的做了科学种田、脱贫致富能人,有的被评为优秀企业家,有的荣获了先进医务工作者称号……而我个人也由一个普通教员先后被提任为完中教导主任、县教研室主任、完中校长、副县级党支部书记和调研员,多次受到地县表彰和奖励,多次出席了县上的党代会和人代会。面对这些连做梦都不敢想象的回报,我更加坚定了热爱教育事业的使命感和责任心。

此生,无悔教育事业,我生命的主题!

袁俊宏的散文

袁俊宏,男,甘肃镇原人,中国作家协会会员。出版有散文集《大河上下》《地主》《天宗》,纪实文学《席卷西北》《戈壁凯歌》《中国军马》,诗集《与太阳干杯》等。

雪　夜

不知什么缘故,随着年龄的增长,我常在一个人独处的时候,不由自主地想起我的父亲和一些与父亲有关的往事来。

父亲是一个绝对沉默寡言的人。

在我的记忆中,父亲跟我说过的话,可以掰着指头数。

我的家乡虽属典型的穷山恶水之地,但自古以来,没有多少文化的父老乡亲却对文化有着一种近乎痴迷的崇拜和神往。在我的家乡,人们很少比谁家盖了多么漂亮的房子,多打了几石粮食,而是看谁家的娃娃字写得好,书念得好,考的学府高。

父亲也许是受着这种乡风的濡染,对我学习的好坏看得特别重。但他从来不说,只用他的行动督促着我按着他的思维去做。

无论是那时还是现在,城里的学生与农村学生一直有一个几十年没变的区别,那就是城里的学生放学后总有做不完的沉重的家庭作业,而农村的学生放学后永远做不完的是诸如喂猪、喂鸡和给牲口打草之类的家务活。那时,我只要有一点点闲时间,父亲便不动声色地将书往我的手里一塞,一句话也不说,蹲在我的对面,吧嗒吧嗒有一口没一口地抽着那呛人的旱烟,眼睛眨也不眨一下,定定地望着我。

那目光仿佛有着很大的魔力,每次只要它一对着我,我便不自觉地挺起腰杆,就像是坐在教室上自习一样,很快便进入了读书学习的状态,似乎坐在面前的不是父亲而是班主任。

有时,父亲会在我刚闲下来的时候,不失时机地将草纸订成的大楷本放到我的面前,拿来粗糙的砚台和两毛钱一块的劣质墨,往砚台里倒上一点水,极有耐心且极细致地磨好后,将毛笔递到我的手上,然后又往我面前一蹲,一如既往地抽他的劣质烟,一声不响地默默地望着我。

父亲这样一望就是近十年,我总觉得父亲的目光就是我脚下的路。

我常对朋友们说,我今天之所以能人模狗样地在这个大都市里混,是父亲望出来的。

那时,童心疯长,也有出墙的时候。

在我的记忆中,父亲总有干不完的活,总是闲不下来。所以,父亲每次在我的面前也静静地蹲着望不了多长时间,他一见我收了心就悄悄地起身忙他的去了。可有时候,父亲前脚刚一走,我的心如捧在手心的小鸟一样,手一松它就飞了。我常趁机偷偷地溜出去,把时间当筋斗翻,当树爬,当鸟窝掏。

"干什么事都要有个恒心。"

对于我的调皮捣蛋,父亲不打不骂,不恼不火,每次都是这么一句,而且说得是那样的不经意,仿佛并不是有意对我说的。

记得上高二时的一个星期天午饭后,我正收拾东西准备去上学,天却下起了鹅毛大雪,不一会便落了厚厚的一层,而且没有一点偃旗息鼓、收兵回营的意思。

一想起从家门口到学校要步行走近七十里路,翻越三座大山,我便望望天瞅瞅地,一脸的愁云。

坐在门槛上抽烟的父亲看了看天看了看地,将还没有抽完的烟在鞋底上使劲一拧后往口袋里一装,戴上帽子,背起我一个星期的干粮,递给我一根不很直的棍子，拿起一把铁锹，什么话也没说，抬腿便往外走。

早已习惯了父亲这无声语言的我忙不迭地就跟着往外走。

雪，没有为父亲的这一举动所感动，仍然旁若无人地挥洒着。

父亲一锹一个脚窝地往前走，我一步一个脚窝在后面紧紧跟着，不敢松一口气。

为了能跟上父亲，我走几步便小跑两步。在一个下坡，我一着急，一脚踩在父亲铲的脚窝外面，脚下一滑，一屁股坐在了地上。

"一步一步踩实了走，就不会摔倒了。"父亲听到响声，转身拉了我一把，拍了拍我身上的雪，说了这么一句又上路了。

雪还在不停地下着，父亲在不停地铲着雪窝，为我铺展着脚下的路。

父亲弯着腰，动作不快不慢，一下接着一下，很灵活又很机械。我拄着木棍，很小心地紧紧跟在父亲的身后，走在父亲为我铲出的那条很特别的路上。

雪仍然在下。

我因为在父亲的后面，看不见父亲的脸面和表情，父亲呈现在我眼前的只是那微弯的背和背上那一层厚厚的不停移动的雪。

我就那么一直默默地跟在默默地铲着雪窝的父亲身后，看那雪越积越厚，像一座雪山一样压在父亲背上，在大雪中缓缓地往前移动着。这样走着看着，心中不由涌起万般感触。这感触最后直涌到了眼窝，化着一股股暖流涌了出来，模糊了我的双眼，以致因此又连着摔了两跤。

我们走了一路，雪下了一路。

一路上，父亲只停过一次，不过十分钟。

父亲伸了伸腰，抖了抖身上的雪，搓了搓冻得红红的手，很过瘾地抽了几口烟，拍了拍我棉帽子上的雪，一句话也没说又上路了。

就这样走了近六个小时才看见学校的门，这时天开始降夜幕了。

父亲把我送进宿舍，放下我的干粮，屁股连床边也没挨一下就准备返回。

我说："天黑了,您住我这儿,等明天再回去吧。"可父亲说："明天早上还得送你弟弟和妹妹们上学。"

说完这话父亲便转身扛着铁锹迈开了步子。

看着父亲的背影,我呆呆地站在那儿,一时不知如何是好。

"你怎么不想办法让你爸留下呢?天这么黑,又下这么大的雪,这多危险啊!"不知哪位同学的这句话提醒了我,我急忙从我的铺下拿出手电筒,向父亲追去。

父亲从我手中接过手电,拍了拍我的头,一句话也没说转身就走。

冬天的天黑得特别快,只一支烟的工夫,天已漆黑一片,连白日里那刺眼的雪,也披上了一袭黑色的晚装。

父亲的身影很快从我的视野中消失了,融入了浓浓的夜色中,只有父亲手中那明亮的洞穿了夜色的缓缓移动的手电光,显示着父亲的位置。

我就那样站在雪地里,静静地看着那越走越远的光亮,默默地流泪。

那一晚我没眨一眼,我端坐在床上,用心默默地陪着父亲赶路。

秦铭的散文

秦铭，男，甘肃镇原人，中国诗歌学会会员、中华诗词学会会员、甘肃省作家协会会员。出版诗集《心返家园》、散文集《时空回眸》。散文《刀客》编入《中学生新课标课外读本》。

刀　客

刀客住在村子最北边的弯沟山上，之所以叫他刀客，不是因为他是杀富济贫的绿林好汉，也不是因为他是打庄劫舍的土匪，而是因为他的脸上有三条长长的刀疤。

刀客是一个怪怪的人，小时候见到他就非常害怕，他佝偻着身子，背着一个大背篼，手里时常拿一把镰刀，满山遍野地寻找柴火。尤其是他那张丑陋狰狞的脸，不论是谁，只要远远地望一眼，就不敢再看他第二眼了。刀客的脸上一年四季都没有一丝笑容，眼光也阴森森地吓人。

据村子里老人讲，20世纪二三十年代，经常闹土匪，在陇东这一带最有势力的是一个叫惠颜青的土匪，他们经常骚扰村里，抢粮，抢牲口，奸淫妇女，无恶不作。无奈，村子里的几个大户族商议，在村子北边的弯沟山上建了一个土堡子。土堡子的三面是悬崖，剩下的一面连着一大块土地，乡民们便挖了一条深壕，土堡子里不仅存着各家的余粮，还打了一口深深的水井。如果土匪来了，全村的男女老少都躲进堡子，关起大门就是一个小小的城池。

一次，惠颜青的人马把土堡子围了起来，村里七八个青壮小伙子用土枪不停地向土匪开火，因为土堡子居高临下，土匪接近土堡子时乡民们便用石头、木滚甚至石磨砸下去,打得土匪很难靠近。土匪们一直从上午攻到晌午都没能攻破土堡子,最后不甘心地丢下几具尸首和马匹离开了土堡子。当土匪走出二里多地时,人们才出了口长气,这时,村西的王家老三放下了手中的土枪,一下子瘫在火药房门口,顺手用点土枪的火绳子点了一支旱烟,谁知刚美美地吸了一口,火药房就被点燃了,随着一声惊天动地的巨响,土堡子的门已没有了踪影。疲惫而无奈的惠颜青回过头一看,又露出了狰狞的狂笑,他掉转马头,领着土匪喊杀过来,地上霎时血流成河,杀声、哭声笼罩了整个天空。只见一个土匪在众目睽睽之下抱着刘家的媳妇,一把撕破她的上衣,撕裂肺腑的哭喊显得苍白无力,绝望无助的泪水使土匪更加肆无忌惮。这时,只见一个十岁的男孩攥紧小小的拳头,挣脱母亲紧搂的双手,扑了上去用尽吃奶的劲猛咬着土匪的手背不放,恼羞成怒的马刀在孩子的脸上左右开弓,扑上来用身体护儿子的母亲倒下了。土匪劫掠过后,人们从一个没有头颅的母亲的怀中,抱起了孩子,一个脸上布满刀痕的孩子,人们从此就叫他刀客,渐渐地再也没有人去叫他父母给他起的名字了。

村里的土堡子不攻自破,十三四户人的村子,近百口人,家家户户都穿白戴孝,没有一个家庭是囫全的。我的碎太爷,那时只有十五岁,在土堡子被攻开后,跳下了悬崖,二爷经常念叨起他。二爷还说王家的爷爷、侄子是土匪们抬起来,像孩子们扇风箱玩的一样丢下悬崖的。

刀客是村里的孤寡户,靠生产队里分点口粮过活。

又到了年底,生产队开始按各家挣的工分和给队里缴的土肥多少分配粮食。谁知堆放在大场里的玉米一夜之间被挖了一个不小的坑,少说也有两袋。虽然生产队里的保管在玉米堆上盖了保管粮食的大印,两个看护人还用草木灰写了"丰收平安"的字样,可还是丢失了玉米。生产队长张德利召开社员大会骂了一顿饭的工夫,可依然没有人站出来承认。张德利便下令,叫基干民兵挨家挨户去搜。一下子郭世武就成了破坏集体的"坏分子",公安局来人带走郭世武的时候,六个光着屁股的儿子也没有拉住他。

一直等到人们快分完玉米时，刀客才佝偻着腰，胳肢弯夹着一个羊毛口袋来了。五保户的口粮走的是中上线，保管翻了翻册子，对刀客说："今年收成好，你可以分到260斤玉米，比郭世武偷的玉米还多20斤呢。"刀客扭头看了看站在远处的郭世武老婆，见她一副理亏的样子，便趔趄地走了过去，把她手中的两个袋子拿了过来，装了两袋子玉米，让保管给过了称，刀客摁了个指印，就转过佝偻的身子，夹着他的空羊毛口袋走了，头也没回。

那一年正月十四，我们几个伙伴去弯沟山上拣地软软，地软软是枯草受潮后，生长的一种薄薄的木耳一样的东西，我不知在其他地方有没有，但在陇东的初春是绝对不会缺少的，用地软软蒸的包子可好吃了，但也只有每年的正月十五才能吃到。我们从阴面的沟洼里一直拣到沟底，直到每个人的小柳条篮子鼓起肚皮。这时，秋子去了泉边，他把篮子放在泉水中，不停地转动着，洗着地软软上的泥土。我们一拥而上，都把篮子放在了泉水中，可谁也舍不得把提着篮子的手松开。突然，狗娃脚下一滑，一个趔趄跌进了清清的泉水中，我们看着狗娃在稀泥中渐渐下沉，都不知所措，一边哭着，一边喊着。可这荒山野沟，一般是不会有大人来的。忽然，一个驼背老汉劐开了我们，把镰刀把伸向了绝望的狗娃，狗娃还是抓不着，当狗娃抓住镰把时，驼背老汉的双手也只能抓着镰刃。我们抱来柴火，看着不停地发抖的狗娃穿着宽大的大人棉袄，我们才望了望这个双手都是血的驼背老汉，原来他那丑陋而狰狞的脸并不难看，他那阴森森的眼光也很慈善，他竟然也会笑，而且笑得很美。

几十年过去了。经过好多事，结识很多人，有许许多多像过往的云烟，很快就被忘得一干二净，无影无踪。而只有那张丑陋且狰狞的脸，以及那阴森森的眼光却永远令人难以忘怀。

馋馋的童年

尽管我的童年是那样平庸,平庸得连一个完整的故事都没有,然而,每当翻开记忆的扉页,儿时的馋景,就像刀刻一样留在脑海,久久难以忘怀。

也可能馋是人的天性,我小时候就特别的馋。

每当母亲用一根长长的头发,把一个煮熟的鸡蛋切成五瓣,或者用菜刀把诱人的苹果切成五小块时,我都会专心致志地盯着,最先拿到多那么一点点的那瓣、那块。当然,不用心几乎是分不出的。母亲总会骂一句,眼尖的馋猫。

下午放学,我看着街道旁一位戴着白色帽子的回族爷爷,胡子长长的,旁边的牛肉担子不时地释放出诱人的香味,那香味其实比他的胡子更长。

一个小学二年级的学生,一学期的课本费也只是花费五角钱,平时一定身无分文。只能贪婪地站着看,闻着不收费的香。说来也怪,那香味就像虫子老往鼻孔深处钻。

渐渐地摊子上的人少了。这时,白胡子爷爷也闲了下来,他扭过头看着我。他给人们包牛肉的纸不就是课本吗。也不知怎么的,我从书包里拿出了课本,准备递过去,但我又重新把课本装进了书包。母亲为攒足我和妹妹的学费,平时总是把唯一一只鸡下的蛋,藏在粮食袋子的深处。五角钱的报名费加上一角六分的课本费,还有写字的本子、铅笔,每人就是两块多,也就是100多个二分钱的鸡蛋。但那股香,那个馋,又勾惹得我不停地咽口水,肚子里的小馋虫也"呱呱"地叫了起来。我咬了咬牙,又掏出了心爱的课本:你给人包牛肉用吧。白胡子爷爷惊讶地看着我:你不读书了吗? 我拿课本的手又折了回来,略略一想,便撕下已上过的课文,递了过去。白胡子爷爷就用我课本撕下的一页,满满地包了一包牛肉。这对我来说是有生以来的第一次尝到牛肉,原来世上有这么好吃的东西。因而也不敢狼吞虎咽,只是用牙尖尖慢慢地一直嚼到村口,嚼到家门口。直到老师的柳条教鞭指着我的馋嘴嘴时,我才后悔自己的馋嘴嘴,实在是太馋了。馋是馋了那么一点点,但以后吃了那么多牛肉,却都没有那次的香,那个香呀我怎么也都忘不掉。

记得小时候,特别馋过年,也向往过年。只有在过年时,不论家里再穷,也得备下丰盛的筵席,还有新衣穿,而且可以好好地把肚子里的馋虫喂得饱饱的。所以在我的心中有一个梦想,那就是过年。在热切期待与盼望中,年在岁月的长河中随着季节的更替每年都会准时到来,年年岁岁,岁岁年年,从不失约。

过年前的那几天,我特别想七爷。我知道在庄浪当县长的七爷,只有在过年时才会回来。只要他回来,我盼望已久的目光,就会在村口的小道看见他高大的身影。我们就像跟屁虫一样随着他,来到他的家里。他放下皮包,也一定会从里面抓出一大把一大把的花生,还有好多好吃的,分给我们,那股油馥馥的香最能解馋了,那时候我是最幸福的,一边吃着一边跳着,甭说有多么的高兴。一把花生,三天只能吃一粒,嘴馋而没有节制的弟弟在他的口袋再也翻不出花生的时候,我也能从自己的口袋掏出一粒花生,细细地嚼着,故意香着他,让弟弟不停地咽着口水,抠着指甲。这时,母亲可怜不过弟弟,总是用企求的口气向我讨一粒花生,喂给弟弟,弟弟理亏地看着我狠狠地瞪着的眼睛,也嚼得慢了起来,他知道再没有那么好的事了。好长时间我的口袋里总是有一粒花生,有时候半夜也从梦中惊醒,摸摸口袋,还好,那一粒花生没被人偷了去。这一粒花生是我的荣耀,也招来全班同学羡慕的目光。好长时间我怎么也不愿意去咬它,实在馋了,就拿出来左看看右看看,然后放在鼻子跟前闻了又闻,可我还是舍不得轻易吃掉它。

王老汉家的门前有棵海红树,每年秋天总是挂满一树红红的果子,不仅诱人，而且很是馋人。那一次我终于没有经得住诱惑，爬上了那棵海红树，尽情地享用一番后，又贪心地脱下了布衫，将两只袖筒前面挽了个节，装得满满的。正在激动兴奋的时候，王老汉来了，并把一只大黄狗拴在了海红树身上，自己蹲在树荫下不紧不慢地掏出了烟锅，不停地抽着烟。直到一节课下了之后，王老汉带着我和赃赃站在班主任许生尧老师的面前，我的馋再次让我付出沉痛的代价。

一天傍晚，生产队长许七伯领着一位干部模样的叔叔，站在家门口，许七伯说这位叔叔要在我家吃派饭。他们进了门，坐上了客窑炕。

母亲做好饭，叫我将饭端到客窑里。饭很简单，几页玉米面饼子，一小碟炒鸡蛋，两碗酸汤。

我端着盘子走进窑门，许七伯和干部模样的叔叔就停止了说话，开始吃饭。干部模样的叔叔也让我过去一起吃，我摇了摇头，慢慢地退到窑门槛上，坐了下来。母亲说，从二爷家借的一个鸡蛋，里面还掺了两把面炒的，他们俩是吃不完的，等他们吃剩下了，我再吃。

我咬着手指头，静静地等着。看着他们香香地吃着，我一再地压住口水。原来饿着肚子看别人吃饭，是那么的香，那么的难忍，又是那么的痛苦。

许七伯只吃了一页玉米饼子，就掏出了烟锅，说吃饱了，让干部模样的叔叔慢慢地吃。

我眼不换地盯着干部模样的叔叔，盯着他吃着碟里的炒鸡蛋。觉得时间过得实在是太慢了，原来等待不仅仅漫长，而且也很残酷，也很是折磨人。我开始恨这个吃得不停的叔叔。目光也从碟里移到他那鼓鼓的嘴上，发现他的嘴巴比我的嘴大多了。

当我的目光再次落在碟子里时，只见他像接扑克牌一样把剩下的三页玉米面饼子全吃完了，碟里的炒鸡蛋也一扫而光，连一片也没有剩下。

我觉得母亲骗了我，眼睛里的泪水再也忍不住了，便"哇"地一下哭出了声。

许七伯和干部模样的叔叔都莫名其妙地望着哭得伤心的我。这时,母亲跑过来,像做错了一件天大的事情似的,红着脸,向许七伯和干部模样的叔叔苦笑了一下,以示歉意,然后拉着我的胳膊,一边撩起衣襟给我擦眼泪,一边说:"不要哭了,让叔叔笑话了。"但我还是止不住哭,埋怨着:"没有……没有剩下。"这时,许七伯和干部模样的叔叔似乎明白了什么。干部模样的叔叔更像做了错事,脸和头都红了,尴尬地从上衣口袋里摸出一块钱,塞到我的手里,摸着我的头说:"明天到镇上给你买点好吃的吧。"母亲从我的手中把一块钱还给了叔叔。叔叔忽然从脸上掉下了一滴大大的水珠,我没有看清是汗珠还是泪珠。

几十年过去了,每当回到老家,总想再能吃上一口玉米面做的饼子和掺着面、葱花炒的鸡蛋,但一直都未能如愿。

今年秋天我回到了南山镇。母亲早在 10 多年前就搬到了城里,我对四弟费了不少口舌,他总是说:你是在城里吃腻了,跑回来糟践人。现在农村的杂粮都是用来喂畜禽,鸡蛋也是想吃就吃,谁还掺什么面炒呢? 但他犟不过我,无奈地去镇上买回几斤玉米面,做了一顿玉米面饼子,也让弟媳炒了满满的一大盘鸡蛋。我一口气吃了四页玉米面饼子,直到撑得弯不下腰,似乎才解了馋。但我怎么嚼,怎么咽,都没有嚼出童年的那种味道,也没有嚼出童年的那个馋。

童年早已甩得很远了。不知为什么,一想起馋馋的童年,心里就馋馋的。

"大胎车"穿过的村庄

　　我的童年和许多农村的孩子一样，是在南三镇一个叫城底沟的村庄度过的。小时候村里没有见过汽车的影子。偶尔有公社干部到村上来，骑一辆很旧的自行车，捎货架又方又大，看起来很笨拙，但我们还是很稀奇，我和小伙伴都会跟在自行车的后面跑很长的路，一直到把那人送出村口，那个高兴劲儿就好像见到了一个非常喜欢的亲戚一样。

　　在那个年代，汽车离我们的生活的确很遥远，村子里连一辆自行车也没有，就连架子车村上也只有两辆，那还是集体搞农田基本建设专用的。村里人走亲戚家、赶集，或者有事出远门都是步行，如果带的东西多了，就推一辆木制的独轮小推车，走起路来"吱吱嘎嘎"地响。不过那倒是一道独特的乡村风景，是那么艰辛，又是那么温暖。

　　那时，我们老户的旧庄院里有一孔大窑洞，高宽各有两丈多，窑有五六丈深。镇粮所因无处装粮食，便租用了这个窑洞。也就从那时起我们见到了"大胎车"，这可是十分稀罕的事儿。"大胎车"其实也就是马车，因为它有两个宽大的橡胶轮胎，伙伴们都叫它"大胎车"。如果有"大胎车"来拉运粮食，在村里是十分惹眼的。远远地听见"吱咯、吱咯"的刮木响，也就是在车轴两边用木板绑的刹车片所发出的声音，因为门前的那段路是下坡路，赶马车的人总是用手拉紧刹车用的绳索。这时，就会听见有孩子放开嗓子喊"大胎车来了，大胎车来了"，这喊声一半是稀奇、兴奋，一半是呼唤。反正我们只要听见"大胎车来了"的喊声，伙伴们都会不约而同地跑出各自家的大门，每当这时，不管正在家里做什么，即使正在吃饭也会立马放下饭碗，像跟屁虫一样，跟在"大胎车"的后面，追着马和车轮踏碾起的尘土，一起卷到粮库。因为我们家和二爷家前些年已从老户分了出来，大窑洞就成了三奶奶家独有的了，粮库也就在三奶奶家的院子里。这时，几个想看热闹的小伙伴就会过来讨好我，有的给我一把海红果，有的送几个核桃，没有带什么东西的，就向我许愿。我知道伙伴们说话是算数的，一句话说出去，就像钉子钉进去一样，他们不会去骗人。虽然那时候都很穷，但只要是许的愿以后都能兑现。因为那是我家的老屋，我是可以随便出入的，平时不合群、我们看不起的小伙伴，只要我站在门口把腿叉开，两个胳膊一伸，那他就休想进去了。

我们渐渐地就与赶车的人熟了，有一天，我从家门口出来，恰巧碰见"大胎车"过来了，赶车的人一看只有我一个，就把鞭梢一点，示意我上车来，我真是求之不得，立即爬了上去，坐在马车后面的厢板上，两条腿随着马车摇晃个不停，终于实现了我坐马车的愿望，那可是平生第一次坐车呀，不要说有多么高兴，心里好像吃了洋糖一样甜。我给伙伴们一直炫耀了好几天，他们都羡慕不已，可惜除了后面赶来的秋子外，其他的小伙伴都没有看见我坐在马车上那个得意的样子，心里总有些遗憾……

现在，马车早已穿过村庄，消失在远去的岁月里，只留下一些零碎而美好的记忆。汽车、三轮车、摩托车叫嚣着穿梭在村子的各个角落。过去那种田园式的封闭、寂静和悠闲已越来越远，村子已不安宁了，村庄也早已不再是村庄，年轻人大部分外出打工，汽车、火车、轮船，甚至飞机也只不过是他们往返村庄的交通工具，也没有什么稀罕的了。前些年六斤打工回家过年，人们围在他家一直听他讲了一夜的新鲜事，虽然六斤的媳妇嘴上能拴一头驴，把茶杯拿起来重重地放下了好多次，但大家的兴致仍然不减。这些早已成了村里的笑话。

坐"大胎车"的日子不再有了，只有汽车时而穿过村庄，却没有孩子再去追赶。

鱼舟的散文

鱼舟,男,甘肃镇原人,甘肃省作家协会会员,在《飞天》《中国西部文学》《西北军事文学》《金城》《甘肃日报》《北斗》等报刊发表小说、散文等80余万字,小说《卸任》被《飞天》誉为"名副其实的短篇小说"而引起甘肃文坛关注,小说《生儿不用识文字》获西北五省(区)优秀期刊文学奖。出版小说集《这儿的天空蓝莹莹》。

绸马褂

我第一次见外公,到现在已经有半个世纪了。时光流逝,把曾经留在记忆中的印象冲刷得越来越模糊,我努力想让这点印象清晰起来,却怎么也做不到。但是外公的故事随着时间的推移,变得愈加鲜明。这些零碎的片段,像一张张简约的图片,勾画出了一个庄稼人平凡但却真实的一生。

那一年我七八岁的样子。正月,母亲带着我和弟弟回娘家。为了这次出行,她早几天就开始忙碌了,拿出连过年也没舍得穿的衣服,熨平了皱褶,缀紧了纽扣。把一只雕花镂空银镯反复擦拭,直到光亮耀眼了,才戴在腕上,瞧瞧又拿下来。这是她唯一宝贵的东西,过门时奶奶送的,平日我们连看都不许的,这是到要走时才能真正戴上。我和弟弟一定要去,但那穿戴也不能马虎。我的上衣是过年才新缝的,洗洗就行,裤子则要借邻家同岁小孩的,这事年前大人们就说定了,谁知临了又不借了,说是他们也要出门。这让母亲很不愉快,无奈之下,只好补旧的将就。就在母亲寻找补钉的时候,邻家大婶急赤火燎地送裤子来了,而且一脸歉意,说他们确实也要走亲戚,但先前说定的事不能反悔,只好等我们回来了再去。末了提出条件,我们回来后,得把我的上衣借他家小孩。母亲放下手里的针线,爽快地答应了。至于弟弟,那时还在怀里抱着,衣服新旧无所谓,不碍颜面,也就不需特别费心。

给外公的礼物早就备下了。奶奶用一只细口的瓷瓶把过年滤下的头糟黄酒灌了一满瓶留着,外公是出了名的爱喝酒,奶奶是知道的。母亲则用新麦头细粉烙了一张大饼,再炒了两个葱花蛋夹着,装在花布包里让我背上,我们这才隆重地出门了。

那天太阳特别好,阳光把土庄院照得光灿鲜亮。外公本来也打算出门的,但他估摸着母亲要来了,等时果然就等着了。我们到时,他正坐在院子的靠椅上,慢悠悠地吸着旱烟。对于母亲进门时的热切问候,他没有搭理,只是伸出一只手对我招呼,虽然脸上依旧没有笑,但那神情能使人感觉出他真切地高兴:"来,让我看。"我走近前去,怯生生不敢吱声。他伸手在我头上抚摸着,并在后脑勺上轻轻拍了一下,顺带把我棉袄上皱巴了的衣衫襟子拉了拉,就算看了。

母亲叫我递上礼物,他打开鸡蛋饼,闻一闻气味,再看一看火色,说,这么好的面,烙时火大了,鸡蛋也炒得老了些。他像一个严肃的老师点评学生的作业一样,一丝不苟。母亲则谦恭地垂着双手站在旁边接受评判。瓷瓶里的黄酒,他说这是奶奶的手艺,肯定没错,只是母亲暂时还没有这样的本事,得以后慢慢学。对于母亲这一年里厨艺上的有无进步,外公是要认真说道的,因为这关系到奶奶之后母亲能否在家里撑起门面的大事情。

和外公的见面就这样定格在我的记忆里了,直到他逝世,我再也没有见到他。外公的故事是后来我从母亲和舅舅的偶尔叙述中间听来的,他们说得零碎不经意,但留给我的印象却格外清晰。

相比于外公的满脸严肃,我在外婆面前就自在多了,她对我的宽容近乎放纵。凡我想要的东西她都给,笑眯眯的眼睛里洋溢的全是慈爱。我可以毫无顾忌地从她大襟子口袋里拿东西,也可以随意地把她盘在脑后的发髻弄乱,有时候趁她专注于手上针线活的机会,偷偷解开那一对小脚上的裹缠布,并且嚷嚷这布条子把脚包得太小,我也包一个。但无论我怎么捣乱,外婆都不生气。母亲出来呵斥，她只把眼睛一翻，母亲便不敢吱声了。

在整个家庭里，外公是一家之主，但家里的大小事从来都是外婆说了算。大到儿女婚嫁的议决，小到油盐酱醋的购置，外婆都有精到的安排。谁家的儿女有教养，哪里买布能省下半分钱，她似乎知道得格外清楚。奇怪的是，对于外婆的意见，外公常常都很赞同，偶尔提出反对，在摆布理由的时候，被说服的又常常是外公。

外公也有自作主张的时候，比如去定边驮盐，带谁路上更安全，去了又能拿到好盐；去陕西赶麦场，先落脚哪里能多挣钱，回来时捎带啥东西更便宜等，这些都是外公来决定，外婆只是依照吩咐做好准备就是。

家里家外，外公就这么竭尽心力地应对着。年终岁末了，老天爷垂怜，让冰封的严冬给大家腾出一段喘息的时间，谁都可以清闲了，但外公却在这个时候郑重其事地忙起来。

年货置办，量力而行，可繁可简，但有两样东西即是日子再不景气也一定要准备下的。一是敬神祭祖的香裱，二是贴一副喜庆的春联。在他看来，只有做了这两件事，过年才像个过年。

腊月初八一过，外公就计算着去请张家四先生。张家四先生是地方上出了名的文墨先生，他读过子曰诗云，他知道三皇五帝，讲出的话一套一套都是圣人言，你不佩服都不行。不仅如此，他还写得一手好字墨，一支毛笔在他手上就那么几挥，一副中堂立马就出来了。真草隶篆，随你便的点，只有你想不到的，没有他写不出的。据说有一回四先生同村里人走夜路，忽听前面有人急声慌忙地喊：快让路，快让路，文曲星过来了。大家都很奇怪，追到前面寻找，却不见人，再看看同路人，除了四先生，谁还能和文字沾上边呢？于是明白了，这是四先生的文脉太重，惊压了路上的阴人。大家无不惊奇，连鬼神都让路的人，自然非同小可。这事流传开来后，人们对四先生的尊崇又加了一等，都自豪庄户人家的院落里还真出了人物了。不过，四先生这样的人不是说请就能请得到的，虽然外公做了充分的准备，但心里还是没有底。

出乎意料的是,四先生爽快地答应了。他说他知道外公要来,别人的请都推后了,怎么说都要让着外公。这让外公很感动,回家的路上,满脸都是光彩。之所以这样是因为外公曾做过一件让四先生高看的事。有一年赶麦场,同村的牛七病得不能走路了,外公一个人把他从陕西背回来,鞋底磨光了,进门的时候光着两只脚。这让四先生大为感慨,连说善哉善哉。

四先生到家的那天,黄狗在门前撒着欢儿吠叫,黑驴儿驮着水桶吱吱嘎嘎地回来了,大公鸡站在墙头上悠闲地啄一枝枯蒿上的籽儿,忽然仰起脖子一声长啼,声音亮亮地飞过对面的沟坎——小院溢满了温馨的气息。

四先生稍坐了一会就开始写字了。这一天他的心情特别好,说是笔性开了,本来只写几副春联就走的,结果又额外写了一副中堂,这让外公既意外又高兴。中堂写了什么内容,外公认不全上面的字,他没念过书,只硬学了几个,除自己名字外,别的字都马马虎虎。但这并不影响他对中堂的喜爱,他知道凡能写到中堂上的,都是好话,都是教化人的,更何况出自四先生的笔下,还能有错?只是那春联却让他佩服得五体投地。上联:黄狗娃看门防小偷;下联:黑驴驹驮水出大力;横额:金鸡报春。这对联又现实又好记,外公逢人便夸,四先生的学问就是大,换了别人能写出来吗?不等回答,他又肯定地说,打死也不能,谁有那么大的学问见啥能写啥?于是又背诵一遍。末了感叹地说,真是奇了。经他这么一传扬,全村的人都知道了,都说确实是好对联,也确实只有四先生才能写出来。外公把这副对联挂在嘴边,说的次数多了,母亲也记下了,过年贴对联时便对我们说这事。

年三十下午,外公早早地穿戴整齐,净手洗面,格外地庄重,先在家里拜祖先,再在庙里拜神灵,他认为对先祖的追念和对神灵的敬畏,是做人不可逾越的底线,否则你会行为失范而无法无天。这在外公心里是极其重要的。

年夜饭热热闹闹。

掺了杏核皮壳的渣炭在小泥炉上烧开一壶家酿的黄酒,就着满碟满碗的饭菜,一家人吃得其乐融融。一年里难得有这么一回,平日里就是再怎么节俭,这会儿都不顾忌了。外公是一定要坐在土炕的正中的,虽然一年里外婆对他常常喝三喊四,这一刻她一定要亲手敬上一杯酒的,平日的外公常饮不醉,这时候满脸红光,很快便斜靠在叠起的被子上,咧开嘴憨憨地笑,而给父母磕过头得了两毛压岁钱的舅舅,心里贮满了天大的欢乐,暗暗计算着怎样用这钱买回向往已久的东西。

年夜饭吃过就是正月了。新春已经到来,农事还未开始,在这悠闲的日子里,大家凑成堆儿要乐呵一回。庄稼汉要作乐,骑驴耍社火,震天的锣鼓声中,他们尽着自个的能耐,装扮成各路神道仙怪,走村入户,赐福降祥,把平日里寂寞的村子翻搅得喜气洋洋,热闹非凡。社火进家门,是要放鞭炮摆桌碟迎接的,借"大仙"们的灵威冲走家庭院落的晦气,迎来吉祥。这是大家都很重视的。

接完社火,外公就出门了,他要把远亲近邻都走一遍。碎花布缀起来的手包,里面装上两个白面馒头就走了。新年了,探一下去岁的平安,祝一下来年的好运,这也是大事情。火热的土炕上,话农事,叙情谊,说到投机处,旱烟锅子还没抽完,丰盛的酒菜就端到炕上了。客人有时间慢慢地吃,主人有时间慢慢地陪,大家都不着急,杯盏交错中,一年里各自的喜怒哀乐全都叙说清楚了。临走时主人一定要回礼的,也是两个馒头,不过,收下了拿来的,换上了自家的。外公就又拿着这礼物走入下一家。就这样,正月完了,回家时,手包里还是两个馒头。

这简单的探访,带回来的信息十分丰富。谁家的茶饭多么好,谁家的家规怎么严,谁家的日子变了样,谁家的老人病了床……信息交流就在这寻常的走动中完成了。

这时候,外婆就是再忙也要停下手里的活听外公述说的,因为外面的情况她同样应该知道。人家的长处要学习,遭了不幸要同情,这一样样都要记在心上。

二月二龙抬头,一声春雷,万物复苏,耕牛下地了,外公又开始了新一年的忙碌。

这一年外公遇到了一件不寻常的事。

秋天了，他把打碾晾晒下的新谷子，扬出饱满干净的，去还邻居的旧账。依照祖上低借高还的规矩，一斗谷他量出了一斗一，满怀信心地背去了，谁知邻居抓起新谷在手里捏搓了一下，又捻开几颗谷粒，说不行，这谷欠锄功。

外公惊愕了：这么好的谷，咋说不要呢？心里生气，不明就里，半晌说不出话来。邻居见状说：不是为难你，你这谷锄头上差功夫，在地里只锄过一遍，我的谷可是锄过三遍的呀。

种了一辈子庄稼，外公第一次听到这么一说。回来的路上，他是既气愤又惭愧，曾听老辈人说过天旱落锄旺庄稼，锄头上有水呢，但不知道多锄遍数的好处，他下了决心要践行一回。第二年种谷子，他记着锄三遍，外婆说人家说得对，是咱偷懒了。

三遍锄过，外公又锄了一遍，收谷后再还时，邻居高兴地接收了，说你这是四遍谷。落锄多，谷皮薄，出米就多。外公捻看谷粒，信服了，心里十分感激，诚心诚意地装了一锅旱烟，恭敬地递上去。这在乡里算是致歉的大礼节，有了这举动，多大的纠结都可化为乌有。邻人也激动，连说难为你了，难为你了。

从此后，外公在田地里更加用功了，没事的时候，常常一个人坐在地埂边上，长久地默望，他说他在同土地说话，地是有灵性的，人只要善待它，它一定会有丰厚的回报。

又是一年麦收时节。

这一年外公的麦子长得特别好，秆粗穗长粒饱。微风吹来，翻滚的麦浪里，飘散出成熟了的诱人清香。看见丰收的景象，他似乎看见了蒸笼里冒着热气的白面馒头，娃们拿着馒头的欣喜样儿让他心里装满了幸福。麦黄时节，也是龙口夺食的时节，雷公暴躁，恼怒无常，是千万不能大意的。开镰的时候，外公早起晚归，可着劲儿收割，连吃饭都不敢回家，生怕有一丝闪失。

总算割完了。把麦捆儿往家背的时候，正是午后，太阳西斜了。外婆提着茶罐儿走到麦田时，只见外公靠在麦捆上已经没了动静，一丝微笑还僵在溢着热汗的脸上，四肢舒展地对着天空。

在准备丧事的过程中，外婆一直说他睡下了，又说他睡下了就让他好好地睡，他太累了。大家出出进进忙着，外婆却呆呆地坐着不动。忽然记起什么，忙忙地从鸡窝里抠出两只老母鸡，用竹篮子提着要进城去，舅舅阻拦，想要代行，她拒绝了，说这是她的事。颠着一双小脚走了六十里路，用母鸡换回了六尺蓝绸，亲手做了一件绸马褂。入殓那天，她把赶制的绸马褂穿在外公有些佝偻的身上，一切妥帖后，踉跄着退在一边，长吁了一口气，干枯的眼眶里慢慢地流出了两行清泪。

她记着外公的话，先祖说过，咱家的人啥时穿上绸马褂了，日子就好了。外公说到他这一辈已经三代了，还没有人穿起过。外婆知道这绸马褂是外公藏在心底的企盼，日子再紧巴，也不能让他带了缺憾去见祖宗。

外公走了，他活得卑微，活得辛劳，他用他的付出把贫困的家庭顾全了，把幼小的子女养大了，他做人无愧天地良心，做事没有奸猾欺诈，当他倒卧在新麦捆上仰面苍天的时候，他已经不欠这个世界的任何东西了。他没有活着穿上绸马褂，但外婆果敢的决断，让他在最后时刻有了一个圆满的结局，那就是日子过好了。

日子过好了，这是所有人的愿望。庄户人家，酸甜苦辣，五味杂陈。笑了，挂在脸上，哭了，装在心里，无论多么纠结揪心，日子总要过下去。今天有婴儿出生的欢欣，明天有尊长老去的哀痛，谁也不能把生活调理得一帆风顺，柴米油盐，这些再寻常不过却又不可或缺的琐碎事情，耗尽一个农家掌柜一生的心血也未必能打理得条理分明。外公是这样，外婆也是这样。一抔黄土掩去他生命最后印记的时候，他的离去就像清风吹过一样，了无痕迹，但时间的消磨反让他在我心中成了永远的记忆。

山崾崄有一户人家

一缕清风吹过，秋天来了。

一个阳光明媚的午后，我被一辆老旧的自行车驮载着，在乡间坑洼不平的土路上，漫无目的地行走着。离开城镇的喧闹和拥挤，这会儿我的感觉，好像世界突然一下子变大了。蹲在地埂上，摘一把野枸杞火红的果实，躺在草地上听一阵小虫子悠然的鸣唱，任由天上的云朵变化出各种不同的形状，再目送它们慢慢地向远处天边飘去，我一下子回到了年少时那无拘无束的年代。

四周异常安静，你就是狂呼乱喊，那声音很快就被空旷的沟谷吞噬干净了，绝不会惊扰到任何人。地里待收的玉米秆静静地立着，酸枣丛中闲散的野鸡漫不经心地觅食。一切都以其原有的状态在各自不同的地方存在着，自然、和谐。

突然，我想跟自行车换个位置，把它驮起来，并且觉得这是个不错的选择。我说不清究竟为什么会有这个怪异的念头，或者是担心自行车快速滚动的轮子会带走这美好的时光，或者是讨厌车子吱嘎的乱响搅扰了难得的心绪，再或者是因为安适中无事可做的无聊。反正这会儿我就这么做了，而且做得毫不迟疑。

脚步慢了，眼里的风景就多起来。远处，天地相接的地方，太阳把董志塬上一座城市高矮的楼群照成了一条白亮的粗线；脚下，地埂边上，小雀儿遗落的一片蛋壳，正被一群蚂蚁推拉着，要弄回巢里去……我就这么走着，到脚步越来越沉重，肩上的车子压得脸上有汗珠滴落的时候，才停下来。一看，面前竟是我三十年前带领学生劳动过的山崾崄。

这个土塬和梁峁连接的地方，南面的山坡上就是当年村学的二十亩学农田。学生们背着收割下来的麦捆，蚂蚁一样的队伍，就是经过这个嵝嶮走回学校的。曾经的道路，已难辨认，而学田全被荒草覆盖了，那些相邻的山地曾经是村上人耕作的良田，一齐湮没在蒿草丛里了。退耕还林使一切都变了。山风吹过，静静地，这里的沟壑梁峁一齐在时光的流逝中沉默着。

　　让我意想不到的是，嵝嶮口左边的土崖下，记忆中的段姓人家的窑洞还在，更让我意想不到的是，这些坍塌得几乎和周围山峁分辨不出的剩残的窑洞里，居然还有人住着。

　　当年劳动时，我在这窑洞里喝过水，吃过饭。主人是个老实本分的乡下人，个子不高，腿有点瘸，当着生产队的会计。因为会计的工作，经常要到大队来开会，跟老师们也都熟悉，因此招待得就格外热情。死面饼子鸡蛋汤，还有隔年腌制的一碟腊猪肉，再配上自家地里的时令小菜，韭菜、小葱、鲜黄瓜，大家吃得满脸生光。这是当时我们能吃到的最好的饭菜。饭后他把旱烟笸箩端过来让大家抽烟，说是当年采下的新叶子，好着呢。吃饱喝足之后，再点上一支旱烟卷，那份惬意，多少年后，我还在梦里重温过。临别，我们千恩万谢，这样超规格的接待，大家都觉得过意不去，不料他却说，应该的，老师都是读书人，我们家敬重读书人。他的话让我们心里感动、脸上羞赧。

　　当年的主人还在吗？

　　面前的庄园已经不是记忆中的样子了。东面的几孔窑洞，被塌落的泥土全部掩埋，只留下左边的一只半截窑露在外面，用几根木棍围堵着，里面圈着几只山羊。土堆上拉着一排铁网，两只公鸡领着五只母鸡在上面悠闲地啄食。紧挨塌毁的院子，是一处尚且完整的小院，院门落着锁，隔着院墙望进去，窑门口的地上晾晒着一摊红辣椒，还有几株青菜随意地散在旁边。大门前是红砖砌起来的一个狗窝，戴着链绳的一只狼狗卧在里面，我害怕它突然蹿出来大发雷霆，不料它看见我只是懒懒地翻了一下眼睛，复又闭目不响了。我放下心来，四处游走，努力想把记忆同现实连接起来，但是怎么也做不到。在走到院东边碾麦场上的时候，在场窑里看见了一辆满身伤痕的小汽车，车子好像许久没动了，上面落了一层厚厚的灰土。破庄院、小汽车，这家人究竟是穷了还是富了？我心里犯着嘀咕。

我折回到院门前，顺手从两棵枣树上摘了几颗刚刚泛红的枣子慢嚼着，准备要离开的时候，主人回来了，但不是先前的老会计，而是他的小儿子，一个年轻力壮并不落伍的小伙子，我曾经的学生。看见我，他有些意外，随即热情地迎上来，邀我到家里坐。窑里的摆设并不像外观那么破落，跟大多数农村家里一样，生活所需应有尽有。沙发中间的茶几上摆放着一张带框的放大了的照片，正是当年的老会计。问起来，他说父亲今年正月去世了。注视着照片，那面影既熟悉又陌生。毕竟三十多年了，时间对一个人的改变是很大的，假如他在，还能认出我这个当年的老师吗？

交谈起来，小伙子说他哥在城里做小生意，不常回来，家里就他一个。

也真的就他一个。我又各处走走看看。厨屋里，锅碗瓢盆样样齐全，但是没有动用，他没有媳妇。在我看的过程中，他只站在门口陪着，没有进来，解释说，他不常做饭。我心里生出一连串的疑问，不做饭吃什么？这么干练的小伙子怎么不娶个媳妇？家里有小汽车，还能守着这几孔破窑洞？再说国家这几年改窑建房项目扶持力度很大，重修个地方，不是很困难吧？

看见他忙碌地接待，又递烟又倒茶，我把已到嘴边的话咽了回去。这些简单的问题之所以能成为问题，必然有其不简单的原因，能产生这样疑问的人肯定不是我一个。

总要说点什么，我忽然记起早年有人传说，这座庄院先辈们曾埋藏过金银，但谁都没有挖出来过。于是我说：你这庄里有金银的事是真的吗？看得出他对我的提问并不意外，而且表现出倾心交谈的样子。

"没错。"他说。

"挖出来过吗？"我又问。

"挖过，都好多次了，但没有找见！"他有点沮丧地说。

"噢……"我没有再问。

藏宝、寻宝这些虚妄的传说故事,曾惹得世间多少人费尽心机却又毫无所得,何必那么当真呢? 我自以为见多识广地提出劝告:"算了吧,非分之财不可求。再说咱这穷地方,日子都过得紧巴。那时候的人,即使有东西,也是从牙缝里挤下的几个辛苦钱,能有多少呢,一小罐子响元就多了,值得这么费劲吗? "言下之意是,用平常的心,过好当下的日子吧。

不料,我的话即刻引得他神采飞扬,话语连珠。

"不,那东西不是小罐小盆装的,用大缸。少说有七大缸,里面响元银锭子多了去了,光金条就有八根,还不算黑鸦片之类。"

我霎时愣了,老半天不知道把手上的烟卷吸一口。

"当年是用骡子往回驮呢。"他脸上泛起一层红晕,接着说,"驮银元的骡子都压死了几个,你想,东西能少吗? "

对于我的提问,他就像当年我在课堂上给他解答难题一样,就差问"懂了吗",神情已经沉浸在那堆金擦银的年代了。

"啊啊? "我语无伦次了,"哪来那么多钱呀? "

"我爷是哥老会大爷,管着几百号人和事。弄上的钱财都在我家存放。嗨哟,那会阔呀,他回家骑的是高头大马,后面都跟着背枪的卫兵,威风着呢。"接着又说,"我爷过了一次寿,方圆几百里的人都来,来了五百多人呢,这么大个庄院,黑压压的,人都站不下了。"先祖的辉煌让他脸上显露出难以掩饰的荣耀。

好一会我才回过神来,压死骡子的金银砸得我头脑发懵,不知所措了。

"你爷下世时,就没说在哪埋着吗? "我又问。

"唉……"他叹了一口气,神色黯淡了,说,"没来得及呀。他病了,起不来床,离世的那晚,知道自己不行了,想说呢,但跟前帮着的人太多,不好说。他说要尿尿,出进走了两个来回,都跟着人,没说出来,就殁了。"

我不知道说什么好了,平日里书本上读来的那些诸如"富贵如浮云,金玉不为宝"之类的大道理,这会儿一句也说不出。面对如此巨额的财富,搁给谁还能因为知道"君子爱财,取之有道"的古训而心不为所动吗?

他证据确凿、事实清楚的描述,扭转了我平日持定的恬淡无妄的观念,跟着他的心思说:"既然这么多钱,你值得下功夫找,不能坐着等它出来呀!"

"说实话,我爸那会儿,有高人来,黑天半夜的挖,就不知在哪呀。"

我说:"现在有金属探测仪,你借个来探嘛!"

"借啥呢。"他说,"我自个就有。探测仪、洛阳铲、探照灯,一样不少,但没用。"

说着他从窑后面搬出一个木箱:"这是美国进口的探测仪,说是能探到地下十五米。为了这,我光西安就跑了两趟,花了八千块,劳而无功啊!"

确实是美国货,包装精巧,设计实用,东西还真不错。

我还能说什么呢?我能想到的他想到了,我想不到的他也想到了。面对金钱,再笨的人脑子都会活络起来,初来乍到时的疑问这会儿全解开了。潜藏在事实背后的真相,往往并不像表面显露出来的那么简单,它会让事物变得纷繁复杂,叫人难以辨识。

给我看完装备,他吁了一口气,说:"到此为止了,我再也不想费那个劲了,谁要挖谁挖去,反正我不想了。"

此后的几天里,我把听到的故事,寻找村里几个上了年岁的老人去印证。我想,一个年轻的毛头小伙知道得这么详细,接近那个年代的老人们肯定是有所耳闻的。

果然他们口中的叙说,与我听来的截然不同。段家的祖先,并不是什么哥老会大爷,而是一个土匪头子。民国年间,当地大小土匪有好几伙,许老九、朱家旺等,打家劫舍,欺压良善。但各个团伙做事的行为又各不相同,有的只侵扰乡邻,有的横行街市,有的强取豪夺,都只为害本乡,还没有本事到外面去闯荡,只有段家这位"大爷"是个例外,他从不在当地做事,去的都是后山地广人稀的地方,而且心狠手毒,过无所遗。别的土匪只劫财不伤人,他是既劫财又害命。这么做事，所得的财物自然就多，于是就有人入伙跟他学习，有名有姓者就有三人。这些为首的头儿，老人们一个个叫得出名字，说得清住地。抢来的东西，都在他家存放，用骡子驮回来，东西骡子一齐留下，人又走了。也许是他的名声有些远扬，后来据说有一支专门清剿的"团上队伍"到他家搜查过，这"团上队伍"究竟搜没搜到东西，搜了多少，谁也说不清。只是从那以后，他收敛了。后来风头过了，同伙要求分赃，他以被"队伍"上的人全部拿走为由，一口回绝了。那些人吃了哑巴亏，不罢也罢。

段家"大爷"最后的结局，并不像他后人说的那么体面，他精神崩溃，竟然疯了。一个老人回忆说，小时候在山上放羊时偷看过他疯了的情况，浑身上下一丝不挂，大喊大叫，把炕上的毡揭下来，拿到院里，一会挂在墙上，一会又卷起来，行为失常。清醒时喊着他父亲的名字骂"段××，你这个坏种，人家爸教他娃念书学字呢，你教我学土匪呢，你看这下场。"再后来，随着他的疯癫死去，那笔巨额财宝从此就成了一个无法破解的谜。

岁月掩盖了一桩桩久远的往事，留在老人们记忆中的零碎的片断，仍然能还原一个事件的基本面貌。显然老人们的话更接近事实真相，而小伙子对先祖的讲述，就有了加工溢美的成分。不管怎么说，他们的讲述，最终都指向一笔巨额的财宝，这个事实，确实曾经真实地存在过。

血腥的杀戮已成过去，沾着仇怨和诅咒的财宝却不知所终。人心惟危，道心惟微，天道昭示，并不是所有人都能明白。

那天下午离开的时候，小伙子捧出一篮子鲜红的海棠果，说是自家树上结的，尝个鲜，我接受了。走出庄院后，我在山梁上又站了好久。秋风微微，草木摇曳，时光匆匆，再过三十年，这土塬下的窑院恐怕会被流失的泥土全部掩埋，到那时还有谁会知道这个荒凉的土堆下埋藏着的故事呢。

我记起了老会计当年的话，"我们家敬重读书人"，只是他已经不能给我解释其中的原因了。我不知道段家的子孙把他们心中的这个信念还能坚守多久。

王柏栋的散文

王柏栋,男,原名王博栋,甘肃镇原人,甘肃民间文艺家协会会员,镇原王符文化研究会主席,《王符研究》杂志主编。著有《红杏出墙》《潜夫论读本》等及论著《王符治国安民思想及忧患意识研究》等。

镇原黄土窑洞

镇原地处陇东黄土高原残塬沟壑区,土层深厚,结构紧密,适宜于挖窑建宅。漫步这里,随处可见黄土窑洞。这种"穴居"住宅,是西北黄土高原上居民特有和古老的居住形式,积淀着博大精深的黄土地文化。

镇原人把宅叫庄。利用有利地形凿挖黄土窑洞构筑成形的庄,最大的特点是,修造简单,省材省料,经济实惠,坚固耐用,冬暖夏凉,住上舒适。即使再贫困的农民,只要能吃苦下劳去修建它,便可有庄居住。

崖庄式窑洞

镇原的黄土窑洞,多以崖(崖,方言读"耐"音)庄为主,俗称明庄,采光好,很豁亮,选址一般在沟畔、塬畔、坪畔、山畔或山腰,背靠崖势挖窑,构筑庄形。在这些地方挖窑修庄,出土方便,比较省力。若门前有沟或壕,凿挖窑洞的出土可填入其中。所凿挖的窑洞,只要常居住,可经几代人,历越百年也不崩塌,故而有句俗语"人是窑楦子"。所以说,人气对窑洞来说很重要。

镇原人还有个俗语:"庄好修来土难测。"说的是挖窑修庄,土质结构极为关键。土质松软之地,绝对挖不成窑。所以,挖窑修庄,头道工序是把握土质,选择宜于挖窑的牢固土层。另外还要兼顾地形,勘察山脉走向。若土质、地形、山脉许可,最理想的庄址是避风向阳和避湿就干、避低就高之处。庄址初选后,请有经验的风水先生用罗经搭针坐"字"定方位,看此地是否适宜修庄居住。若可,就订桩放线、确定庄廓,之后开始挖基去土,修窑洞面子(称挖崖面子)。崖面子修挖好后,风干一段时间,待土质半干半湿时,请土匠斩崖面子。斩时,用镢头先刮一排"<"形坡纹,后刮一排">"形坡纹,从上到下一排接一排地贯通于崖面子。这种造型的花纹,既可减轻雨水对崖面子的冲刷力,又美观好看。这道工序也称刮崖面子或洗崖面子。

崖面子处理好后,确定窑洞位置。确定窑洞位置,首先在崖面正中部确定主窑位置。主窑位置确定后,开始凿挖。主窑挖成后,停一段时间,再从主窑两边依次挖其他窑。挖窑,不可几个窑洞一齐动工,否则,崖面子会垮塌的;窑数,正面子为奇数,三孔、五孔、七孔、九孔不等。窑洞呈拱形,或曰倒"U"形,高一般丈二尺,底部宽九尺至一丈,深三丈左右。崖面子两侧有膀子的,窑洞的高、宽、深及数量,可根据地势确定。窑洞造型一般口面大,窑掌小,这种造型俗称"狗蹲式"(住人的叫狗蹲式),符合力学原理,使用牢固。正面子的主窑,比其他窑略高、略深,是庄的正堂,供长辈居住和待宾客,或为长辈停灵柩用。

崖面的顶部与地平面接触,称崖背,但崖背略高于地平面,以便排雨水。崖面子的高度,一般为三丈左右,若背靠山崖,高度在十几丈乃至二十丈开外,再大的雨水也浸湿不了窑,故而便有"有不漏水的百年窑,没有不漏水的百年房"之说。

窑的最大特点是,一年四季恒温,温度十度左右。所以今人形容它是有"冬暖夏凉,自带空调"之喻。但挖窑,理想时间是冬天。只有这个季节挖的窑,才会有恒温的效果。

窑的完成,工序多,周期长。因为,挖窑先挖窑坯子,待窑坯子风干到家后,请土匠修理窑(在此说明一点:镇原人建窑修庄,没手艺的人家,凡工艺类的活路,均要请匠人),称旋窑,即刮掉窑顶、窑壁(俗称窑膀子)上的表层土。旋窑,吊一根垂线于窑口找准中心位置,用镢头从窑口至窑掌劈一条约二寸宽的中线,然后,从窑口到窑掌用镢头依次从中线两边刮成对称的弧形,弧形下端以下直下并逐渐稍斜撇至地面。这窑,上部称窑顶,中部称窑窝,下部称窑膀。窑膀高约六尺,从上至下虽有斜撇的角度,但与窑的拱形浑然一体。旋成的窑,窑口高,窑掌(也称窑落,落,读"老"音)低。窑旋好后,于窑口处砌扎山墙(俗称窑间子,用土坯基子砌扎),一并安置门、窗。窗子为三个,门一侧的叫炕窗,便于采光和女人坐在炕上做针线。炕窗顶部与门口顶部标齐。门的上部窗子叫高窗。炕窗和高窗,一般三尺见方,但炕窗有木桃小孔(方形或菱形),而高窗一般没有。炕窗用白纸裱糊(现在均装玻璃),剪贴窗花来装饰。窑口顶端有小窗口,九寸见方,叫天窗,实则是一通气孔,用于烧炕或做饭出浮烟。

　　旋窑和一门三窗,给住人的窑洞便需要盘炕和厨屋盘锅台。炕,紧挨着窑膀和山墙,故而有"一进门就上炕"之说。炕的里边,用基子砌扎耍台或安装木栏杆,防止人和被褥掉地上。尤其是厨屋,设置耍台或栅栏,为的是防止孩子掉入锅台或锅内。耍台还有一个作用,即供小孩吃饭搁饭碗。厨屋的锅台与炕相连,其热量可传导于炕。旋窑、扎山墙和一门三窗及盘炕、锅台齐备后,开始墁窑。这墁,用稀泥掺麦草渣进行,先上粗泥,后上细泥。待细泥里大水分撒去后,用泥模子(称泥匕)墁光、墁牢。以上一切完成后,打院墙,修大门,择合吉日乔迁。也有些明庄,不打院墙,不安大门,直接是个敞院子,或者只有院墙没大门。这类敞院子明庄,现在很少见。

　　有的人家修庄时,在侧窑的窑壁上挖小窑,称拐窑,高约五尺,宽约四尺,深约六尺,用于冬季储藏蔬菜或装杂物;或在崖面高处挖一小窑,称高窑,高、宽、深根据崖面子大小而定,但空间一般为主窑的一半,主要用于观光高瞻或盗匪来犯时人躲藏。

镇原的崖庄，还有一种叫半明半暗庄。这种庄，与明庄不同的是，明庄平出平进，雨水从院墙下的水窗眼直接排出。而半明半暗庄，倚兀地或背靠界塄（界，方言读"盖"音），平基后要下挖半个坑，崖面子正面高，庄膀子和下面子崖面低，总体是四方形或长方形，四面崖面子均可挖窑，只是正面子的窑高而大，膀子和下面子的窑低而小。排雨水，在院的下方处挖一深坑，叫渗坑，让雨水流入坑内慢慢渗去。还有出路口，在院的下崖面或庄膀子处开挖一条小坡或巷道（称巷堂。巷，方言读"航"音），由院平面斜上到崖背。有的安装大门，有的不安装大门。挖修出路小坡和巷堂及安装大门前，要请风水先生用罗经搭针、放线、定方位。这种半明半暗庄，安装大门者，相对于明庄来说，防贼、防盗，比较安全。

地坑式窑洞

以地坑式窑洞构筑的宅子，叫地坑庄，主要集中于塬面和川道平地。其做法是，就地下挖一个四方坑，在四面的崖面子上挖窑，形成一个地下四合院落。修建地坑庄特别费力费劲，去土只能一担一担地挑或一背斗一背斗地背，多利用农闲季节和雨天、雪天干，或起早贪黑抽时间，能担一担是一担，能背一背斗是一背斗，肩上的皮脱了一回又一回，手上的茧子磨起一层又一层。开始，还比较省劲，越往后越费劲，一般没有两三年的工夫拿不下来。挖坑，挖至半腰，按风水先生确定的方位斜挖大门洞（巷堂），以便于出土。地坑深度，要挖至两丈五至三丈，崖面子才能成型。崖面子成型后，方可挖窑洞毛坯，之后再依次旋窑、扎山墙、安门窗、墁窑、盘炕、盘锅台和置设大门。

地坑庄最大的缺点，是排泄雨水困难，虽然与半明半暗庄一样挖有渗坑，但若遭特大暴雨，被淹的事时有发生。为此，凡靠近塬畔、坪畔、沟畔者，在挖渗坑的同时，还挖一个长长的地下水道，把雨水引出去（有的半明半暗庄也这样设水道）。然而，地坑庄，却有它的优点，这就是安全。兵荒马乱年代,若有土匪来犯,户者将大门关紧顶牢,犹如处在一个坚牢的地下城堡里,可躲过劫难。但随着社会秩序的文明、进步,如今已无人修地坑庄了。而人们之所以不修建这种庄,并非单不考虑土匪的因素了,是修建起来太费时费劲了,而且出入和搬运东西、粪土也不方便;因此,绝大多数住地坑庄者现在将其夷为平地,盖起了土木结构或砖木结构的平房乃至楼房。这与黄土窑洞无关,在此不必多述。

箍房式窑洞

箍房也称箍窑,外状是房,内状是窑。在镇原,无论是在塬区、川道或是山区,均可看到箍窑建筑。它是用土坯基子和麦渣泥,按窑的形状砌扎而成的。

箍窑,要提前一月乃至半年前准备好基子,待基子干透到家,才能上窑。箍窑的基子需两种,即长方形的和镢楔形(梯形)的。长方形的,宽六寸,厚二寸,长一尺二,用于砌扎窑墙(称"腿子")和山墙;镢楔形的,宽,大头六寸,小头五寸,厚度、长度与长方形基子一致,用于扎窑窝和窑顶。打基子,用磨石做底盘,将木制基圈搁于其上,内撒一把草木灰,倒入湿黄土,用石锤子去打。标准的打法是"三锨六锤子,二十四点子"。即,向基圈里铲入三锨湿黄土,用脚踏彻,施劲猛打六锤子,轻点二十四锤子,打平基子面,拿木条或双脚刷去浮土,去掉基圈,用双手抱垛于基子码子。基子面部稍呈三个窝形,为的是上窑时多粘麦渣(将麦草秸秆用铡子铡成节,长约半寸至一寸)泥。善打基子者,人们在二三百米处能听到石锤子发出有节奏的"腾——腾——腾"的声音。

箍窑,要请高手艺的泥瓦匠来当施工大师。箍时,先在窑基地面丁头一端用长方形基子砌扎窑形山墙。山墙顶部留一小圆孔,直径约九寸,用布瓦成圈。这小孔的性能,与窑的天窗等同。山墙砌扎好后,沿其两边,用长方形的基子砌扎腿子。砌扎腿子，要按房的造型预留门和窗子位置，外看是房形门窗，内看是窑形门窗。山墙、腿子砌扎后，用镢楔基子依次砌扎窑窝和窑顶。窑窝、窑顶，尤其窑顶之所以用镢楔基子砌扎，一则是弧度所需；二则是窑顶的镢楔基子，大头在上，小头在下，使箍窑下沉，越沉越牢固。箍窑雏形成后，再砌扎另一端山墙封口，并置天窗。整个箍窑成型后，在其背部铺垫半干半湿的黄土，用木棒捶彻。但铺垫黄土时，要按"人"字形的造式来做，并在沿口栽木把椽，长度约三至四尺。这一切停当后，用麦渣泥墁窑顶外部，干后，按房的样式，提脊撒瓦，安门窗，墁窑内。若是住人用，要盘炕；若做厨屋，还要盘锅台。箍窑的性能，与背靠崖势挖的窑洞相比，性能相差无几，但它的保温、防寒性能不及凿挖的窑洞。镇原的箍房式箍窑，有的在明庄崖面子的两侧，有的是平地形成四合院。

镇原还有一种箍窑，是以崖庄形式建造的。这种箍窑庄子，外观看上去与崖式明庄一模一样，只是崖面子是砌扎的，没有波纹，但其性能优越于四合院式箍房。

改革开放之后，特别是近年来，许多农户随着经济条件的不断好转，考虑到箍窑的坚久性，人们已经不用基子箍窑，而改为用砖块箍窑了。但这种砖箍窑，在防暑、保温等方面，远远不及靠崖凿挖的土窑洞和基子所箍的房屋。

有庄有窑必有炕。修建炕，称盘炕。炕，看似简单，但要盘它，工序比较复杂，即先用长方形的基子砌扎炕圈。炕的高一般二尺五寸，宽五尺五寸，长七尺左右。有的炕特别大，长在九尺至一丈开外。它一面靠山墙，一面靠窑壁。砌扎炕圈，要预留烧炕塞柴火的炕眼门和出烟的烟筒。烟筒，在炕的下角处地部，挖一小洞从山墙出外。有的烟筒直上崖面伸至崖背，称穿山烟筒。炕圈砌扎好后，在炕圈正中处用半截基子砌扎炕柱子。特大的炕，砌扎两个炕柱子，但要拉开间距，然后用干土填满炕圈并夯彻，这叫炕芯，上墁三寸左右的麦渣泥至炕圈边沿，待麦渣泥半湿半干时，手持木桄桄猛力捶打，直捶打到表面光滑,使其缩至一寸左右。炕泥干到家后,从炕眼门挖出炕芯土。若炕泥没干到家,挖了炕芯土,炕会闪腰乃至塌落。挖时要慢慢地挖,不能一次挖完。炕芯土挖光挖尽后,用柴火一次烧烙、烧红,蒸发完炕泥的残余水分。若头一次不烧烙、烧红,以后无论怎么烧,也会生发潮湿,人睡上难受。

有的炕,是用炕基块支的,但砌扎炕圈和炕柱子是必需的。这种炕,先要预制炕基块,即用木头条制作一个四方框(长、宽尺寸,依据所盘之炕面积一分为四。过于大的炕,一般不拿炕基块支撑),将和到家的硬麦渣泥倒入其内,抹平,拷光,晾晒;厚度为三寸,炕基泥半干半温时,照样拿木桄桄捶打,使其缩至一寸左右。炕基晒干到家后,脱去炕基框,搬起来靠崖或靠墙立着继续晒,待炕基块可支炕时,用麻绳拴拷,拿木棒抬移搁于炕圈和炕柱子上。但炕柱子只能搁其一个角,所以,炕基要嵌入要提前在山墙和窑壁上挖一道一寸深的横壕,将炕基嵌入搁稳。这其中,炕基质量至关重要,若炕基不牢固,炕会闪塌。炕基块搁好后,在上面墁一层薄稀麦渣泥,以防止烧炕漏烟。

炕盘好后,请木匠置设炕棱边,厚一寸,宽四寸。炕棱边的作用不可小觑。有它,既可防止枕头掉地,又可使人冬天坐在炕头上屁股不冰冷。

炕,用黄土填装填炕芯盘也好,用炕基块支也罢,但和泥所用之水,只能用泉水或井水、河水,而不能用雨水,更不能用连阴天的雨水。否则,这炕纵使再怎么烧,也会发潮,不舒服。

炕,是庄的灵魂、窑的生机、人的希望,更是一种力量和承载,庄稼人生儿育女和传宗接代的使命,就是在炕上完成的。

炕,除了晚间睡觉,白天,人们一旦有了空闲,便去坐或躺。镇原人有盘腿坐炕的硬功夫,一坐就是半天,尤其忙针活的妇女。下雨下雪天,女人坐在炕上做针线,男人躺在炕上抽旱烟,夫妻俩说一些东家长、西家短和上不沾天、下不挨地的闲话,躺着抽着说着,不知不觉地就睡着了。娃娃们也坐在炕上戏耍,小猫也跳到炕上凑热闹、钻被窝。有的炕,能坐十多人,特大的炕,可坐二十几人。镇原有个谜语:"一头土牛没脖项,人多人少都驮上",形容的就是炕的承重能力。革命战争年代闹解放、打江山的人们，最大的期望是"三十亩土地一头牛，老婆娃娃热炕头"。由此可见，炕对人们来说，是一种向往和期望。在镇原人的心目中，有炕就有家，有家才会有图发展的基础。

炕，特别是主窑的炕，为接待客人的上座。客人一进门，主人便请他脱鞋上炕，在炕上拉话，在炕上吃饭，在炕上休息。陕北民歌《山丹丹开花红艳艳》中的"快把咱亲人迎进来……热炕上坐哎呀哎呀呔……知心的话儿飞出心窝窝……"唱词，充分表达出了炕上待贵客的情景。因此，住洋楼、睡席梦思的城里的人和没见过炕的人，不由得对炕产生某种神往。当然，陕北的炕与镇原的炕在结构上有所区别，但作用是相同的。

黄土窑洞文化

镇原乃华夏故土，属周代发祥之域，位于陇东腹地，历史悠久，文化久长。据史书记载，早在二十万年前的远古时代，这里就有人类生存、繁衍，"好稼穑，务本业"。那时的本业，泛指以种庄稼为主的农业生产，人们居住的是天然穴洞，缺少阳光，阴暗潮湿，时遭野兽侵害。到周先祖时期，公刘不窋命令他的儿子鞠陶负责人工挖窑洞事宜。《诗经·大雅》中的"复陶复穴"之语，说的就是鞠陶挖窑洞之事。古代，"陶"与窑洞相同。有了窑洞，人们的生存便有了基本保障。镇原的黄土窑洞，正是这背景下的产物，日复一日的逐渐定型，成为我们现在所看到的样式。从这一点说，镇原的黄土窑洞含有中华文化的因素。

抛开远古文明就近说，也可见一斑。镇原号称"文化大县"，被中国书法家协会命名为"书法之乡"，声名远播神州乃至海外。现今，走进镇原黄土窑洞，举目可见中堂、条幅、横幅和四扇屏的书法、绘画。多数农户人家虽然不懂书法、绘画艺术及其意境，但他们茶余饭后看见悬挂于窑壁上的书画，心情极为舒畅。这在域外人的心目中难以理解，而书画已成为镇原人精神生活的一部分,众多的人花重金置办书画、收藏书画、悬挂书画,真可谓"雨过琴书润,风来翰墨香"。其乐融融,悠悠自得。这几年,随着国家"告别窑洞"工程的进展,绝大多数窑洞住户搬出窑洞住进了平房或小楼房,但窑洞留给人们的记忆则难以忘却,特别是窑洞所蕴藏的黄土文化,将永远光彩四射、彪炳千秋。

杨佩彰的散文

杨佩彰,男,笔名阿彰,号潜山秀士,甘肃镇原人,甘肃省作家协会、庆阳市作家协会会员。著有《燃情岁月》《守望家园》《镇原史纲》《镇原文化概论》及电影文学剧本《大山深处的保尔》(合著)等。

殷家城读山

很早就耳闻关于殷家城大山的故事了。如果说那故事贮满了沉重、苍凉和悲壮是先入为主的宿命,那么直到亲身贴近和聆听他那浩瀚辽阔、雄浑博大的生命吟唱时,我才算真正认识了殷家城无边的沃土、伟岸的雄性,以及茫茫荒岭所张扬的一股原始的朴拙与真诚。

伴着秋日温煦的阳光,我终于有机会去殷家城叩访心仪已久的伟男子般的大山了。

出镇原县城往北,约莫两个多小时后,车子便在一路颠簸中驶进了殷家城的大石滩。这时,浑黄嶙峋的山峦以不同凡响的姿态渐次凸现在我们的视野里。这里是镇原县与环县、宁夏的彭阳县毗邻的纯山区乡镇,俗称"鸡鸣三县",亦是镇原人文、地理独具特色的地方。我们驱车沿崎岖蜿蜒的山道驶上一座山头,此时,天空碧蓝,山风长啸。极目远眺,峰峦叠嶂,山岚茫茫,浩邈凝重,逶迤不绝,好像农妇刚刚揭开蒸馒头的笼盖一般,密密匝匝,山影朦朦。金色的菊花、似焰的红叶、墨绿的庄稼、灰黄的茅草……浓重而丰富的色彩随意铺展在山腰间,沟底里,峁盖上,标识着大山质朴的风韵和原始的壮美。杨柳稀疏的倩影在秋风中婆娑,弹奏出一首无韵而古朴的歌,在山坳间飒飒地回响。茅蓬丛生的荒草洼上,一群群羊只像白色的云朵在缓缓流动,挥着长鞭的牧羊人站在山顶边,狂放无忌地悠悠而歌,犹如一支呛人的西部唢呐,挑逗着周围的崖壁和空谷,得到淳朴浑厚的回应。而体形肥大、嘴巴宽厚的牧羊犬则亲昵地依偎在主人的脚边,有滋有味地享受着这粗犷的牧谣发烫的颤音,仿佛一尊精巧工致的雕塑似的让人怦然心动。灿灿如金的阳光洒在群峦上,给浑黄一色的崇山峻岭点染出自然神力造就的迷蒙与壮观。一切都显得苍凉壮阔,气势恢宏,一切又都充满着玄学哲理般的神秘与深邃。

我们沿曲折的小路徜徉,转过"山道十八弯",只见一座峻拔巍峨的山头上,一座古城堡遗址赫然在目,这便是真正的"殷家城"。相传元时的殷天龙、殷天虎、殷天豹兄弟三人在这里筑城垒寨,屯粮积草,把守要塞,抵御外寇入侵,该地由此名之,相沿至今。"山不在高,有仙则名",这座山因为古人的明智选择而名垂竹帛,山也给了古人以完美的屏障,守卫着大山的安宁与贫瘠的家园,铸就了一段壮美与辉煌的历史。站在斑驳不堪的城墙遗址上,倾听来自远古金戈铁马的呐喊,遥想古驿栈道、商贾驼队的艰辛,大山旷日久远的岁月中鲜明而独特的人文意象訇然而至。大山的苍茫,大山的沉寂,大山的圣洁与坦荡,凝成了大山裸露着的不折的脊梁,使我感到了大山无与伦比的强烈罡气,更感到了人的渺小与苍白。大山的阳刚让人激动,让人动容,更让人领悟:生命与生存,原本这样平淡而真实。

据有关地质资料记载,在约一百五十万年前的第四纪,殷家城所处地区的地质处在新构造运动中,由下沉逐渐隆起,形成了现在的关山至六盘山褶皱带以东的鄂尔多斯黄土台区。天地玄黄,宇宙洪荒,诞生了殷家城起伏绵延的山脉。浑黄凝重的梁峁、沟壑、小溪点缀其间,滋养着不甘寂寞的红艳艳的山丹丹和绿波荡漾的庄稼。这里的山最突出的特点是没有单独耸立的,它们成群成片地挤在一起,由许许多多的山弯将它们串联在一起,一条条小路像带子似的缠绕其间。山梁与山梁之间的山弯组成个个大小各异的"V"字,被当地人形象地称之为"簸箕掌",这个"掌心"大概就是这里最丰润的耕地了。村民们大都在这台地上依山而居，稼穑耕织，筚路蓝缕，生生不息，用至真至诚的生存方式推演着山里人独有的伟大和艰难。最具特色的是依山而凿的窑洞，俗称“连垡窑”，即在开挖时只凿一个仅能安装门框的洞口，约有两尺深后再向上、左右扩展，但最高却不超过七尺，只在顶端钻一个窗户眼，据说是因为土质疏松的缘故。而这恐怕是中国窑洞史上的一大奇观。这里的村落多为一两户人家，家家几乎没有防贼拒盗的围墙，却不约而同地养着一只机敏可爱的家犬。每当有客人进入庄子时，鸡鸣声、犬吠声交织在一起，声传数村，百户相闻，别有一番情趣。我想，安宁、祥和、静谧，不就是殷家城大山的“山魂”么？

年年好景，岁岁繁华。殷家城的山民们呼吸着天籁的奏鸣，站在老白干似的朔风中，胼手胝足地艰辛劳作，用生命和汗水塑造着村落，塑造着生活，塑造着大山的昨天和今天。一座山就是一个神奇的摇篮，山孕育了人，人改造了山。男人们光着膀子，在贫瘠的“滚牛凸”上种植和收获一茬一茬的希冀和梦想，而且把山泉酿成稠稠的米酒，羊毛做成雪白的毡毯，苹果、梨子运往山外，参天的树木锯成板材。而女人们则头上包着或红或绿的棉线包巾，赶着绷直脊梁的黄牛或毛驴，在坡地上犁出一道道洇润的土沟，演绎关于篱笆、女人和泥土的湿漉漉的故事。也许山里的日子有太多的艰辛，太多的咸涩，使她们的脸上过早地留下了辣红辣红的印记，比山外的女人自然多出一份豪爽与剽悍。如果说，殷家城的山是一部韵味深沉的史诗，那么，这里的女人就是一部永远读不完的山乡风韵书。

殷家城的山是艰难的，单调的，孤独的。然而正是这种亘古不变的艰难与单调，使这里的生命百折不挠而多姿多彩，永远闪现出一种大动大美的意志和情趣，流动着沉重的神性与智慧。殷家城的大山就是一群西北大汉，原始而无野性，粗犷而不俗气，深沉而不怪异。那种不施铅华的质朴，都使我的心灵为之震撼。冥冥之中，我的躯体似乎在慢慢融化，思想也在流动和升华，天人合一，返璞归真，心灵中关于天地时空的哲理被浓缩和提炼，衍生出一片纯诗的浪漫的光芒。我忽然顿悟,殷家城读山,就是读大山与人的深沉的典故。群山如诗如画的意蕴、伟岸苍莽的变化,鬼斧神工的奇险,浩瀚逶迤的雄姿,以及山里人百折不挠的精神,都使我惊叹,使我回味,更使我探读无穷。大山的性格,大山的怀抱,大山的执拗,在我的血液中激荡沸腾。是的,哪怕是最平庸的生命,也会在对大山的感怀中迸发出思想的火花,留下对生活的向往、对生命的感悟。正因为如此,殷家城的大山才吸引着无数的芸芸众生去看,去读,去品味,去膜拜……

殷家城的大山,有生命有脉气有灵性的大山哟!

故乡，一方深邃的老井

故乡，是一方深邃的老井。

当我还用儿时的小勺舀食母亲的慈祥和父亲的关爱时，不经意间，童年和少年便如同山凹间两粒粗糙无华的土块，在岁月沧桑中不知不觉地消融在这清亮而苦涩的井水中。

岁月荏苒，逝者如斯，如同灵魂最初的皈依和尊崇的图腾，我仍深深沉醉于心灵深处愈久弥深的恋乡情结，常常梦回古朴悠远、近乎凄迷的乡村风景，亦为玉米棒子般沉甸甸的村居生活中猝然显现的粗犷之美而深深感动。故乡异常艰辛而朴素的生命意象重重地叩打着我的心灵，使沛然莫之能御的思乡之情时常如潮而至，在我盛满诗情的眼眶里不可遏止地恣意漫流，如同远古的烽燧炙烤着离乡远走的游子龟裂的心田。而对于故乡一片树林、一间瓦房、一孔窑洞、一缕袅袅炊烟的无限怀念，也好似生命源头的徐徐来风，温柔地拂拭掉漂泊者满眼的无奈、满身的风尘。

中秋时节，整整一个黄昏，沐浴着秋天厚重迷离的夕晖，我静坐于暑热远遁之后显得异常空旷寂寞的小城后的山野，凝望西北方苍茫如黛、似一群野马奔驰的群峦，视线尽处就是我称之为故乡的锯齿般的山峰。我咀嚼着王维"每逢佳节倍思亲"的吟唱，放飞着悠长的思绪，我的眼光被定格，一任暮色将脸庞勾勒成一块红褐色的岩石，于时间隧道用泪水作一次神圣的洗礼。而此时，亢奋的感官如教徒般地聆听着地平线那端躁动的风声，灵魂在轻轻地呼唤：故乡，你好吗？

我的故乡就是唐朝李世民的麾前大将军尉迟敬德开山取鞭的地方——

开边。这里的山,这里的水,这里的人,都如同故乡的名字一般朴实,一样平凡。这里没有文人骚客抒情咏志的苍山黛岭、奇峰险嶂,即便被称作山的景观也只有做工极不精巧的馒头似的梁峁,其间错综夹杂着道道毛细血管似的沟壑。尽管有史载千古的"秦始皇西巡过鸡头"的鸡头山,也只是荆棘丛生、桃林次第的黑黝黝的山包,算不得峻拔雄浑。有一条小河也并不磅礴,倒像条丝线把东西两岸无数个称谓各异的村镇,如同老奶奶脖颈上挂着的枣木珠子一般串联起来。而这些,在故乡人的眼里却是美的。儿时,我常常和一帮小朋友在毒毒的日头下,于这条乳汁般澄澈的河水里尽情地嬉戏,将头颅浸没于粼粼清波中,倾听自己胸膈发出"咚咚"的青春搏动,真正漫游于无忧无虑的无尽遐思中。而当春光烂漫、惠风习习时,我便和伙伴们爬上这座造物主用黄土揉搓成的形似鸡头的皱巴巴的山包,于桃花斑斓处,折一枝缤纷的花朵,如痴如醉地徜徉于花季少年梦的潮汐。及至而立,离乡远去,我仍然会忆起那逝去的岁月,想起久未亲近的故乡。任凭时光流转,岁月消逝,思乡的恋情总是心灵深处最动人的鸽哨,使我在夜深人静时清晰地感受到故乡村头最纯净的风声,感受到母亲呼唤我的一声声乳名。

故乡的一切都是美的。每年到了"寒梅雪中尽,春风柳上归"的时候,这时的故乡阳光明媚,春气氤氲。那嫩黄的杨柳,青青的小草,金黄的菜花,葱绿的麦苗,撩拨得人心旌摇荡,心旷神怡。那情景就像一坛刚刚启封的陈年老窖,把满山遍野的百树桃花、万棵杏林都醉得摇摇晃晃,妩媚极了。大姐小妹们也提着篮子,趁这野菜吐翠之时去剜苜蓿芽儿——这可是一道时令好菜。每当我细细品尝母亲亲手烹调的这种原生的野菜时,一种恒久未变的乡恋、纯朴敦厚的亲情便充盈了我的全身,渗透了我的神经,使我无法拒绝漫溢而来的浓浓的情愫,无法拒绝故乡如端庄的少女一般的美丽和温柔。

故乡的日子是丰盈的。每年五六月间,橙黄的麦穗与金灿灿的金针花相媲美,成堆的杏干、杏核被客商抢购一空,丰收的喜悦也就填满了父辈们脸上被岁月剖剕的道道纹沟,双手捧着的日子如同浸透蜂蜜般地甜透了故乡人的心坎。那神态,那心情,常常使我思潮翻滚:故乡的山美、水美、人更美,在外的游子能不依恋你么?

　　故乡,是一方深邃的老井,我因喝了这井水而长大。在我的脉管里,流淌着井水的甘洌,井水的无瑕,井水的刚强。拥有了故乡的精魂,才是我终身受用不尽的精神财富。跋涉于生命的苦旅,历经一个个春夏秋冬,诉说一次次刻骨铭心,剪不断理还乱的恋乡情结依然明晰如镜。当时光穿过历史烟雨的时刻,故乡正同沉甸甸的日子一样,苦涩不再,风光无限。而我无论何时何地,都会为故乡寄上一份怀念,一声深情的问候。

　　哦,我永远的乡恋……

秋　韵

天高云淡,山色苍郁。杲杲秋阳下,佳木葱茏,芳草连天,透出一缕空蒙蒙,一段灵秀。

美丽的秋日里,商风入律,爽气濡天。曼妙的秋色似厚重斑斓的颜料,气势恢宏地从青山绿野向远方延伸、流淌,大手笔地挥洒出"一带江山入画,风物向秋潇洒"的迷人画卷。那山峦、田野、树木、禾苗,都呈现出墨绿苍黛的色调,间或夹杂着金黄、浓褐、淡紫、青白,将秋日装扮得飘逸洒脱,分外旖旎。尤其是那一丛丛、一簇簇金黄金黄的野菊花,在浓露中酣畅淋漓地倾吐着诱人的芳馨,毫无顾忌地弥漫在充满遐思的蒙蒙雾霭中,更让人多出一丝沉醉、一份眷念。秋风飒爽,雁阵横空,炊烟袅袅,牧谣声声,秋之韵滚动在蓝天、白云、红叶、羊群的如歌的行板中。

有人说,春天是一位情窦初开、秀色可餐的恋人,而秋天则像一位浓淡相宜、成熟丰满的少妇。正如林语堂所述:"人生世上如风月之有四时,必须要经过这纯熟期,如女人发育健全遭遇安顺的,亦必有一时徐娘半老的风韵,为二八佳人所不及者。"

也有人说,春天是珠圆玉润的小诗,夏天是管弦嘈切的歌剧,而秋天则是一篇优美的童话,更富于色彩,更富于想象。唐代诗人刘禹锡面对如画的秋色,溯古抚今,激情迸发,遂留下千古之绝唱:"自古逢秋悲寂寥,我言秋日胜春朝。晴空一鹤排云上,便引诗情到碧霄。"如此荡气回肠的吟唱和壮美的意境,确乎更加令人迷恋和向往。

不是吗?秋天一到,西北风便活蹦乱跳地跑过来,像一个调皮的娃娃,在作物尖上打着滚儿，将成熟的五谷味儿搅得浓酽如酒，沁人心脾。地里的庄稼在农人的吆喝声中长得透熟，那刚刚换上金秋时装的沉甸甸、粉嘟嘟、胖乎乎的娇人样儿，着实令人激动得心尖打战。一株株玉米以挺拔的姿态站成仪仗队，将一个个丰收的誓言高高托起；糜谷则穿着黄褐色的礼服，在阵阵清风中冲着主人一个劲地鞠躬；豆荚张开一条一条娇艳的小口，露出满腹宝珠儿似的籽实，逗引着孩童们立马想炒着吃的涎沫。斯时，农人们的心也热乎乎地骚动起来。纷纷拿着镰刀，背着绳索，拉着车子，走进田野，将梦中的散文《秋收时节》铺陈开来，还时不时老腔老调地谱上两句小曲儿："洋芋结了半洼洼，想妹想得咱心慌……"

秋来了，雾也来了。早晨起来，一望无际的山川原野都跌入了缥缥缈缈的雾海中。只见山天一色处，青嶂凝峦，微风初拂，白雾飘动，山岚轻涌，只听见农人赶牛犁地的吆喝声。此时，若登高望远，涤心荡俗，默读天籁之语，倾听天籁之声，其身陶然其中，物我两忘，如同品读和领悟一首旷达苍茫、意境高远的朦胧诗一般。及至太阳微启朱唇，留下一串串俏吻，红润的吻痕里便依次托出湿漉漉的田野和村落，只见峰峦峻嶒，河溪流澈，草木葳蕤，鸟鸣啾啾，云天之际红彤彤、白茫茫交织在一起，奇幻无比，情趣盎然，大自然的美轮美奂便长久地留在了山民的心中。

有了雾，也便有了露。树叶上、草尖上、禾苗上，都洒下一颗颗晶莹剔透的露珠。朝暾映照，凉风拂动，露珠儿像串在丝线上的玻璃珠子一样闪烁着虹的色彩，微微颤动，然后优雅地滚进草丛，渗进地面。在农家的房前屋后、荒洼草滩上，夭夭灼灼的梨树、柿子、花椒、海红树的浓密婆娑的叶子也因了白露的洗礼和涵养，闪闪发亮。那一嘟噜一嘟噜的果子散发出浓浓的香味，惹得蜜蜂在上边争先恐后地嘬着糖汁，然后连这馥郁也带进了农家院落，将主人的日子浸得甜甜蜜蜜。你看，他们在收获之余，嘬着嘴巴，还着实能咂出这味儿来呢！

秋日里，最忙碌的恐怕要数打谷场了。场院里成堆的庄稼，这儿一摞，那儿一垛,将黄土地酝酿一年的希冀演绎得淋漓尽致。金灿灿的糜谷、玉米,红通通的高粱,黑油油的荞麦,圆溜溜的豆类,都沉甸甸地聚集在这块圣洁的领地,回报主人们的精心呵护和热切的梦喃。男人们脱光了膀子,一边哼着小调,一边利索地将作物摊在场里,准备打碾;而女人们则头上包着鲜艳的纱巾,禁不住满脸喜悦,用扫帚扫着似乎永远扫不完的谷粒。于是,打碾的机器声,"咯吱咯吱"的碌碡声、"哧哧"的扬场声、此起彼伏的欢笑声,便组成了一首明快动听的丰收交响曲,为秋日的纯熟和多情增添了无穷的韵致。

秋日是美丽的。成熟与收获,淡泊与奉献,这秋之韵中最为美好的旋律,如同深邃的哲理让人怦然心动。走进秋天,让人感受到的不仅是缤纷绚丽的茂林嘉卉、馨香四溢的累累果实、行云流水般的迷人气韵,更有生命成熟季节的昭示、沉甸甸的希望……

王博艺的散文

王博艺,男,甘肃镇原人,甘肃省作家协会会员,甘肃文联《文艺之窗》记者。出版长篇小说《社火》《野山》《相逢在花城》,著有网络长篇小说《洪河川》《怪柳》等,并多次获省市文艺创作奖。

母亲的冰雪童年

她不是我妈的亲生母亲,我却叫了她二十多年外奶。我外奶在如花的年龄早早地走了,撒手抛下水漉漉的我妈。祸不单行。时隔不久,我外爷也突然暴病而卒。父母双亡,我妈只有三岁过一点,是四外奶把我妈一手抓养大的。我妈把她叫妈,顺理成章,我就得叫她外奶。当然,也得叫四外爷外爷了。

五岁前,四外奶留给我的印象模糊不清,只记得她叼着长干烟锅,吸几口旱烟,像拉风匣似的"吭哧——吭哧"咳嗽几声,接着又抽。她把我搂在怀里,间或美滋滋地吸一口烟,扑地向我吹一口,接着又在我的脸蛋"叭儿"的亲几口。辛辣的烟味儿刺激得我眼泪和鼻涕直往下流。她拍打着我的屁股蛋子,"这崽娃子,一点也经不住烟呛,咋长成个男子汉。"

那大概是我第一次去舅舅家,不知舅舅家死了谁,父亲和母亲去送埋。那天的雪好大,铺天盖地向山沟里压了下来,看不见树木,看不见山峁的轮廓。翌日,雪才住了,地上落了一尺多厚,母亲离开了娘家。按乡俗,女人在娘家送埋了亲人后,离开娘家时必须哭,以示孝心和哀思。母亲的堂姊妹哭到庄崖背就不哭了,母亲大放悲声号哭不止,上到塬畔仍然撕肝裂肺地哭着,山沟下回响着她的哭声。母亲哭,我也跟着她哭。父亲劝阻了她好几次,说别哭了，塬上风大，娃跟着你哭，吸了冷风肚子疼怎么办。母亲才止住了哭声，哽哽咽咽走了一里多路。那时候，我不懂母亲哭的为啥。

后来，母亲偶尔说及她的娘家，我的眼前就浮现出那场暴风雪，不是鹅毛大雪，而是满沟砸下鸡娃头似的雪疙瘩，母亲那哀痛的哭声不绝于耳。再后来，我才知道母亲那时候为什么那样悲伤。

第二次去舅舅家，也是一个雪天。外爷——四外爷——被饥饿夺去了生命，父亲和母亲领着我去送埋。四外爷秋天曾来过我家，不到二十里的路程，他摇摇晃晃走了一整天，进我家门时，日头搁在西边的山崾上。我们一家老少正在自留地收萝卜，他就帮着往回背萝卜。他像个细高粱秆儿，瘦得皮包骨头，一手挂根细长的鞭杆，一手拿着萝卜不住地啃，走一步打三个趔趄。大家都劝他不要背了，他说没事儿，萝卜真香！真的很香！他记挂我的表兄，第二天就要回家去，父亲和母亲挽留下了他。第三天，四外爷背了些萝卜回家去了，听说他一进家门就倒下了，卧床难起直至死去。

哭四外爷，唯有母亲哭得最伤心，她哭几声，叫一声爸；叫一声爸，哭几声。别人早已哭结束了，她伏在地上号哭不止。别人一边劝她，一边拉她起来，她打着气结哭得越伤痛。

母亲不止一次给我说过，四外爷待她比亲女儿还亲，时时记挂着她的冷暖。他每年去黑崾岭跟庙会，回来总带着糖果，背着四外奶偷藏一些让她慢慢地吃。他恐怕四外奶发现，骂他惯母亲一张馋嘴，将来到婆家偷吃丢脸丧德，婆家会骂娘家没家教。四外奶苛教母亲，四外爷实在看不过眼时，就说："娃还小，没爸没妈够可怜了，你当牛当驴打。""谁说没爸没妈？"四外奶就和四外爷干架了。每次，都以四外爷拜下风结束，她苛教我母亲也告一段落。

一个大男人打不过自己的女人，母亲给我说，我不但不相信，并且好生奇怪，左邻右舍的男人打得自己的女人要脚不敢给手，四外爷怎么那样怂，怎么就打不过自己的女人？母亲给我说过，四外爷是黑崾岭雷祖神的神角，他一旦发起神角可厉害了，抢着粗壮的丈二蔴鞭像蛇一样飞舞，抽打得自己的光背"啪啪"发响,蹿高蹿下脚底生风,吼叫一声,黑崾崄两边的崖娃娃也吼叫不止。第二次见到四外奶,解开我心里的谜。月老真是牵错了红丝线,四外爷和四外奶一瘦一胖,四外奶如果不叼烟锅,活脱脱的罗汉模样儿,方阔的脸两腮赘肉下垂,下颏打着肉褶,铜铃大的眼睛"咕噜——咕噜"一转动闪闪发光。四外爷的身子不及她的一半,她讥笑四外爷,她打一声喷嚏能把他弹到沟底下去。

埋葬了四外爷后,中午,四外奶躺在炕上,叼着烟锅过烟瘾,不一会儿,打起了鼾声,口水顺着烟锅杆子簌簌地流着。母亲领着我出了院门,朝着北边的小山峁走去,一连走过几座破败的老庄,有的院落门窗还在,几只鸽子在天窗上"咕——咕"啼叫着。外祖父弟兄六人,曾经有三四十口人住在这几座院子里。自从我母亲出生后,他们有的患病而死,有的无缘无辜就死了,度过 20 世纪 60 年代,只留下一根独苗——我的表兄——哑巴大舅舅的儿子。四外奶把这一切怪罪于我母亲,骂她个独顶顶死了亲娘老子,顶得杨家满门差点断了香火。我外爷在世时,给我母亲起了乳名,四外奶从来不叫,一直叫她"独顶儿"。只有到我家时她才改口,以我的乳名作为母亲的代称,她叫得别别扭扭,我听起来也觉别别扭扭。

最北边破败的院落,是外祖父家的老庄,几孔窑洞塌陷得只剩下上半截,枯草在寒风里摇曳着,几只乌鸦"哇儿——哇儿"地叫着。这是一座曾经有过故事的院落。民国时期,陇东土匪多如牛毛,动辄跑土匪,庄稼人不得安生。一次跑土匪,外祖父几人把积蓄的金银和白元装到红木匣子里,藏在老庄的乌鸦窝里。土匪过去了,只剩下一个空匣子。土匪是从塬畔过去的,并没有下山来。藏的金银和白元哪儿去啦?是谁做了手脚?弟兄六人没有一个承认,赌咒发誓谁独吞了断子绝孙!最后大打出手,打得头破血流。有一点是清楚的,不是四外爷做的手脚。四外爷没儿没女,四外奶不能生育。几个外爷大打大骂平息后,口径一致——换掌柜,有儿有女的不能再执掌家事理财。四外爷是最合适的人选了,而他老实巴交只会种庄稼,一口咬定不当掌柜。四外爷不干,四外奶站出来了,"我当这个掌柜! 只要一碗水端平,谁也不偏谁也不向,有啥难当的?"几个外爷默认了。四外奶一当掌柜,派头就变了,叼起了长杆烟锅,一天到晚指使这个指使那个,倒也把家事打理得井井有条。谁如果不听从她的安排,她就撂挑子不干了。日复一日,大家都习惯了,没有谁不服从她,她也渐渐变得专横起来。

我和母亲来到北边的小山峁, 她的眼睛直直地望着东边簸箕形状的山湾。那是一座背阴的山湾,一层层山嵚,一地的雪白,中间地段的嵚畔孤零零地长着一棵结满雪花的大椿树。母亲望了好一会儿, 指着那棵大椿树对我说:"你的亲外奶就埋在椿树下的嵚里,她早早地撇下我走了。"我第一次知道四外奶不是母亲的亲妈。然后,母亲又望着山湾伫立了好久。飕飕的山风刺骨刮脸,我的手脚冻麻木了,几次叫母亲回去,她像个木头人毫无反应。

我一个屁丁大点娃儿,那时候没可能去理解母亲的心情,况且她也没向我倾倒过积压在心里的苦水。后来, 当我知道母亲小时候四外奶怎么苛教她, 我才体会出母亲那时候伫立在北边小山峁是怎样的一种心情。岁月流逝,留在母亲心里的童年的隐痛并没消失。她是一个孤儿,童年没得到父母的呵护。

据母亲说,我的亲外奶死在五黄六月,农家正在抢收黄天,一日发几次霈雨,农人心里那个焦急,一天恨不得当两日用。洪河川的乡俗,女人去世后,婆家给娘家报丧,娘家亲人第三天来吊唁,然后,返回家,第六日再来送葬。我外奶死了,娘家的大人在起早贪黑收麦子,外奶的十三四岁的弟弟来吊唁。一切仪式进行完毕,外奶的弟弟要回家去,四外奶横在大门口堵住他,"你这娃,不能走! 留下! 你家大人抢收黄天,支你来应付差事。你家抢收黄天,我家就不抢收黄天?这埋人要吃要喝,面谁磨? 柴谁来破?你的短命姊姊撇下一个'独顶儿'害我呀!你磨下面,破下柴,再回家去!"外奶的弟弟被她唬住了,磨下面劈下柴才敢回家去。

母亲很少提说起娘家的事,偶尔说及,不是点滴就是碎片式的。

打我记事起,母亲三天两头胳膊疼,疼得厉害时连纽扣也没法扣,她说小时候窑洞潮受了风湿。每年一进入三伏天,她坐在白花花的酷日下,不是用獾油擦拭,就是用朽棺木和麦草火烤,一烤就是几个小时,烤了多少年,从没见生过效。我搞民间文学后,一次,母亲给我讲小娃遭受后娘虐待的民间故事,她讲完后顺口说,她的胳膊不是风湿,是小时候被四外奶打坏的。

母亲五岁那年,四外奶就叫她磨面学做针线、茶饭。一次磨面时,在磨台揽面,毛驴踩踏了她的脚后跟,把面撒在地上。四外奶看见了,骂道:"我叫你泼洒米面,将来到婆家怎么过日子?婆家骂娘家人没家教!"四外奶骂着就用揽面的木厝厝打她,她用胳膊去拦挡。四外奶打着叫她舔净地上的面,打死她也不肯舔。四外奶喝叫来母亲的两个堂姐,把她拉到门外的雪地里"推磨",两个堂姐拉着她的脚脖,在雪地里转了一圈又一圈。两个堂姐也许累了,也许不忍心再拉下去,停了下来。四外奶用烟锅戳着她俩,"拉不拉?不拉,我拉你两个推磨!"她俩又拉着母亲在雪地里"推磨"。这种推磨,并不是一次两次,母亲苦不堪言。

母亲在人世弥留之际的头天下午,很少哭的她(我只见过她在娘家送埋亲人时哭)叫着我的乳名哭了,她哭着说:"妈不行了,我不想走,再给你看两三年门,叫你的几个娃娃再长大些。"我哭了,母亲却不哭了,反倒安慰我:"不要哭了,你哭,妈走了心里牵挂。娘母子迟早要离开的,我看着你长了四十多年……我三岁时就没了爸妈,你外奶把我当背棍驴打……"她心里的童年隐痛仍没有消失,干枯的眼睛,泪水又一次簌簌地流了出来,叫我看她头上的伤疤。我从来不知道母亲的头上有伤痕,撩开她的头发,果然头中间有铜钱那么大的伤痕。随之,我也解开了母亲几十年逢阴雨天头为什么那样疼痛,吃止痛药无济于事的缘由。没有办法的办法,她叫别人用手捏,或者用布条子缠扎。不在家里时没有布条子,她就解下裤带勒扎。母亲告诉我她头上的伤也是四外奶打下的。

民国时期,乡下的女娃不缠足找婆家难,婆家相儿媳妇先看脚,脚缠得越小彩礼越高,额外还给娘家送一只羊和两斗麦子。母亲到了缠足的年龄,四外奶"咔嚓——咔嚓"折断了她的脚骨,拿着瓷片割破她的脚背和脚心,她哭天叫地,四外奶一点也不松手,用丈二长的布条子扎得她的脚变了形。缠了足后,脚流着脓血,一挪动连心也扎疼,但一切家务活得做,推磨做饭等等。母亲疼痛得支撑不住,背过四外奶偷偷地放松布条,突然,四外奶抢着烟锅打在她的头上,打了一个小洞,血汩汩地冒了出来……

我听了后,打心底里恨心毒手辣的四外奶,说:"妈,她待你那样心毒手狠,你还给她尽孝心?那年,你为了她和我爸打架。"

那年遭旱灾,第二年春荒,国家给每人每天供给八两红薯干子。四外奶到我家来了,她瘦得几乎成了张人皮,两只大眼睛深陷在眼窝里,一副怪吓人的模样,你一瞧,就会联想到死人。她的饭量很大,一顿吃三四碗饭。母亲每顿让她先吃饱,其他人再吃。她吃得多,我们就吃得少,母亲每顿吃锅底子,剩多少吃多少。十天后,四外奶的脸上显出了血色,一双大眼睛也有了亮色。母亲却瘦了许多,一天到晚乏沓沓的打不起精神。父亲一次次说要送四外奶回家去,母亲一次次阻拦,"是你妈,你会送她走吗?你把我妈送回去等死?"半月后,父亲强行把四外奶送回了家。父亲回来,母亲和父亲打了一架。这是我第一次看到母亲和父亲干架。

母亲听出我对四外奶产生了恨意,说:"我小时候,她再打我骂我,把我抓养长大成人。她一辈子没儿没女,抓养大三个没爸没妈的娃娃也不容易,除了我,还有你张家姨娘和你表兄。没有你外奶,你表兄就难逃生死的关口,你舅家就断了根苗。你弟兄几个都能写文章上报纸上书的,给妈把气争了。"

我的母亲……

我那四外奶……

畅恒的散文

畅恒,男,甘肃镇原人,系中国图书馆学会阅读推广委员会委员、甘肃省图书馆学会理事等。多篇作品见诸报刊。主持校点出版康熙年间《镇原县志》,著有《杂花集》《镇原地方文献概略》。

畅园随笔

五　月

五月的桃花丛哟,是一团云。粉红色的,映红了我的五月。

悄悄地走进花丛,一叶花瓣飘下,落在我的脸颊,我的思绪也染成了粉红。

一缕幽幽的花香飘来,氤氲成我心头的一团云,粉红色的。

粉红色的诱惑,引我向花丛深处走去……

眼　睛

睫毛淋湿的早晨,你走进我的视野。从此,红纱巾飘不走,我的眸子有写不尽的缠绵。

你丛林似的睫毛后面,我看到一泓秋水。毛毛雨润湿我的视线,热烈的目光,似水一般柔,悄然泻进那泓湖。

你的柔波牵走我的心魂。曾经,多少次梦中我湿漉漉的目光,越过泥泞,吻湿你的秀发,火辣辣地阅读你的梦境。

你的眸子泊满诱惑,我不敢撞击。只记得有一次,当黑瀑般的秀发蓦然飘来时,我从你热烈的眸子中发现了一颗跳跃的太阳。

就在那次,平生第一次,我拥抱了你的柔波……

黄昏素描

(一)

夕阳驮在牛背上。

掮犁的老农,赶着牛,从山道转来,牵着一片晚霞。粗粗的嗓门,又扔出爬山调的粗犷与高亢,渲染山村不属于寂寞的日子。

擂山鼓一样的嗓子哟,是娃他妈一盅盅液化的淡蓝色的温情冲涤出来的,还是小孙孙甜甜的稚音唤出的?

(二)

炊烟袅袅的,拽住天边的一抹抹晚霞,也缠住那如线的日光。

年轻的妈妈,不再唱那唤归的歌,而是静静地倚在门前的那丛槐林下,望那伸向小学的路。

一双眸子,如两汪清泉,一汪永远泊着儿子的影子,一汪潺潺流动如村前的小溪,流出妈妈的心之曲……

如线的目光啊,溶着妈妈浓浓的情与爱,织着妈妈馨香的幻梦与幸福。

妈妈哟,你把黄昏站成风景线,站成期愿,站成伟大的母亲雕像。

故乡日记

鸡鸣,犬吠,老人的咳嗽,滤去了夜的疲倦。女人的哈欠是一团雾,迷蒙了山庄。淡淡的湿淋淋的乳香,醉了男人得意的吆牛声。

黎明的喧嚣,刷亮了早春的主题。启明星划出的是一线希望的曙光。朝晖剪下农夫的身影,在晨风中完成全新的定影。

正午的太阳是一团火。播进沃土的火种,升华成深秋一片片火烧云,凝结着汗水的许诺。

正午的田野,农夫没有影子。一个独立的人在创造着世界的真实。

晚霞燃烧的铧,深深犁进夕阳的胸膛。瞬间,农夫的朗笑便同喷洒的殷红一样壮观。

农夫,夕阳,塑成辉煌的雕塑。一头牛,一张犁,一幅立体的史画。

童年的记忆

六十年代末，一个雪花飘飘的傍晚，我落生在黄土塬边一孔破败的窑洞。

弄墨水的哥哥，曾说我诞生在花的世界，那飘飘的飞雪是天庭遥寄的祝福卡片。

可是我没有感受到吉祥甜美。生活托给我的梦是苦涩的，比家乡的苦苦菜还苦。

一

六七十年代，正是中国的"票证经济"时代，物资短缺，特别是粮食。自有记忆时起，我看到的第一种颜色是"黄"——蜡黄的面孔，菜黄的肌肤；我尝到的第一种滋味是"饿"——"咕咕"直叫的肚子，四肢乏力的身躯。

自然，我的整个童年就一直为吃饱肚子忙碌着。

春天，当柳梢刚刚泛起一抹绿意时，我便跟在哥哥姐姐后面，去向阳的山坡剜苜蓿芽。嫩嫩的苜蓿芽经开水一煮，浇上几滴自制的米醋，便成为我们一家丰盛的菜肴和主食。初夏，哥哥当人梯将姐姐扶上门前的老榆树去捋榆钱。榆钱和着高粱面蒸成的窝窝头尽管不怎么好咽，但总可以撑饱肚子。秋天，我们一起去生产队刚挖过的洋芋地或刚掰过的玉米地去捡拾洋芋或玉米棒。偶然捡拾到一块洋芋或玉米棒，那兴奋劲不亚于哥伦布发现新大陆。冬天，破窑洞里的那盘老石磨"吱——吱——"叫个不停，我们兄妹三人轮流推着石磨在磨母亲早已晾晒好的洋芋藤条和榆树皮。那藤条和榆树皮面，将成为我们度过漫长冬季的主要口粮。

童年，尽管尝够了饥饿的滋味，但我更体味了相依为命的亲情和为家人分忧的快乐。

早晨，和哥哥姐姐上学前去山沟挑水、抬水是每天的必修课。哥哥在前面挑，我和姐姐在后面抬。哥哥那时不过10岁出头，两只硕大的水桶压得哥哥一直佝偻着腰，大口大口地喘着气。等到我们回到家门前，东方才初现鱼肚白。

下午，哥哥姐姐放学后则带着我一块去打猪草。那时，家家喂猪喂兔，近处已无草可打，只能爬过一道沟到山对面去打。等到我们回到家门前，已是月上柳梢头。

那年月，置一件新衣裳是非常奢侈的事。往往每隔两三年，母亲才用卖鸡蛋攒起的一角一角的零钱给哥哥缝一件新衣服。哥哥穿着显小了，姐姐接着穿，到我穿时已是补丁摞补丁。兄弟姐妹依次轮换穿衣是那时农家孩子约定俗成的事，谁也不争你先我后，我们兄妹三人更是自觉遵从着。当然，家中每有好吃的，哥哥姐姐总是让着我。

就这样，那份亲情支撑着我们共克时艰，共同走过艰难的岁月。

二

童年，是艰涩的，也是快乐的。

春天，折一截柳枝，做成或细或粗的柳笛，奏响春天的第一支乐曲。夏天，光着屁股在涝池中戏耍。秋天，我们结伴去山对面园艺场偷苹果。尽管常被护林员追逐，但一肚兜酸苹果、涩柿子足以让我们分享胜利的快乐。冬天，雪地里，撒一把糜谷，支一面竹筛，专等饥不择食的麻雀。等到捕着了，就用泥巴裹着在火上烤。那味儿就像母亲过年时节炖肉的味，直香得我们扳起指

头算起了过年时间······

童年，是无拘无束的，可以毫无顾虑地去登高，去爬树，去戏水，从不考虑被摔伤或弄脏衣服，也不担忧受到大人的责怪。

田野上，复苏的春天散发着阳光朗照过的清新干爽的气息。憋了一冬的我们撒开脚丫在软软的泥土上翻跟头、打土仗，脏兮兮的头发里满是土疙瘩。

月光下，玉米拔节的声音清晰可见，打麦场上飘逸着成熟的麦香。我们在麦垛间疯跑、捉迷藏。累了，随便一倒就睡到天亮，大人是不会来惊扰我们甜甜的梦的。

繁花落尽时，只有树还站在苍茫的暮色里。树上的喜鹊窝格外惹眼，惹得我们爬树去捣喜鹊窝。光秃秃的枝丫挂破了衣衫蹭破了腿，可谁也不会在乎。

大山，是乡下最高的自然建筑。我们比赛爬山，谁第一个爬上山顶，谁就捧走了"娃娃王"的桂冠。

三

童心，多么渴望变幻，何时才能走出饥饿？童年，又多么渴望长大，何时才能像大哥哥一样讲出一个个迷人的故事？

终于，一个冰消雪融的春天，柳芽儿伴我走进了村学。啊，好高兴！我不仅背起了花布书包，还告别了"开裆裤"时代。

村学是生产队废弃的饲养场。经社员简单地修葺，三孔窑洞、几条泥桌、几坯土台就成了村学。三孔窑洞，其中一孔作老师办公室，两孔作教室，二、三年级是复式班，合在一起上课。

当黄泥壁上，老师的白粉笔留下"中国共产党万岁"时，我便开始接受启蒙教育了。

弯弯的月儿

　　小小的船

　　……

　　琅琅书声中，我总带着一种虔诚，一种痴迷。

　　三年后的秋天，我带着三个"三好学生"的骄傲和二百多个"小人书"里的故事的"博学"告别"三孔窑洞"，走进了方圆十里才拥有的一所小学。

　　小学距家有六里路，记忆深处的上学路总那么遥远。

　　夏天，一串细碎的脚步，踩落了天边湿漉漉的星星，也踩响了村庄第一部晨曲，冬天，踩着淡淡的月光或雪光，迎着呼呼的北风，却常常叩醒几声"汪汪"的犬吠，安慰着恐慌的脚步，驱走了远处山沟里的狐叫狼嚎。

　　尽管我已是一个"堂堂"小学生，但星期天我还属于黄土沟，属于黄土沟里脆"叭叭"的羊鞭和扁扁的羊粪筐。

　　"叭——叭——"脆响的羊鞭，直甩走了我那"金色"童年。

申万仓的散文

申万仓，男，甘肃镇原人，中国作家协会会员、庆阳市作协副主席。曾以笔名唐人、心真、申慎、申庐、方晓、陈钰、静心斋主、潜山道人、陇上唐人等发表作品于《飞天》《朔方》《人民日报》等报刊。出版诗集《心灵的微笑》《心灵的天空》《心灵的拓片》《心灵的家园》《心上地》。

谁素食孝衣负《诗经》

少不更事，心无旁骛，读书学习满足于一知半解，喜欢夸夸其谈，好卖弄又不深入研究，常言时无意，听时无心，好多灵思妙想都随秋风过耳，不复存在。及至年长，回想身边溜走的思想，搜肠刮肚，难觅踪影，懊恼之情，追悔之意，久久萦怀。

十几年前母亲去世是我始料未及之突发事件。我本农家子弟，家乡山大沟深，生活艰难，经济拮据，一切吃穿用度皆赖父母十指之苦，披星戴月之劳，兼多姊妹，再供我求学，父母常吃糠咽菜，把自己口里节省下的添加到我们碗里，抚育我们成长。参加工作后，接着是成婚，贷款买房，养育子女，父母乐呵呵在家里为城里的我供粮供菜伐树做家具，老家里能进城供我们使用的东西全捎来了。每次我们回老家探亲基本上是空手而去满载而归，吃用还是父母供给，还说啥你们城里有房，我们都住过了就是现在死了也是幸福的。我们想父母年龄还不算老，等我们经济缓过气来，再好好报答，怎料子欲养而亲不待，母亲撒手而去。

按家乡镇原的风俗要过事，亲戚朋友劝说，亡人奔土如奔金，丧事一切从简，早些入土为安。谁言寸草心，能报三春晖。我悲没有尽人子之责，坚持要按老风俗给母亲行礼献饭，尽最后的一点孝道，给父亲一点慰藉，释放我的悲痛。阴阳先生请来了，做饭的厨师请来了，礼宾先生请来了，办理丧事所需的物件陆续置办回来了，亲戚朋友都前来吊唁，按家乡的风俗丧仪，我们姊妹兄弟和家族五服以内姊妹兄弟的孝服都穿了起来，身穿孝服手挂白纸缠绕的二尺多长的柳枝在灵柩前燃香烧纸磕头叩拜，以孝子身份迎来送往参加吊唁的宾客。

每有人安慰我，我总悲从心起，泣不成声。母亲灵柩停放的七天时间，每晚都要在大门外升起筒纸（纸做的木桶形的直径一米、高三四米，十几层的吊纸），说是筒纸升起来就能让亡人看见子女烧纸送钱献饭，打印的纸钱烧起来时，孝子都要动哭声。每次大堆的纸钱全部变成了黑蝴蝶，纷纷扬扬都快飞走了，我还跪地大哭，止不住悲声。筒纸都降下来了，大家还扶不起我。非不为也，是不能也。每恸哭一次，内心稍能安稳一些。

母亲闭眼三天后，家族长辈就领着阴阳先生为母亲选定了茔地，三位三姓青壮年男丁开始修建墓穴，阴阳先生忙着做纸活，布置灵堂。礼宾忙着书写背服、执事榜，代表吊唁者撰写挽联，帮助同辈弟妹、子侄、孙子外孙、女婿外甥等各个辈分各个层次的家人亲戚撰写祭文以及墓志铭。厨师支起了他的专用炉灶，保障大家不受饥渴。亲戚家族女眷帮助缝制孝服孝帽和背服，男丁里里外外出出进进，各执其事，忙而不乱。

这时，我除了在母亲灵柩前跪地守灵，陪前来吊唁大放哭声者恸哭外，间歇期间好像成了闲人，连灵柩前燃香、焚烧纸钱、传递祭拜的奠酒都有专人司掌。我一边胡思乱想，一边心不在焉地读着周围人孝服上缝上的礼宾书写的白纸黑字的背服。"蓼蓼者莪，匪莪伊蒿。哀哀父母，生我劬劳。欲报之德，昊天罔极！"这是做儿女的所着孝服后背背负的背服；"哀哀伯母，抚我劬劳。欲报之德，昊天罔极！"这是侄子侄女孝服后背的背服；"南山有桑，北山有杨。心之忧矣，伤如之何！"这是孙子孙女背的背服；"常棣之华，鄂不韡韡。凡今之人，莫如我嫂。"是小叔子所负的背服……每位着孝衫的后背都缝有一尺见方的背服,白纸黑字,或四言六句,或四言四句,皆抒哀悼之情,传悲伤之音,悔报恩之迟,表追思之意。一声太息,默默记住这些句子,提醒活着的人应该如何活着。

母亲是入土为安了,不安的是父亲,背地里他常常偷偷地垂泪,不安的是我们,不知该如何安慰他老人家。借助时间的手,抚平了我们的悲伤,我们都为了活着而奔忙,当时的一些思考,也就随时光流逝了。

不知不觉进入了中年的阵营,我不时去参加一些亲戚朋友家族长辈的丧葬仪式,每次都把孝子身负的背服重读几遍,每次都唏嘘感叹一番。八年前参加我的好朋友、本县青年作家刘立堂的追悼会回来,久久不能从悲伤里走出来,触事伤怀写就过一首名叫《抽空到墓地看一看》的诗,以记录当时心灵的痕迹。

> 一阵风
>
> 一些事物就不见了
>
> 譬如我的好兄弟
>
> 刚才还和我说事呢
>
> 说不见就不见了
>
> 一阵风
>
> 一层黄土
>
> 就是阴阳两个世界
>
> 兄弟在下面是否安静地休息
>
> 我在上面明白了偷闲的乐趣
>
> 抽空到墓地看一看
>
> 没有放不下的事啊
>
> 兄弟

过后依然脚步匆匆,把那些明白也就放下了。有一天,通篇研读《诗经》,读到"小雅·谷风之什"时,"蓼蓼者莪,匪莪伊蒿。哀哀父母,生我劬劳。欲报之德，昊天罔极"这些句子就存在《蓼莪》里；读到《小雅·鹿鸣之什》时，"常棣之华，鄂不韡韡。凡今之人，莫如兄弟"就存在《常棣》里；读到《小雅·南有嘉鱼之什》时，"南山有桑，北山有杨"就存在《南山有台》里。家乡丧葬仪式上孝子身负的背服字句，全是《诗经》里的原话，是只念了几年书、文化程度并不高的礼宾先生靠心传手抄下来的文字，他们大多并不知晓这些字句来自《诗经》，是很有来头的。

　　我曾刨根问底追问他们，在被人请去主持丧葬礼仪时为孝子书写的这些背服字句的来历，他们通常会说一模一样的话：我们行的是周礼，是先人传下来的。在给亡人献饭行礼时，先是总管把一切安排妥当，亲自带领乐手（家乡人叫吹鼓手）吹着唢呐，到礼宾房去请礼宾，孝子磕头行礼，乐手边走边吹，把礼宾迎请到搭建的礼宾座前，礼宾吃烟喝茶，稍候，礼宾起立到灵柩前对亡人行鞠躬礼，礼成后开始喊礼。首先是儿子行三献三拜九叩首的大礼，灵柩前十几米距离的空地上，摆放着准备好的祭奠用的献饭献果、香纸和面盆毛巾等，周围坐着请来参加祭奠仪式的贵宾大客，礼宾引领儿子头顶献饭献果，跪地而行至灵柩前献上供品，听礼宾口令哭出哭进三通后，礼宾喊乐停读祭文，此时儿子已经悲从心头再起，无法自念祭文，由礼宾代读完毕后，点燃化为纸灰，说是呈献给了亡人。下来依次是干儿子、侄子、女儿、侄女、大客贵宾、兄弟、孙子、从孙、外甥、外甥女、女婿、众邻里等，往后者可以不跪地前行，允许哭走到灵柩前行礼，再往后者，也允许行两通礼，一通礼，或者行一次鞠躬礼。最重要的是灵柩前宣读的祭文要依据行礼人的身份各不相同，要感怀寄思，声情并茂，这一般都是礼宾代写，也是最能显示礼宾才能的时候。只有少数人家外面有坐机关工作的返乡人才，在礼宾的指导下，依照礼宾给定的格式自己起草祭文，再经礼宾修改定稿，在轮到此人行礼时他还能自抑情感，在听到礼宾高喊，乐停读祭文时，自己带着哭腔去读，当读到伤心处，读不下去时，礼宾可以顺手接过来代读完毕，接着高喊一声：礼成，哭，乐起——

用家乡话说，礼多人不怪，可是，当你真正参与家乡所举办的丧葬礼仪，从开始到结束，身心俱疲。特别是行孝的孝子，有的膝盖都跪烂了跪肿了，丧事过完人就好似大病一场。

母亲去世，我哭哑了嗓子，患上了气管炎，久治不愈。家乡先贤著《潜夫论》的王符在东汉时就撰文提倡厚养薄葬，说人死如灯灭，只要生前尽了孝道，人殁了可以不拘泥小节，早日入土为安为宜。事实上，不论身份地位贵贱高低，死后都要化为灰烬，人殁了，生者所做的一切，都是给活人看的，是寄托哀思之情的，是聊以自慰的，殁了的人能知道吗？

最重要的是记住所发生的事，能知道自己的源头，就像诗人所熟知的《诗经》的源流，不让时光带走不该带走的东西，承前启后，继往开来，这样，我们素食孝衣背负《诗经》才能彰显其意义之所在，"欲报之德"再不"昊天罔极"，就能坐拥"南山有桑，北山有杨"的好时光。

陈家湾

陈家湾是一个一面环山一面临水的小村庄。陈家湾并没有陈姓人家，住的大多数是姓申的人家，有几户曹姓和李姓人家。所以，我从识文断字时就向一些老年人和一些我心目中认为有学识的人，问过村庄名字的由来。刨根问底的结果，都茫然注视久远的历史，无从说起。

有一天，我从一部有关秦朝的历史著作中抬起头来，看见村庄对面湾掌里一段在岁月面前越来越矮的旧城墙，怎么看怎么都和秦长城有些亲戚邻里关系。问村庄周围耳聪目明的老者，陈家湾是不是就是"城墙湾"的口误，民风淳朴的村庄里人人都是有啥说啥，不知道的绝对不会随便乱说，我的猜测没有得到响应和附和。

一次，在我们县第一中学当美术老师的一位同学来访，他叫我去作陪，酒桌上获知美术老师的同学是西北一所高等学府的历史研究生，正在实地考察来准备毕业论文。我顺便邀请他去我的老家陈家湾考察，他欣然前往。他告诉我的是，城墙梁梁有秦长城的影子，但缺乏旧砖烂瓦和出土物的佐证；这里出土的大量陶罐，可以看到汉代的印迹；从马渠壕、高庄、崖背台、墩墩圪崂、柳州城、清水河等遗址看，多有宋代的痕迹。临走他说，陈家湾有可能就是"城墙湾"的口误。

回家说给父亲听。父亲说，听你太爷说过，一天早晨起来一看，庄对面的湾掌、对面山、高庄梁扎满了队伍，都宿营在野外，没有人靠近村庄。天亮后，见村庄的人都起来了，才来问话、借东西，都很和气，连到井里打水做饭都要到门上问一声呢。吃了一顿饭人就走了。后来，党史上记载毛主席率领工农红军长征到达我们三岔镇时经过城墙湾。

我知道靠扫盲识字才能读几本书的父亲这样去推理有点牵强附会。可是，陈家湾不断呈现在我眼前的那些朴实而又神秘的印记，太让我牵肠挂肚了。一寸一寸矮下去的旧城墙；雨水山洪日益冲刷的遛马壕；岁月的风刀霜剑不断削刮着像倒扣的方斗形的崖背台；开荒种地时犁铧耕出的一层陶罐被倒入深沟时发出的痛苦呻吟；平田整地时站立起来的陶罐的兵营，被无知的农具砸个稀烂；能让一群牛吃一天草而走不出的大坟圈，被平田整了地；墩墩坳的大土墩上挖出七只七色七寸蛇，被不谙世事的孩子一抱柴一把火烧了个乌烟瘴气，一年之内，村庄里六位非常健康的青壮年人，在没有任何征兆的情况下非正常死亡；一瓦罐铜钱、一把铜剑、一座佛像、一件瓷器，被走乡串户的小商贩背走他乡；一座古墓、一只铜镜，被一座新宅一股炊烟替代……

我觉得，这些都是一些生命的符号，是真实的没有被篡改的历史。我有责任和义务让它们在春天与小草争辉，和花朵比艳，让眼睛和耳朵见证它们的存在。让时间重显它本真的阳光，让阳光照见它久远的时间。我觉得，它们就像我一个个熟悉的亲人，正在远离我们而去。如果我们不去记住它，不如实地转告我们的儿孙，我们就失去了源头，就是忘本，就是忘恩负义。

我每次回家，都要多看它们几眼，怕一不小心，它们从我的眼前走失，再也找不见了。

陈家湾是个只有百十来口人、以务农为生的小村庄，历史记载上没有走出什么显赫的人物。现在这么好的经济形势，连个百万富翁也还没有出现，都是一些朴朴实实的靠力气吃饭的本分老实人。我怕他们不小心举高的镢头，再伤害了那些生命的符号，弄丢了那些真实的没有被篡改的历史。

我固执地认为，一定是谁涂改了历史，涂改了陈家湾的历史。这里一定发生过一些重大的已被隐瞒的、现在还不被我们所知的事情。

我高兴地看到，陈家湾有一年一次就有八名农民的孩子考进了大学。我想，他们随着学业的推进和远离故乡，也一定会像我一样回眸生我养我的村庄。

何华的散文

何华,男,甘肃镇原人,中国作家协会会员,中国报告文学学会会员,中国传记文学学会会员,出版散文集《夜语心歌》《望雁行》和报告文学集《石化魂》《共和国长子》《静水流深》等,主编大学教材《基础写作》等。

断肠声里

父亲小名乖续。奶奶说,父亲小时候长得白白净净,特别乖巧懂事,因而得名。也由此决定了他老人家一生的儒雅和帅气,我从来没有看见父亲和谁争吵过,包括我母亲。

父亲官名当然也是我爷爷给起的,叫何玉琛。字是这么写的三个字,可是打我自小到现在听村里人都叫"何玉深",我也随之听了20年,慢慢就习惯这种叫法。直到有一天,在电视里看到我们外交部有个叫钱其琛的部长,才恍然醒悟:父亲这么高贵的名字怎么一直会被叫错了呢?父亲听后,笑笑,脸上很好看。

我接父亲到城里住。有一天午饭时,父亲说,你的老校长在打网球呢。是。您也知道网球?原来,父亲晨练后,在网球场边边溜达,老校长在场内挥拍击球。老校长说,父亲像老先生。父亲笑得非常开心,我心里也热乎乎的。是啊,乍一看,父亲就像是城里受过教育而且教书的老先生。尽管他一生没有做过教书的先生,但长期儒雅谦和的历练,使他倒像一个先生了。父亲又何止似老先生?他18岁时就担任了兰州新兰面粉厂财务科长,而我18岁还是一个傻得愣愣的学生,在拼搏高考呢。后来,爷爷重病,父亲请辞公职而返乡,由城里人变成农村人,专职伺候爷爷。那时,正值全国三年物资匮乏困难时期,父亲又是面粉厂的财务科长,且如此之年轻,怎么就这样辞去了公职?父亲一直都没有告诉我答案。但我仿佛能想到。写到这里,我突然联想到古代那个写《陈情表》的大人物来,不禁泪水夺目。爷爷是76岁上走的。奶奶说,这已经是同辈中寿命最长的。我明白,这之中凝聚了父亲多少的辛苦与重大付出啊!爷爷有这样的儿子,没有什么遗憾!再后来,父亲带着我奶奶、母亲以及我们兄妹5人,毅然决然从爷爷留下的我生活了整个童年到少年的祖上住所搬出,来到了偏远的大山里,住进了贺姓表哥遗弃的旧窑洞,父亲把爷爷在世时我们一个大家庭居住的窑洞留给了他的哥哥和弟弟,而自己带着老母及妻儿逃荒似的离开了。这种惊天动地的兄弟之爱,令人惊叹!从此,我由平原上人变成了山里人。这时候,天资聪颖的父亲考取了乡里的医生。父亲常常背着暗红色的印有"十"字样的医药箱行走在乡里的沟沟岔岔。药箱里面琳琅满目,我专爱偷吃"宝塔糖",差一点把肚子里的虫子全部给倒了出来,但父亲从来都没有责骂过我,他越是这样做,我越不好意思了。乡里人说,多亏了父亲会行医,给家家户户带来多少方便与欢颜啊。

父亲是1942年出生的,属马,用我女儿的话说,爷爷是属于属相里面的大相。看完冯小刚执导的电影《一九四二》,我哭了。您怎么生在这样一个苦难的年份?父亲却乐了。他说,出生在这一年的人何止我一个?我也乐了。

我是长子,常常从父亲眼神里看得出,他对我有诸多期望。尽管父亲没有说什么,但我老觉得自己不争气,一直太恨自己成不了器!"能学会原谅人,是真本事。""体体面面,光光鲜鲜,有人捧你时,好活;走下坡路,没人理会,不得志时,要活好。"父亲是像太阳一样灿烂的人,他一直在用这样安静温暖的话来爱着自己的儿女,他的话,每一句在瞬间就能触动我的心灵,使我转迷开悟,这直接涵养了我们一家人文静安稳的气息。现如今,我们村子里已经玩麻将成风,但在大大小小的麻将桌前,却从来都不会见到我们兄弟姐妹的影子,我至今也不知道麻将是怎么打的。我是在兰州读的书,那些年代,从老家镇原农村到兰州要倒3次长途汽车,折腾4天才能到达。放假了,我在学校食堂买了几个馒头,小心地放在挎包里面,回家后拉开包包,馒头全裂开了,父亲幽默地说,人家城里的馒头都会笑哩。全家的笑声回荡在农家小屋。

父亲节衣缩食,省吃俭用。母亲给他买了一双尼龙袜子,父亲竟然穿了3年。大妹妹出嫁了,父亲去看她。妹妹后来说,一路上父亲舍不得穿袜子,快到她婆家村口了,父亲才坐在土路上,把鞋子脱下来,再把袜子穿在脚上。从我能够记事起,父亲每次吃完饭后都要用舌头把碗再舔一遍,母亲说,父亲吃过饭的碗不用洗刷。这当然是一种夸张,碗还是要洗的。父亲这种习惯深深地影响了我,我现在也舔碗,吃馒头或米饭有掉下来的渣渣,我赶紧拾起来就往嘴里塞,女儿见状极力阻拦,并多次提醒我要注意卫生。

没想到,父亲也得了重病,是骨质增生异常综合征,这病,我连名称都没有听说过。寻访专家,网上查找。当弄清楚是怎么回事时,我整个人却被吓傻了!我敬爱的父亲,您还不到70岁啊!正是我有能力叫您享点清福的时候了,您怎么?父亲得知后,显得异常淡定,依然笑笑的,没有任何惊慌。看着父亲满头大汗,忍受着一次又一次被抽着骨髓的痛苦,我实在有旺火在焚心之痛楚。清醒时,父亲说:"孩子,对不起,我花了你那么多钱!"瞬间,我的眼泪奔涌而出。您说什么呢,爸爸?我是您儿子啊!

父亲住院了,我心里不好受。这时,母亲又"闹着"要回老家,我简直崩溃了。把母亲送到长途汽车站,扶着母亲上车后,我急匆匆电话叫妹妹去县城接母亲。令我始料未及的是,仅仅过了两天,母亲又要上兰州呢。我的妈啊,能不能给我少添点乱子!我真的抓狂了。可奇怪的是,这次母亲上来坚决不要我接她。她带着小妹妹直接到医院,母亲颤颤巍巍掏出一沓钱来,说:"你爸这次病大了,我和你爸商量过,把我们俩要吃的所有粮食全卖了,填补点药费吧,就你一个人负担,太苦了、太委屈你了。"天哪,这就是我的父母!您都到这个时候了,怎么还在为自己的儿女着想?

人说,我对我女儿特别好,但和我的父母一比,我常常很羞愧。

感谢兰医二院医生任海军朋友,感谢兰医二院医生任俊学朋友,感谢护士长袁丽娟大姐。任老哥和任嫂一直在家里给我做饭,每次都和我少酌两杯,以缓解我的压力;袁大姐经常在自己家里给我父亲炖鸡汤、熬鱼汤,我父亲非常感动。这种温情滴入我的血管,我在哀痛中体会着被人爱。父亲在医院住了33天,病情好转,脸色也日益光鲜,父亲本来就长得极像老一代电影表演艺术家达式常,线条分明,棱角俊美,这时,在窗外光线的映衬下,父亲显得愈发帅气。父母强烈要求回老家,大夫也同意出院。大夫给我父亲准备了好几大麻袋的药物。临离开兰州时,父亲拿出一串钥匙放到我手上,说:"我再也去不成你家了。老人家眼光里透出我从未见过的遗憾和失落,瞬间,我的心被揉碎了,被悬空了,一阵阵酸疼。"那是5月17日下午,风很大。

是年农历九月初七,正值父亲69岁生日,按照农村习俗"男过九、女过十"的说法,我给父亲隆重地举办了70寿宴。面对所有亲戚、朋友和乡邻,我放声说:"爸爸,我爱您!"话音刚落,我竟然很意外地发现父亲在擦拭眼泪,这是我平生第一次看见父亲流泪。

不知不觉间到了年关。父亲坚决反对我春节回家过年,他嘱咐,要我陪我的女儿好好在城里过年,到正月十五再回来。我答应了。正月十五回家后才知道,父亲在张罗着要给我过50岁生日,因为我的生日在正月十七,这一年也正好是49岁。丰盛的老家传统酒席摆上了桌子,是老家最高档次的十三花席。我跪在地上给父亲叩首,眼中的泪水连成断不了的珠子。父亲对子女的爱是多么的温暖而感人、多么细微而远大!我爬在老家的土炕上,和父亲说说笑笑,共处了7天。

因为要完成省上重点项目,看着父亲恢复得还好,我就惜别父亲。父亲一如往常,自己走上了土坡坡,挥着手,给我送行。我正在采访一位重要的原党和国家领导人时,家里电话急促,说父亲病情加重了,闻讯,我火速乘飞机连夜赶回。可惜,父亲已经永远不再和我说话了。弟弟哭着告诉我,父亲走的时候,只留了一句话:转告你哥哥,谢谢他爱我!

父亲一生对儿女们做了那么多,他是那么的无私,我只是在他老人家70岁时,仅仅说了一句爸爸我爱您,他就被感动了。全天下的儿女们啊,这就是我们的父亲!如果你的父母还健在的话,如果你想对父母要说什么的话,那么,就请你一定尽快地大声说出来吧!一定要说出来,就说:尊敬的父母,我爱您!

我敬爱的父亲就这么走了。

父亲温暖的笑脸隐没在老家的蓝天白云,父亲潇洒的身影淡入黄土高原的泥土树根。在哀痛、茫然中,我极力用想象来安慰自己:父亲在另一个世界仍然很帅气地背着药箱,悬壶济世……

在整理遗物时,发现父亲身上竟然还留有那么多钱,我傻眼了,这是我给予他老人家的零花钱啊,父亲怎么完全没有花?母亲说:这是你爸爸叫你用来埋葬他的钱。我哽咽……父亲啊!

马上到了父亲三周年的忌日。自从父亲走后,常常半夜里我总能梦见他和奶奶又回来了,他娘俩笑笑地和我说话。父亲是农历二月二十一日走的,奶奶在农历二月二十日去世,天下怎么会有这样蹊跷的事发生呢?奶奶在世的时候,常夸赞父亲,说:我听见自行车铃响,就知道是你爸回来了,那时你爸可好看啦,你爸每次都给我和你爷带好吃的。想必是奶奶在那边也不忍心自己心爱的儿子饱受病痛折磨,她要把重病中自己孝顺的儿子接走,她要亲自照顾自己的孩子。因为奶奶健在的时候曾给我说过,天堂是没有病痛的。奶奶站在云端,笑笑地手牵着我的父亲……

春花开了,大地升温。人们在憧憬各式各样的梦想,而我却怎么也没有想到我的亲人就这样走了。父亲走了,我的半条命也被带走了。我的天塌了!寂冷、锥心。父亲走的这两年多时间里,我老恍恍惚惚,找不到点精神。惆怅伤感泪纵横,断肠声里忆父亲。

念兹在兹。历历往事忆多少?难了,难了!

李儒峰的散文

李儒峰,男,甘肃镇原人,中华诗词学会会员,中国诗歌协会会员,甘肃省作家协会会员,先后在国家、省、市、县级刊物发表古诗、诗歌、散文等 350 余首(篇)。

北方的冬天

北方的冬天,显得干净、利落,顽强、硬朗,清静、温煦。

冬天的北方,是一个漫长的等待。等待来春,等待那一声惊蛰的雷声,然后在沿河看柳的日子里,鞭打春牛,在复苏的山川原野上,吼着号子去春耕。北方大地生活着的人们,在走过的五千年岁月里,已经习惯了这样的等待。那些从南方走来的商人,总不屑于北方人的慵懒,他们看不惯这些,以为这就是北方。南方人习惯用冬至的时候,还在泛青的油菜地或小白菜地里忙碌着的影子来看待北方的人们。然而,这是实实在在的北方,是现实的北方,是季节近于苛刻的北方。在北方的冬天里,是一个漫长的休养生息的季节。而那些南方来的客人,他们怎么会理解北方人生活的幸福呢?

在冬天,积攒在村口的人群,叽叽喳喳地下着象棋,或者推着牛九,乐此不倦地赢着三喜两牛的毛毛钱,在塬面清冽的大西风里,在壑口北风很硬的口子里,他们却在靠北的旮旯里,或者在向阳的门市台阶上,安逸地享受着倍感幸福的冬天——冬天里暖暖和煦的温存。这时候,四季里的忙碌、辛苦和疲乏,都烟消云散。汗水不再滴落到黄土上,重担不会压在肩膀上,他们已经淡忘了顶着星星出门,又背着月亮进门的日子。在北方人心里,只有经历过四季的劳累,才能感受到安适的幸福,也只有在西风过野的冬天里,才能感受到太阳的温暖。

从地理学角度看,北方地区主要是秦岭淮河一线以北,大兴安岭、乌鞘岭以东的广大地区,它是中国东部季风区的北部。如果综合考虑西北地区,除北方地区之外,还包括新疆大部、甘肃中部和北部、宁夏北部和内蒙古大部分地区。无论是北方地区还是西北地区,都处于大陆地势的第二和第三阶梯,海拔较高,平均海拔都在 1100 米以上。在北部与西北部接缘地带,海拔都在 1500 米以上。北方地区主要是温带季风气候,局部地区是高原气候。显著的气候特征是夏季高温多雨,冬季寒冷干燥,冬季平均气温均低于零摄氏度,在海拔高、地面广、起伏平缓的高原原面上形成独特的高原气候。北方高原气候主要分布在黄土高原地带,其特点是随着海拔的升高,空气、水汽、尘埃等随之减少,太阳直接辐射增强,紫外线辐射增强尤为明显;气温低,日较差大,年较差较小;季风特征明显,春夏盛行东南风,秋冬盛行西北风。降水在湿润气流的迎风面上增多,在高原内部和背风面减少,因而造成夏秋雨水偏多,冬春雨水偏少。陇东地区在正北方,属于甘肃的最东部,是黄河中下游的黄土高原沟壑区,习惯上称陇东,素有"陇东粮仓"之称,是北方地区主要粮食产区之一,也是华夏农耕文明的源头之一,是最早种植麻(指大麻)、黍、稷、麦、菽的地区。从地理位置上看,这里属于黄土高原,是六盘山地质带东部丘陵区。远古以来,经过不断地质运动和变迁,古生代陆地从汪洋中隆起,陇东地区出现丘陵。第四纪,陆地不断抬升,形成高原。到全新世,黄土高原被河流、洪水剥蚀切割,形成现存的高原、沟壑、梁峁、河谷、平川、山峦、斜坡兼有的地形地貌。独特的地理环境和气候特点,造就了北方人特有的劳动和生活习惯,可以说,一方水土养一方人,北方大地,既成就了北方的粗犷、大气和豪迈,也成就了北方人朴实、直率和豪爽的性格特点。生活在这里的人们,在北方的冬天里,很难体会到南方环境所带给人们的那种玉润温柔、绿树红花、小桥流水的生活感受,但是,生活在南方的人,也绝难想象到北方人野旷天低、平原辽阔、山岭纵横的生活画图。

北方的冬天,景色少得可怜。

缘于景色少的缘故,在这个季节里,北方人更看重景色,一棵树,一片云,一条小河,一场落雪,而且,在最没有风景的季节里都能看出最美好的风景来。

光秃秃的山和岭,苍然枯褐,岭上的树木,落尽秋叶,剩下枯枝寒林,远看灰蒙蒙一片,隐衬出远山的雾烟。就近细看,那些落叶的树木,去掉繁杂陈腐,纵横出枝条,干净而利落,在极度寒冷里,指手问天,一股无畏而倔强的刚毅。在这个季节,绿色少得可怜,仅有的那些长青的植物,比如雪松、冬青,或者竹丛、侧柏,还有高大的柏树和松树,现在也失了颜色,尽管叶子茂密,但是那绿色不再是青绿的翠色,而是染上一层古铜色,泛着萧条的黄,远远看去,像水墨洇染的画。从那些泛黄的叶间,依然能看见深藏着本色的绿,如饰蜡般的绿,那种颜色,绿得深沉。在北方,冬至是一个临界点,在这个节气之后,既是寒冷的开始,也是回阳的起点。农谚说一九一芽生,九九遍地青。冬至后白昼渐长,夜晚渐短。到四九以后,可以沿河看柳,你会惊讶地发现,在沿河堤那些整体泛着浅黄色的柳树的枝条上,点点芽蕾萌动,人们就会惊讶地感觉到春天的信息,那似乎是一个了不起的发现,其实,在北方,希望总是这样默默地孕育着,在不经意间展示着。而最能令人鼓舞的,便是背阴处那丛迎春花,在雪地里,竟然绽放出几点黄花,虽然是豆瓣大小的几朵黄花,匍匐在霜雪里,但是,它却向大地宣告了春天的信息。"冬天来了,春天还会远吗?"这句富有诗意的句子,是北方人最受鼓舞的格言。在冰天雪地里,无论气候多么严酷,而人们心底,永远泛着春天的信念,生生不息。而这个时候,北方总显得温煦而和暖。

一条细瘦的河,艰难地穿梭在崇山峻岭间。原本就没有多少河水,在冬天里,断断续续,就更显得细瘦而羸弱。积水多的地方,形成白色的结冰。远远地看见,那就是一条河,起码也是一条河的影子。顺着这条河更深地走,进入沟壑,进入谷底,才看见,这条河的源头,是一眼山泉。河水虽然细瘦,而源泉不竭。源泉在,生命力就在,蓄势就在,因而,这细瘦的河流便永远不会干涸,它是北方的河。泉水结着冰,冰下面溪流细微的响声依然清晰。冬天的西北风,干旱而成的干燥,让从这里繁衍的河水在漫长的流动中,变得细微。再细微,那也是一条河,在北方人的眼里,那是壮观的。不管有多少曲折,那流动的方向,永远向着大海。我在想,如此广阔的大地,在这里,假如有南方那样丰富而庞大的水系,北方,又该是怎样的一个概念呢?水,既是生命线,也是文化线,它更是经济线。

如果是北方的雪天,别有一番风景。落雪的阴天,灰蒙蒙,雾腾腾,阴风徐徐,冷气萧萧。一夜落雪,簌簌有声,及至天明,满目素裹,千里皆白。阡陌销迹,村庄隐隐。原面则素洁无瑕,雪覆如棉,平铺千顷,空阔无限。岭壑则黑白相间,层次分明,高下悬殊,棱角顿生。若是晴雪后的早晨,霜晨佳境让人心旷神怡,令人叹为观止。寒林落霜,乍若繁花;枯草重生,大地如锦;瑞霭连云,烟气氤氲;静谧安宁,一派祥和。远观如逢幻境,近见如步花海,大气豪放,圣洁夺目,大有"忽如一夜春风来,千树万树梨花开"的盛景。日出东方,红光照射,雪地熠熠生辉,远村含烟,近舍历历,明光万里,皎妍无限,恰是"最爱东山晴后雪,软红光里涌银山"的美感。

北方的生活,显得厚重。

春种,夏耘,秋收,冬藏。节气如律,四季分明。这样的季节特征,让北方人的生活富有诗意。他们懂得创造生活,更会享受生活。经历了一年的辛勤劳作,进入冬天,北方人把生活尽情地发酵,让生活酝酿出芬芳。假如没有冬天,就没有生活的回味,由于生活的回味,北方的冬天才显得丰富多彩。

在晚秋的最后一场西北风里,妇女们便把地里包裹紧致的大白菜起回家,腌制成一缸的酸菜。曾经的酸菜只是用一把青盐,一口大缸,就能腌制出一个冬天食用的菜肴。现在生活富足了,在城镇,新鲜蔬菜四季不断。冬天腌制酸菜不再是一种储备,而是对传统生活的记忆,对现代生活的调节。他们把白菜或者是包包菜清理分拣后，用开水稍作煮烫，晾干后，拌盐，加五香料，迭加入坛，灌汤。经过自然发酵，到冬天，从冰冷的坛子里，捞上黄脆酸香的腌菜，不用加工，就是十分诱人的可口食材。如果凉拌，加香油调醋，可以说是山乡美味。进入腊月，农家多用酒谷酿酒，蒸煮凉透，和曲入缸，加几味中药，再加黄菊花，密封保存。待到年关开启，酒味扑鼻，香飘村社。在北方的冬天，这些被腌制的酒菜，就是发酵的生活，它把最原始的食物借助自然原理进行加工，从而融入人的情感，在原始的东西里发现文明，在文明的生活里继承传统；在酸涩的味觉中寻找甘美，在甘美的享用中不忘酸涩。居安思危，物富而啬；冬来而逸，以逸待劳。北方的冬天，生活是那样意蕴深长，它既是北方人对于生活的体味，也是北方农耕文明的缩影。

　　站在夕阳西下的余晖里，我眺望远天逶迤的山峦，我回望起伏的村庄，静静地观看从村庄里升腾的袅袅炊烟，穿过村庄周围的寒林，缓缓地升起，弥漫，扩散，渐远渐淡，跟灰蓝的天空融为一体，此刻，我的心情为之起伏，我爱我脚下这深厚的土地，我爱我生活的北方，北方的四季轮回，在轮回中，我深爱着北方的冬天，它是盼望的季节，是希望的所在。

　　面对大自然，苍白的语言何能尽述，唯心感知，静以观复。

大地的情思

在我人生的闲暇里,总喜欢去散步。

散步,是生活的必需;散步,能舒缓人生的脚步,留下思考的余地,从而得以回味人生,欣赏生活。每一次散步,都是对脚下大地的无限亲近。

行走在土地上,自然质朴,天然清新,感觉是那样舒畅。环顾四围,视野开阔,宇宙澄清,清风徐来,野旷清宁。面对这些感触,心底会豁然开朗,感觉来到一个新的环境下,原来所有的郁闷自消,心境会变得异常坦然、平和而自在。

这时候,脚踩着大地,看那厚重的黄土地,心底顿然跌宕起伏,便幽幽地生出一些感慨,去缅怀那些劳作的岁月,耕耘的时光,汗水滴付的至诚。抑或记忆起四时风雨,岁月变迁,看田地里葱茏的庄稼,在大地上佝偻着劳动的身影。这一切进入眼帘,汇入脑海的时候,对大地无限眷恋的情思,油然滋生心田。这种眷恋是赤诚而浓烈的,在心底激荡。原来,人只有回归大地,融入自然,生命才变得鲜活,充满灵秀与锐气,才能萌生出与万物一般的朝气蓬勃、奋发向上的新希望。人是大地的子孙,与大地有着千丝万缕的联系,人的生命里,离不开大地,因而保持了与大地的那种天然联系和对于大地无法割舍的情缘,那样深厚,那样赤诚。

中国,是一个有着悠久而古老文明的国度,也是世界上唯一一个文明没有断代的国家。上下五千年,勤劳朴实的中国人,以其独特的语言文字、厚重的人文底蕴,塑造出东方文明礼仪大邦的不朽形象,钟灵毓秀,文华黼黻,贤才代出,鼎鬲呈堂。在九百六十多万平方公里的土地上,江山如画,风光旖旎,天下隽秀,无出其右。从北漠河,到南三亚;从东海之滨,到西部戈壁;由北到南,从西到东,幅员辽阔,江天万里;九州山河,一统天下;华夏物产,丰阜海内。中原大地,平铺千里;松辽平原,沃野仓廪;长江中下游平原,温润秀丽;两广丘陵地带,风景独异;西北黄土高原,古朴厚重;云贵高原,澄空碧清;川藏高原,天高地迥;西部广漠,茫茫无际。峨峨山岭似脊作域;滔滔江河如脉成分。五岳中砥,一岭分界;四时风物各异,一年花信分明。大地之上,万象更新,万物争荣,万紫千红,万马奔腾。一元复始,两仪成象,三才聚秀,四时成岁,五行衍息,往古来今,宇宙开阖,时空变换,沧海桑田,无不以大地为根本,无不以大地为泉源。

大地是无私的。大地承载着所有生命的足迹,天工开物,物竞天择,在数万年生命演绎过程中,大地承载了上下五千年人们的劳动结晶,历史沉积。秦松汉柏骨气,钟鼎夏彝精神;鼎鬲立于殿堂,文典集于馆阁。"地无私以载,天无私以覆",大地以其古朴、深厚的根基,温润、滋生的秉承,化育万物而不以为有,终为其有,因而大地怀纳古今,蕴涵万物,广大无垠,恢宏大度。

大地是宽厚的。有史以来,在大地上生息的人类,从来没有停止过战争。战争是政治的延续,有人类,就有统治,有统治,就会有战争。当统治者以利益为重的时候,战争便显得更加剧烈而残忍。这一切,大地不言。任狼烟弥漫,炮火连天。当人类把自己生活的大地变得疮痍满目、断壁残垣、山河破碎、哀鸿遍野的时候,一场风,一场雨,大地用凄风苦雨为人类的不幸送葬。经过若干岁月的自愈,大地得以新生。天下没有什么能比这大地更为深厚;天下也没有什么能比大地更为宽容。深源于厚,广源于博。深广源于无私,无私自当宽容。人类怀着"铸剑为犁"的美好梦想,向往和平与安定。然而,那只是一厢情愿的事情,在黄金光泽的利诱下,犁会生锈,而剑会越发锃亮。在人类进化、社会变迁、历史积淀中,风云变幻,潮起潮落,不管如何,大地总会以静默的演化,宽厚地接纳着人类的生,也接纳着人类的死;供给人类的活,也接纳着人类的践踏与污染。而大地,则无声。

大地是瑰丽的。在自然进化中,鬼斧神工,造化无极;大山名川,珍奇异秀;冥冥之中,岂人力所能至!物理循环,节气如律,花开花谢,云卷云舒。"落霞与孤鹜齐飞,秋水共长天一色",世之所谓大观者,盖自然也。在人类社会发展历程中,演绎着人类文明的因子,结晶出文明的成果。"仰观吐曜,俯察含章;高卑定位,故两仪既生矣。惟人参之,性灵所钟,是谓三才。为五行之秀,实天地之心。心生而言立,言立而文明,自然之道也。"三坟五典,八索九丘,史典绵延,文标时代。先秦诸子,集大成制;楚辞一体,风骚万代;汉赋散记,齐鲁风范;唐诗宋词,各领风骚;元曲小唱,声动江关;明清小说,如山如阜;三教渊源,具礼化俗;国学根基,圣人为师。"文之为德也,大矣;与天地并生者,何哉? 夫玄黄色杂,方圆体分,日月叠加,以垂丽天之象;山川焕绮,以铺理地之形。此盖道之文也。"所有灿若星河的文明成果,莫不以大地为根,莫不以大地为源。而大地,却无言。

　　大地是永恒的。"天长地久。天地所以能长且久者,以其不自生,故能长生。"大地是永恒的,大地之所以能够长久存在,是因为天与地的运行、化育、存在不是为了自己,所以能够长久而永恒,天地无私焉,唯人天性私之。大地嗣嗣衍生,息息不灭;四时轮回,岁岁更迭,花信如律,无所意违。"野火烧不尽,春风吹又生",归尘归土,即生即新。生而后衰,衰而后灭,灭而后生,生生死死,死死生生,作为个体是结束了,作为时代却开始着。在死的陈枝腐叶间,萌发出希冀的新芽,向着光明成长。而大地,却不老。

　　走在大地之上,每每感受脚下这黄土地的芬芳,往往激发出心灵对于大地的情思,那种对于大地的挚爱与钟情。低头看一眼这深厚的大地,数十年生命的经历,对于大地的养育之情、感激之情,此刻得到寻根般的寄托。大地,包容大江南北,涵盖千古情思,纵横捭阖,跌宕起伏,何其大哉,何其广哉! 如此气势,令生在大地之上、平凡而微小的生命为之钦敬,倍感高天厚土之浩荡洪恩。我以感天戴地的忠诚,感恩而悲悯的心结,拜俯故乡大地、人文载体——不朽的后土高天。难以为表,谨以铭曰:

大地不言衍万物，山河为形九州分。
千秋风雨蕴脉络，万古积淀出文明。
五岳巍峨成岁久，四水绵延闻涛声。
浮沉兴衰两史典，悲欢离合一笑中。
万事悠悠无定止，高天厚土有深情。
风雨阴晴出气象，暮鼓晨钟晓生灵。
往古来今如应律，天高地迥各不同。
纵横捭阖王者意，精微知止大地心。

北浪的散文

北浪,男,原名刘鹏辉,甘肃镇原人,庆阳职业技术学院副教授。有作品在《星星诗刊》《诗刊》《人民文学》等刊发表,入选《新世纪诗典》《中国现代诗歌精选》等多种选本,著有诗集《低音区》和文学批评专著《乡土的诗意诠释》等3部。

风轻轻地吹着

村　小

　　我的三年制村小坐北朝南,校门前面的一片空地自然地延伸到一户人家地坑院北面窑顶的庄背。长方形大坑一般的地坑庄子乱糟糟地坐落在倾斜的塬地和沟边。朝着村子三个方向一直往前走,就会走到深沟边,只有顺着西北向的环形小路经过邻村,连接起宽阔的柏油路和集市。这处地坑院的崖墙上挂满了野豆角、蒲公英一类的杂草。一到夏天,次第绽开的喇叭花在风中轻轻摇曳。本地常见的妖娆的蝴蝶和麻蛇也频频光顾,给清美的乡野增添了隐秘而明快的响声与活跃的色彩。卑微的蚂蚁、地老鼠和麻子蜂,在墙根底的紫花苜蓿与杂草交织的隐蔽处安家,肆无忌惮地繁育出一群幼崽。无所事事的光屁股孩子,嘴馋得要命,常常趴在崖墙上摘一种俗名叫雀枕头的野豆角,用正在疾速发育的门牙捋出豆角里的嫩籽,嚼得津津有味,流淌着豆角绿汁的嘴角,被他们沾满泥土的脏手擦得脏兮兮的,我未上学前的样子就和他们一模一样。

雨天或年节，停了农活的时候，能看见偏窑里穿着红绒罩衫的吴嫂，把一架东方红牌缝纫机蹬得欢天喜地，呜呜转动的响声，混合着新鲜的咔叽、华达呢或棉布的香味在院落和窑屋里弥漫。时不时地可以听见她反复唱那些抒情味很浓的歌曲："蓝蓝的天上白云飘，白云下面马儿跑……"见了人，她总是笑嘻嘻的。每次出门上工地，头上都要扎一条耀眼的蓝头巾，热天里也是这样。肩上的铁锨或锄头，她喜欢把柄梢那一端搁在肩上，另一端的锨头或锄头在身后垂得很低，眼看就要挨到地面上，又被她稍微用力拉起来。这样，人、铁锨与路面组成了一个不规则的三角形，太阳或月亮偏在天边的时候，三角形就和人构成了一具立体与平面组合的造型，在村路上匀速移动。

　　我隐隐感到她的身上散发出一种神秘而亲切的气息。比较而言，和她差不多同龄的我的母亲，可能是由于我是她身体里分离出来的缘故，基因与精神共同体的事实，决定了我对她从上辈身上沿袭下来对孩子近乎严苛的管教模式，因为习以为常，便抱以无所谓与惧怕兼有的态度。她对我和姐姐的管教的确有些过头——放工回来，地坑庄的院子和门道扫不干净要挨打；猪、鸡和兔子没有喂饱要打；在土墙上钻了窟窿要打；偷吃了未成熟的果子或藏在面瓦缸里的红糖也要打；想和别的孩子一样跟大人们到生产场去看打夯热闹的场面根本就不可能；姐姐试探着要一件新花布衫也被骂了好半天，一贯话少的父亲竟然也在这时候为母亲帮腔："想得美。"

　　我稀里糊涂地成了生产队里第一个考上大学的，人见了母亲就说：你这娃是管得严，打骂出息的。母亲在瞬间里，把差点溢出脸上的得意的笑容收回去，说："娃娃么，不打不骂，还不让他们成了野的。"也是从这个开始，性子急躁的母亲多出了一个称谓——"秀才他妈"。这个饱含着称赞与挖苦意味的称谓短暂得像一阵吹过田野的风。后来，在人们心目中比种庄稼要难无数倍的高考，慢慢地取消了预选制度，紧接着实施扩招政策，大学生多得人们都不稀罕了。

崖墙与空地之间是生产队分给吴嫂的自留地,种着苜蓿、洋葱、紫苏等菜蔬与油料作物。在校园和教室里,我们能闻到一股扑鼻的清香,也能清晰地看到地边的泡桐、杨柳和楸树的枝叶在风里婆娑的情景。枝叶的哗啦声一阵阵袭来,风在乡野里演奏出来的优美旋律,在透明的阳光里起伏飘落。那棵老楸树上的喜鹊窝坚固得有些令人讨厌,眼看着几次被大风刮得和树冠一起达到了最大的摆幅,可最终还是没能散了架掉下来,这样的结局常常令我们非常失望和懊丧。有一天,傍晚放学的时候,吴嫂的大儿子刘建雄模仿着青蛙在旱地里前进的样子,极其利索地撅着屁股赤脚爬到树杈中,用一根又细又脏的麻绳,把两头削得尖尖的桑木扁担插进浓密的树冠里,"唰唰唰"捣下一摊树枝和鸟毛。我们正欢欣地围拢在树下叽叽喳喳地看热闹,他一顿非常难听而恶毒的骂话,冷飕飕地铺天盖地劈下来,这时候,恰好我们的语文老师在校门口,一边支稳自行车一边对我们大声喊叫:"这些碎坏怂,赶快给我往回走,有什么看头哩。"我们便一窝蜂散开来,朝不同的方向回家,边走边咒骂刘建雄真是个大坏种,只顾了骂人,一脚踩空从树上掉下来摔死才好呢。黑牛说:"那么一大堆树枝哩,够烧好几顿饭呢。"王胜利用力推了一下他的后脑勺,说:"你想得美!"我回头看了一眼那棵没了鸟巢而显得空洞的楸树,暗想:要是自己庄背上的杏树上有这么个鸟巢,放学后就不用满沟洼窜悠着拾柴了。

　　那一片被称作操场的空地其实比学校院子小得多。校院里仅有的建筑物,只有南向作教室的三间土木结构的大房子,白石灰与麦衣混合土粉刷白的外墙皮上,红广告写的"鼓足干劲,力争上游,多快好省地建设社会主义"与"团结紧张,严肃活泼"的大美术字标语上,布满了雨水冲下的不规则的花道道,像书画行为主义者们极富创意的抽象作品。

　　厕所是在校院西南角大杨树底下土筑的围墙上,凿开不足两米高的拱洞,外加几堵墙建成"E"形的隔框,男左女右。夏天里,苍蝇冷不丁会撞在脸上,或疾速冲进耳孔里。女生上厕所时,嘴抿得紧紧的,还要用一只手不停地在脸上扇。男孩子就顾及不了那么多,撒尿时,几个人心照不宣地站得一样齐,比赛看谁尿得高尿得远。每天上午,到第二节课的时候,我二爷装满干土的独轮车,会准时嘎吱响响推进校门,在厕所里进出。后来学校嫌嘎吱声太吵,让生产队把它的木轮子换成了架子车的充气轮子,我们都叫它气轱辘车子。

两个老师的办公室就在中间的教室里,两头的教室用来给三个年级合班上课用。三年级的学生已经到了变声期,读书、回答问题时,老呱呱的音调令我们既好笑又极不舒服。

校院里大面积的空地,都用来种玉米或绿豆等。对我们来说,真正意义上的劳动就是从那里开始的。到了春天,老师带我们在地里培育了十几行钻天杨树苗,秋天还不见起色,又被我们挖掉种上了小麦。

游　戏

上语文课的刘老师写得一手很漂亮的毛笔字,小楷绝对精到。只有高中学历的他,是方圆为数不多的文化人,村里人尊称他"刘先生",比他高辈分的人,也有叫他"刘秀才"的。戏楼和庙门上的对联、卦签、家谱、老人贺寿或祭奠时置办的挽幛和匾牌等,都要请他来写。过年时,左邻右舍家的对联,他不但要给人家写好,纸和墨还要自己给白搭上,报酬最多是一副笑脸和一棒旱烟。如果只是红纸黑字就好说,嫌墨太贵,研磨还要花时间,他就在锅底刮些锅煤子,倒进水里调匀自制墨汁。最头疼的是谁家殁了老人,没过三周年的,过年时要贴蓝纸白字的对联,他就要多备些杂色纸和广告。大人都叫他"mao dan",到现在我只知道他的大名,不晓得他的小名到底是"猫蛋"还是"毛旦"。他一直说祖传的地道的土话,上课时也一样,我们就跟着他把"墨西哥"念成"没洗锅",把"国家"说成"龟甲"……

一下课,刘老师就带我们在教室外或操场上玩斗鸡、踢毽子、丢沙包或老鹰抓小鸡。学校每两周安排一次课外活动，天晴的时候，我们在树荫下的空地上做弹杏核、顶牛犊、圈鳖、补裤裆，用算盘玩狼吃娃娃等各种游戏。博弈的道具都是免费的土坷垃、果核、柴棒之类。我们所玩的玩具，基本上都是靠自己动手就地取材来做。物质的绝对性匮乏是其次，市场化的买卖关系与消费习惯还没有在日常里扎根，自给自足的思维与勤于动手的方式，从上一代人那里遗传下来，占据着我们意识的大部分。

用玉米棒的芯子或木线轮做车轮子，把几块小木板粘在一起就成了车厢，给车厢拴上细绳子套到轮子上便能拉运东西。秋作物收割打碾结束，高粱秆的软芯子被切成小节作螺帽用，把弹性极好的秸秆外皮撕成细条，做眼镜或蛐蛐笼子。洋火枪的做法很简单：废旧自行车上拆下的零件就够用了，车链拼接起来做枪管，剪下内胎做类似弹弓上的皮带，辐条绕成枪架和枪针，装上火柴，就能"啪"的一声打出火花。一定要千方百计躲开大人来玩，因为火柴是很紧缺的日用品，自家的不敢放开来用，就用其他玩具或吃货换伙伴们的。趁大人不注意，在粮囤里揣一个鸡蛋卖掉，可以买回两盒火柴加一个水果糖。找不到自行车链，就用木头削成木枪，或者仿照社火队里的道具做刀剑等，一般的都是用墨汁染黑刀背和刀柄，刀刃保留木头的原色，高级一些的，是用纸烟盒里层的锡箔纸把刀或剑刃贴得明光闪闪的，像真的一样。

顶牛犊的玩法接近下五子棋。在地上纵、横向分别画四条线的九宫格，两个人用颜色或长短不一样的柴棒、杏核、羊粪豆或土坷垃作为棋子，在一条直线上，一方如果在紧挨着的结点落下两子，就把对方左边或右边的一子顶掉了。谁的子最先布满九宫格线上的结点，谁就是胜方。谁输了，就要在他的额头上使劲弹三个磕嘣，或狠狠地用食指刮两下鼻子。最有意思的是圈鳖，也是在地上画一个长方形或正方形，把四条边的中点连成菱形，中心画个小圆圈，叫鳖窝。两个人面对面玩，先在各自的底边的三点上摆三个子，再通过石头、剪刀、布或鸡、老爷、虫的较量决定谁先走子，遇到相交的两条边线顶角的子被对方走到中点上的两个子堵死了,就将其移进鳖窝里,即圈了鳖。只要被圈进两个子,他就输了。

我们对这样的游戏痴迷得天昏地暗。有时候放学吃完饭,在人家打碾场或路边一直玩到天发黑。玩到尽兴或即将决定胜负时,一只屎壳郎或节节虫会大大咧咧地横穿进来,一定是必死无疑。最怕一阵风过来捣乱,把地上画的格子吹得一塌糊涂,杏核或柴棒被卷到草丛里去了,用双手和膝盖急急地压都压不住。风过去,重新画格线,照着原来的残局布子儿,记不清楚了,就按对自己有利的形势乱摆,双方互不相让时,会闹翻,打架。打也不是真打,撕住彼此的衣领咬牙翻眼僵持起来,彼此忍住笑,摆出不妥协的凶架势。这时,恰遇一个大小伙子过来的话,就倒霉透了,他二话不说扇两人各一个耳刮子,还要给我们耍一下威风。到了小学高年级,我一有空,就钻在村部商店门口的大人堆里,看他们下象棋。等学会了象棋的走法,便把叔父家做桌椅时截下来多余的小木块收拾了一大堆,挑质料好的裁成火柴盒一样大小的方块,用砂纸打磨平整,在上面刻上"车、马、相、士、炮、将"……再用报纸画一张棋牌,写上"楚河""汉界"或"友谊第一、比赛第二"的话,村子里便有了最好的自制象棋。顶牛犊那样的简单游戏就被下象棋、军棋或废纸折的动物棋代替了。

这些伴随成长的简单博弈,不是为荣誉和战利品,它只是合乎了我们竞技和娱乐的天性,也在无意中培养或驯化着我们必须接受规则约束的习惯,并让这种习惯不断得到强化,成为本能的意识和自觉的遵守。关于"道德"(Morality)一词的解释,有人认为其起源于拉丁语的"Mores"一说,意为"风俗"和"习惯",而风俗与习惯从一个人的少年开始,在他的生命和记忆深处施加的影响,无疑是根深蒂固的。在后来参与的棋类游戏中,"马走日字象飞田",使游戏在无尽的趣味中机械地重复一遍又一遍,以浪费华年中美好的时光为代价,换来对规矩的敬畏与遵从。

取　暖

上冬前,要提前好打生火炉的煤块,把干土与筛过的细煤和匀称,在教室房檐下的砖砌的台子上摊开,用泥抹子抹到一寸厚,等到三成干的时候,再用泥抹子切割成小方块,反复翻晒、晾干。刚摊开的煤块在阳光照射下,散发出的煤土味从门窗的缝隙里飘进来,闻起来怪特别的。一周过后,老师亲自动手,和我们在讲台靠教室门的一侧用硬草泥垒起半人高的火炉子。我们轮流在每天的早自习前,从家里带来干木柴,把炉子生旺。没有炉筒子,煤烟弥漫在教室里,上课的时候,咳嗽声此起彼伏。没有顶棚的教室空间太大,一个火炉子根本不顶事,有时课上到中间,老师便准许我们一起跺脚,教室里又缭绕起一层尘土和跺脚与搓手混合的声音。一下课,我们就争先恐后地挤到火炉周围,裹满垢痂的手不停地在火焰上方翻转,互打着手背欢快地吵闹。上课铃响了,只要老师还没进教室,没有人肯主动离开。呼吸了大量的煤烟,我们排出来的痰和鼻涕都黑乎乎的。

挤压能让人的全身热起来。冬季一下课,大家都到教室外靠着土墙"挤暖暖"或"压擦擦"。十几个同学靠墙站成一排,人不要多,两头的人同时向中间使劲用力,最中间的那几个脚立不稳了,身子软了,就会被挤出来。挤出来的不甘罢休,又添到尾边继续挤。谁被挤倒在地上了,就要受罪了——压擦擦的把戏会接着开始,被挤倒的人只能垫底,四五个人同时压在他身上,若能勇敢地翻身爬出来,贴在他身上的那个人自然就换成了垫底的,他一定要在最上面实施"报复"。最后,大伙的身子暖和了,却一个个成了土人,满身的土。也有身子娇弱被挤压哭的,崴了脚的,布裤带子挣断或衣服上的纽扣掉了的,都没人理会,等再一节课下来,自己就会处理好。这样的事情,不能让老师看见。不过,老师有时候也对我们睁一只眼闭一只眼,只要没人受伤出事就好。

在深山里放羊，最忍受不了的是手冻，山里的枯树枝和野草都被村民拾掇回自家了。我们只能就地捡一块瓷实的土坷垃，用小刀子凿成锅台状的小火炉，把干羊粪豆灌进里面点着，用嘴不停地吹气，或者把风口朝向逆风的方向快速地跑圈圈，手炉就会越烧越旺。手烫得实在受不了了，停止吹气，温度就慢慢地降下来了。一次，王胜利把土手炉用纸包好放在书包里背到学校，试着抄进些炭火和碎煤不停地吹气，气吹得越大，火灭得越快，还散发出一团煤烟的臭味儿。他故意把煤烟味的臭手伸到我们面前臭我们，被一帮同学抢过那手炉子，扣在他的嘴上压得实实的，直到他连声告饶，才把手炉扔出了校园围墙。

一个人的命运

教数学的刘新华老师要被"下放"了（全县辞退一部分社请教师）。全班的男生利用中午放学的时间，自发组织起来去距离学校两公里的南李大队商店买"感恩烟"。双羊、岷山、友谊、山丹花、黄河象等本地牌子的香烟最贵的三角四分钱一包，最便宜的百合只要五分钱，我们五个人合起来买一包一毛钱的友谊烟，每人掏二分钱分到四支烟，自己在路上肯定要抽一支的。也有同学不买整盒，掏几分钱买一两支散烟。下午的课间里，排队去给刘新华老师发烟。刘老师在他的办公桌前盘腿坐着，第一个同学喊报告，其他人跟着进去，也不说什么话，带着腼腆的表情，挨个儿双手给他递烟，他微笑着"嗯"一声，或者说："放下。"一会儿，他的办公桌上就乱七八糟地堆了很多散烟。按照家长事先叮咛我们的，虽然语文老师不下放，但烟还是要捎带给发的，全校只有这两个老师，不发的话就把事情弄难堪了。于是，一少部分同学又给向来不吸烟的语文老师发了烟。个别同学没有参与给刘老师送烟的，我们都当面骂他是小气的吝啬鬼。毕竟老师辛辛苦苦地教了你一场，一点良心都没有。他反驳说："我爸说，老师教学生念书是他应尽的责任，上面给他发工资了,学生根本不应该花钱为他买什么东西送的。我爸还说,肯定是他书教得不好才被下放的,这号老师就没啥本事,还给买烟呢。"班长姚成才听了,气得脸上的肉跳得突突的,说:"你爸就是个不精灵的'二球货',一根烟能抽了他的筋?"

刘老师究竟是哪一天离开学校的,我一点都不知道,迷迷糊糊的。二年级时,全辅导片数学竞赛,我不小心把最后一道应用题的答案 0.25 写成了 0.2.5,比第一名低了半分得了个二等奖。为此,他和辅导片主任都吵翻了,坚持说计算步骤一点问题都没有,显然是笔下错误,根本就不应该扣那么多的分。举行颁奖大会的那天,中午放学时,刘老师特意叮咛我,下午要记得把短裤换成长裤。因为他没有再多说话,我都不知道下午要去村部的五年制小学干什么,短裤是换了,其实也是穿旧了的蓝咔叽布裤。好几所学校几千人的颁奖会,还要给颁奖的老师敬礼。糟糕的是,我连续几天吃青皮核桃,两只手指头被染得油渍渍黑,一点办法都没有,就用手掌在土路上不停地使劲搓擦。指头上沾了干土,渗进皮肉的黑油汁多少被遮盖了些,看上去没有那么明显了。领奖时,我还是没敢把手彻底伸开来,敬礼、接奖状与奖品,都是以极快的速度完成。这是我上学以来头一回得奖,奖品是一个高档绿塑料皮子笔记本。下午放学,吃完饭,我一个人来到生产队的打碾场里,骑在村民用混凝土自制的打碾机拱顶上,把那个笔记本里的六张彩页一直翻看到天黑才回家。人在过度得意或遇到突然发生的事件时,会产生很多错觉,我几次感觉到挂满晚霞的天幕一闪一闪的,好像地球在打趔趄。晚上,母亲把奖状贴在窑洞里紧贴着土炕的墙中央,让我把笔记本送给正在省城里上大学的舅舅,说虱点点大的一个小学娃娃,用这么高级的笔记本是把它糟蹋了。

刘新华老师对我们要求很严,上课的时候发现谁没有坐端正或做小动作,就用烟锅头敲打他的后脑勺或脖颈。这不仅仅是善意的体罚,他把这当成了一种开心的娱乐,只是谁也不敢反抗,否则,他敲打的时间会持续得更长。一次,本来是语文课,由于语文老师又请假,他便来给我们上数学。我和班长姚成才偏偏写语文预习课的生字，他一气之下把我俩赶出教室罚站。站了一会儿，我们俩商量好干脆回家不上课了。第二天天还没亮，他就找家长反映情况。为此，我被父母狠狠地教训了一顿。也因为这件事，年终评选优秀学生，每个班按成绩排名只奖励第一、二名，尽管我是第二名，他以我不服从管理、私自离校为由，上报了第一名和第三名，奖品是价值七分钱的两个简装写字本。我为此耿耿于怀了很长时间。

在我的印象中，刘新华老师是一个敬业的好老师。在人才和教师极端匮乏的那个特殊时期，社请教师无疑是担当了大任的"功臣"，中国改革开放初期的那一群卓然不凡的设计师和弄潮人，及至今天声名显赫的时代骄子，不少曾是那些名不见经传的社请教师的门生。陈习和偏见，常常使我们对他人的评判与态度完全失真或走样。被过早地下放回家的刘新华老师所领受的命运，的确超乎我想象的绝情——那是最后一次社请教师大清退，留下来的他的同行们，后来几乎全部得以分批转正，终身享受正式教师相对优厚的待遇。中年丧妻的他没有再娶，多年背负的家庭重压与担当的多重角色，已经使他坦然并习惯了重负。那年的一次重大车祸，险些彻底把他从人世间再一次"清退"掉。在如此庞大的农民群体中，他算是一个称职的分子，精于谋算，能下苦力，孝敬双亲，硬抗或熬……在恒定的自然节令与深沉的世故里循规蹈矩，也出门尝试过做短工。我每一次见到的他，脸上总是洋溢着我们为他发烟送别时候的微笑。他好酒，也真能放得开来豪饮，每次差不多都要把自己和大伙一起喝得不省人事才收场。"祝福"与"同情"一类的词汇及其蕴涵的深意根本不适合他，即便严肃而郑重地施加给他，也是无谓与无聊。生活经验和常识一再提醒并暗示世人：之于命运，刻意或强加多是因了欲望毫不妥协地胁迫，而自愿选择并持守的消极与绝望态度，却是极端残酷的自戕。

戏 院

校门前的空地平躺在西面的一块台地下面,台埂只有一米多高。村里每年农历二月二逢庙会都要唱秦腔戏。庙院里,民国时期修建的戏楼在"文化大革命"中被拆毁得了无痕迹。大明洪武年间,西迁的祖先们经过山西大槐树背回来的药王铜像也随之失踪了。村里人提议在上寺小学操场上搭戏楼,借助台埂搭建戏台方便。戏班子自带的篷布只够盖顶子,四周只好把苇席、毡片及旧床单等固定在木架上围住,简易的戏楼就搭成了。顺着戏台的边沿平放着一根等长的杨树身子,不唱戏的时候,孩子们就骑在上面玩。

乡里孩子听不懂戏子们咿咿呀呀的唱词,说是看戏,其实是在戏院里到处胡跑乱闹。我最喜欢把头伸进后台的帆布篷或苇席的破洞里,看演员们化妆、排练。装道具的箱子大得出奇,我总感觉它里面装着什么神奇的东西。夜戏看得不耐烦了,我就蹲在给戏班子烧开水的黑脸老西旁,看风箱吹旺泥炉子里的炭火,听老西和几个老汉抽着旱烟谝闲传。他不停地端起风箱上的白洋瓷缸子喝水,似乎那水香得喝不够。水要到深沟里去挑,除了戏班子和庙会的头人,其他人想喝,那是"想得美"。

白天的戏院里,做小买卖的摊点很多,卖豆腐脑、油饼、凉粉、柿子的等等。那个姓米的瘦老头外号"米疯子",哪里唱戏他就在哪里摆地摊。他总是穿着一件破旧的黄色羊皮袄,卖五花八门的小玩意,玩具和生活用品居多:花线、皮筋、打火石、豆豆糖、各种颜料等。一分钱两个的彩色豆豆糖卖得特别快。小孩子手里举着不停地转动着的纸风车或红气球,还哭哭啼啼地跟大人闹着要吃豆豆糖。米疯子有点口吃,一旦发现谁偷他的东西,他就吱哩哇啦地大声喊叫,惹得人们围过来笑他看热闹。也有人故意逗他开心:"米疯子快看,他把一根皮筋偷去了。"米疯子赶快喊叫:"拿——来——把哪里——走——了?"时间长了,再有人那样说,他就朝他嘿嘿一笑:"你哄我——

我——呢,让偷去——吧——"他笑的时候眼睛就眯成一条缝。等我在屯字镇中学上高中时,他已经在镇西柏油路边的一间土房子里开小卖部了。每天早上跑操经过他的小卖部时,我都要在心里喊上一句:"米疯子,米疯子,那个娃娃偷你的东西了……"

戏院里,姜等娃两口子的油糕生意一贯很红火。如果是家长领着孩子去买,姜等娃就非常热情地叮咛他老婆:"这是个熟人,给娃挑个刚炸出来的大点的,趁热吃好,你看这个娃乖得很呀!"其实,我们都爱吃凉油糕,凉油食里的糖精味道重,热的吃起来甜味很淡。大人们嗑瓜子和麻子的很多,邢秀丽嗑麻子和人不一样,她要等麻子皮在嘴唇上沾多了,才用手轻轻地抹一下。粘在手指头上甩不掉的,她就用力一弹,使的劲太大,麻子或瓜子皮会被弹出好远,飞进她面前的女人头发里,她忙用手捂住脸吐舌头,或迅速躲到人背后,若无其事地看戏、继续嗑。

戏院里遇上"火台"的事就有意思了。挤在戏楼前方两边的观众最容易晃起来,大家正专注地看戏,有谁冷不丁在人群后面猛掀一把,一堆人就晃起来了,波及的范围越来越大,小伙子们还随着晃动的节奏"噢——噢——"地吼叫。小娃娃们一开始还觉得有意思,夹在人堆里晃来晃去,一会儿就被夹得受不了了,赶快找缝子钻出来。也有混混或小偷乘机在别人的腰包里捞一把溜之大吉。年轻女人晃得头晕,呼吸都有些困难了,还在假装着骂骂咧咧地跟着晃,咯咯地笑。如果波荡的人堆里发出一声尖叫,一定是她被哪个男人乘机掐了一下。

在诸如影剧院、舞厅等娱乐场所里,人与人之间一些忌讳的肢体接触得以名正言顺地解禁,虽不可肆无忌惮,却能尽兴或满足,没有猥亵与暧昧,使人的真性在无所顾忌的透明、健康与酣畅中还原和显现。眼看要无休止地晃下去,中间坐在小凳子上的老人们原本都傻傻地半张着嘴巴看戏,这时候着急得戏也看不成了,有的忍不住指着火台的人群嚷叫,让他们快停下来,花白的胡子一撅一撅地。等执勤的人过来制止住的时候,女人们首先从人堆里一个个挤出来,红着脸,散乱着头发,脚步子在地上都踏不稳当了。下一次,她们还是乐意这么晃的。

外祖父母健在的时候,一直都要应父母在正月里去拜年时的邀请来看戏。外祖母是缠了足的最后一代妇女,为她看一场戏不受过多的苦,母亲和几个姨母轮换着,用车厢铺得绵软的架子车把她拉到戏院。我们一群亲戚家大大小小的孩子们,就整天骑在车辕上或围在她身边玩,她也能享受几天热闹而快乐的日子。

祖父那一代人大多不识字,算是真正的文盲,连自己的名字都不会写,但他们戏也看得专心致志。他们约定俗成地奉行着礼敬与审慎。农活、社交、礼仪、教子、做小买卖谋生计过日子,样样做得有条不紊,且遵循季节时令的农事安排,依照民间的处事规则和恒定的仪式行事一般不会出什么差错。上初中时的收麦时节,乡下的中小学都要放忙假,我和母亲去舅家帮忙收麦子。外祖父笑呵呵地对我说:今年我买的是"丰收"牌镰刀子,利得很。我卸下镰刃,擦干净一看,上面真的刻着"丰收"两个模糊的阴字。我暗暗想,生活实际上是可以很简单的,人对事物的称谓、认识和理解,依赖传承和风习,轻松、直接、自然,没有纠缠与费劲的思考,这是民间和动物世界生存的大法则。正如每一折戏剧,不需要醒目而直观的字幕,直接的语音沟通和情节呈现已经足够,这可能就是世界与文字诞生初期折射和反映的生活情态,是我们理想和心仪的社会图景——本色、简洁而朴素。本质上,文化其实没有被渲染得那么重要和有用,相反,文字在一定程度上使人世变得隔膜、抽象和虚幻化,让原本明澈的事物蒙上了一层层尘垢。

有时候,我们这些小娃娃也很认真地看戏。听悠扬而粗犷的乐音从绑在高木杆上的两个大喇叭里扩散出来,回荡在苍茫的旷野里。虽然听不懂台上的人在唱什么,但还是愿意看那些服饰华美的旦角女子,她们像仙女一样婀娜娇美;从未见过的道具被搬出搬进;敲边鼓的小伙子眼睛直勾勾地盯着台下某个俊女子傻看,梳得油光的偏分头发一甩一甩的;拉幕布的矮巴子像扫店猴,出出进进地忙个不停,两条腿抢得极欢实;武打戏里大将军带的吼娃娃兵,走五连环或绕四门时常乱了步子,少不了挨马鞭或被绊倒,惹得全场观众一阵开怀大笑;鼻梁上涂了一大堆白油彩的红脸丑角,细长的脖子一伸一缩的,边上台边说:"七亩葱八亩蒜,狗链儿子鸡踏蛋……"

关于艺术、音乐、美服以及悲喜剧,我最初就是通过这种野摊子戏和黑白电影接触到的。它和课本里讲述的故事所给予我的想象与体验迥然有别。舞台模拟性地为我们展示着生活世界的特殊场景,是过往与传说,也是人们用臆造的故事来注解和规正当下的人心与生活秩序。戏台上的美女子,不一定能给村子里未见过世面的孩子留下太深的印象,但毕竟是剧情中淋漓尽致的表演,她们浓妆艳服,带着强烈的陌生和异样感,注定有某种启蒙和诱惑的意味。封闭乡村的孩子,多是通过这场合才开了眼界,在心里头留下了挥之不去的记忆与想象。后来的岁月中,每看到秦腔戏,当初这情景就一直在脑子里回放。我记得最熟的角色还有黑脸包公,只要是关于他的戏,我都看得上心而受用,尤其是在铡奸臣和罪犯时,"铡——"的那一声指令,听得人很是过瘾。关于包公的戏看多了,一下课,曹建军冷不丁就大喊一声:"王朝马汉!"几个男生便异口同声:"在!"

对《铡美案》的剧情,我们还能说出个大概。多数戏根本就看不懂,连戏名也听得转了音,把《二进宫》说成"二斤棍",《窦娥冤》说成"冻我院"。有一部《朱春登放饭》的戏,我们一直听成是"猪吹灯放翻"。村里流传着这么一个笑话——儿子晚上看戏回家,上炕,脱衣,睡觉。父亲看着儿子睡安稳了,一口气吹灭炕台上的煤油灯,问儿子看的啥戏,儿子说,猪吹灯放翻。父亲气得大骂,还编得骂老子哩。儿子被骂得委屈,说,庙会长在大喇叭上就是这么说的嘛。父亲说,快把嘴包紧睡觉!

写在大地上的文字

　　雨后，太阳晒过一两天的操场成了我们免费的"写字本"。差不多每个学生的书包里都备有一两个在地上写字的石头或"石墨"，所谓石墨，就是从废电池里面取出来的碳棒。用它在地面上写字极滑顺，字迹清晰，而且很耐用，一根石墨至少能用一两周。每次写完字，右手的几根指头就被染得黑乌乌的，回家要蘸用草木灰炮制的碱水才能洗干净。实在嫌染手，在石墨末端套一个洋炮罐罐（子弹壳），或缠上废纸、布头就好了。也有家里没有手电而弄不到石墨的学生，用细石头或柴棒代替。我在放羊的时候，就在沟渠里为他们拣了好几块细长的石头。给同桌姜彩霞是白送，其他人要用作业本上撕下来的几张纸或白用一次铅笔刀来换。学习好的同学，替谁做一次作业也能换到一根石墨。我和姐姐写字用的石墨，多是母亲从舅家或二姨母家捎回来的废电池里取出来的。大舅和二姨夫是亲戚里的工作人，一般来说，只有工人家庭才用得起手电筒。走路时，有准备的、低着头的、目光馋的同学，常能拾到一枚石墨、子弹壳或细长的石头。运气好的，哪怕是捡到一分钱的硬币，都会禁不住兴奋地跳起来喊："我今天有福得很呀……"

　　用石头在地上写字，最怕一阵风过来给吹模糊，再就是空中飞过的麻雀的一泡屎恰好落在头顶。因此，尽管树荫下凉快，一般都是没人愿意在树下去写的，不光是怕鸟屎，黄雀和鹦鹉尖锐的叫声好像永远都没有停下来的意思，简直是故意来捣乱。写字之前还要抢占地盘，一出校门，就抢平整、光洁、瓷实的地面，画一个大方框圈起来，这是真正的"圈地"。只要眼力好并且动作麻利，就能圈到最好的地盘。没有眼色且走不到人前头里的，特别是女生，要么和其他人争抢，硬是把线画进人家已经画好的界框里，吵吵嚷嚷的，要么只能在生长着稀疏的冰草或坑坑洼洼的地方去写。语文老师有时候也照顾那些慢事的学生，让班长姚成才从一边开始，把各人写字的区域画均匀，然后随意给每个人分配。

大家一齐写起来，天地间就发出一群鸡啄食的"叨叨"声。我们从左到右写一行就往后挪一下，起先大家腿脚都还灵活，换行时，一个个不停地站起来再蹲下去，还有人直接双脚后跳的，像一群不安分的猴子；过一阵，腰和腿有些酸软了，就只能一直蹲着向左右和后面倒移身子，活跃的猴群变成了笨气的狗熊。尽管这样，我们还是喜欢在室外写字，享受那一种旷朗、豁亮与通透。就连放屁也是相对利爽的，不用承受那么大的心理压力。在教室里，即便你偷偷地放了一个闷屁，同桌或近邻闻见了，非得大肆渲染一番不可。字写完了，老师检查验收时，看谁写得整齐、面积大，当场表扬一下，有时候还让其他同学围过来观摩学习。

乡里人的意识和话语里，上学、读书、写字、学习、知识等都是相近的概念。他们用一个平常的词语来表达：念书。我们用石墨和石头写满一地的字，赤裸、野性、黑白相间，看上去赏心悦目。它们有了坚实稳固的质地和支撑，在土地里生根，只要不刻意破坏，它们就会在地面上静静地休憩，聆听天籁，沐浴阳光，直到慢慢斑驳，被草叶和时间淹没，或随着一场风雨融入自然，与文字最初承载和表达的物象与情理契合、感应。

陈迹与记忆历久弥新。每次路过村小的操场，我都能感觉到这些融合了我们单纯而朦胧的向往与梦想的文字，依然被芬芳的泥土和野草收藏着，像当初那样立体地静处在轮换的时空，其中孕育的丰富意象和意义，在阳光和雨滴里发亮、跃动、起舞。它们也是一群纯真少年初识母语时，以生涩的声调集体诵念的唱词："山石土田，日月水火……"这是构成世界的基本元素，是描述自然和季节纯朴的话语，也是温暖的诗句——

"春天来了，风轻轻地吹着。温暖的阳光，照耀着大地。冰雪融化，种子发芽，果树开花，春天里，人们辛勤地劳动，心里充满着希望……"

刘金玉的散文

刘金玉,男,笔名石松,甘肃镇原人,中华诗词学会会员,中国楹联学会会员,甘肃省诗词学会理事,甘肃省作家协会会员,镇原县诗词学会会长。主编《原州诗词》,著有《石松吟草》。

诗心无尽寄情深

夏至前后正是陇上夏收季节。连日的余震,搞得人心惶惶,久违的甘霖尽管些许缓解了长达半年之久的干旱,但严重的减产仍使人徒增悯农的烦忧。

6 月 17 日收到秋子先生用短信发来《步震启先生(父亲礼赞)原玉颂寄吴师并自勉》和诗一首征和,我顿觉兴奋,即兴唱和并将和诗频寄叶鹏飞、吴震启诸师,至 6 月 19 日,已收到吴震启先生和诗十一首,叶鹏飞先生一首(因先生忙于著述,暂无暇他顾),秋子先生三十余首,加上我个人唱和六十余首,短短三日,幸获百韵。从诗词唱和中,我收获颇丰,抛砖引玉,其乐融融,正如拙诗《再和秋子老师原玉》:"畅怀唱和已更深,不了情牵夜夜心。才获吴师八斗玉,又收挚友一篮金。"恩师不弃,后生获益。从老师的和诗中,升华了拙诗的境界,开阔了自己的心胸,明白了为人处世之道,学得了交友从艺之理。夏至后一日,秋子先生发来短信:"我想,如能有继,待鹏飞兄忙完书稿加入进来,每人都唱和一百首,到时候就完全可以出版一本《四友诗社同韵百吟诗集》,意下如何?秋子。"我立即回复:"谢谢老师厚爱,如另外两师不弃,我愿为此奔波,以谢师友美意,石松顿首。"

文学作品有"阳春白雪、下里巴人"之分,然在诗人们的眼中人却从无门第高下、身份尊卑之别,诗无世尘的浸淫渍染,亦无"为赋新词强说愁"的刻意做作。诗人大多怀赤子之心,或袒胸露腹,或披挂上阵,忧天之灾,悯民之苦,歌师之情,咏友之爱,申己之志,有时憨得可笑,有时怪得出奇。诗人是怪杰,诗人是精英,诗人有胆识,诗人更具激情。大凡吟咏,或痛快淋漓,或恣情挥洒。唱和中全然可以扔下饭碗,可以半夜无眠,可以厕上得句,可以梦里狂欢,可以静悟坐禅,可以遨游自然,可以领略绝顶的无限风光,也可以回归避风的港湾。思跃五洋,神遁九天,楼前月下,岭上峰巅,那是一种才情的流露,是一种真情的宣泄!是一种挚友间的交心,又是一种对世情的慨叹!它没有赌场的狡诈,也不存在拳击的凶残,世态炎凉,人情冷暖,名利诱惑,琐事纷扰,大可弃之不理,扫挂碍于豪端,思高迈以超然⋯⋯

　　我爱诗,更爱诗友!我身为教师,又更爱我的老师:"父母辛劳育我身,师恩沐浴叶成荫。程门立雪朝朝悟,问本寻源夜夜心。"(旧作《寻根》)再用拙诗《作文有感复寄老师》作结吧:"诗心无尽寄情深,不了情缘动我心。梦里幽思虫蝶变,幻作枝头片片金。"师生有缘,诗心无尽⋯⋯

张占英的散文

张占英,男,甘肃镇原人,中国作家协会会员、甘肃省作家协会会员、《甘肃经济日报》特邀记者。出版《中国村官》《第一书记》等系列作品。《中国村官》被人民日报出版社确定为庆祝中华人民共和国成立六十周年重点图书,获"庆阳市五个一工程暨梦阳文艺奖"报告文学类一等奖。

洪河静静流淌

母亲去世十多年了,那时她才五十多岁。她的恩情、她的教诲、她的笑容,如花般美丽和芬芳,绽放在我心灵的天空……

母亲初嫁时

母亲是怎样和父亲结婚的,这是普天之下儿女们好奇的大问题。我小时候,也常这样想。我不记得是否问过母亲,也不记得她是否回答,又是怎样回答的,都记不得了。但在十岁的时候,我全知道了。当时听着听着,我就哭了。在回家的路上,我哭了好多回。见到母亲后,又大哭了。可任她怎样问,我都没说出缘由。我知道,对灵性的母亲而言,说出来,一定会多伤害她一次。因为,那对母亲真是太不公了,简直是一种悲惨。

母亲出生在五指塬上,这是黄土高原最平展的塬面,土地肥沃,易于劳作,塬上人家生活宽裕。而我老家在洪河川道里,各种条件都差远了。一般情况下,塬上人家的女儿是极少嫁到川里的。外奶是塬上的名媛。说是名媛,除了长得很美,主要是极有修养,无论言谈举止,奉老育幼,烹饪女工,优亲厚邻,都是誉满乡里的。名以德传嘛。母亲是个独女,又极具天赋,心性灵慧,在外奶的悉心施教下,那个时代女儿家最光彩的本领,都传承在她的心手之间了。母亲为何会嫁到川里,这是一件很奇怪的事。可那个时代她不能决定,也没有相亲一说,她就这样嫁到川里了。

按照当时老家的婚礼习俗,新人都是黄昏进门。母亲想必也是。当晚母亲和父亲拜完天地,据说就一两袋烟的时辰,隔壁窑洞我的爷爷咽气了。母亲一个十六七岁的少女,从小连自家院门都很少出去,她在最传统的道德呵护中长大,该有多么纯洁芬芳,把人生和爱情想象得多么美妙啊!可她要立马卸下喜妆,披麻戴孝,投入到哭丧的队伍中去。

那时候刚刚解放,旧的习俗大都延续着,在这样闭塞落后的地方,迷信的势力非常强大。爷爷时年四十,还相当年轻。母亲新婚之时公公病亡,那自然是新娘的不是了,是新娘的不吉利了。可实际情况是,爷爷早已病危了,那时又缺医少药。因为家境贫寒,病了只是躺着静养,唯一治病的方法就是"送病",即端一碗清水,拿一把筷子,口中念念有词,待筷子在水碗中立住,烧几张字符,送到门外泼洒了事。总之一句话,治病出现了方向性的问题,不是同病毒与细菌较量,而是和虚无的鬼神周旋,爷爷也是被这种无奈的落后给生生耽误了。可这笔本来明白的悲情账,却错记到母亲的头上。那时候可怕就可怕在,谁都不说,但包括母亲本人,也都难免这样认为。那可真是一块太沉重的大石头啊,谁若不够坚强,就可能精神崩溃!

可所谓新婚,只是对母亲而言。在这之前,父亲是结过一次婚的。那是类似娃娃亲一样的婚姻,家里供养对方到婚嫁的年龄,已经花了不少钱粮,长辈的人情也积得掰都掰不开了。父亲那个娃娃亲对象智商有大问题,父亲那时在平凉师范学习,已经被认为是个先生了,他知道后一万个不愿意。不愿意归不愿意,在那个小川道里,悔亲没有杀人那么可怕,但绝对比杀人可恶!父亲还是结婚了。那个新娘子连拜天地都不会,可能连口水都收不住。父亲以前只是听说,这下彻底吓跑了,后来就离婚了。

那是一个信息不畅的年代，精明的奶奶知道母亲的闺名时，也不管爷爷会病死，托媒在十天内就完婚。她其实也唯恐爷爷一旦去世，婚事耽搁下来，父亲的婚史就会暴露，一切就无从说起。而外爷外奶最喜欢读书人了，也没有来得及打问，一家有点欺诈，一家无意中上当，这可害苦了我的母亲！让她似乎刚刚经历人生，幻想就可怕地破灭了，不知她当时有多恐惧，心中有多苦。我只是想象，她那年轻美丽的脸上，多少年都挂不住笑容，无助和难堪也可能让她常常独自发呆和流泪。

而我为什么伤情难过呢？听到母亲那可怕的婚礼的时候，我想起了一个人，是一个傻瓜似的要饭的，很脏也有点怕人。每次到家门前，母亲总是说"唉，可怜的"，未开饭就让我们送个馍馍，开饭了就先给舀一碗，叫我们趁热端去。有时候她端着清水，帮着那人把脸洗洗。我太小了，一直以为是什么亲戚，原来她就是我的"第一个妈妈"呀。那个年代，每顿都几乎吃的是高粱搅团，而母亲只吃点焦黑的锅巴，也大概很少吃饱过啊。

善良而唯美母亲誉满村庄

每次到青海，过节喝了酒，很容易想到母亲。二哥总是念叨："我一生最大的遗憾，就是没把母亲接出来，让她看看大一点的城市。""妈肯定想出来啊！"他感叹地说。那时我们都不敢对视。子欲养而亲不待，多么让人追悔，何其让人心痛啊！

母亲一共生了八个孩子，在二哥的后面，姐的前面，有两个不幸夭折。拉扯大六个孩子多不容易啊！可父母并非仅仅养大了事，而是一个一个都送去上学，如果两个弟弟听话，我们都可以从"独木桥"上走向社会，这在我们那儿是没有第二家的。牵着儿女的小手，走出人生蒙昧的隧道，需要一心一意地为儿女着想，需要百分之百的克己，需要年复一年的劳苦。这是一种责任，更是对儿女最大的善行。母亲从未去过大城市，细细回忆，都是她太爱太疼儿女,怕添这样那样的负担,把时间往后一"安排",借故推辞了。

村里的老人见我们回来,也总要提起母亲:"哎!老人家好的。"他们说母亲的好,自然不仅仅指对自家儿女好,更多的是说母亲那颗美好的心灵,总为别人的幸福着想和付出。

我小时候,村里有两个外姓的孤儿,总是缺衣少穿,母亲老想办法接济他们。有一年冬天要到了,因为没有布料,为给他们做棉鞋,母亲把自己的棉袄拆了两次,往里面垫棉花,也把我们口袋布取下来,才做出两双鞋来。口袋布取掉后,衣服像开了两个窗子,同学们笑话不说,我们上学拿个馍也无处可装啊。

用现在的话说,母亲还是个唯美主义者。她一生辛劳,有一大部分,是为了他人,也似乎为了美。

那时候农村女孩出嫁,到婆家第二天,有个"摆针黹"的礼仪,应该很古老了吧。"摆针黹"就是把新娘绣的枕头、做的鞋子等等,手工制作的穿戴绝活,一股脑儿摆出来示人。新娘给人的第一印象,以及在人们心中的名声和地位,似乎全由此而定,模样倒还在其次。想想也是对的,模样出自天然,退一步讲是父母的本事,而针黹就完全是自个儿的本事了,这位新娘的心性如何,品位高低,乃至勤与懒,都一目了然。

通常针黹当场亮相,摆在很长的桌面上,接受所有人的品评。所有人是指现场的人,也许结婚来的客人并不太多,而看针黹,除了所有来宾,这其实是一小部分,大部分是村里村外"专程"赶来的大人小孩,当然主角是妇女。经常要围个人山人海。她们边看边评,也夸奖,也笑话,这似乎才是婚礼的高潮,也简直是一场比赛。

既然是比赛,就有人争先,既然关乎荣誉,就得夺荣誉。这又似乎是一个姓、一个村、一个地方的荣誉。母亲的女红极好,就成了许许多多女孩子的"外援",也成为对阵一方的领军人物。母亲倒没有争什么的意识,可别人不行呀,她们都以拥有母亲的针线活为荣。一个你看着长大的姑娘要出嫁,她求你什么小事,你怎能不答应呢?!而那些慕名而来的,人家说不定盘算了多少天,你似乎更没有推辞的道理。

母亲从来都不会说"不",一一笑着答应下来。她白天没时间,只能在晚上忙活。多少个漫漫长夜,在如豆的灯光下,母亲一针一线,把她对生命的理解,对生活的感悟,对幸福爱情的祝愿,对美好未来的希望,寄于色彩斑斓之中,托于花鸟虫鱼之间。她总是拥被而坐,累了唱唱不知名的小曲,实在太困了,靠在炕壁迷糊一阵,醒了又接着绣。

这样,她四十岁那会儿,母亲眼睛就有了问题,常常发酸淌水,晚上常常穿不上针眼。她只得把我们某个轻轻叫醒,脸笑得像花儿一样,央求似的请给她帮忙穿线,过一会线用完了,她又把另一个轻轻叫醒。在那个什么都缺的年代,人仍然向往精神的享受。可谁知道,那些给姑娘带来莫大荣誉,让婚礼添尽喜气的针线活,就是这样熬出来的呀。

说母亲的唯美,还不能不说她的做饭手艺。青菜豆腐,经她的手,鲜味就出来了。有手艺人就是命苦人。母亲经常被人请着"顾事",和揽针线活一样,同样没有一分钱的报酬,三四天辛苦下来,累得天昏地暗。在那个贫穷的年代,我们家庄前屋后果树环绕,院落青菜与鲜花吐芬,是村子里标志性的风景,让孩子们也生活在多么难得的幸福和欢愉之中。

母亲也因此而誉满村庄。

母亲叫我捉麻雀

那还是我光着屁股,也不知害羞的年龄。

那是一个麦香时节,一个夜雨新过的早晨。

"俊儿,俊儿!"母亲兴奋地将我叫醒,"院子跌下个小麻雀,你快去捉呐。"

哦!我看见了,雨后干净的院子里,一只刚出窝的小麻雀,多可爱啊,多机灵啊！小翅膀一闪一闪,且走且飞。

"快去捉啊!"母亲拍了下我的屁股。我几乎弹出被窝,像个下山的小老虎,欢快地跳下炕去,光着脚丫,冲向那个小精灵。

院子虽是湿的,脚踩上去还热热的。小麻雀见我冲来,吓得扭头就跑,我一抓,它一跳,眼看就要够着了,又让它逃脱了。母亲笑得可能肚子都疼了,我还没有抓住它。直到在小院子来回十几趟,直到跌了好几跤,直到母亲快下来帮我了,这个可爱的小精灵终于被我捉住了。

那个年月得到个什么都不容易啊!你看看,为了这个可爱的宝贝,我累了一身汗,屁股上沾了几层泥。

多可爱啊!黑黑的眼睛,洁净的羽毛,纤细的脚丫,真叫人爱不释手,母亲要过去看了一下,我又抢了过来。"手轻一点。"母亲对我说。

谁叫它那么急呢,谁叫它以为自己翅膀硬了呢?如果不吹哨就可以跑,我都能把刘翔撂到后头。小麻雀不懂这些道理,它那小急性子呀,可能第一次发作就跳到了我的手上。不过,也许它是故意的。

那是个没有玩具的年代,压根也不知玩具为何物,可小麻雀我是知道的,也是很爱很爱的。那时候爱的心情,一定胜过现在的老鼠爱大米。因为我们那儿,是世界上黄土最深厚的地方,人家都住在窑洞里,窑洞的崖面上都有好多麻雀洞,麻雀是人的街坊邻居。我第一次抬头准备看天空,眼神就被一个麻雀给叼走了。

从此我就想得到一只麻雀,后来大一点还想抓一只麻雀。母亲知道后非常害怕,她对我说,麻雀窝里都有长虫,就是说有蛇。为了证明她没有骗我,有一次她把我叫到菜地里指着说:你自己看看,这个长虫就是我亲眼看着,刚从麻雀窝里掉下来的。我爱麻雀,但太怕蛇了,那个蛇头一抬,我吓得缩回去了。

麻雀窝里的确有蛇,但不是每个窝里面都有蛇。如果每个里面都有蛇,那天上还会有麻雀吗?!母亲叫我去看那条蛇,现在想起来,那次可能是母亲真正骗我的一次，她其实害怕我抓麻雀的时候，从崖面上掉下去，十米高台，下面又没有水池，多悬呐！母亲哄我，因为她知道，像我这般大小的孩子，不怎么怕高，但就是怕蛇。

村里有个比我大两岁的孩子，只是听妈妈讲了点理论，没带他去看蛇，他就偷着找乐子，自个儿爬到崖边掏麻雀，结果掉下去了，一声闷响不说，昏迷过去了，害得我当众使了好半天的劲儿，才鲜榨了半碗童子尿，给他趁热灌下去，把他个小命给救活了。后来他感激地对我说："我下一次不从上面抓，我找个梯子从下面够着，给你弄一窝窝。"

他还没搭好梯子，我就得到麻雀啦！我逗着它玩，它却不会玩，用小眼睛看着我。突然它叫了一声，差点吓了我一跳。母亲说：俊儿你看看，它妈妈来了。只见一只大麻雀，在院子急切地翻飞着，凄厉地呼叫着，就像那个喝过我尿尿的娃儿的妈妈，看到她的命根子从崖上飘落下来那一刻。

母亲给我穿好衣服，把我领到场院里，让我将心比心地想想，我也没怎么想，就把小麻雀给它妈妈带走了。

雨夜母亲将我抚摸而醒

在一个淅淅沥沥的雨夜，在瓜田草搭的窝棚里。

我从酣酣地沉睡中醒来了，有一只温暖的手，在我的头上抚摸。

"妈妈。"我还没有睁开眼睛就叫了一声。母亲答应着说："我娃醒来了？"

母亲问我尿不尿，我说不。

母亲夸我身子骨热，她笑着说，晚上不下地，就不怕感冒了。

母亲说她害怕漏雨，把我下湿了，晚上睡不着，来看看我。她说刚刚看过了，被子角角都干着，问我冷不冷，我说挺热的。

母亲站在窝棚前，戴着一顶草帽，披着一张塑料布，在昏暗的雨夜，有点模模糊糊。我说把灯点着吧。她说不点了，窝棚点灯不小心就着火了，她说说话,就回去了。

母亲说她差点忘了,从口袋里掏出两个甜香的点心,给我吃。我说咱们一人一个吧。母亲说她吃了胃酸,全给我了。我可爱吃点心了,又甜又油,还有点酥,那是到亲戚家才能买的东西啊。我埋头吞食,母亲把小渣渣捡起来,放在嘴里嚼着,叫我慢慢吃,别浪费了,也别呛着。

母亲用手抚摸着我说:"俊儿,你徐家表婶要给你说个媳妇,是她大媳的三妹妹,和你同岁的,你前儿个背草碰上过……"

不知为什么,我心里一股子热,好像特别高兴。我想起来了,几天前我背草时,碰见了个没见过的姑娘,她穿着粉红色的衣服,脸也红扑扑的,好像看了我一眼,脸就有点红了,低着头走过去了。

我并没有看清她的模样,母亲说的时候,我就想起了我的一个同学。她的模样呀,包括怎么看人,怎么笑,我都熟记在心。有一天就我和她去早了,各点各的油灯看书,我虽也不想和她说话,可我觉得两个人坐在一个教室里,静悄悄的,有种说不出的高兴。

"你看怎么样啊?"母亲抚摸着我说,"你如果愿意就先说上,她姐姐是个压庄媳妇,脾气也好,她这个妹妹,我看比姐姐还上一点,个子也长上了。"

"妈妈,我不要。"我说,我正上学呢。少年的情思像春天的呼哨,在心灵的天空只是一闪,就过去了。严格意义上讲,这还不是什么爱,只是对人生的一点判断。

母亲说:"我也这么想。我总想把你们都供帮成人,不念成书怎么行呢?可庄里人和亲戚给你托对象多了,我都没有答应过,说你念书着呢,又怕把好女子给我娃耽误了。"

我说:"妈妈。"然后我就无法说下去了。一个跟你说悄悄话的妈妈,永远是最知心的妈妈,是世界上最好的妈妈。

我突然感到母亲手都在抖,母亲身上肯定下湿了。"上来吧妈妈!"我说着,一骨碌爬起来。

母亲说:"快睡下,快睡下,我就走呀。"母亲给我把被子拉好,脖子那儿堵了堵风,叫我眼睛挤上快睡,转身回去了。

她的布鞋早已湿透了,走起来发出"扑哧扑哧"的响声,在雨夜里很缓慢而迂回,渐行渐远了。

家离这里有一里多路,瓜地里太烂了,还要过一个小沟,不知水会有多高,而最难走还是家门前那个陡坡,太斜太光了,脚底最容易打滑,要用锄头挖一个小坑,走一小步,挪着往上走,如果一旦打滑,人就可能滑到沟里去,只得抓住路边的冰草,冰草叶面都是锯齿,一抓手就会划破,鲜血就会流出来。

妈妈,你走好啊。

儿时端午最快乐

要说这么多传统节日,我最喜爱和钟情的,还要数端午节。

春节和元旦,有点太隆重;中秋节本来很好,但小孩子不知团圆为何物。别的节日有点小,农村人家过不起。说来说去,还数端午节好。

在黄土高原深处,农历五月份,天已经暖和了,但又不是很热。雨季还没有来临,却又常下些小雨,似乎又多在晚间,白天天空很晴朗。山早已绿了,田地和院落里,青果和麦香的清芬,一日浓似一日。

而端午节之所以让我快乐,是因为我感到她仿佛是儿童的节日。在这一天,没有大人什么事情,他们像自觉地退到幕后,变得一点都不重要了。端午节整整一天,无论是吃与玩,快乐与荣耀,甚至走亲与访友,都是孩子们的,都是孩子们唱主角。

这个节日的筹备也是很早的。追溯起来,在上年的秋天,母亲就要晒好干枣。镇上四月八的庙会,母亲在每个小摊上挑选,五颜六色的丝线,各种鲜艳的面料,都要多买一些,甚至要买几回。如果街上的枣比家里的大而甜,又没有虫子,也要买一二斤。冰糖和白糖都要买,蜂蜜我家从来都是自产的,多着呢。哦,我差点忘了,还有南方产的糯米。

母亲从四月八庙会就忙开了,有点空闲,就做起香包,编织手搓,一针一线都是很慢的。香包是小东西,做起来省时,一般都在白天做,做好一个,积攒一个,用干净的包裹包住。其实每个香包都没有完全做成,因为香料不能先灌进去,只能等到过节那天缝口,要不香包就不香了。

端午节早上,我总是被粽子的清香和鲜艾的草味熏醒来的。待到母亲端来各种粽子,我蘸着蜜汁和糖水,直接吃个肚儿圆圆。母亲摆出所有香包,让我们随意挑选,给每个手腕和脚腕系几道手搓,头上和衣服上洒上香料。在我的记忆中,母亲什么好东西都要留给别人,唯有香包,向来由孩子们自己挑选,她只是参谋参谋,从不惹谁不高兴。

接下来,我端着一个老碗,给村里的长辈和老人送粽子,给许多小孩子送香包。在多数人家,还有同样的回报。待到上学的时候,我戴着一大疙瘩美丽芬芳的香包,走进校园和教室,骄傲自豪得像个什么冠军。

母亲为何这样重视端午节,是不是对文化人的崇敬,我没有问过,也不得而知。而对于我来说,由此细细回味,懂得了一个胸怀天下、心忧百姓的人,他永远是最光荣和神圣的。

母亲长夜手摇磨豆腐

进入八十年代,改革开放了。那是我们家孩子读书最集中的时候,家里花销很大,虽然可以挣钱了,但这样的项目不多。我们家主要的经济来源,是母亲手摇磨制作的豆腐。

据说母亲的豆腐做得挺好,父亲卖的价格也合理,母亲做了一两个月,镇上的大食堂所用的豆腐,也全由我们家供应了。镇上先是五天一个集,后改为三天,最后定为两天。每集都要做一次豆腐,每次是四五十斤。

做豆腐最重的活计，是将泡好的豆瓣磨成豆浆。那个年月没有磨豆腐的机器，只能靠一台小石磨，手摇着磨制。石磨虽然不太沉重，但小孩子的手臂太短，捏着手把绕一圈，还是很困难的。所以，磨豆腐就是母亲一个人的事了。

那个磨豆腐的石磨，可真磨人啊！每次只能往磨眼加一小勺，转三四圈再加一小勺。四五十斤豆腐，要不停地磨四五个时辰。母亲说，磨豆腐就要这样慢，慢工出细活，做成豆腐多，而且吃着也香。白天有农活，豆腐只能晚上磨。这样每隔一天，母亲就熬一个晚上。

那可真是让人不堪回首啊！那时妈妈已经四十多岁了，当时家里除了分到的土地，还开了些荒地，后来又包种了别人一些土地，养的牛羊也挺多，孩子的吃穿也耗费精力不少，母亲该有多累啊！晚饭后，收拾妥当了，母亲就开始磨豆腐，一勺豆瓣三个圈，这样的单调乏味，又要时时操心。母亲有时坐着睡着了，有时累得头都碰到手把上，可醒过来就要转得更快些，无论如何要赶在晚上把豆腐做成，天亮就要送到十五里远的镇上，食堂还等着做饭呢。

其实，烧制豆腐的活也挺累，一袋一袋挤渣，要用好多力气。五十斤豆腐，要用一百多斤水，这些水要过两三次手，多费力气啊！在近十年的时间里，在漫漫的长夜，母亲连一刻钟都不能歇息，把金黄的豆粒，磨成雪白的豆乳，过滤成清洁的豆浆，烧制成芳香的豆腐。

如果谁问我什么花最好看，那我一定要说，是豆腐花。豆浆烧开后，母亲倒进半马勺浆水。啊！奇迹出现了，那翻滚不息的白浪，顿时安静下来，渐渐出现了云朵，蓝天也慢慢显现，组成一幅最动感而唯美的画面。

正是因了母亲用生命去磨制，用母爱去点化，我们才会像豆浆一般混沌初开，拥有了今天的幸福生活。

母亲在我的生日那天离我而去

面对辽远的渤海,我的心如白浪一样翻滚。十年前的今天,这个母亲曾经生我的日子,她竟突然地离我而去。惊魂的往事,如在昨天,恍若眼前。

那时我毕业分配不久,在县公安局担任文书工作,上接下传,起草文件,记录会议,后勤服务,我总是那么忙,一年都没得几天休息。虽然离家二十里地,也几乎回不了家,也很难见到母亲。

在生日的前一天,堂哥突然来到县城,说母亲病了,我和大哥赶紧请假回家。那正是个秋雨连绵的时节,晚上窑洞漏水,母亲冒雨摸黑到崖背上堵漏洞,一两个小时的雨水,将她全身淋得湿透。返回窑洞时,母亲发现我的小侄子竟掉到了地上,她惊叫了一声,待到把孩子抱放到炕上,她却再也没有力气上炕休息。母亲那时多么虚弱、多么无助啊!她病了,病得很重很重。

我们连夜把母亲接进县城,要立即送往医院。可母亲吃药后好转了些,她坚持一定要在家里住一宿,说她太累了,也要和孩子们多待会儿。

第二天一早,我们就将母亲送到医院,输上液后,悬着的心才放了下来。

母亲过度操劳,很早就患了哮喘,也许还有其他疾病,我们总是合计着,将母亲接到大城市看看。但母亲总是忙这忙那,又要守家,又要看孙子,加之我和大哥都是警察,他还是刑警,整天忙得找不到北,二哥和姐姐都在外地,一切也就拖下了。

看到母亲的指甲有点长了,我到商店买来指甲刀,帮母亲剪掉指甲。我陪在母亲身边,多想不离开啊!可局里马上要开会,我得回去记录呢,只得暂时离开。母亲见我要走,很费力地从口袋掏出 50 块钱给我:"我娃今天过生儿呢,给你买点什么吃的吧。"我硬是不要,可母亲突然伤心地哭了,我害怕医生看见笑话,就把钱装上。

在回单位的路上,想起母亲伤心的哭泣,我非常非常迷惑。我到单位不到十分钟,突然有人大喊我快去医院。我的头嗡嗡发响,心率失调,脚步慌乱,我奔向刚刚离开的医院,奔到母亲的病床前,可母亲再也不能看我一眼,再也不能和我说一句话了,我已经突然而永远失去这个世上给了我生命和欢乐、永远地失去这个世上最疼最爱而我却未些许回报的人了。

那年《人民公安报》发表了我纪念母亲的文章《母爱如花》,真实记录了我当年的悲情时刻,结尾是这样写的——送别妈妈的日子里,看屋前满树红枣,院子里的行行青菜,想起妈妈的忙碌的身影,想起妈妈温暖的笑容,想起妈妈的恩情和教诲,禁不住热泪长流。我默默地祈祷,如果有来生,愿妈妈童年欢乐,中年得志,晚年幸福;如果有来生,愿妈妈还会让我做她的孩子,让我有机会弥补此生的罪过,我会好好孝敬妈妈,多多陪陪妈妈,让她不再劳累,不再病痛,不再孤独。可是,会有来生么?!

岁月如梭,须臾十年。母亲已溶入家乡芬芳的黄土,已化为洪河静静的波澜,已遥远在天空的蔚蓝里。不知此生,我还要面对多少这样的日子,也许我的伤悲会慢慢变淡,因为,这毕竟是母亲的恩情与我的怀念相逢的日子啊!

母爱是默默的,母爱是温馨的,母爱是深沉的,母爱是博大的,母爱是炽烈的,母爱是闪光的,母爱如花,悄然绽开在我恒久的思念里。

张文进的散文

张文进,男,甘肃镇原人,中国西部散文学会会员,《人民网》《城乡一体网》特约记者。新闻或散文稿件散见多家报刊和网络平台。

打席匠

陇东黄土高原得天独厚,生长着很多的芦苇。20 世纪六七十年代,生活在当地的庄稼人,为了求得生活,一个庄头就有一些打席匠;俗话说"因地制宜,就地取材","靠山吃山,靠水吃水",这就催生了一种职业——打席匠,简称席匠,就是编织席子的,这些老席匠不但技艺精湛,而且做工细致。

编织席子,曾是农村挺红火的职业,因为收获后的各类原粮要晾晒收藏,需用席子;农家土炕需铺设席子:过去人生活水平低,火炕上没有诸如床单、毛毯、羊毛毡等,席子自然就成了炕上的"主角"。小孩最费席子,站在上面跳来跳去,睡在炕上左滚右滚,这样一个月下来,一个好席子就"体无完肤,满目疮痍";烧炕同样费席子,有时候火候把握不好,把炕烧红了,席也就烧焦了,被烧过的席子,材质发生改变,不及以前牢靠、有韧性、有柔性。一张席大概五六元钱,有小孩的人家一年就得两张席子,这样下来真是一笔不小的开销。打席匠一年忙乎到年底,活计很多,收益很好。这些经他们之手而制作成的席子,就用途而言有收席、苫席、大囤席、麦圈长席、篓笸篮席和生活用的炕席、凉席、顶棚席、房脊席(不折席边)、蒸箅垫席(3 尺正方形)等;就尺寸而言有六五席、七五席、八五席、四六席、三三席(长三丈宽三尺,做席条子,圈粮常见),还有十丈席,也就是三尺宽,十丈长等等,当地人在用线绳子丈量好炕的长度和宽度后,将要定做的席子的尺寸交给席匠,即可"静候佳音"。因席子的大小和用途不一样,收费标准也不一样,没钱人家干脆把打席匠请到家管上几顿饭,从而以此来抵消本该支付给席匠的工钱。

席匠分两种,一是做大了的席匠,街镇开门面,前店后坊,边织边销;二是单打独斗,个别的带个徒弟,边揽活边干,吃住主家管,省心方便,这类匠人最多。秋后农闲,席匠走街串巷,一把刃片刀,一个篾折子,一根带刻度的五尺棍,挑着铺盖卷,走村串户,路过之处便喊"打席了——"村民听到吆喝,有意向的出屋跟席匠谈活计,包括打席时间、品种、规格、价钱,讲好就干,活多了在村里扎点,黑夜油灯下加班,十天半月干完再转场。

打席子是有讲究的,不管打啥席,都要先备席篾子。篾宽不过半寸,长约丈二。马蔺(毛蜡)席,蒲草叶是天然的席篾子。竹席、芦席、禾秆席都得破圆秆,刮瓤子,留外皮,压平作篾子。破圆秆是技术活,不论材质多粗,都要用刃片刀破成两公分宽的长条。竹子硬,可边破边加搂拌撆;秫秆穰实,不好走刀,挺不住不是割破手,就是刀路偏斜割断篾条;芦苇细而中空,一剖两半落刚好。破完潮篾条,用水渗透,铺摊在平地上,蹬碌碡给平整地碾。蹬碌碡既是力气活,更是技术活,人站在碌碡半坡上不停地换脚,靠体重压得碌碡往前转,犹如狮子滚绣球。碾麦的蹬碌碡也要有功夫,少说一个碌碡也有三百斤,不好控制,要有一定的技术。要么蹬不动,要么转起来站不稳,再是碌碡走到头刹不住,又要滚直线,进退不能拐弯,须正反蹬……刚入席匠门的,碾篾离不了五尺棍,拄在手中打掩护。席匠把式,则站在碌碡上耍杂技,前行后退左碾右压都能蹬,"碌碡转得哗哗哗,秦腔唱得呱呱呱,五尺棍抡得唰唰唰"……看碾篾就像看戏,好不热闹! 篾条碾瓤轧软,用刀把内穰刮下来,席篾子就成了。

打席是个技术活,也是个苦力活,考验的是体力、耐力。俗话说"起好头,带好步",打席起头时,二十几条篾子排成经,纬篾按明二暗二,或明三暗三,交叉着吃一退一往前编打,织过二十多条,有了雏形,顺席花将其南北或东西摆正定位,正式按斜口四面编,席片上织出一道道人字纹,像连绵的大雁阵,非常好看。编打要用巧劲,十指交替紧抠,使篾掺合细密。这要特小心,提防篾刃起签扎手割指,一旦刺破,血不拉叽钻心疼,大冬天不好愈合,太痛苦。编打到总宽度快达标,预织一道加宽花纹,层层递减继续编,离总长差一尺时收顶倒花子,按二四花、三五花编五道横人字纹,中间加一道宽纹。最难编打的是席角,纵横花纹天衣无缝地收成宝塔形,尖角饱满,纹路不乱,还须有利于折边包角,参篾后不留毛刺。打完后把毛席反过来,按住篾子头裁齐,五尺棍压准画暗线,将线外席篾折回押住,用篾折子一次次翘起预留的加宽花纹席篾,把篾子头一根根顺势插进去,压平捋展定型,一张席子就做好啦!

时代在发展,社会在进步。20世纪80年代后,按照"放宽搞活政策",人们的生活水平不断提高,床上的铺设都很讲究:在席上面备好褥子、床单等,打一个席用几年,甚至十多年,冬季火炕大多,也铺的电热毯,农民圈粮都用上了铁制的圈囤,多数人用杂毛毡当席用,既省钱又便捷,现在集市上很少能看到"一席之地"了,打席匠也逐渐淡出了人们的生活,席子也沦为了繁华盛世中的"店藏古董"了。

贾录会的散文

| 贾录会，男，又名贾惠，甘肃镇原人，甘肃省作协会员，甘肃省诗词学会理事。作品散见多家报刊。

回忆，从一本书开始

喜欢读书，从某种意义上说，书就是一个人的文化地标，具有文化"摆渡"的作用，是对修养和素质的拾遗补阙。在经济大浪对社会的刺激下，学习读书日渐势微，读书总会牵动着人的情怀。要不，中央电视台的《朗读者》为什么火得一塌糊涂？别看我是一个农民工，其实我是个很喜欢闲余时间里在书中寻找乐趣的人。这不，前几天，我从一旧书摊淘到一本骆宾基先生的短篇小说《山区收购站》，认真仔细地阅读了一遍，看着这本还算保存完好的旧书，品读着这篇写作手法开合自如、纯净，内容圆润成熟的作品，翻阅着东北文化协会常务理事兼秘书长在建国后的代表作品，不觉想起了我少年时为了买他一本书时的辛酸往事来……

我的故乡是陇东文化大县镇原一个贫穷但很美丽的小山村。镇原是一个文风颇盛的地方，家家户户都注重读书学习。然而，在 20 世纪 70 年代后期，是没有多少书可读的，只有《毛泽东选集》《钢铁是怎样炼成的》《创业史》等。想看其他书那就得到我一个当老师的堂哥家去。他是老师，家里有个小书柜，我小时候经常去翻阅，有时就住他家了。我的堂哥不仅蝇头小楷写得十分漂亮，而且对古文特别精通，他能把生涩的文言文用精彩的故事表述出来。那些故事中，我最感兴趣的是上天入地的孙猴子，念紧箍咒的唐僧，以及猪八戒、沙僧和那匹神奇的白马。当得知那些神奇的故事出自一部叫《西游记》的书时，我便渴望找来阅读一番。那时公社的书店里有两套代卖的。因为家贫，实在无闲钱买书，只能看着他柜子里的《西游记》想象着孙悟空腾云驾雾和妖怪们打斗，算是聊以自慰。后来再去时发现他的《西游记》被别人借走了，心里很是失望了一阵子。那时候还是小孩子，懵懂少年之心痴迷于书，却少有书读，现在回想起来还是让人感喟和回味……

小时候最怕每年九月的开学日，为了八角钱的学费，父母亲会发愁的几晚上睡不好，家里确实穷得拿不出几块钱来给我们姐弟交学杂费。于是，父亲就扎些笤帚，母亲拿出攒了好多天的一篮子鸡蛋，我和父亲提着鸡蛋背着笤帚，到公社街道（现在叫镇）土特产商店去卖，用换来的钱交清学费。领回新书，当时也就语文算术两本，背到家里，我先是把新书"哗啦哗啦"从头至尾翻一遍，然后轻轻地翻开第一页，把它送到鼻子跟前，闭上眼睛，细细地嗅着书的芬芳，真香啊！当时年龄小，不懂爱护和保存，虽然父亲也给书包了皮，但一学期不到，书还是残破不全了。

从小学到中学，小人书最为流行。那一本本小人书让我崇拜过很多英雄人物，又做过很多献身祖国、保卫人民的英雄梦，当时小人书的内容一律是革命题材，都是好人战胜坏人，中国人打外国鬼子，抓特务，斗地主。它使我小小年纪生出很多遗憾，恨自己没有生活在战争年代，否则该有多么光荣壮烈啊！一直幻想着如果有谁搞破坏活动，立刻被我发现并抓获，这样，我也可以成为书上的英雄，现在想起小时候的想法也忍俊不禁。

小山村离公社有二十二里路，公社的新华书店我不是经常去，只是到了年关前和父亲一起买几张年画时才去。进了书店我最爱往卖小人书的柜台前钻，新进的小人书，这对于我来说是莫大的诱惑和喜悦。看着那么多好看的小人书，我真想全部偷回家去。便宜的一本六七分，贵一些的两三角钱，想买实在不容易啊！然而积攒买一本的钱殊为不易。因为家里太穷，一年的笔墨纸钱都是用今没明的，要想攒下二角钱，那得半年才行。为了实现买一本小人书的愿望,我把赚钱的希望全部寄托在夏天我们村的山上。

我们村山大沟深,桃树多。夏天满山满树的桃子,不仅解了我们的嘴馋,桃仁也使我们小伙伴能发一次小财哦。我把自己和别人吃剩的桃核一颗颗拣起,拾得半笼桃核,然后坐在门前桐树下,手执一块石头一颗颗砸开,就像嗑瓜子一样,砸桃核是件技术要求较高的活,因为你必须完整地取出桃仁,才能卖个好价钱。砸轻了砸不开,砸重了又是一团粉末。取出桃仁后,要晒干,手一捏就碎。这样才能卖上好价钱,小时候一次次砸桃仁,为我现在的瓦工手艺打下了基础,要不我可能手艺也没有这么好。

除此之外,还有满山的酸枣、麻黄、远志、枸杞等药材。每天放学,我和二哥边打猪草,边挖这些在家乡随处可见的药材。夜里的时候,我俩点着豆点火光的煤油灯,从废旧古老的墙缝里,寻找一只一只地蟹蟹虫,这些一个个还在梦乡中的小可怜虫,为了我和二哥赚钱买书的宏伟目标,献出了珍贵的生命。我们将地蟹蟹虫用开水冲烫之后晒干,与桃仁、枸杞、麻黄等一起送到药材收购点。一斤桃仁,我们得砸十多斤桃核,才值三角五分钱,而晒干的蟹蟹虫,更不争气,轻得跟鸡毛似的,几乎永远也淘不到一斤重。其他的种类更不用说了。

就这样,捏着汗渍渍的三元六角四分钱,这可是我们哥俩经历无数艰辛和大半个夏天的辛苦钱,先称了 5 斤盐,打了 2 斤煤油,给母亲买了二十粒治胃痛的药,又买了二枝毛笔后,剩下不多的钱二哥给了我六角四分。我拿着钱没有买好吃的,而是急匆匆地去买了三本最好看的小人书。呵,这书来之不易,于是一遍一遍地看,以致把剩余的夏天都用来看这几本小人书了,然后再拿着小人书与小伙伴们互相交换着看。这就好像现在的人们拿着股票换来换去一般激动人心,可现在的激动怎么能比得上那时我们换小人书的心情呢?

在小人书里,那战无不胜的英雄、永远不败的观念渗透到我们少年的心灵深处,甚至影响了我的性格和命运。在以后的日子里,我总是怀着一种必胜的信念,去经历一次次命运的洗礼。上初二那年,我开始迷恋上了写作,并不断向《少年文史报》《中学作文》等投稿,为的是将来能有更多的书来装满我的小书箱。我当年的学习还算可以,但由于各种原因还是没有把学业继续下去。刚上初三那年,父亲病逝,我辍学在家,和母亲、二哥打理着几亩薄地。那几年正赶上改革开放,我跟着打工的人群去西宁创荡,刚步入社会的那时候每干一件事,亮起的都是红灯,以至于我灰心丧气,干什么都没信心。而最终支撑我走向彼岸的是坚持和毅力。所有成功的背后,支撑我的是我苦命的娘和小人书里的英雄人物。

记得是又一年的麦收后,我与父亲拉了一架子车小麦去交公粮。人多要排队,父亲给了我1元2角钱让我去买5斤盐、一包火柴,再吃一碗凉粉,他自己排队等。我拿着买盐钱走向离粮库还有五里路的街道书店,买了本《骆宾基短篇小说集》花完了1元2角钱,这在当时可是不小的数目,因为一碗烩面才2角钱,盐一斤才1角8分钱,火柴2角一大包。父亲知道后,非常生气,因为父亲手中的每一角钱都是要派上家用的,我花了一家人三个月的盐钱,老人能不心疼吗?看着父亲责备的眼神,我一直到现在都感到非常愧疚、难受而一直自责。

当时的我,只是想看看这本书,学习骆宾基先生的写作手法,从别人那里听说他的小说善于选取不同角度、运用多种描写手法反映现实生活。在作品结构上,剪裁精细,在艺术描写上,笔调细腻酣畅,人物形象生动,极富地方特色。买这本书是否真正有用,我却很盲目。而父亲并不了解这一切,现在回想起当时的情节,我有一种甚至是"偷"了父亲钱的感觉。这本书买回家我也只是翻了一遍,现在想起真是太不懂事,让父亲又得辛苦一个月来扎笤帚。

从1987年开始漂泊流浪,到现在我有了固定的家和书房。我收藏和翻阅的丛书、杂志不下3000本,想起少年时内心极其渴望看书的滋味,感觉是那么的酸楚和心痛。今天想来,一个喜欢读书的少年,用父亲给的买盐钱,去购买一本名人的小说,值不值?想到这里,我觉得我愧对的不是别人,而是过去的自己,还有我那苦难的父亲……

一位作家说过,写作,要给人以高贵。是的,给人以高贵的作品,需要作者具有高尚的品德。在今后的岁月里,无论怎样生活,我都不会忘记少年时贫穷的书香滋味,还有曾经充实过我憧憬的小人书,以及梦想和艰辛的点点滴滴。是小人书给予了我血液流淌的动力,才让我的躯壳因为书而有了灵魂。只要我确确实实地活着,我这一生是离不开书的,因为它带给了我整个世界,让我变得聪慧,变得坚韧,变得成熟。更重要的是心灵得到了滋润。爱读书的人很美,爱读书的人美得别致,即使我是一位农民工,只要喜欢读书,我也会显得神采奕奕、风度翩翩的……

读书,把一切的一切幻作生命的回忆,我要把它深深地烙印在我的肌肤上,让文字的流泻抽丝剥茧般的痛并幸福着。

笔墨将尽,对于回忆和曾经的痛,我将在苦的尽头哭泣,幸福的起点欢笑。

秦克云的散文

| 秦克云,男,笔名默耘,甘肃镇原人,中国诗歌学会会员,甘肃诗词学会会员,作品散见于多家报刊。

家乡鸟鸣声

家居深山丛林中,鸟鸣声四季不断。

居山知鸟音,这话不假。在四季的鸟鸣声中,山里的庄户人就能从各类鸟的叫声中知道准确的时间、四季时节和天气变化。

春天,百灵鸟清脆的鸣叫声中,成群的麻雀已在灰蒙蒙的晨曦中,穿梭在农家院子里热热闹闹地开始觅食,跳跃的爪子声雨点一般,稍有一点响动,呼啦一声,盘旋飞到崖背的酸枣枝上,眼巴巴地盯着猪槽里的那点米粒喳喳叫着。院外的树梢上红尾雀抖动着翅膀在树枝上啾啾叽叽,吵醒潜伏在沟洼草丛中的雉鸡,雉鸡洪亮的鸣叫声打破了寂静的山乡,这时山沟洼洼、树丛草甸中藏身的鸟雀便喳喳叽叽喧闹起来,在枝头忽飞忽落,有的用嘴梳理毛发,有的没完没了喳喳叫个不停。村里老人们说那是鸟雀在开会,不让顽皮的孩子惊动鸟雀们。

在山峁上斑鸠哀怨的咕呼咕呼声中,旭日冉冉升起。啄木鸟偏着脑袋,在树木上东瞅瞅,西瞧瞧,长长的尖嘴在树枝上,嘟嘟,嘟嘟嘟,啄出一串响亮的响声。黄昏,归巢的鸽子扑愣愣着翅膀在房脊咕咕、咕咕叫唤的时候,农家袅袅炊烟已在彩霞满天的上空升起,牧羊人响亮的鞭子惊飞一群红嘴乌鸦,哇啊、哇啊,扇着惊恐的翅膀飞进夜幕中。长夜眼蝙蝠在星星点点的天空中呼啦飞过来，呼啦又飞过去，偶尔也会配合那些捣蛋的男孩，钻进被抛起的臭鞋里，在大人的责骂与小孩的欢笑声中，又飞速返回。

火热六月，麦浪滚滚，抢收黄天的人们，想放个屁的机会也被黄鹂鸟"旋黄旋收"的急促鸣叫声赶得竖起脑袋看看天爷的脸色，唯恐自己手慢，落个与黄鹂鸟一样的悲惨。燕子低飞鸣叫，农人撒开镰刀，在抢码麦捆的如飞脚步声里，雨点已啪啪落下，在戴胜鸟不紧不慢逍遥自在地在泥地里刨挖找虫吃的时候，太阳又从云缝露出了。

灰椋鸟群飞的日子里，秋风起，草枯木瘦，乌鸦呜哇声中，那些南徙的鸟雀们随着秋风寒露一个个飞走，山鸡庞大的群体又喧嚣于整个山林。在大雪纷飞的日子里，麻雀叽叽喳喳飞落墙头与院子之间，唯有馋嘴的花喜鹊此刻贼胆包天，偷偷衔走老母鸡屁股滚出的蛋飞上屋脊，这才敢乐得咯咯叫出声来。漫长的冬夜里猫头鹰在清冷的月光下呼呜、呼呜，穿飞在萧萧山林，犀利的爪子轻轻掠走一只出夜的硕鼠。

生于山乡的庄户人，听着先人讲鸟与人的古经里长大。人人爱鸟护鸟，掠杀鸟类被视为劣习。小时候顽劣，有时捣鸟蛋捕雀玩，但总会以屁股疼痛的代价而诚服。

劝君莫打三春鸟，子在巢中待母归。此时正是春光明媚、鲜花正艳、百鸟呈祥的时候，鸟鸣声声中，我们走过了多少沧桑岁月，那些流逝的时光将不再来，唯有鸟鸣声声依在。

陇东秋

秋风起,草黄水清,陇东高原风光无限美。

清晨,雾袅袅,缥缥缈缈。

变得金黄的树叶,顶着露珠,晶莹剔透;红日东升,透过林梢,雾气翻腾,如云水发怒,与渐强的阳光争宠。此时陇东塬肥沃的土地上硕果累累。日与露是植物的爹娘,谁的恩赐也不愿拒绝,广纳阳光与雾气沐浴……

日头爬到高处激情四射,雾化为腾腾水汽渗入田野。

叮咚作响的牛铃,从山凹传来,牧人清脆的响鞭过后,四处奔窜的羊群咩咩叫着,牧羊犬的吠声惊飞灌木丛中的呱啦鸡。秋叶随之飘落,洋洋洒洒。

秋高气爽,秋草萋萋,叶肥籽饱,风吹见牛羊,正是牛羊上膘好时节。

群山黛绿,山花烂漫,大雁一字排队飞过,山那边激情高亢的信天游乱弹漫过,林梢与崖娃娃回声飘荡。

秋收了,山村大变样,农人如蚂蚁一样,撒尿也不会空手。养人的黄土地,恩赐勤劳人丰硕的秋天。黄澄澄的苞谷棒子已从小院爬上墙头,登上屋顶,挂在门楣的辣椒串如同农人的日月一样红红火火;乡间路上满载而归的拖拉机也显得吃力,吭哧吭哧如负背蜗牛。谷黄糜黄,绣女下房。秋收季节,在外打工的农人,惜土如金,放弃高薪也要收获多情的黄土地上长出的庄稼,尽管粮价低廉,但识字很少的农人以为"粮"字也很像一个"娘"字。

秋天山村处处清香扑鼻,硕果累枝头。苹果如同高原少女红红的脸蛋,梨子金黄。南来北往的客商在啧啧赞美陇东高原这园林瓜果之时,也被漫山的野酸枣给馋上了,如怀娃婆娘一样,满嘴酸枣,直至倒了牙,才吧唧着止嘴。

陇东的秋天,随意走进沟沟岔岔,都会被如画景色倾倒,都有各种果子令人垂涎。

陇东的秋天,气爽天高,天蓝如清澈湖水。夕阳西下,农家穿山烟洞冒出一缕缕青烟,如祥云飘飘,散发柴火香味,令人倍觉亲切。芦花公鸡扯长嗓子上架鸣,羊群也拥拥挤挤踱进栏圈。打麦场农人扬起的荞麦叶衣,随着习习山风飘向远处。

金秋时节,陇东高原风光无限美,祖国江山无限美。

想起儿时晒暖暖

"暖和爷晒我来——我给你担水饮马来——马不喝,驴不喝,两个俏媳妇儿抢着喝……"

这是儿时我们在晒暖暖的时候,呼唤太阳的歌谣。北方的冬天很冷,那时候我们这里很贫穷,家里学校都生不起炉子,唯有背风的阳坡湾湾里的阳光怜惜我们这帮穿着褴褛的孩子,给予一点温暖。

冬日的太阳总是懒洋洋的, 太阳总是在山雀的喧嚣声中羞答答地露出半个脑袋,晨曦给房屋镶上一层淡淡的绯红,广阔的田野被裹在金色的朝阳里,太阳映红了我们的脸。在村头的那两孔窑洞村学崖前,我们靠着崖壁,吸着鼻涕,齐声朗诵课文,随着温度的升高,我们的读书声彼此起伏,这种温暖的享受永远珍藏在我的记忆里。

晒暖暖最快乐的时候在阳春三月,我们一边晒暖暖一边挖辣辣菜吃,辣辣菜是一年中最早复苏冒头的植物,嚼起来清香辛辣。在暖暖的阳坡湾,小伙伴们沿着崖根拿上各种自制的小刀挖辣辣菜,挖出来掐掉带泥的那点叶子,在衣服上蹭几下,放到嘴里有滋有味地吃起来。在物资匮乏的年代,躺在暖洋洋的阳坡湾,嚼着那辛香的辣辣根,抹着一嘴泥圈圈也很享受。家乡有一句贬人的口头禅"日鬼掏辣辣",说的是那些耍奸溜滑的人。在一个明媚的暖暖日子里,一个人舒心地躺在阳坡湾,想起童年那些不问世事、油瓶倒了不扶、无忧无虑、让人无法忘记的快乐时光。

晒暖暖也是那些笼着袖口的成年人惬意的生活,左邻右舍的男人女人们闲了,冷兮兮地跺着脚,靠着墙崖享受着这难得的温暖。"太阳真好""嗯,太阳真好"，借着太阳温暖的面子，昨天还跳着蹦子干仗的这一对子"仇人"，在暖洋洋的太阳下都羞答答盯着露出棉絮的鞋面，说出了一句暖心的话。下棋的、打扑克的、掀牛九的，聚在一起从三皇五帝谝起，吱啦吱啦的旱烟锅子吐出那一股浓浓的烟味，同治贼乱的那些年，海原地震的那些事，还有大旱年馑的那些玄乎事，被捋着胡子的老爷爷前拉后扯讲来，我们这些小孩听得忘了一切，鼻涕流进嘴里，被七老婆那一声"猪相，鼻涕把门牙打掉呀"惊醒，在众人的哄笑声中，我们这才跑出人群，对着墙根拧着鼻子，擤出一团黄兮兮黏糊糊的鼻涕，追着往那些嘲笑我们的小女孩的脸上蹭。

暖暖的太阳下，是女人的天下。纳鞋底的，互讲针法；绣花的请教配线；还有裁衣钉扣的、剪纸铰花的、梳头刮脸的。女人嚼不烂的舌头，喧喧嚷嚷，笑得人仰马翻，这边的烂嘴爷们就嬉笑着骂开了"呵呵，臊乌鸦戳了一扁担么"。女人们骂着，笑着，喊着，呼啦啦一齐扑向这个骂人的烂嘴爷，抬腿的，拉胳膊的，在这边男人们的"哟哟咳咳"的嬉笑声中，烂嘴爷们被女人们抬起来上下扇动起来。在烂嘴爷"姑奶奶，姑奶奶……"的叫声中，烂嘴爷被高高抛在麦秸垛上，捂着破烂的棉裤裆，笑骂着这些"土匪婆娘"。

有一种乡愁就叫晒暖暖，温暖的是淳朴的乡情，温暖的是生命的心灵，这种温暖在儿时灿烂的笑容里，在庄户人的心灵深处，任何时候回忆起来，心里都是暖洋洋的。

石代莲的散文

| 石代莲,女,甘肃永登人,现居镇原。爱好文学,作品发表于多家报刊。

不若相爱

颗颗晶莹的雨滴,如俏皮的音符,自天幕跳跃而下,在无边葳蕤的大地上奏响了春天叮叮咚咚悦耳的旋律。迷蒙之中,枝叶细腻柔润,花朵烂漫热烈,绿草清亮鲜嫩……这种源自土地深处的灿烂与奔放,让人无由得相信,此刻的天地间,有一种爱情的味道在弥漫,在传递。天地万物都在静寂相爱,默然欢喜。而爱情本身,又是件多么诗意和曼妙的事啊。

这个相爱的季节,奔放,炽热,绚烂。你有你紫色的幽雅,我有我粉色的婉约,抑或是,白色的真纯,绯色的舒曼,蓝色的清丽……每种花瓣都印记着一种爱的味道,每个枝丫都生长着一种爱的姿态,芬芳馥郁,雅致温润。

时空无垠的荒涯里,于万千繁华和苍凉之中,没有早一步,也没有晚一步,刚巧相遇在这个春天,刚巧彼此相惜相爱,这不也是上苍对天地万物最美的奖赏吗?要犹疑吗?要等待吗?下一刻钟,下一季节,你和我,又会被岁月的罡风吹落到哪儿?你会成为哪株枝,我要做哪瓣花?世界这么大,缘分这么淡,季节这么快,就珍惜这份奇缘吧。你看,漫漫红尘若没有相遇,将会是多么孤独和寂寥,滚滚春潮若少了相爱,将生出几多苍凉与忧伤。就让春的光璀璨一点吧,让我们以梦为桠,以爱为苞,在无边的轮回中,生长这一季纯净的爱情,并随之蓬勃地美丽和优雅地老去。

不要你的王冠,不要你的献辞,甚至景明春和的盟约,春风十里的铺排,对于相爱,这件简洁疏朗、明澈剔透的事情,任何的修饰和点缀,都显得苍白拖沓,繁复沉冗。就单单地相爱吧,以心,以魂,以一季的希望和坚守。如同花儿在风中绽放,云朵在天空徜徉,你在我的枝丫上幸福地休憩。让我们的植株在无边的春季里,简简单单,清清爽爽,无须似锦繁华,不羡蜂鸣蝶舞。待到春季远去,我们只开一朵叫作爱情的花儿,若是金秋来临,我们也依然只结一颗叫作爱情的硕果。我愿这份爱情醇正如一,绵延四季。若经年后你我逝于时光冰冷的罅隙,这一季我们唯一的爱情,依然能像一个不老的传说在这个世间流传、咏唱,就仿佛我们献给天使虔诚的赞美诗。

　　未曾路过你的冬天,便不再好奇你的过去。比如,一只蚯蚓如何疏松封冻的土壤,让沉睡的种子得以舒展、生发;一朵流云怎样燃烧顷刻的晚霞,让稚嫩的芽苗懂得坚持、向上……连同那个冬季里,飘逸的飞雪,振翅的苍鹰,以及母亲温暖的呓语,孩童清脆的啼哭。甚至,流浪的歌手弹着忧伤的吉他,向北的小窗亮着星辰的灯盏。我不探究,如果这些弥足珍贵的场景里,没有我,就像你,永远也无法参透我蛰伏千年的曾经。可是,今天,以及以后每一个似曾相识的今天,我愿我是那枚轻盈皎洁的花蕾,随着你的枝丫一起摇曳,一同盛放。让三月煦暖的阳光和清风,记取这些属于我们共同的故事。

　　不若相爱吧。冯唐说,春水初生,春林初盛,春风十里,不如你。如果这些蓊蓊郁郁的春景,只为了证明一场季节的轮回,如果你蓬蓬勃勃的枝丫,只是想不负一次翩跹的欢舞,那么我说,不若相爱吧,在无边炫目的繁茂中,让我守护这株爱情清瘦的枝干,让她萌芽拔节、抽穗露芳,让她现世安稳,岁月静好。"帘外雨潺潺,春意阑珊,罗衾不耐五更寒。梦里不知身是客,一晌贪欢。"浮生若梦,你我皆尘。不若相爱,度得春风岁岁暖。

对不起，我爱你

娘是突然决定来我这儿的。七十岁的人了，头发白了，牙齿落了，眼睛花了，就连后背都弯得像张拉满的弓，还成天地忙东忙西，像个被生活不停抽着旋转的陀螺。这可一点都不像我想象中的老年生活——儿孙绕膝、老伴相携，品茶散步、清闲自在，暮年该是一幅多么恬美的场景啊。可事实上，娘除了那座老院，真的一无所有。

我常常在恍惚，娘和老院，究竟哪一个才是我的家？当时光老去，老院颓圮，还有谁能够在远方擎起阳光一般的暖、炉火一样的亮，慰藉我在异乡颠沛流离的心？

爹走了，孩子们外出工作了，老院空了。几次想接娘过来，她总说家里什么鸡啊狗啊门啊院啊的，得照看着走不开。娘恋家，甚至恋到了一种让我们无法理解的顽固程度。每每抬头，看见异乡血色的残阳在绵延的山峦间徐徐铺展、沉落，我都会不由得产生一种深深的悲壮感——枯藤老树，遥远的老家，娘就像一只灰扑扑的老麻雀，在孤独的斜阳下，寂寞地伫立在老院门口，守着一个叫着家的地方。

爹在世时曾经营着磨面坊、榨油坊、粉碎坊，娘则照管着一个百货商店。记忆中老院里总有一大帮的乡亲聚在一起谈天说地，偌大的水泥场院停满了拉着麦子、油料的三轮车。大家叽叽喳喳纷纷攘攘，排队等候的间隙还时不时地开一下爹的玩笑，摘上几颗果园里尚未成熟的梨儿、苹果解馋消闲。印象中爹总是一副憨笑的模样，谦卑地招呼着每一个等候的主顾。

由于常年都在坊内操持，爹的脸上总有着擦不净的面粉末儿，偶尔用手抹一把,就白一道黄一道地成了个大花脸。他的话很少,但脸上总是笑呵呵的,在老院热闹喧天的场景里他永远是那个最不起眼的角色。遇到偷懒的主儿,爹也不多说啥,任由人家闲逛抽烟,自己则守在磨坊里极认真负责地帮人磨好面、装好袋,再帮着装上车,笑呵呵地送人离开……

爹的身体好,儿时夜间我发高烧,眼前总看到个红色的小人儿在晃动,吓得我缩成一团。爹总会在我吃药后张开双臂暖暖地抱着我。奇怪的是,躺在爹的怀里,我竟然很快就能恬然入睡。乡村都信奉一种既神秘而又无所不能的力量——那就是男儿堂堂正正的阳刚之气。所以,爹娘也理所当然地认为,爹的力量,远超过药物的作用,那个所谓的什么红色小人儿,肯定是被爹吓跑了。

依仗着自己的强健身板,爹从不肯叫苦喊累,农活儿生意他样样兼顾。这也让我从初中到大学从不为花销犯愁,一门心思地念书和做梦。水泥场院连着娘经营的商店后门,但凡有来磨面榨油粉料的乡亲,想捎带着买点烟酒糖果、针头线脑啥的,冲着后门喊一声,娘就给齐齐整整地拾掇好了。庄户人家,就图个实惠方便,无论加工费还是购物费,爹总是合在一起结算,也总爱掐头去尾优惠一些,如此一来,方圆十里的人都爱呼啦啦地往我家赶。我家的院子,曾经成了方圆十里最热闹也最繁华的地方。

老院的空落,是一点点开始的。但遗憾的是,我们对此毫无察觉。多年来,我对这种热闹和繁华毫无怀疑,认为这实在不足为奇。直到爹猝然离世、娘瞬间白发,我才恍然大悟,原来浮世间的种种繁华皆缘于人,当一个人没了的时候,一切就都空了。甚至你都突然没了方向,不知道偌大的世界里,何处才能安放你的懦弱和畏怯、消解你的悲伤与不堪。

“此心安处是吾乡。”踏遍万水千山,也唯有老院最让人踏实和安然吧,我想。即使它早已沉寂,却依然像一坛深埋土地的老酒,散发着生活拙朴的醇香。时不时地嗅一嗅品一品,总能感受得到爹的憨笑和谦卑,也总会品尝得出娘的挂牵与不舍。流浪得久了倦了累了伤了,甚至一个人害怕得哭了,没关系,就算永不可能再被爹坚强有力的臂膀护佑,不还有个老院吗?你看,这院里渐渐老去的一砖一瓦,一屋一舍,一草一木,哪个不曾盈满生命的不屈与柔韧!而源于爹身上的那股力量,其实从儿时起就一直在这院里蕴积、贮存、弥散,关照和启示着每一个来来往往的人。

老院不能倒,娘最懂这个道理了。是个家,就得有鸡鸣狗吠,就得有柴火噼啪地燃烧,炊烟袅袅的弥漫,就得有个菜园植红种绿瓜果飘香,就得有个人洒洒扫扫清理守护。像在倔强地守着自己的生命一样,娘始终对空落落的老院不离不弃、满腔爱意。让一处家园,一个浸满了辛酸与甘甜的角落,一隅承载过欢乐与悲伤的地方,就这样在岁月的侵蚀和消磨中慢慢地消亡,这是娘实在不忍心的事。

但这次,娘却突然主动给我打电话,说要来我这儿住段时间。我惊愕、欣喜之余,有点隐隐地不安,忙回拨电话追问缘由,起初娘装着一副若无其事的样子,可后来终于还是没忍住,在电话那头委屈地哽咽了起来——人老了,原来并没有我们想象的那么勇敢和坚强,甚至她的脆弱有时候会超乎我们的理解。来吧,我说,来了咱娘俩好好唠唠,别难过,别害怕,有我呢。

而我,我又何尝真正坚强和勇敢过?对自己、对人生、对他人,多少回黯然神伤、忧伤绝望。看着自己像一枚单薄的叶子,身不由己地漂浮在汹涌的人潮,我多想再靠一靠儿时那个宽厚而温暖的胸膛。可现在,娘老了,她经不起风吹雨打了。对于娘,我就是她失去爹以后,另一种意义上的支柱,是她后半生可以依靠的臂膀和力量。

多少年啊,我们一直都觉得老院才是我们唯一的家,不能动不能搬不能变,其实我们都错了。娘啊,您在哪儿,爹就在哪儿,老院就在哪儿,我们的家就在哪儿。我们的血液里、骨骼中澎湃和汹涌的,都是老院的精气神,都是家的味道和气息。这些年让您担惊受怕地守着一个已经空落了的老地方,让您孤孤单单地经受着那些涌向老院的聒噪与侵害,真是我们做儿女的自私和冷漠了。就让那座老院成为那群嘈杂的乌鸦们最后的领地去吧,让那些果木蔬菜在炽烈的阳光下自由地生长和凋谢去吧,对于我们,娘,您才是我们独一无二的家!

接完娘的电话,我突然发现自己内心不由地生发出几许勇敢和坚强来,仿佛一瞬间,我也有了爹一样无坚不摧、神秘而伟大的力量。直到行至人生半途,我才恍然大悟:世间哪有什么无所不能的魔力? 真正让我们无比强大的,不过是内心深处那份源源不断的爱!

烧一炉旺旺的火

　　已经是很多年没有生过炉子了。小时候,每年冬天,爹娘总会生一炉旺旺的火,烧一席热热的炕,安顿我们几个读书写字,或者是玩耍嬉闹。偶尔地,在一个天空飞扬着雪花、满院宁静安谧的清晨,当我还赖在暖暖的被窝里做着香甜的美梦时,爹已经在炉子上烧好了那罐酽酽的酥油茶。小时候我身子骨弱,常常害病。爹便托人在省城买了点酥油,听说酥油茶能润暖心肺,预防百病。幼年的冬天,总是时不时地弥漫着一股子酥油茶的味道,醇香,绵厚,温暖。更多的时候,娘会用这炉火做饭。当然也会在某个美好的日子里,烤一些个头小小的洋芋,炒一点灰豆,甚至是煎一摊油汪汪的鸡蛋葱花饼。这炉火,俨然就是我童年世界里最神奇的宝贝了,它总能变化出那么多令人留恋和馋涎的美味。时至今日,我仍在深深地怀念着那个与爹娘一起围坐在红红的炉火旁、喝茶或者吃饭的情景,那是人生中多么简洁明朗、弥足珍贵却永不再来的幸福啊。

　　当外面冰雪皑皑、小伙伴们各自袖着小手缩进屋子里再也不肯出来时,我便也收起了玩心,安静地待在炉子旁,一边听爹娘唠叨今年的年景,一边看着炉火炎炎地燃烧。没有什么能比炉火更让人在冬天感觉美好与充实的了——那极致的燃烧与绽放、那纯正的火红与炽热,那袅娜柔曼的升腾、那低沉宽广的弥散。看着炉火,你会不知不觉地感受到一些铿锵的鼓点,从我们深远的内心渐次地敲响,随之整个生命都会欢快地舞动、尽情地跳跃。也或者,你将那些弥漫心怀的、莫名的寂凉与忧伤,一丝一丝小心地抽离,徐徐掷进这芳艳的火苗,看着它们如丝绸样细腻柔软地交融,波动,升腾,飞舞,而后慢慢地沉寂,如悬挂高空的寒月,缀满了晶莹璀璨的冰花,朝向我们未知的方向,一片片地碎裂,飞溅,凝结,甚或是流逝。

一炉火,在我们的生命中,究竟意味着什么?我一直这么忐忑地猜度着,而炉子本身又是一个多么辽阔与奇妙的载体!冰冷的黑炭,顷刻变得生动、柔和,充满了脉脉温情,甚至黑炭一改其固执、坚硬的本性,在炉子庞大的时空中,凭借一种火红的燃烧,极致的柔韧,最终凌空飞舞、云消烟散!

生命如炭,当该是圆满的。漠然时不舍其性,不媚世俗,不趋强势,亦不沉沦,不悲绝,待到舍生取义之时,就要随烈焰一起升发、腾跃,褪尽鄙陋,怒放生命!而后,如烟云般流逸,散去。留一抹淡淡的青痕,在深深的红尘,浅浅地盈动,低低地流淌。

已离开故乡许多年了。这些年,酷像一株浮萍,四处流浪。经历过生离死别,亦看到了人世炎凉,也曾住进了楼房享用着暖气的洁净安逸,但大抵此生我就是流浪的命吧,如今终还是蜗居在这异乡不足十平方米的简陋平房里,过着我曾千万遍设想过的瑰丽人生。三十三年的生命,想想,都有些不可思议。更别提那些什么"独上高楼,望断天涯路"、"衣带渐宽终不悔"甚至"蓦然回首,那人却在,灯火阑珊处"之类奢侈的话题了。于我,漂泊中的活着,就只是简单地活着,我是个毫无智商与情趣的大庸人。

平房自然没有暖气。没有酥油茶,没有热炕,更没有爹娘。屋外是彻冷的冬,陌生的人,叫嚣的车辆与寂寥的天空。许是再也喝不到爹用心熬制的酽酽的酥油茶,我的身体愈加地弱了,动不动就倒床不起。流浪加上患病的日子,很难熬,却不再有泪。我终于明白有些痛苦如同珍珠,总要被生活的悲伤层层地包裹着,经年地埋藏,反复地磨砺,直到某一天,遇到某个有缘人,举起锋锐的刀具,将这厚重的殇尽数地剖开,才能取出那颗颗熠熠而圆润的珠粒。酝酿痛苦,直至成珠,其过程,恰如某人曾说的:将我们人生的悲喜、忧欢,随时光慢慢地沉淀、发酵……成为一种历练,这种感觉,有点像酿酒。

生病的日子,很少接到电话。怕娘担心,我没说。朋友们大多忙着各自的前程,我亦没敢多说。偶尔来电,却是关于工作的事,高效、快捷的现代词语,一个个泛着白花花的光。我知道,这个时候,我得学会自己取暖,我得学会自己在流浪与困苦中生炉火、过寒冬。

终于生起了一炉火。任它屋外喧嚣欢腾,我独搬了个小凳,依偎在炉旁,随药力沉沉地睡去……头不那么痛的时候,我会将目光从空白的四壁、悬浮的尘粒和一袋袋白色、黄色的药片上,游移到如旗帜样鲜红的炉火上。像许多年前那个冬天的我一样,收起玩心,安静地待在炉子旁,一边听自己心跳的声音,一边看炉火炎炎地燃烧。没有什么能比炉火更让人在冬天感觉美好与充实的了!

青烟缕缕,婀娜摇曳,宛若行走陌上的青衣,幽幽哀婉着,袅袅地飘逸。那火苗,噌噌地,从炉子底部的正中一下一下升腾,如生命在清脆地拔节和羞涩地抽穗。火苗正中,一股子的醇红,轰轰烈烈,堂堂正正,像那些始终不肯泯灭的理想,猎猎地招展。而火苗的四围,却缠绕着些许幽魅的蓝焰,如同我们生命里太多无法昭示的隐秘与纠结。沿着火苗看下去,再看下去,直到这火苗的根部,面对那片生发出艳艳花朵的土地,你会瞬间无语:一块块的黑炭,在那里,错落有致地组合排列着,那是一片怎样刚柔并济、阴阳契合的土地!生命的玄妙、古惑与幽秘,向来都令人讶异、震撼甚至是无措!

细细聆听吧,以你困苦的身体、剔透的心灵以及纯澈的耳朵,听这世间万物次第绽放的声音,听这生命底部盛开的歌唱,你会发现,自生到死,生命中始终都在演奏着一曲壮美而恢宏的交响乐。相信你的心灵、耳朵,相信你的苦难、信仰。相信每一株风中孑然摇曳的草,相信每一粒脚下卑微平淡的石子。相信,茫茫人世间,总有一盏灯火,会因你点燃,明亮而温暖;仆仆风尘中,总有一首歌,会因你唱起,浑厚而苍凉。更相信,人来人去,都是一次美好的赴约!

那么,我的亲人,我的朋友,在这个寒冬,也请您相信我最真诚的祝福:烧一炉旺旺的火,过冬天吧。

姚康康的散文

姚康康,男,甘肃镇原人,文学硕士,甘肃省作家协会会员,甘肃省文艺评论家协会会员,庆阳市文艺评论家协会理事。有文学评论、散文及诗歌等在多家刊物发表并多次获奖。

小城笔记

镇原是一座温暖的小城。有时候,人们说镇原,仅仅限于县城之内,我在此便是这种意思。镇原不大,从西头啤酒厂走到东头人才大厦,快点的话二十几分钟就可以了,我曾试着看过时间,从啤酒厂走到电影院是十多分钟,从电影院走到人才大厦又约莫十分钟。在这么小的地方,连公交车似乎也是可以不要的,也的确是,镇原以前是没有公交车的,近年来,随着县城的开发,面积不断扩大,才有了公交车,方便人们的出行。

镇原的饮食。普通人早餐喜欢吃包子、油饼、肉夹馍,正餐吃炒面、饸饹面和羊肉泡馍。一方水土养育一方人,镇原人对羊肉泡馍的喜爱是深入到肠胃深处的。对于一般人来说,能吃上一碗热气腾腾的羊肉泡馍,是一件很享受的事情,一些经济不宽裕的人们,则视吃碗羊肉泡馍为件小小的"高档消费"。一般食客都是老顾客,吃羊肉泡馍讲究的是汤正、肉香、量足,吃惯了一家的味道,到了别的一家,也许会不习惯。乡村鲜嫩的青草养肥了羊群,羊群则进到城里,落户一家家的羊肉馆,化作一位位食客口中浓香的回味。叶落归根,猛地回头,年老想起一生中吃过的羊肉泡馍,有的人仿佛就站立在了羊群之中。羊是上苍留给人们的美味,实在而又容易滋养人,镇原人对于羊肉泡馍的喜爱如同兰州人喜欢牛肉面一样，是对一种饮食长期适应的结果，这种喜欢，无论老幼。比起羊肉泡馍，炒面则是最寻常不过的面食了。吃镇原炒面长大的人，到了外乡，会觉得在外地很难尝到镇原的炒面那种味道，无论肉炒还是蛋炒，都是满碟子满碗，还有大小碗之分，实实在在的全是"干货"，大碗的炒面，足以吃饱一位干体力活的汉子。炒面做法简单、快捷，尤以手工扯面最好，它的形象，宛如粗犷的西北汉子，而又不失彬彬有礼的风度，是朴素的，味道却不马虎。

镇原的窑洞。礼失而求诸野，窑洞在镇原是居住之必需。近年来县城楼房鳞次栉比，窑洞已难觅踪迹，但在乡下，却是常见的，尤其到了山区。人们依山形地势，挖凿窑洞，饰以装饰，一个完整的院子往往有三至五口窑洞，正面中间的是主窑，里面住着家庭中最尊贵的主人，兼做客厅。一般来了客人，得首先让进主窑，沏茶递烟，以示尊敬。代表一口窑洞温度的，是土炕，炕里煨草叶及牛羊驴干粪，上面睡人。尤其到了冬天天寒地冻时节，炕里火旺旺的，上面热腾腾的，人们通过烟囱及其他一些方法控制好温度，睡在土炕上，感觉似乎整个冬天都是温暖的。尤其家中有老人，人们往往从土炕的温度就可以知道后生晚辈的孝顺程度了，能侍候好老人身下土炕的温度，自然对待老人也不会差到哪里去。如今，随着人们不断地进城，乡下的土炕越来越少，也许有一天会淡出人们的视野，但我常常会记得，冬天的夜里，从外面零度以下的寒风中推门进来，土炕热腾腾的气息代表了家对人的吸引程度。还有，远方的老亲戚们来了，老人们躺在宽敞温暖的土炕上，整夜整夜说着往事，也常常使我想起那些业已远去的青春时光。

北山与石崆寺。王符相传曾在北山上读书，因著有《潜夫论》，谈论天下大势而留名。山上有古柏若干，相传为王符亲手所植。古柏皆树身粗壮，枝叶苍劲，处处显示出岁月雕刻的痕迹。现修有王符读书台，登台远眺，镇原县城皆收入眼中，站得高了，便会想起当年王符若站在山上望去，肯定没有如今这般车水马龙，东汉年间的镇原会是什么样子，我无从知晓。但他以一个乱世隐者的身份登台,肯定会有"念天地之悠悠,独怆然而涕下"的感时忧国。北山现成了镇原的一处风景旅游之处,也是镇原人工作之余休闲锻炼的地方,山上有道观,能闻见松香袅袅之余味。与北山遥相呼应的是石崆寺,石崆寺建于隋朝,有造像若干,开凿于半空,一双双慧目注视着脚下来来往往的尘世善男信女。石崆寺以前曾遭到过破坏,众造像中间最大的一个已经损坏,近年来才得到精心维护,山下平地建有广场一处,有娱乐设施若干。北山是一种文化,石崆寺也是一种文化,北山的文化是感时忧国的爱国文化,石崆寺则是普度众生的民间文化,二者都是勤劳善良的镇原人民所创造,代表着这个小城过往的厚重。

我曾向往过外面的大世界,也曾到外面打过工、读过书。最终还是愿意回到镇原,在这个小城的一座办公楼里上班,天天在街道上行走,匆匆地接送孩子,到市场上买菜,到书店买书,到邮局邮寄东西,签收来自外地的快递。镇原是一个温暖的城市,这座县城正在一天天变得干净、整洁,许多大学毕业生开始喜欢回来,为镇原的发展奉献青春,一些乡下人也在逐渐融入这座城市,享受着城市发展带来的便利。镇原的发展离不开全县人民的努力,这座小城会变得越来越美好!

乡村笔记

村　庄

　　湾掌,从地图上看,即使在县域地图上,也未曾标出,一块不能再小的地方,四面环山,分布着二十几户人家。在十六岁以前,我的生活中大部分时光与这个小村庄发生着联系,从情感上来说,它是我的故乡,一块有着温度的土地。即使在 2003 年中师毕业,在西峰谋生未果,也有将近半年的时光在这个村庄里打发掉,书未读成,在乡亲们眼里无端成了一位"闲人",四年的求学生涯已花光了家里的所有收入。毕业那年,"非典"发生,人心惶惶。夜晚,有月亮的时候,一个人常常在门前的小路上徘徊,月光如水,静静地从一座山头,流过另一座山头。远处,是山,山的那一边,连着公路,偶尔会有过往的车辆响起,远方会给人许多飘忽不定的念想。我一个人独坐许久许久,月光下的山村结束了一天的忙碌,人们各回各家,偶尔有夜行者脚步响起,也是来去匆匆,很快归于寂静。在山村落寞了半年后,在岁末,我决定出外看看有什么可以谋生的机会,数来数去,最后选择了银川。那时候向别人借五十元也往往很为难,要考虑很久,家里经常拿不出。在父亲无声的反对中,母亲欲言又止,在一个有月光的夜晚,怀揣着借来的二百元钱,我坐上了去银川的夜班车,第一次去了比读中专的西峰更远的地方。来到银川,暂时投靠在一位在此打工的表兄四面无光的小出租屋里,那段时间,快到元旦了,张国荣和梅艳芳刚刚辞世不久,悲伤的气息在那一年年末淡淡笼罩。偌大的银川,不知道哪里还有工作的机会,城里的道路四通八达,公交车来来往往,自己不敢贸然造次,害怕坐错了车,被公交车扔在城市里某个陌生的地方,就预示着和表兄的小出租屋失去了联系。也尝试着按照报纸上的招聘广告去找过几家企业,一家搞图书编辑的小工作室面试后说再等几周,一家招会计的企业则连理由也没给就打发掉了我。表兄很发愁,我身上的二百元钱很快所剩无几,只好打道回府,父亲见了一句话也没说,母亲只是默默地去准备饭。

第二年,正月一过,我又跟着村里的几个人去了陕北,在一个小建筑工地上一直干到当年八月份县上有了统一的招聘考试机会。到了十二月份,我有了一份比较稳定的工作,后来,距离湾掌也渐行渐远,也越来越忙,故乡的月光,从此留在了故乡。

庄　　稼

年少时候,家境贫寒,全家人用尽力气侍弄几亩薄田,依然是生活拮据,上小学二三年级的时候,我就已经跟着大人开始一起劳作了。种麦子、牵牲口的活和打土疙瘩的活就是我的,麦子种下了,还要关心它的生长,锄草,施肥,在它成长的过程中你丝毫不能马虎,那关系到一家人的温饱。最难熬的是收割的季节,要赶着天晴,在天气最热的时候,马不停蹄地将麦子割倒,运回打麦场,晒干,堆成垛,到了碾麦子那天,几乎成了一年中非常隆重的日子,做好吃的,喊大伙帮忙,每每忙了一天,到了晚上,打下的麦子堆在打麦场上,我和父亲、母亲坐在麦子旁边,微微喘息。天上一轮明月,缓缓地移动,照着整个山村,照亮打麦场,也照着我们沉默的一家。收获,不仅仅是充满着喜悦,也有一种仪式般的忧伤。

真正的收割者往往是不善表达的,我没有见过一位农人写下诗句,表现过收获的场景。在收割的现场,一个个农人流着汗,埋头在干。一个农人的一生,就是种下麦子,侍弄麦子,收割,装进麦囤,然后又开始下一个轮回,一生中几乎干的就是同样的事,你说他疲倦吗?故乡里生活着我们业已老去的父母,埋葬着我们的祖先,他们一生在土地上劳作,我的奶奶一生只在方圆几十里土地上活动,我的爷爷最远也只去过银川给别人短期内放过羊,我的太爷爷,在父母的回忆里他多么勤快,参加过地方抗日武装,最终还是早早地回到麦地里,一生忙碌,听说他很疼爱我,但我的记忆里一片模糊,那时太小,他是我生命中重要的亲人,但我却无法用一篇完整的文章来怀念他。

我们已经熟悉用周来丈量生活,而二十四节气,麦田、收割,则成为农耕时代的东西。我只记得那些年,那些时光,在乡下,我陪着父母,在贫寒的日子里,坐在打下来的麦子旁边,也坐在麦地旁边。麦子入仓,对于我们,意味着一家人的口粮有了着落,而对于麦子,则意味着完成,意味着结束,意味着滑向无边的黑暗与终了。吃麦子长大的农人,也是吃麦子衰老的呵……

种 花

小时候,有次到亲戚家玩,回来的时候,她送我几块花根,土豆似的。我在院子外面种下,每天浇水,盼着它们破土而出。天气渐渐暖了,等到草长莺飞的时候,地面上多了几根嫩芽。

花是挨着庄稼地种的,地里肥料足,不到几年,就繁殖到了一大片,有半人多高,红的是花,绿的是叶,庄稼地里每次耕种,总是会有一些枝叶被碰掉,我心疼无比。好在父母并未坚决反对我在地旁种一点花,它才能一年年迎风绽放,在小山村,人们远远地见了,都说这些花密密地一起开放,看起来都香。

春天把花根埋到土地里。

夏天的某个早晨,也有可能是傍晚,先是一朵花,接着是第二朵,渐次开了,忽然满院子都是花香。

有雨的时候,我要出去照看几次,害怕风吹雨打,有些枝丫支撑不住。

麦收深翻地,秋季种麦。父亲总是一次次告诫我,不要让花生长到庄稼地里,会影响他耕种,每次总难免有一些斜逸出去的枝朵被折掉、碰掉,没过几天,在烈日下会干枯,化作尘与土。

冬天,天气渐渐寒冷,气温到了零度以下,花会冻坏,枯萎,地下的根茎,却是好的,这时需要掘出来,深埋在向阳温暖的地方,让它们安安稳稳过冬。

后来,出外求学,我渐行渐远,院子外面的花,也很快没了踪影,这也是娇弱的花朵,从枝叶、花朵到根茎,没有悉心的照料,便长久不了。

种一畦花,只好等以后有机会了,回到乡下,才会再次实现吧。

少　年

那年他只有十二三岁。在这之前,在他蹒跚学步的时候,由于突发脑膜炎,乡村医疗条件差,等到确诊时已经差不多错过了最佳的治疗时机,多亏他父亲做生意攒下了一些钱,他才没有傻掉或者遭遇不测。记忆中他还只是一个孩子,不知不觉已从一个几岁的儿童长大成一个十二三岁的少年,在那一年后,又是好些年过去,现在应当长成了一个小青年了吧,在远方。

远方是对故乡致命的打击。然而,人们还是义无反顾地纷纷去了远方,在湾掌,谁家杀一只鸡大家都知道,去了远方,大家开始不再联系,有人几年后回来,说话也成了南腔北调,有得了癌症的,有一贫如洗的。有位妇女,当了几年保姆,在西安为儿子买了一座大房子。还有的去了南方,在暧昧的日子里打发时光,父母却从此衣着光鲜了许多,好在这些已经远远超出了只产庄稼的村庄的理解。

还是说说少年吧。故事是听来的,十二三岁的他和母亲去姥姥家,有天他到另一位亲戚家玩,看见有杆猎枪摆在窑洞里面,懵懂不经事的少年按捺不住内心的好奇,拿起枪一扣扳机,枪响了,坐在窑洞里另一位刚放寒假的乡村大学生应声倒下。

猎枪主人后来说,那杆猎枪他装了火药打野兔,一早上都没有打响,谁知,到了十二三岁的少年手中,偏偏响了,早有预谋似的。

　　十二三岁的少年和父母不久搬到了远方,再也没有回来。那位没有抢救过来的大学生的母亲,渐渐地神志不清,每天疯疯癫癫,四处寻找她的孩子。十二三岁的少年,后来,村庄里许多人该都不认识了,那个年纪,本来不是犯错误的时光,何况事件本身,让人如此伤痛。

一地落叶

如果你愿意，不妨和我坐在一起，来谈谈对这个冬天的印象。其实我并不能算作一个自由的人，我有时会很烦，很痛苦。但坐在这个冬日某一天的下午暖和然而又感觉格外空旷的院子里，我又恢复了我在孩提时代的那种单纯和温馨。冬天来了，树叶绝大部分都落了。这时候你会觉得落光了叶子的天空原来是这么空，这么容易让人极目远眺，却又容易染上一种对春、对夏、对秋的淡淡的怀念。只有在这时候，一个人才觉得一年快结束了，不由得有一种冬天固有的疲倦影响着你。我常常想，冬天是最适宜于人衰老的，同样的道理，也最适宜于人们的成长。当然，这与短暂的日子无关，与你的无聊无关。

在风中慢慢地打量片片从高处往下落的叶子，其实是很美的。有时候自己也数不清在一棵树上会悬挂着多少种颜色的叶子，或者在一片叶子上一下子会聚集多少样颜色，大自然要赋予落叶短暂的色彩，我往往无法用言语来一一界定，我在它们面前，更多的是学会了沉默。假如我空闲的时间多，我会在树下多站上一会儿，不必去做太多的想象，其实这已经足够，落叶已经比我们更懂得沉默，那么我们就应该小心翼翼地保护这种亲切的氛围；如果你愿意，你不妨也将自己想象成一片落叶，在故乡的一些地方，抑或在远离故乡的一些地方，像昨天一样生活着，也像明天一样生活着。

我在深夜里读书的时候忽然想起外面的落叶。雪刚停，云层很厚，出到外面，落叶已经和黑夜混为一体。我想假若有一天我的眼睛看不见了，每次看见落叶（其实用"看"是不恰当的）就应该是这种样子。

小时候我并不算一个很胆大的孩子,夜晚走路,落叶在身前身后的沙沙声总使我疑心周围睁大着许多双恐怖的眼睛,或许生活中对于"鬼"的印象,就是那样植入意识之中的。长大后,我还对"鬼"心有余悸,虽然它们也许对我已算足够客气,让我平平安安长大,会爱,会恨,会在一些阳光下打量一地的落叶。

　　有时候冬天来了,大地上的落叶已经很少见了。有时候看见了,心里便感觉像分别了很久的朋友,感觉中总有许多话要说,总有太多的并不需要言语而存在的絮絮叨叨。有时候,在北风中你会看见一两片还没有来得及衰落,还没有来得及落下的叶子被风和一个匆匆而来的季节风干在枝头上,绿绿的,远远地看见,就像一两只朴素的鸟停栖在那里,内心刹那间泛起来的感觉真的是很丰富。

　　我曾在冬日的阳光下仔细观察过落满淡淡的阳光的许多物体,以及或忙或闲的人们,我总能从他们之间相似的地方找到细微的差别。有些上面落得阳光多一些,有些上面落得阳光少一些,仿佛是暂时贮存阳光的容器,那阳光应该是在玻璃一样的器皿里面而不是在外面,看着这样装满阳光的容器在你的身边来来往往,川流不息,心中实在久久难以平静。

　　我曾在冬夜躺在滚烫的土炕上听着屋外互相推搡的落叶的声音而感到难以入眠。我的生活,乃至生命许多年只是与乡村发生着联系,我想象不到这些抑扬顿挫的声音与什么混凝土有关,我更容易想起比这更早的某一年与这相差无几的时候在类似的场合经历同样的事情。那些落叶如鸟鼓翼欲飞,却好像总远离不了你的身边。只是后来自己才明白,是四季不断,落叶不断的缘故啊,可惜我没能与哪一片落叶成为至交,每次相逢总能认出它。我是一个很粗心的人。

　　在这一个冬天开始的时候,看着一地的落叶我就有了写写它们的冲动,虽然不是很强烈,但是偶尔提笔,还是能够留下一些文字,这时候我便渐渐地迷恋起文字来,只有到这时候,我书写的文字才真正属于我自己。这是不假的。

我不知道为什么会对大自然这么敏感，就像说不清为什么我会在某天黄昏会被一片落叶触地的声音所打动。

只有那金黄色的落日余晖毫无保留地落满一地的叶子上面时，我才会开口默默重复一句话："这是最后美丽的时刻"，西方人们传说天鹅在临近死亡时会忘却自我地歌唱。在我看来，镀满落日余晖的一地叶子也拥有这种本能，那种歌唱与喧嚣的世界恰恰形成鲜明的对比，它们太珍惜自己的声音了。或者说，它们太珍惜自己的歌唱，所以从枝头到地上，在这短短的时间里，几乎大多数人都听不见落叶是怎样歌唱的。其实那就是真正的天籁。我们形容不出来，要么感动，要么无动于衷。

一片叶子，从枝头到地面，这样的距离在它的心里有多长？我曾经在夏夜里虔诚地听过杏子从树上落地的声音；我也曾经在夏天开始不久的时候在树下一如既往地发现过几片新鲜的落叶，其实，面对它们，和面对秋天的一地落叶都是一样的，这里面有"结束"，也有"开始"，而你遇见的那些落叶，恰恰是你正好遇上了，或者说，是它们恰恰遇上了你，如此而已，但愿你能够理解。我们有我们的世界，落叶也有落叶的世界。

一场大雪过后树上剩下的叶子已经很少了，当然，我的意思不是说叶子已经在落去前有所惧怕，在冬天里，一个人并不难发现顽强地带着淡淡的绿色守候在枝头的几片叶子，那是对有限的时光做出无限抗衡的举动啊。我喜欢在雪后的黄昏踩着一路的银白色去长久地注视着已经落光了抑或尚有几片疲惫的叶子立在枝头的冬天的树木，久久不愿离去。

在冬天的黄昏，如果你认真地听，如果你心平气和地立在一棵棵树下认真地听，你便会感觉到外表上刚刚平静下去的落叶其实此时此刻一片喧哗，一片片叶子从枝头来到地面，和树木和大地会有太多太多的话要说，这里面有彻夜的长谈，有喃喃自语，有依依不舍，也有从土地里获得生命又重归于土地化作泥土时的深情和眷恋。这里面有大彻大悟，也有不彻不悟。

冬天的晚上听着外面风吹动落叶的声音会使人容易想起那些刚刚过去的日子,想起那些日子的阳光和蓝天。当一个人躺在故乡的冬夜里慢慢地咀嚼着那些沙沙的响声的时候,仿佛嘴里同时也咀嚼着许多果子的味道。在这个时候,为什么不失眠呢?听着落叶的声音,在漫长的冬季里应该胡思乱想,如同童年时候爱幻想那样,落叶在风中正一片片远离我们而去,在荒芜的冬天里,我在记忆中开始一一捡拾那些遥远的落叶,有些落叶捡起来,上面还带着新鲜的露水,有时在梦中,仿佛自己也已经成为一片陈年的落叶,在世人看不见的某个地方完完整整地躺着,既不忙碌,也不会无所事事。

　　在时间里落着的那些叶子,而今,你们都在忙碌些什么? 2010 年的许多叶子在我的记忆深处依然是要用上一个月,甚至更长的一段时间才能慢慢地从树上飘落下来,它们实在有太多的悄悄话在临行前要和枝干说,如同上帝的孩子老到一定的程度,要化作云彩之前与上帝之间的长久絮叨。许多年前的叶子在我睡梦深处仍然在慢慢地落着。甚至有时候我分不清哪些是去年的抑或更远时候的叶子,哪些是今年的叶子。叶子从枝头坠落到地面的一刹那会想起它的前生,想起前世的四季和人们,那么,在它轻轻触地而亡的那极短的瞬间,它的心情一定是无限复杂。虽然所有的落叶最终都归于尘与土,然而在它们生前,在它们年轻的时候,每一片叶子都应该有不同的遭遇和位置,它们没有在一模一样的空间和时间出现过,它们每一个都有一个自足的世界,在某一个冬季来临的时候,一切结束。生前得到的,就此安息,未曾得到的,也从此安息。因为还有来者,还有来年的生长和躁动,2010 年结束的时候,面对一地落叶,或许,一代人的梦想才刚刚开始。

刘志洲的散文

| 刘志洲,男,甘肃镇原人,甘肃省诗词学会会员、甘肃省作家协会会员。作品散见多家报刊和网络平台。

记忆中的匠人

记忆中,村子里总有那么一些人,除了在黄土地上早出晚归、耕作农桑之外,还以其精湛的技艺和灵巧的双手,付诸心血和汗水,为社会创造了更多财富,同时不断改变着个人的生活条件,他们或一凿一斧,或一砖一瓦,或一针一线地雕琢着理想的人生,被人们统称为"匠人"。改革开放后,特别是近年来,农村面貌覆地翻天,农村经济生活欣欣向荣,乡亲们的物质生活和精神生活发生了巨大变化,已经从"基本生存型"向"享受发展型"转变,匠人们也在这历史的大潮中载沉载浮,木匠、土匠、石匠、铁匠等逐渐淡出历史舞台,永远成了时代的印记。

木 匠

木匠在过去的农村很吃香,大到耕种用的犁耧、拉货用的架子车、做饭用的风箱,小到碾场用的木锨、推耙,以及各种把杖、升、斗及方桌、圆桌、三斗桌、两斗桌、门窗等等,无不是出自木匠之手。听村里老人说,木匠还有圆木匠、方木匠、犁木匠之分,对于各自的区别,方圆百里能说清楚的已没有几个人了。单从字面意义上去理解,圆木匠专做木桶之类的圆形物件,方木匠是专做桌子板凳等方形物件,犁木匠是做犁铧等农具的。村里人修房子,最先请的就是木匠,等木匠套好门窗,砍好大梁、檩条、椽子,预备好建房的木料后,建房工程才能正式动工。房子建成后,还得由木工做几件像样的家具,大立柜、五斗橱、写字台等都是最时兴的。

土　匠

"远来君子到此庄,莫笑土窑无厦房。虽然不是神仙地,可爱冬暖夏又凉。"这是一首赞美陇东窑洞民居的诗句。这些被喻为"陇东奇观"的独特的窑洞民居,《诗经》里称"陶复穴",皆出自土匠之手。过去,一位农民辛勤劳作一生,最基本的愿望就是打几孔窑洞,有一个体面的庄子,有窑娶妻才算正式成家立业,男人在黄土地上刨挖,女人则在土窑里操持家务、生儿育女。过去住的庄子,不管是地坑庄还是明庄,都要削出一定斜度的平面,俗称"刮面子"。挖窑洞时,为了省工省力,多在塬边、沟边及靠山崖挖建;为了坚固耐用,要理出前高后低、上拱下直的开关,俗称"揎窑",还有后期的墙面抹平、砌墙等,这些技术活都要请当地知名的土匠来完成。

石　匠

"打石又打铁,一天是天二",石匠这种匠人很苦,白天在山上采石,傍晚收工回家后,还要锻打采石的铁件工具,很累很苦。过去,人们磨面用的石磨,碾米用的石碾,碾场用的碌碡,夯地基用的石夯,喂牲口用的石槽等,都要请石匠来做,他们用锤子、钎子一点一点地雕琢,才能把巨大的石坯做成规范的用品,派上用场。据说石匠也有粗匠和细匠之分,粗匠是把山上的石头采切成大小长短不一的原料石,细匠一般是在山下,或磨,或雕。拿石磨子来说,过去在农村它是一个非常重要的生活用具,一日三餐所用的面粉,全都仰仗它一圈圈地磨出,时间长了,磨齿被磨平时就用老了,要请石匠加工修理,俗称"锻磨子"。后来,空压机、冲击机、切割机、火割机等先进的采石机器代替了粗匠,细匠现在也不多见了。

铁　匠

俗话说世上有三苦:撑船、打铁、磨豆腐。村里原来唯一的一户赵姓人家,开了一个铁匠铺,村里人犁地用的犁铧,给牲口铡草用的铡刀,起场用的铁叉,种地用的锄头、镢头,挑水用的水担钩等,都来自这家铁匠铺。打铁既是一件体力活也是一件技术活。小时候,经常跟着父亲去修补家里那弯老犁,对铁匠铺特别熟悉。白雪皑皑的冬天,我们一帮小孩子总爱凑到不足30平方米的铁匠铺,围在煅烧铁坯的火炉旁,看着赵铁匠用手拉的大风箱掌控火候,然后和他小儿子光着膀子,一个使小锤、一个抡大锤,把一块烧红的铁块砸得火星四溅,每月收入将近30元,在当时已经相当不错了。

民以食为天。改革开放前,匠人们之所以走上求艺的道路,除了个人爱好、社会需要外,最重要的还是生活所迫。毕竟,无论在村内做活,还是外出闯荡,不仅可以挣到工钱,还可以混个饱肚子,所以,相对于单纯靠种地吃饭的家庭来说,有手艺人的家庭,生活一般都能解决温饱。正所谓"一艺在手,天下我有"。

毡匠爷

俗话说"做官的,打铁的,不如蹬两脚的(指毡匠)"。过年回家,我又见到了村子里的"毡匠爷",他已经八十多岁了,身板还算硬朗。"毡匠爷"其实是有名字的,只是他的毡匠活做工精细,人们才这样称呼他。

我的家乡在陇东黄土高原上。儿时的记忆中,见到最多的是"毡匠爷"肩挑一副筐,里面装满家伙事,徒弟后背斜挎着一张大木弓,外出揽活时的情景。他一年四季在外都有活做,就连家里的几亩地都是乡亲们帮衬着耕种收碾的,村子里很少见到他的身影。

过去,人们普遍生活条件差,住窑洞睡土炕,毛毡都可谓是奢侈品。冬天为了取暖,在土炕下面用柴火、蒿草等加热后,煨些麦衣、树叶、锯末、牛粪等,炕能一直热到天亮,而且散发的热量使整个窑洞都不会太冷。生活条件差点的人家,炕上铺的一般只有一张芦苇席子,稍微好点的家庭就会在席子上铺一面毛毡,可就舒适惬意多了。毛毡的制作就需要像"毡匠爷"这样的人来完成。

做毡匠活可是一件苦差事。整天在毛堆里干活,只要走动,身上粘的毛往往会像柳絮一样乱飞,就连吃饭时,手上嘴上都粘着毛。干活的时间大多是冬季农闲的日子,而且只有条件好点的人家才会请毡匠来做活。大冷天的晚上,要经过弹毛、铺毛、喷油、加黑豆面、洗毡、定型等多道工序。筛选弹毛,要选好羊毛,提取杂质,把羊毛里的皮头挑出来,把没晾干的烘干、梳理。弹毛时,毡匠拿着一张牛筋做弦、桑木制成、七尺左右的羊毛弓,光着膀子,胳膊上套一个八九寸长的枣木拨子,左右开弓、上下翻飞,"嘣噔嘣噔"一夜弹奏,粘连在一起的羊毛便会分开,一根一根的成松散的絮状。这是个力气活,更是个技术活,力气弱小的人,是绝对弹拨不动的,这时毡匠流的汗水最多,最辛苦。铺毛,毡匠要把如纸一样薄的羊毛层层叠齐铺匀,这种活技巧成分大,一般由师傅来完成,学徒是做不来的。喷植物油后,羊毛、牛毛就会紧紧地粘连在一起。洗毡时,毡匠会在白天,将弹好的羊毛按要求的规格,铺在竹制的帘子上,卷起裤腿,光着双脚,在风寒中一遍遍蹭揉,一遍遍泼水清洗,往往要洗数十遍。捣毡,经过反复压缩、清洗、捶打后,半天工夫,才能定型成一面方方正正、漂亮结实的毛毡,再处理毛毡密度和不均匀的地方。最后是晾干或烘干定型,毡会由大变小、由薄变厚。这些毛毡的最后用途,或铺在炕上,或做成防水保暖的毡袄、毡靴等。

擀毡一般至少需要两人协作才能完成。所以,"毡匠爷"通常都带着徒弟外出,他们沿着弯弯曲曲的山路,奔赴周边的村子,去寻找活计,去寻找希冀。这个行当,"毡匠爷"一干就是几十年,为人们做了多少活计,连"毡匠爷"自己都记不清楚了,但说起毡匠的祖训,"毡匠爷"却能侃侃道来:"不许缺斤短两;不许以次充好;不许减少工序……"

记得有一年,母亲从外婆家带回几袋羊毛,便请来"毡匠爷"为家里做毡,我目睹了做毡的过程,至今都为他那精湛的技艺和灵巧的双手所叹服。

现如今,品种繁多,令人眼花缭乱的床上用品,已经占据了床头的各个角落,毛毡失去了往日的尊贵,毡匠也退出了历史舞台,渐渐从人们的视野中消逝了,成了岁月里的一抹记忆和一个时代的缩影。

夏日村庄

夏日清晨，村庄里早起的山雀叽叽喳喳，在挂满酸毛杏的枝头叫个不停，云顿时被叫白了，空气被叫得开朗了，草尖上的露珠晶莹剔透，艾蒿的新鲜味、苜蓿甜甜的香气弥漫着整个村庄。站在村头，吸一口新鲜空气，让人全身都感到舒畅。太阳越来越高了，草尖上闪着七彩、映出人像的露珠儿干了，此时，一屁股坐在断崖下阴凉处，呼吸着芬芳的泥土气息，真是舒服得再也不想动了。

夏日正午，浓密的大树上，成了蝉的海洋，各种各样的蝉声，高的低的、长的短的、尖细的粗犷的，一波接着一波，你方唱罢我登场，悠长的悠长的，不绝如缕。也许是生活在乡下久了，小时候特别喜欢听蝉声，我觉得那才是天地间最美妙的声音。

夏日黄昏，晚霞像火焰一般燃烧，遮了大半个村庄，田野树梢间斑驳迷人，纯净而柔软，如仙女的素手抚摸着村庄。空气透明得像玻璃，山坳里布满着一片柔和的雾气，缠缠绵绵的，橘红色的光和露水一齐落在草丛里，属于乡村的青蛙再也耐不住寂寞了，豪放地唱起歌来，中间还夹杂着几声蝉叫，给劳累了一天的人们带来无尽的活力和情趣。渐渐地，村子进入梦乡，树上的鸟儿也睡了，夜静极了，偶尔传来一两声狗叫。坐在小院的石凳上纳凉，总也舍不得那淡淡的月儿，还有那密匝匝的树影。一轮明月当空，想入非非的岂止是我，岂止是你……

夏日村庄，就是这样美妙！

包焕新的散文

| 包焕新,男,甘肃镇原人,曾任镇原县广播电视台主编,爱好新闻和文学写作。

父亲和他的牛

看到牛,我就想起了父亲。在我的脑海里总会浮出这样一个画面:父亲扛着犁,穿着一身被尘土染黄的蓝布衣服,吆着一头膘肥体壮、慢悠悠的大黄牛,迎着朝阳,拖着长长的影子,行走在乡间的小路上,他头发花白而稀少,但吆喝牛的声音特别洪亮,脚步坚实有力,留下像山一样的背影。

父亲是一位地地道道的农民,跟黄土疙瘩打了一辈子交道,虽然经常领徒弟们外出做木活、搞建筑,却从没有跟土地脱产,也跟牛结下了不解之缘。

人、土地、牛,在几千年的中国农村,似乎有一种亘古未变的关系。尽管现代农业对这种关系进行了不懈的改善和更新,但这个现实还依然根深蒂固,至少在我们陇东黄土高原的山区,这三者仍不失为农耕文化的符号。

父亲六十岁以后,接揽的木工活或建筑活,多数安排弟子们去干,弟子们有解决不了的问题,他最多到现场给指导一下,他本人呢,似乎从这个行业退休了,但作为农民,是没有退休这一说法,于是他退而不休,专心致志地养起牛来。

在我的记忆里,父亲的一生有将近二十年的时间是和牛在一起的。养牛的初衷当然是为了耕地。

包产到户后,我家里分到了十亩塬地,这些地完全可以实现机械化耕作,但还有四亩山地,机械是无法施展本领的,还好我们家分到了一匹老青稞骒子,和我做邻居的我叫刘家表叔的分到了一条麻毛驴,于是我们两家耕地,采取驴骒合作制,把它们套在一起,基本上可以做到并驾齐驱,一晌耕二亩地,是很轻松的事,可是这种友好合作时间不长,三年之后,表叔家的麻毛驴好端端的突然得病死了,我家的这匹老青稞骒子,满村再也找不到势均力敌的好搭档,于是父亲拉到集市,在我大姐夫的帮助下,忍痛卖了,随即买回来一头全身深黄色的大牛犊,于是父亲就开始养起了牛。

这头牛犊,刚开始很不听话,经常把前腿跨进草料槽里,槽子被踏塌了好几回,有一次竟然挣脱了缰绳跑到田野里撒欢,在十几个精壮村民的围追堵截下才逮住,因此也损坏了邻居的不少庄稼,害得父亲不得不上门赔情道歉说好话,或者给他们做个木盘子之类的弥补损失,直至父亲将一根烧红的铁丝穿进牛鼻子,扎了钻子,牛才老实了许多,也许这就是牵着牛鼻子走的典故吧。它还喜欢吃庄稼,父亲又用细铁丝给编织了笼嘴,才做到了防患于未然。不怕虎的初生牛犊,最后还是败在了父亲的手下,不到半年,就被父亲调教成了一头懂事的大牛,父亲还给它起了个名字叫大黄。

父亲对大黄关怀备至,雨天、雪天是从来不让大黄出门的,每天都要亲自给大黄倒草拌料,一天三顿从来没有间断过,大黄津津有味地吃草,父亲就用一把特制的大木梳子从头到尾给它梳理身子, 这时候大黄显得非常舒服和享受,不时地回过头来,吐出扎棱棱的舌头舔父亲拿着木梳子的那只粗糙的手,这时候的父亲双眼也充满了惬意。每天中午只要有太阳,从不忘记拉大黄出去晒晒,夕阳落山前,还要陪大黄去深沟里喝水,去沟里的次数多了,大黄竟然记下了路,父亲只要把大黄吆到沟边,在山上等着,大黄自己沿着弯弯曲曲的山路,一路下去,到泉水边,喝个大饱,肚子滚圆滚圆的,还要在泉水达的山洼里美美地吃一阵青草,父亲觉得差不多了,响彻山谷的一声吆喝,这大黄好像能听懂一样,立即服从父亲的口令,顺着原路,慢悠悠地上来,父亲前面走,大黄后面紧跟着。父亲也经常一个人吆着大黄,就可以把山地犁完。农忙季节的每个周末，只要单位没事，我都要回家，给年迈的父亲帮忙在牛圈里掏牛粪，铡草，拉架子车往地里运送肥料，或者打圆矶糖地，只有一点，大黄我是牵不动的，我曾试过几次，拉它往前走，它却趔着脖子撅着屁股带我往后退，甚至还有挣脱逃跑的危险，原来它只认父亲一个人。

　　父亲肩膀很宽，力量很大，虽然六十多岁了，扛着沉重的犁和糖，像个没事人一样，干农活，我是甘拜下风的。下地后，父亲给大黄套上"装备"，就开始犁地了，父亲佝偻着身子，倾尽全力扶着犁耙，驱赶着大黄在耕地里穿梭，山谷里不时传来父亲那洪亮的吆喝声："打！打！打！哦牛！"宛如一位将军在向他的部下发出冲锋号令。我则跟在后面打圆矶，或从犁沟里捡杂草，有几次，我曾尝试，想象父亲那样吆牛犁地，可总是深一犁，浅一犁，怎样也扶不稳犁耙，加之大黄不听我的口令，偏不走犁沟，父亲只好亲自驾驭了。犁完地，套上糖，父亲牵着大黄，让我站在糖上，开始做最后一项收尾工作，因为我比较身轻，大黄拉着不费力，按照父亲的指令，我站在糖上，脚下要不停地踩压糖口，以便磨碎土块，还要不停地跳抖，抖落堆积在糖上的泥土。这时候的大黄，仿佛已经筋疲力尽了，走得特别慢，需要不停地吆喝。等到糖完地，卸了装备，大黄立马就来了劲，我和父亲还在收拾零碎，它就自己一路小跑的无踪影了，等到我们回到家里，它已经吃完了母亲提前倒的一小背篓草料。

　　20 世纪 90 年代，我们村里还没有自来水，吃水要么下深沟里去挑，要么走出村子，去外村水塔去拉，父亲竟然别出心裁地给大黄量身打造了一副特制的木架子车。父亲牵着大黄，架子车上搁上铁皮大水桶，装满一桶子水，大黄竟然能毫不费力地从几里路上拉回来，够家里一周用水。大黄也因此出了名。

　　父亲自从有了大黄，凡是能耕种的土地，一寸也不让闲着，一年四季是不需要到市场购买任何瓜果蔬菜的，父亲认为，城里人吃的大棚菜都是被喷了农药的，面粉是掺了增白剂的，清油都很不纯的。于是，每当我因工作忙顾不上回家时，他就背着大袋，拎着小袋，将老家原汁原味的面、菜、油等挤坐班车给我送来。东西一给我就走，他是绝对顾不上在城里吃一顿饭，有时甚至不喝一口水，就匆匆忙忙地走了，拉也拉不住，因为他心里惦念的永远是他的土地，还有他的大黄，在我认为，是土地拴住了大黄，大黄拴住了父亲。

大黄在我家，待了八年多，力没有少出，也生了不少牛犊，这些牛犊，都因大黄的名气，被周边村民提前预订了。可是，功德卓著的大黄，最后却不幸得了产后风，父亲请遍了周围的兽医，也没能治好它，看着卧在牛圈奄奄一息的大黄，我仿佛看到父亲眼里的泪花，但父亲没有哭，绝对没有。后来，大黄被牛贩子拉走了，父亲的脸上好像霜打了一样，好多天都没有精神。

大黄走了之后，父亲又掏高价，从别人手里把已经长成大牛的大黄之女买了回来，毛色和个头竟然非常接近于大黄，父亲疼爱地叫它小黄，仍然像以前对待大黄一样殷勤地伺候着、使唤着。

小黄在我们家仅仅帮助父亲犁了两年的地，拉了两年的水就歇岗了，生儿育女成了它的专职。因为我们村里的山地全部退耕还林了，我们家也通上了自来水。于是，我和母亲、姐妹异口同声地劝父亲，把小黄卖了去，父亲表面上痛快地答应着，可是等我们回城后，仍然我行我素，不但在门前给小黄修了两间崭新的牛舍，还把小黄一胎生的两只小牛犊舍不得卖，一起养起来，父亲竟然变成了名副其实的养牛专业户。我和姐妹、姐夫妹夫又不得不经常光顾老家，为小黄和它的儿女们服务。

父亲七十九岁那年，一场大病康复后，明显力不从心了，竟然被小黄带倒了好几次，为了不让这危险重演，经我姐夫、妹夫等人耐心的劝说，父亲终于同意把小黄们卖了。小黄们走的时候，父亲用那把特制的大木梳，把小黄身上的毛发又梳理了一遍，在牛贩子再三声称不会拉到屠宰场的承诺下，父亲才交过了缰绳。望着父亲，牛眼里流出大滴的泪。看着牛，父亲眼里也流出两行泪。牛哭，父亲哭，我们也哭。

父亲的养牛历史就这样结束了。我和姐妹们这才如释重负，可父亲却没有丝毫的喜悦，整天显得闷闷不乐，为了使他高兴，我们给他和母亲报了"夕阳红"旅游团，在姐姐的陪伴下，父亲和母亲第一次走出了大山，走出了黄土地，第一次感受了坐飞机、火车和轮船的乐趣，终于看到了外面的世界。

旅游的有趣经历，成为父亲茶余饭后的话题，村子里也经常有与父亲同龄的老人来串门子，问问父亲坐飞机、坐火车啥感觉，轮船是啥模样，也有一些年轻的后生或媳妇故意逗乐，惹得父亲就像个孩子一样，把自己的旅程"炫耀"一遍，晒晒他在西子湖畔、宋城，还有苏州园林、虎丘、无锡三国城、南京总统府的一些照片，讲讲如何被玻璃门挡住走不过去，如何找不到厕所，如何推不开宾馆的门，他认为，旅游是受罪，没有他在乡下散舒，还有南方的水牛会游泳，但没有他的大黄小黄个头大，力气壮，毛色好看等等，这些乡里人进城的童话故事，若得老人们及年轻的后生和媳妇们捧腹大笑，笑声荡满了土窑洞，荡满了院子，父亲也会跟着开心地笑着。

每年的春节，就是父亲的生日。2012年春节，我们高高兴兴地给父亲过了八十岁生日后，准备在春暖花开的季节，再为他策划安排一次京津冀旅游，谁料想，在农历二月一个大雪纷飞的早晨，他却突然得了急病，没来及住院，就悄悄地走了，这突如其来的噩耗，令我和姐妹们悲痛欲绝，我们为自己之前没有觉察到父亲的病情，没有尽到儿女的孝心而后悔不已。

如今想来，我和父亲与牛的那些岁月，如此的美好。如今老家的父老乡亲，为了脱贫致富，还在养牛，可再也没有用牛犁地了，我也再没有机会踏上糖，在生我养我的土地上旋转了。时代变了，世界变了，人都变了，我也变了，唯有对父亲无尽的思念永远不会变。

这么多年过去了，我想，父亲是对的，万物活在世上，不就是要体现自己的价值吗？人也一样，牛也如此。父亲的大黄小黄，应该也是心甘情愿地为我们家做最后一点贡献吧！献于父亲，忠于父亲，和父亲一般伟岸，乐意奉献自己的一切。父亲一生就像他养的牛，勤勤恳恳，任劳任怨。父亲对于这个家，对于我和姐妹，又何尝不是呢？我突然想起一首咏牛的诗句来："渴饮颖川水，饿喘吴门月，黄金如可种，我力终不歇。"也许这是对父亲执着养牛最好的诠释吧！

安息吧，天堂的父亲！

王进明的散文

王进明，男，汉族，甘肃镇原人，中国散文家协会会员、甘肃省作家协会会员、甘肃省诗词协会会员。作品散见于多家报刊，且有多篇被收入文集，并多次获奖。

父亲的羊群

在我开始记事的那年，农村刚刚实行联产责任承包制。我家因为兄弟姐妹四个，人多劳力少，所以开始的半年日子过得异常艰难，断粮的事经常发生。父亲母亲常常愁得唉声叹气，睡不着觉。那时父亲30出头，完小毕业，在当时已经算很有文化的了，原来生产队的记工员、会计都由他一个人负责，后来不知为了什么，父亲居然辞去了这份令人羡慕的差事，找亲戚朋友凑了些钱，买回来几只山羊。从此，父亲便过上了白天出山放羊，傍晚和第二天凌晨三四点起床干农活的日子。

自从我家有了羊以后，就再未断过粮食。羊成为我家主要的经济来源。每到青黄不接的时候，父亲会卖一两只羊，然后用卖羊钱买些五谷杂粮，保证我们一家顿顿有饭吃。

父亲一开始就选择养山羊。我总是不明白，几年前我曾经问起父亲，父亲说："这也没啥秘密，养羊啊，就像养娃娃，需要爱心、需要坚持、更要懂得取舍，等你长大慢慢就能明白。"简单说吧，养山羊一是好伺候，肚量小，吃得快，天短的时候一天放一次就够了；二是繁殖快，一胎能生两三个，最多的还能生四只小羔子，一年就能长大，见利快；三是山羊肉嫩味鲜，可口无膻，人们都喜欢吃山羊肉,需求量远远不够。后来父亲又语重心长地说:听过苏武牧羊的故事吗?苏武是为汉朝牧羊,牧的是气节,爸爸是为生活牧羊,牧的是咱们的幸福日子,现在就是给我个县长咱都不能换。

山羊很聪明,能察言观色。平常只要你走过羊圈,它准会咩——咩地扯着长腔,将一对前蹄搭在栅栏门上人立而起,喊叫着提醒你放它出山,唯恐被人遗忘,为此,羊没少挨我和哥哥的打。因为只要羊不叫,我们就会偷懒,迟一点出山放羊。山羊鬼灵精怪,有时候非常狡猾,出山后你以为它很饿,稍不留神,它就从你的眼皮子底下溜走。一旦脱开你的视线,它便会撒开四蹄,翻山越岭,跑到人家的苜蓿地或庄稼地里偷吃。等我们发现的时候,它正鼓着大肚子贼似的往回溜呢。

父亲是最爱羊的人,也是最勤劳的人,一年四季放羊、拾柴、捡羊粪,都由他一个人包揽,我们谁也没有看到他抱怨过一句。父亲能从羊的走姿和叫声中知道哪只羊没有吃饱,哪只羊鼻孔里有虫,哪只羊生病了,哪只羊在寻羔。我和哥哥总爱和父亲唱反调,抱怨他人家的老子都在做生意挣大钱,咱就知道养羊,一点出息也没有。父亲听到了也不解释,只是低头忙别的事。农忙季节父亲想让我们替换一下他,我们总要磨叽半天。你想想,两个年轻娃娃整天窝在山上,跟一群羊待在一起,既没有共同语言,又没有共同爱好,不觉得无聊才怪呢。

记得我八岁那年冬天,给村里五娘家捎带着放了一只奶山羊和一只两个月大的小羊羔。当时五娘的儿媳生了个"带把的",金贵,没有奶水,他们七凑八凑地买了一只产了羔的奶山羊,给娃吃羊奶。那小小的羊羔,浑身披着弯弯的白毛,一撮一撮蜷曲成环,光溜溜的很像个老外,非常逗人。刚开始,它总是蹦蹦跳跳、天真欢快的样子,没过几天就因五娘家的孙子抢了它的奶水,加之冬天山上吃不上什么好草,变得又困又乏,路也走不稳,出出进进都是我和哥哥抱着。五娘心疼羊羔,就讨好我们,隔三岔五地给我和哥哥塞个核桃、胡萝卜等好吃的东西,嘱咐我俩一定要用心照顾羊羔。

但事情还是发生了，有一天下午，我和哥哥在黄沟洼放羊，冬日的太阳冷冷地挂在西山之巅，小羊羔缩着瘦小的身子，站在一个两米多深的坑畔，我站在距它五六米远的高洼，怎么吆喝它就是不走，情急之下我撬动一块牛头大的土块，本来想吓唬吓唬它，谁料土块太沉，突然脱手滚下去，轻轻一下就把小羊羔砸下了土坑。这一切全被哥哥看在眼里，他气急败坏地跳下土坑，把羊羔抱上来。我看见可怜的小羊羔浑身泥土，已经站不住了。哥哥生气得失去了理智，他一把将我提到坑畔，返身跳进坑里把那土块抱上来，用同样的方法把我也砸进了土坑。

我从土坑里挣扎着爬上来，一声也没有哭，也不怨恨哥哥。昔日可爱的小羊羔，带着我和哥哥的体温，静静地躺在沟洼里死了。这只被主人抢了母乳的生命的消逝，是我亲手造成的，我没有理由哭泣，因为我还活着，它却再也不能归圈了。

第二天出山，不知为什么，羊群躁动不安，收束不住。哥哥一怒之下，将羊群堵在山坳里扬鞭猛抽。受惊的羊群冲出山坳，攀上了高崖。我看哥哥生气，就冒险跟着羊屁股攀上高崖，不料脚下一滑，从两丈高的山崖上摔下来，折了右腿。哥哥也因此挨了父亲一顿毒打，打折了一根扁担。后来我问哥哥："恨爸爸吗？"哥说："不恨，因为你的腿折了，我的腿还好好呢。"

自此以后，父亲即使再忙，也不允许我们放羊。父亲把山羊全部卖掉，又买回来上百只新疆细毛羊，一个人长年累月地出山。细毛羊反应迟钝，不善于奔跑，放起来也省事，父亲就有更多的时间捡羊粪、拾柴火了，每天傍晚，只要路过村口，你准能望见一个背上压着一大捆柴火，胳膊上挎着一大笼羊粪的人，领着一群白云般蠕动的羊群，缓缓地向我们飘过来。几十年来，我们家做饭、烧炕用的柴火以及地里用的肥料，全凭父亲一双手。

转眼间几十年过去了，父亲居然放了三十八年羊。三十八年来，我们兄弟姐妹四人上学、结婚、盖房，全家人的花销，全靠父亲放羊维持。前些年村里有些人看不起父亲，说他傻，说他的同学都是县城的正科级干部，和他同时在村委做过事的有两个都在乡政府工作,只有他还在放羊。他们认为靠放羊养家,一点出息也没有,连我也持这种看法。近年来,村里大多数人发现羊的利润一年比一年高,羊全身都是宝,羊毛、羊皮、羊肉都是紧俏货,连铁路局退休的二叔也操起了羊鞭子,我才改变了看法。这几年来,在父亲的带动下,全村发展养殖业的越来越多,统计起来不下两万只,我们村成了远近闻名的养殖致富村。从最初的父亲一个人出山变成了全村人出山。每天暮归,那绵延不断的羊群像一片望不到头的吉祥云朵,铺严了整个村庄,羊叫声、狗吠声、牛哞声、大人喊、小孩叫,整个村庄完全被快乐笼罩,那种热闹的场面陶醉了整个村庄。

忽一日,乡里突然大搞植树造林,不让羊群出山,说是啃坏了林木。村里的羊眼看着要绝迹了,离不开羊的父亲整天闷闷不乐,茶饭不思,后来他决定将羊处理得剩五六只,拉着羊在塬上放养。可是,这样的日子没过多久,父亲又一次陷入深深的忧虑之中。乡里突然宣布响应上级号召,为保护林木,大力发展植树造林,禁止羊群出山,违者罚款,屡教不改者没收羊只。

禁令一下,一些村民挨了罚款,一些村民被没收了羊只,大家一看,不得不将辛苦经营的羊群全部处理掉。村里的羊眼看着就要绝迹了,可是父亲离不开羊啊!他整天闷闷不乐,茶饭不思,整个人都瘦了一圈。后来,父亲灵机一动,想了个绝妙的办法,政府主要是为了保护林木,怕羊啃坏树苗,于是他修建了羊圈,将处理得剩下的六七只种羊圈养起来。为了使羊能吃上鲜活的青草,父亲每天都要抽出时间将羊用绳子牵着,在塬上放养。

父亲就是这样,用一生的坚持,做着他认为对的事情,维持着这个家。我们的日子也一天比一天好。年过六十七的父亲,仍然悉心呵护着他的羊群。

这种日子没过几天,父亲突然发病,中风不语。我们弟兄三人把父亲送到医院治疗了几天,父亲的脑子慢慢清醒了,在医院里大吵大闹着说自己没病,要回家放羊。父亲说他不能没有羊,他必须回家放羊。可父亲哪里知道,那些羊全部被哥哥卖了,父亲看病的钱就是卖羊的钱啊!我和哥哥都低头不语,不敢告诉父亲实情,任父亲没完没了地嚷嚷。

　　父亲一病就是两年多,一直没有康复的迹象。如今,我每次从外地回家,再也看不见父亲那白云般的羊群了。走进村口,老远便望见父亲拄着拐杖,拖着无力的左腿,一瘸一拐地迎面走来。

赵彦昌的散文

赵彦昌,男,笔名潜夫山之子,甘肃镇原人,中国诗歌学会会员,甘肃省诗词学会会员,甘肃楹联学会会员,庆阳市作家协会会员。自幼酷爱文学,作品刊发于多家报纸,并有数十余篇作品获奖。

陇东黄花菜

火红的七月,当您漫步在陇东庆阳的田间地头,就会被一种奇香所陶醉,顺着奇香放眼望去,塬上塬下、地埂路旁,橘黄色、杏黄色、金橙色的花朵流光溢彩,高雅优美,这便是黄花菜,古称"忘忧草""萱草"。又因其花蕾形似金针状,又名"金针花"。宋代诗人苏东坡曾有"萱草虽微花,孤香能自拔,亭亭乱叶中,一一芳心插"的动人诗句。人们喜爱黄花菜的秀丽,但更重视黄花菜丰富的营养价值,被视为菜中珍品,在国际市场上享有盛誉。其肉厚味醇,营养丰富,质量在全国食品中名列前茅。据测定,黄花菜含有人体必需的钙、磷、铁、维生素 A、维生素 B_{10}、维生素 C 等多种营养成分,具有进补、止血、消炎、清热利尿、明目、发奶、美容、健胃之功效,因而黄花菜和香菇、木耳、发菜一起被人们列为名菜佳肴。

改革开放以后,当地政府因势利导,黄花菜种植面积不断扩大,品种不断改良,栽培方法不断改进,加工技术不断提升,黄花菜产品给农民带来了滚滚财源,黄花菜也随之成为庆阳的"富贵花",也迎合了自古就有的"莫道农家无宝玉,遍地黄花是真金"的佳话。

庆阳黄花菜如此著名,与当地的水土、栽培技术有关。庆阳市地处甘肃东部,境内山峦起伏,塬坝纵横,土质肥沃,雨量适中,气温较高,光照充足,自然条件十分适宜黄花菜的生长。庆阳黄花菜大多属于重瓣,叶片宽厚,花大瓣肥,开花时间大多在 6—8 月间,单花寿命只有一天,一般凌晨开放,日暮闭合,但是每枝有多达 40 多朵花的,一花凋谢,它花继开,所以花期较长。

庆阳的人们在刚刚放下收麦镰刀,来不及喘上一口气,又得提上笊筐,去采摘黄花菜了,从开始采摘到结束大约需要 40~60 天。采摘黄花的过程,也是一种毅力与耐力的考验过程。艳阳高照的晴天或是大雨滂沱的雨天都得去采摘,不去采摘,成熟的黄花菜花蕾就会绽放,不但白白流失了钞票,而且会招来乡亲们的另眼看待:"看谁家的懒汉二流子今儿没摘黄花菜。"

采摘黄花菜的季节,是庆阳人民最忙碌的季节,同时又是富有诗情画意的季节。每天早晨,天刚蒙蒙亮,人们便陆续下地里采摘黄花菜了。只要有黄花菜的地方,就有人们的身影,男女老幼齐上阵,谈笑声此起彼伏,各式各样五颜六色的服饰,在黄花菜的衬托下,把整个村子装扮得更加耀眼夺目。采摘黄花菜的过程,又是许多信息的传递过程。那个季节人们都比较忙,难得一见,只有在黄花菜采摘过程中相遇,许多国家大事、村庄奇闻通过相互攀谈,才得以知晓。同时,这又是许多未婚青年男女相互传情、缘定终生的地方。黄花菜栽植少的农户早晨 10 点以前便可采摘完毕,栽植多的农户大约下午两三点钟才能采摘完毕,太阳炙烤下,大地似乎要着火,站在黄花菜行子里一个一个采摘,那种感觉是一般人难以想象的。而且采摘动作要轻巧,避免碰伤花薹和小花,做到"轻摘不带梗,轻放不损花"。遇到雨天,给人们浇个透心凉,手被雨水浸泡得久了都麻木了。

人们把成熟的黄花菜采摘回家后,得及时蒸制,以免花蕾放得过久而自行开裂影响黄花菜质量。蒸后黄花菜不能马上暴晒,晴天经过两天晾晒后,用手紧握干菜少许,以松开手后仍能自然散开为适度。如果蒸后遇到雨天,则必须多烧几个土炕,用来烘烤,这样连人都得给黄花菜让位,晚上得睡在门板上过夜了。

黄花菜以色泽金黄,条干均匀,无蛀虫,无霉变,无青、黑条,无带柄杂质,开花少为最好。因此,人们就像呵护婴儿一样晾晒黄花菜,晴天把黄花菜搬出在户外,遇到雨天又得搬进屋内,尤其到了雷雨季节,一天当中搬出搬进五六个来回是常有的事了。每当庆阳的父老用优质的黄花菜换回大把钞票的时候,脸上露出喜悦的笑容,他们便把所有的艰辛与劳累全抛在脑后了。

"芳草比君子,诗人情有由。只应怜雅态,未必解忘忧。"当远方的客人品尝,采购庆阳黄花菜高兴而归之际,就更容易体会到唐代诗人李咸用吟咏黄花菜的佳句了。我也突然想,用"红花绿草董志塬,金针开花赛牡丹"来赞美黄花菜不是更好吗?

乡村的腊月

岁月匆匆的脚步，不知不觉让腊月走进了乡村，这时的乡村显得宁静而安逸。忙了一年的农人总算能过几天清闲日子了，三三两两不约而同地都到村里阳面旮旯里打打扑克下下象棋，时不时有人说几句玩笑话，惹得年轻的媳妇捧腹大笑。乡村的腊月，光秃秃的大山开始显现它雄伟壮硕的身影，冰冷的河流掺着冰碴缓缓流淌，灰蒙蒙的天空也日渐晴朗。当暖暖的阳光照在广袤的乡村原野上的时候，新春就到了我们的眼前。

过了腊八就是年，当我们喝完一碗碗盛满乡情的腊八粥的时候，乡村的空气中都充满了浓浓的年味，人们不再有时间聊天打扑克了，都进入了准备年货的状态，清扫房间是第一时间要干的活儿，清除所有的污垢和垃圾，寓意"辞旧迎新"。紧接着就忙着磨面榨油，缕缕麦香从磨坊飘出，迷醉了天空的雪花，瞬间洒满大地，银装素裹，点缀了整个腊月的乡村，老农们看着这漫天飞舞的雪花，乐得合不拢嘴："干冬湿年呀，明年一定是个丰收年。"

乡村的腊月是充满诗情画意的长卷，我最爱逛乡村腊月的集市。红红的灯笼，红红的对联，红红的年画，映红了乡村腊月的半边天，把乡村街道装扮得更加美丽。琳琅满目的年货摆满了乡村街道，购置年货的人们川流不息，好似一张现代版的《清明上河图》。小朋友们没事干，三个一群四个一堆，挤在一起把小鞭炮点燃，开心的笑声响彻云霄。那种快乐就成了永久的回忆，永远留在心间。

乡村的腊月，又是在外游子思念的源泉，总是感觉回家的路太长，回家的车太慢，想早点回家把亲人相见，有说不完的话语，有看不够的满头银丝、布满皱纹、和蔼可亲的那张笑脸。

　　乡村的腊月，虽然很冷却让人心里温暖，有讲不完的故事，是理不清的乡愁，太多的记忆将成为永远！

冉赟贤的散文

冉赟贤,女,笔名芸心,甘肃镇原人,甘肃省作家协会会员,甘肃省诗词学会会员。在多家报刊发表中短篇小说、散文、寓言故事及诗词作品。

母亲的生日

说农历四月十二日是母亲的生日其实并不确切，因为就连母亲自己也不知道这天到底是不是她的生日。

20 世纪 30 年代中期，母亲出生在陇塬一个还算殷实的大家庭里，被家下人等称为大小姐的母亲，在八岁前虽不能说是锦衣玉食，却也是绫罗缠身、佳肴香口。尽管其时家道已经中落了许多，但外公和其没有子嗣的胞弟——我的二外公共有良田数百顷，六畜成圈，而且二外公还在附近的安口镇经营着一个规模不小的瓷窑。

一切在母亲八岁那年全都改变了。母亲的母亲殁于生育后，本就有胃痛之症、且不善家计的外公，就把解除亡妻之殇和身体病痛的希望寄托于大烟了，不到两年，在别人的哄骗和手里那杆烟枪的共同作用下，外公就把属于自己和胞弟名下的田产和六畜几乎败得精光，房子虽也不少，但不能卖，因为是一个大家庭分出来的，几进几出的大院和堂兄弟共有，外人当然不能住进来。二外公在苦劝无果的情况下愤然提出分家，领着可以接续香火的十六岁侄儿——我的大舅去了他的瓷窑。独自面对着嗷嗷待哺的四个女儿，忍不住体内如蚁噬骨的烟瘾，无计可施的外公，一横心就把十岁的大女儿、八岁的二女儿和年仅六岁的三女儿一齐卖给别人做了童养媳。

那个年月的媳妇在家庭本就没有什么地位，更何况尚属稚龄的童养媳！那段日子是母亲一生最黑暗、最伤痛、也最难以忘怀的，每每向我们诉说起，母亲总是泪流满面。我奶奶一生共生育过十多个孩子，养育长大了六男三女，父亲是老大，10岁的母亲作为长媳自然必须承担起帮婆婆做许多家务的重负，抚养孩子、做饭洗衣、推磨碾米、喂猪喂鸡，等等，什么都干。那时候磨面用石磨，慢且累。对于有十七八口人吃饭的我家来说，那是一件很不易的事，这件不易的事情就得母亲每晚三更半夜起来去做。辛苦自不必说，让母亲最难以忍受的是磨窑那种摄魂失魄的恐惧——自家和别人家共有的石磨，安在离家颇远的沟壑边一个敞口窑洞里，夜半无人的时候，那里会是狼和狐狸的别墅，日常也四起瘆人的狼嚎，连拉石磨的毛驴也会吓得竖起两耳使劲刨蹄，何况只有十来岁的母亲。有一次母亲病了，晚上又几次起来把弟妹撒尿，所以奶奶叫她起床套磨时，她实在困得起不来，家法严厉的奶奶这次没打她，却悄悄把她的鞋子藏了起来，然后用裹脚布认认真真把她的双脚缠了个结实。梦中的母亲因脚剧痛而醒，看到婆婆已然去独自套磨，她吓得赶紧爬起来，可是怎么也找不到鞋穿，无奈只好踩着满是杂草、棘刺和碎石的小路去磨面。她央求婆婆把鞋还给自己，婆婆反过来夸她会过日子，走路连鞋都省了。母亲就这样走了整整一天，要是赤脚也还罢了，已缠坏、正在流脓血的脚哪经得住这般痛楚？直到半夜，在全家人安睡以后，她借助梯子才在窑洞的最高处——天窗台上找到了鞋。从那以后，母亲每天起得最早，倒过全家人的便盆后，再请婆婆起床。

没有谁拿母亲的生日当回事，渐渐地，连母亲自己也忘记了自己的生日。

千百年来的早婚习惯，使母亲那辈人一般三十五六岁就做祖父母了，所以乡间往往把年满四十岁的人划归为老人群体，也就开始重视做小寿即过生日了，哪怕寿宴简单到只是一碗面也做数的。儿孙满堂的人家，老人"满十"——即五十、六十、七十等，还该请客"贺寿"，否则这人不仅在乡邻面前没有面子，即使在自家儿孙眼里也缺少尊严。我们姊妹们因为坚持求学，母亲四十岁的时候，已经年满二十二岁的大哥尚未成家，没有孙子的母亲嘴里虽然说"妈图你们有出息呢，不图那个"，但可以看得出来，母亲心里既向往也有些自卑。

懂事的大哥和姐姐商量着一定要为母亲过一下生日，不请客，就我们一家人。母亲再三推辞后也就允诺了，但生日的日期却成了问题，母亲只记得是在小麦很高的时候，别的就什么都不记得了。大哥于是派我和姐姐去舅舅家访查，"那么大的一个舅家，我就不信没有一个人记得咱妈的生日。"虽然大哥如是充满信心地对我们说，但舅家偌大的家族里的确是没有人记得了，只有一个远房舅妈记得是在农历四月"哪个二日来着"，到底是初二、十二或二十二，那个舅妈是怎么都记不得了。

想到送我们出家门时母亲眼里的泪花和哥哥的叮嘱，我心里很忐忑，不知道回去怎么和他们交代，姐姐揪了一下我的鼻子说："小傻瓜，初二、十二、二十二，我们不会从中间取吗？回去什么都不要和妈说，这十二日就是咱妈的生日了。"姐姐的话如醍醐灌顶，我也觉得如此甚好。

母亲生日那天，一家人都很亢奋。大哥首先把劳动归来的母亲请上了炕，让她和父亲并排坐在一起，又拿出他花三角二分钱买来的一小瓶酸酸甜甜的水酒，给父母各斟了一盏，余下的给我们每人也倒了一点。我和姐姐负责做寿面，她是我们方圆有名的巧女子，擀的面其细度和长度都是无可挑剔的，十二岁的我，就只能干一些剥蒜烧火的活了。看着姐姐变戏法似的居然在那样拮据的日子里，就家里的那点东西，不一会便做出了八道菜，弟弟高兴得满地窜来窜去算着自己的生日日期。

在我的记忆里，母亲似乎从来没有坐在炕上饭盘子边吃过饭，更不要说等别人做熟了自己吃，这时候的她，局促不安地总是自责"害得我娃娃忙活了"，几次三番要下炕帮忙，大哥和二哥硬是把她堵在炕上，我看见母亲眼里似乎有泪花在闪烁。

一切准备就绪，大哥便带领二哥和弟弟给母亲磕头，这是祝寿最关键的。当然给父亲也要磕的，而且还要先给父亲磕完再给母亲磕，每人磕三个头。家乡习俗，女儿是没有资格给父母磕头的，我就和姐姐站在灶火旮旯儿观看。看到哥哥弟兄三个人人神情凝重、慢慢地跪下又起来，一下又一下那么认真地为父母磕头，我心里突然觉得原来为父母磕头是世界上最神圣的事情，一股羡慕之情油然而生，于是在他们磕到最后一个头时，大脑一片空白的我，下意识地趴在灶火旮旯儿里也跟着磕了一头。

我傻傻的举动把寿宴的气氛推向了高潮，一家人笑得前仰后合，母亲更是笑得流出了眼泪，看到母亲这样高兴，我真想再给母亲磕几个头。

开始吃长寿面时，按乡俗由姐姐双手奉给母亲第一碗面，要母亲先吃一口，大家就可以随便吃了，母亲接过那碗面，用筷子挑起几根，仔细地看了又看，像是在欣赏一件艺术品似的，而后轻轻地叹了一口气说："唉，没有想到我也能吃到我女亲手擀的长寿面，总算活过来了。"

听母亲如此伤感的话，我们心里都很不是滋味，是啊！母亲一生的确是太苦了。坐在母亲身边的父亲，笑着责怪母亲："就吃吧，娃娃们还等着呢，咋这么多的涎水话？"

不顾哥哥姐姐的再三劝阻，母亲坚持把自己碗里不多的鸡蛋块夹给小儿子后，再次举筷挑面送到了嘴边，但当她看见一贯第一个吃饭的父亲也没有动筷子时，一生没有一次先丈夫之前吃饭的母亲，举起的筷子马上就放下了，她显得那么不好意思，就像犯了什么大错似的，讪讪地笑对父亲说："噢，不行不行，还是你先吃吧！"

"咦，瞧你那出息！吃。"父亲假装生气地端起了碗，母亲这才开始吃她久违了三十二年的寿面。

这久违了三十二年的寿面啊，留给母亲的缺憾岂止是一碗面啊？那失亲的血泪、失欢的童年、棍棒下的童养媳、披星戴月为生计而奔波的年轻母亲，哪一样没有让母亲涕泪涟涟！

这久违了三十二年的寿面啊，你的再现带给母亲的欢欣又岂止是一碗面啊？儿子的懂事孝敬、女儿的聪明乖巧、丈夫少有的温情，更有这寻找回来的生日包含着的那种做人的尊严，怎能不让母亲喜泪交流！

我不知道这久违了三十二年的寿面给了母亲何样感受，我只是看到，母亲的眼里，始终饱含着盈盈的泪花。尤其当大哥动情地对母亲说"儿子不孝，没有能让妈在四十岁的时候抱上孙子……等妈您五十岁的时候，生活一定会更好，那个时候您也一定会有孙子孙女外孙了，我一定给妈您好好地庆贺一下"时，一行清泪，不可抑止地从母亲带着微笑的面颊滑落下来。

我不知道十年后的我能为母亲做些什么，只是在心里暗下决心，一定要好好学擀面，十年后的今天，我也要像姐姐今天一样，为母亲奉上我亲手擀的细细长长的寿面，让母亲吃得开心、笑得甜蜜。

然而，长久的苦难，致使母亲积劳成疾，她到底没能等到我的那碗面，她的生命，永远定格在四十七岁那年。

> 伤痛的心，
>
> 最难忘记是母亲，
>
> 一双小脚，一副瘦肩，
>
> 为儿女撑起一片天。
>
> ……

如果有来生，真愿意还做母亲的女儿，年年岁岁为母亲奉上一碗细细长长的寿面，让她吃得长寿、活得快乐！

母亲，你还流泪吗？

愿天国里的母亲，生日快乐！

走过艰难

  一九九五年夏收后，为了筹备不久后将在本县召开的全区农业机械耕作现场会，单位派出了部分工作人员下乡做相关调查工作，并安排落实届时到达现场会进行实地耕作的机械，工作量不小而时间也比较急促。我和一位同事的工作地域是南部相邻的两个边远小乡。

  边远山乡，很多地方我们必须安步当车，最远的村庄早出晚归整天不歇脚才可以勉强完成工作任务。饶是这样紧赶慢赶，一个乡的工作，就占用了我们整个下乡时间的一半多。

  那时候交通条件有限，乡里每天仅有一趟由相邻的泾川县发往本县的客车经过。而我们要去的另外一个乡，虽说和此乡毗邻，但中间隔着一条很深很大的山沟，沿公路走差不多有百十里路程，必须乘坐这辆客车到附近的一个镇上，然后再转乘县城发那个乡的中巴才能到达。

  糟糕的是，那天不知什么原因，那辆过往的客车没有发车。

  时间本就很紧迫，如果等第二天再走，那下一个乡的工作时间就不足三天了，这无论如何是完不成任务的。遍寻乡里街道，终于找到了一辆跑出租的破旧三轮摩的，虽然看着摩的那醉汉一般摇晃不定的身姿心里直犯怵，也只能嘱咐司机开慢点，便坐进那低矮的车厢。

  一下子增加了两个人的重量，不堪重负的摩的爬在那里干哼哼，任凭司机怎么努力，它自岿然不动，到后来干脆偃旗息鼓作睡眠状了。

  看到我们焦急的样子，负责协助我们工作的、家住当地的乡农机干事指着和公路垂直的方向说，其实顺这里翻山沟有一条近道可以步行到邻乡，他可以送我们过去。大约二十几里路途,也不算很远,"只是,"他有点为难地看看我,接着说,"山路崎岖,不太好走。"

二十几里山路,对于从小惯行山路的我,原本不是特别困难,但穿着半高跟的鞋走山路,的确有点玄。

玄与不玄的,都得走。长久失修的山道曲曲折折长满了荒草,雨水冲刷出的道道沟坎更增添了行走的难度,三步一趔趄五步一屁蹲,总算下到了沟底。

原想着穿带跟的鞋上坡要比下坡容易些,谁知乡农机干事说的那条上山的山道不知什么时候被塌方的山崖给彻底毁坏了。沮丧地站在沟底,望着面前杂草丛生的悬崖陡坡,焦虑、气恼和无奈在每个人心里蔓延。

正在我们一筹莫展时,远处一位牧羊老人大约看出了我们的难处,吆喝着羊群过来问我们是不是想上山,并告诉我们说,前面不远处还有一条牧羊人走的小路可以上山,"我就是从那里上下山的。只是,"他看着我笑笑说,"就怕这女娃子上不去。"

只要有路就好,顾不得难不难走了,因为返回就注定完不成工作任务,而且,回去的山路一样不好走。

看着老人饱经沧桑的脸上和善的笑容,为了表明一定能走上去,我也赶紧笑着对老人说:"噢,是女娃的妈妈了。女娃的娇气早就传给下一代了,能走上去的。"

我的话逗笑了大家,老人爽朗地笑着说:"呵呵,在我老汉眼里,你娃还小着呢,不叫你女娃叫你什么?能走上去就好!好在最难走的就前面这两里多,只要走上这段,到了那个坪上,其他地方的路跟你们下山时的路差不多,就好走了。"

那是怎样的一条路啊!崎岖陡窄、荆棘丛生,应该连羊肠小道都算不上,想站立行走根本就是不可能的,必须弓着腰用手抓着边上的草木慢慢向上爬,不一会,手掌就和草色差不多一样碧绿了。起先,走在我前面的同事和乡农机干事还不时跟我开玩笑，不是说我穿高跟鞋就该走这样的"路"，就是故意大呼小叫说哪个灌木丛里有蛇或马蜂窝，再不就叫我大胆地走别怕滚沟，这满坡遍地的荆棘会挡着让我"滚不快也摔不坏"，只不过会叫"棘刺划个体无完肤衣衫褴褛"而已，到后来面对越来越陡越窄越难走的"路"，他们也不再言语，偶尔还回头嘱咐我小心点慢慢爬。

如此之"路"，体能消耗之大是不言而喻的。爬了不到一里之遥我就口干舌燥、心跳气短、腿脚发软了，抬头看看前面的同事，也是一步一歇行走艰难，心里的畏惧感就愈发浓烈，便有些后悔一时气盛选择走如此之道了。

艰难还在后面！就在爬到距离老人说的那个"坪"不远处时，我才知道刚才一直沿着沟壕向上爬行是一件多么幸运的事情，也才明白了李白为什么会有"蜀道难，难于上青天"的千古名句。

沟壕里的山道，虽也崎岖难行，有时候还得攀爬一米多高的土坎，但拽着小树藤草什么的，鼓点劲也就上去了。即使上不去掉下来，也没有什么大碍。而爬行在势如刀背般逼仄陡峭的山脊上，脚下的路不过就是几个能放下半个脚的土台，穿着平板鞋尚且有踏不稳脚步的时候，何况高跟鞋！如果稍不留意鞋跟被杂草绊一下，人马上就有滚下山沟的危险，而"路"的另外一侧，又恰好是一个直径约十多米且深不见底的、陇东人称之为眢泉的山洞。

甭说上行，能保证不滚沟已实属不易，已经爬到坡顶的同事和乡农机干事，几次试图下来拉我一把，也是根本无法做到。就在我惊恐不安精疲力竭时，走在我后面不远处的牧羊老人放下背上的一大背篓山草赶到了我身后，并嘱咐我不要怕，只需将膝盖及小腿部分紧紧地贴住地面，腿不打晃就不会滚下山坡，然后用他手里的镰刀将我脚下的土台挖大了一些。

脚下踩坚实了，心里的恐惧也便减少了许多。就这样我挪一步，老人往大里挖一个土台，我终于爬到了坡顶的坪地边。

惊魂未定地看着老人如履平地般的再折下去背上了他的草背篓，时而还弯腰捡一个土块扔向山沟教训一下不听吆喝的羊只，感激之余，我心里对老人充满了敬佩——他看上去大约有七十多了吧,居然有如此体能,实在令人叹服。

"这有什么?"老人爽朗地笑笑说,"走习惯了而已。不过,精神还真不错,六十九岁了。村里像我这年龄的,是走不了这样的路、背不动如此沉的草背篓了。"

我们就此攀谈起来。当得知我们的工作后,老人的眼里放出了激动的光芒,一连说出多个人名问我们是否知道,其中好几个就是我们单位的离退休人员,这让我很诧异:他是怎么知道这么多老农机人的?

一丝黯淡的光从老人眼里滑过,他轻声"嘿嘿"一笑说:"咋能不知道呢!想当年在机耕队,我们一起开着拖拉机辗转全县各地去耕地,他们不少人还是我给教练出来的呢,那时候那工作干劲,真叫一个热火朝天!"那神情,充满了对当年时光的怀念。

我知道 70 年代初组建的农业机械化耕作队,虽说机手都是一些没有工资的农民,但工作热情是非常高涨的,也曾为当时当地农业生产做出了很大贡献,他们其中很多人也因为工作表现突出而被录用为国家正式职工。眼前这位老人……

"我?当逃兵了呗。"老人又恢复了他爽朗且风趣的神情,吆喝着归家的羊群和我们边走边聊,他告诉我们说,当年正当他全心全意在机耕队工作的时候,他唯一的儿子在兴修水利工程时,被爆破塌方的土石夺去了生命,留下一对出生不到一月的龙凤胎孩子。七十多岁的老母因为痛失爱孙悲伤过度而辞世,妻子承受不了这接连的打击,在撕心裂肺地痛哭了一夜后便从此疯疯癫癫,十七岁才上高一的女儿只有休学回家,可她稚嫩的肩膀怎么能挑得起那样沉重的担子呢?因为不久后儿媳妇也留下孩子回了娘家随即改嫁他人。

"那样的境况,我不当'逃兵'不行啊,我不能叫老婆满世界疯跑,不能叫女儿失学,不能让幼孙没有人养啊!"

听着老人的叙说,在唏嘘老人当年遭遇的同时,尤其感叹当时的他,一个四十几岁的、平时很少做家务的男人,是怎样哄着疯老婆去放牧给孙子充当奶妈的奶山羊;又是怎样一个人天不亮就起床,挤出羊奶过滤后烧熟了一瓶一瓶喂饱嗷嗷待哺的孩子,然后做好一家人的饭又背着幼孙去下地干活;夜阑人静时,在老婆孙子熟睡的呼吸声中,他悄悄起身,揉揉发涩的眼皮挑起粮袋蹑手蹑脚走出家门走向外村的磨面房……

"唉,那时节,真忙真累啊!忙得都没有时间想啥叫苦啥是难了;累得看见别人家出殡,都盼望睡在棺材里的人是我呢,但再忙再累都得做啊,不做,我这一家烟筒里就没烟冒了。"老人的叹息里,饱含了许多失落和辛酸,却似乎没有太多的失意和抱怨,"这不,挺一挺也就过来了。现在,当代课老师的女儿已转为国家正式教师了,孙女初中毕业上了卫校,今年刚毕业已经上班了,孙儿今年大二了,再过两年大学就可以毕业了。老婆病情现在也基本稳定,做饭烧炕喂猪喂鸡的都可以帮我干。人家都说我老汉,总算是走过艰难走到平坦了呢!"

"走过艰难!"是啊,想想人这一辈子,寒来暑往,谁能保证自己就没有个沟沟坎坎七灾八难,怨天尤人能怎样?喊苦叫难又能解决什么问题?"要生存,先把泪擦干,走过去,前面是片天……"

走过艰难,前面不就是平坦坦的路、蓝晶晶的天吗!

张卫中的散文

| 张卫中,男,甘肃镇原人,爱好文学,偶有作品发表。

从打谷场到小院

我家小院坐落在距今已有约二百多年的一个打谷场上，这个时间区间是我从太祖父时代推算来的,应该是许崖窑有张姓人出现,这个打谷场就诞生了,如此判断,在情入理,误差不大。至于小院及小院里的屋宅,有故事却无历史,恰如一对新婚夫妻,有爱情却没有婚龄。

打谷场对于我和我对于打谷场同样重要,打谷场没有我就没有情节,我没有打谷场就没有童年。

春天,打谷场上除了大大小小的麦草垛外还算得上空旷,正适合孩子们捉迷藏。绕着麦草垛尽是转不完的圈,排除一个圈,谜有可能藏在另一个圈。或许,被你刚才排除过的圈又成了藏谜之地,这时候启动听觉最好,脚步的声音最准确,隐藏一个逮住一个,哪里有笑声哪里就有案情。

后来啊,我就想,人生有些阶段,与其脚忙心乱,不如侧耳静听。

夏天,收割的麦子全部上场,接着便是一家紧随一家地打碾,一副碌碡在两头毛驴的拼拉下缓慢转行,不停发出吱吱呀呀的叫声。孩子们的乐趣则在那些被碾得平展而又柔软泛光的麦草上,翻跟头就是乐趣的集中。一头扎下去,双脚奋力后蹬,一个跟头就成功。难以承担的是在大人们鼓动下的连续翻动,当你翻到头昏眼花时,便失去了对翻动路径的心理把握,运动轨迹由圆周变成了直线,整个身子会位移出界而重重地摔在干硬的白地上,这种情形常有也常残酷,周身摔得疼痛难忍,应哭却不想哭,因为这是在众人的喝彩声中进行的。

后来啊,我就想,人生一旦碰上喝彩,你就要当心,如此气氛可能笼罩着有泪难哭的凶险。

秋天,收割的糜谷全部上场,大人们将一小捆一小捆糜谷头对头攒聚成"人"字形的长绺,一家挨着一家,等待风干,这是小秋作物传统的晾晒办法。可是,这一造型经过孩子们的慧眼开发,竟成了他们的"家",一个个钻进去静静地待在自己的"家里",躲避着秋天的风雨,躲避着大人们寻呼的视线。

后来啊,我就想,家,你叩开人生的大门竟如此地早,人们对拥有你的萌动竟如此地自觉,你是人类走向自身健全的温馨驿站。

冬天,风雪上场,厚厚的积雪恢复了打谷场春天的空旷,寒冷的风勾引着千家万户的门帘,也勾引着孩子们迎风踏雪的天性。没有约定,没有呼应,一个个溜出门口,冲向白雪覆盖的打谷场。多数有鞋无袜,手套更是想都不曾想到。双手冻得紫青,袖筒是不管用的;双脚冻得彤红,布鞋是顾犹不及的。雪地里的兴趣是无规则的,狂奔乱跳是天性的发泄。雪场上从无脚印到有脚印,最后又到无脚印,一场厚而酥的积雪被我们踩踏得薄而硬。踩踏过的积雪很容易消融,两三天后打谷场里的积雪率先消失在冬的世界。被雪水浸润了的打谷场又集结了晚饭后闲聊的人们,孩子们也急于追回春天的故事。

后来啊,我就想,人生理想地带的开辟,很多都发生在受意识支配不强烈的孩提时代。

打谷场在 20 世纪 80 年代初期就完成了它的使命,家家户户都在住宅周围开辟了属于自家的小打谷场,百年的欢乐伴随着五谷十秸分解到了许崖窑的各个角落,昔日的打谷场将要承载新的故事——我家的小院就此诞生。

小院对于我和我对于小院同样重要,小院没有我就没有深沉,我没有小院就没有对生活的思量。

　　从几何的角度看,小院坐落在打谷场上,仿佛一个圆内接正方形,圆边就是围墙,内接正方形便是我的屋宅了。二十年来围墙曾两拆三建。起初是父亲领着我和弟弟花了近一个月的工夫用素土夯打的。那时候,我们兄弟年龄尚小,但打墙的积极性很高,没有人告诉我们墙的意义,可意念在暗示:要帮助父亲围拢一个家!

　　素土夯打的墙没有土坯墙周正,加之雨水浸淋,十多年后墙体局部坍塌。这时候我们兄弟都已长大,拆从前的土墙,建崭新的土坯墙时机到了,费力省钱正适合于我家的境况,这也是身患癌症的父亲所做的最后谋划。于是,全家人花了数月的工夫实现了父亲破旧立新的设想。其实,土墙与土坯墙没有质的区别,只有劳动量的不同。土墙用黄土直接夯打,土坯墙则要预先打制土坯,并经过长时间的风干晾晒后,再一块一块地垒砌,最后用泥浆抹光墙面。如此繁重的劳动,一家人谁都没有怨言,那是要向父亲展示:我们有能力继续维持好这个家!

　　土坯墙没有砖墙坚固,也没有砖墙美观,加之几次暴雨袭击,土坯墙承受不住了,一块一块的土坯走出队列抗议着:不愿再为整个团队作支撑,最后是整段整段地倒塌。拆土坯墙建砖墙的时机到了。于是,在母亲的谋划下,弟弟拖着带病的身体完成了砖墙的替代任务。

　　没有围墙就没有标准意义上小院的概念,有了小院而没有绿的点缀,小院就有失灵性。

　　父亲生性喜欢栽树,小院内外,大小地方全都被父亲的树霸占,只是数量可观,品种单调。小院外围,杨柳居多,楸树次之,梧桐少量,桑树个别;小院内绕墙一周大都是松柏,屋舍周围的空旷地带多为果树,其中梨树独俏。这些高低不一、年限不同的树木多为父亲手栽。我曾作过清点,小院内外的树木总量大致在二百棵以上,这些树木的万千枝叶在一年之中有三个季节就为小院摇风挡阳，着绿添荫，特别到了秋天，早晨起来一开门即刻就能感到一股阴绿阴绿的气流扑身。

小院的情调密切配合着主人的意愿。每逢周末，我和父亲都从单位回到家中，晚饭后，我们都习惯性地蹲在小院里聊天。话题很多，大到国际国内、社会人生，小到生死别离、家庭琐事，耳闻目睹加上合理想象，连小院的空气都规范成有逻辑性的流动。对一些绕不过去的话题，我总会以一个儿子的立场说出一个朋友的看法，父子之间的相互尊重与沟通全在这个小院里完成。

父亲去世后小院在内容上有所删减，人文气象不比从前，小院寂寞了。我慨叹：一个生命的离去竟如此的彻底！

在为父亲送葬的日子里，我一直默诵着石宝庸先生的《一剪梅》，十五年后的今天依然能背出来：

> 柳垂青丝小叶黄，红也流香，绿也流香。
>
> 衔泥勤燕筑巢房，来也匆忙，去也匆忙。
>
> 啄水闲鸭唤醒塘，行也不惶，卧也不惶。
>
> 躬身老牛作耕床，想也和祥，做也和祥。

不知先生的一剪梅为谁绽放，可我总觉得与父亲和这个小院有关，引用在这里可能对先生有所不恭，但作品一经问世就再不属于作者本人，《一剪梅》也一样。

十年前一家人都来县城居住，留下了孤零零的小院，虽然我们生活在了一起，但一想起小院，每个人的心里都有不愿说出的伤感，最不能忍受的是秋风朗月抑或冬雪寒夜我对小院的思念和牵挂，第二天起床，必先给弟弟打一个电话：进院子里转一转，把昨晚的落叶或积雪扫一扫吧。

近些年，在我接到的电话中常常会出现这样的情况：

问：你在哪儿？

答：在家。

每当我如是回答后就心生疑虑：怎么？这儿难道是我的家？我的家不在

这个钢筋水泥箍成的空洞里,它不配称我的家,它不过是我一家四口在此歇脚的地方,打谷场上的那个小院才是我真正的家,除了女儿要远行,母亲和我们最终都要回去!

我曾和妻子开过这样的玩笑。

我说:"我死后能埋在小院某个角落的大树下最好,不用棺木,让我的躯体直接触及树根,茂密的枝叶便是我不逝的心魂,我想继续为这个小院守护。"

妻说:"你想得美,那还不把人吓死?"

我说:"生前不做恶人,死后不做凶鬼,不必害怕。"

以玩笑的形式来公开不便公开的内在,这是玩笑的长处。

世间有多少事被玩笑玩中过?

从打谷场到小院,验证了我曾经对"人生精神的栖息地不在浮躁喧哗地带"的判断。

大地的音穴

　　人类纯真的天性正在遭受现代文明的奚落。对此，余秋雨先生最先感知，他在呼伦贝尔草原的一间屋子里聆听了一群孩子的歌唱后感叹地说："在人和自然的天性面前，再成熟的文明也只是匆忙的过场游戏，而且总是包含着大量自欺欺人的成分。"他把人类的纯真比作"天籁"，并快速断定："在他们还没有被阻塞、被蒙蔽、被扭曲的时候，最能感受自然生态，并且畅快地吐露出来……但是，这样的人越来越少了，大多只能从儿童中，从边远地区的荒漠间寻找。"央视举办的每两年一届的青年歌手大奖赛无疑给人们提供了一个寻找的机会，那些从全国各地走来的少数民族歌手，他们就是吐露天籁的使者、挥洒纯真的高手。曲终声静，亿万观众除了震撼还是震撼，除了向往还是向往，让我们稍作回放。

> 门前一条丽江河，
>
> 外婆教我唱山歌。
>
> 清早唱得云雾散，
>
> 夜晚唱得星星落。
>
> ……
>
> 壮人生来爱唱歌，
>
> 山歌唱来天琴合。
>
> 琴声引来天琴唱，
>
> 山歌飞过九重坡。

　　这是第十二届青歌赛上来自广西龙州美女村的天琴组合演唱的《唱天

谣》,十二名身着黑色民族服饰的壮族姑娘手操天琴,脚系脚铃,咿咿呀呀,叮叮当当,把储藏在山谷野岭间最原始的美传了个够。透过歌声我们仿佛闯入了西南边陲一个晓风残月的黎明、抑或留客于丽江河畔扶棠拽柳的黄昏。他们的歌声没有伴奏,他们的歌喉未经教化,宛如山丘与河畔的原始生态,除了大自然的装点之外,没有一丝一毫人工雕琢的痕迹,伪造与虚假在那里丧失了滋生的土壤。

这种感觉我在去年到过云南、贵州以后就有,特别是游赏了少数民族村寨后有一种不忍离去的心思。少数民族同胞的生活形态太自然、太朴实,在他们谈笑吟唱间能感受到历经大地濡养过的清润,那些皮肤白净、身着白衣、衣襟和裤管上镶着红边的白族姑娘,还有那些皮肤黝黑、衣色陈暗、衣襟和裤管上同样镶着红边的傣族小伙子,他们的歌声似青岩流水般的清爽,他们的舞姿如鲜花绽放时的自然,据说他们大都没有经过专业训练,能歌善舞是他们与生俱来的天性。前年秋天我去了甘南的桑科草原,在一顶蒙古包前,我被一对藏族青年男女对唱的"花儿"深深地吸引住了,问过之后才知道距表演还有一段时间,他们正在休息。众多游客围着他们,屏声息气地在欣赏他们的休息。原以为大地最美的发音部位被我们固守着,却原来,真正的音穴在地旷人稀的边缘。那些少数民族兄弟姐妹,他们才是大地的主人,过多地虚幻因他们的纯真而不便张扬,周围的绿水青山把伪装、虚幻全部稀释。

回过头来看,我们身边常常充满虚幻,可怕的是,人们已经发现了虚幻、认识了虚幻,却还在极力地制造虚幻,促使它膨胀、放大。我们经常会遇到这样的情况,一个地方或一个单位为了创建文明城市或文明单位,往往会在短时间内搞一些突击性的表面工作,应付达标验收,这实在是对文明的糟践。对此,我们既怀疑又厌恶。首先,这个目标就是虚幻的,遥想人类跨越文明的门槛是不低的,世界上最先迈入的四大古国,无不经历了漫长的酝酿准备才挣脱了洪荒蒙昧的原始野味而嗅到了文明的气息。人类虽然赋予了现代文明进程的加速度,但文明的可塑性非常丰满,文明工程异常浩大,要在一年时间甚至几个月内建成一处现代文明,那实在是对文明的曲解,即使建成,也肯定是偷工减料了,这样的文明是不可靠的。

已经到了呵护纯真、崇尚自然的时候了!

这方面的工作,幼儿园的老师做得最好,我们经常能看到幼儿园护栏前围拢着一大群成人在津津有味地欣赏孩子们的活蹦乱跳或齐声歌唱。在成人的眼里他们似乎在表演,实际上他们在做功课。没有虚幻干扰的孩童,他们按照自己的天性把功课做地道了,围观的人们只能因缺失这门功课而过早地闯入虚幻傻眼旁观。

三三两两的老师正站在孩子们周围,她们用自己的身躯在抵挡:不准外界的虚幻随意闯入自己的花园玷污她们的花朵!

只要有人意识到并积极做这方面的工作,大地的音穴就会长久洞开。

赵利君的散文

赵利君,男,甘肃镇原人,记者、编导。在省市电视台、报刊发表过作品,个人谱志类作品被甘肃省图书馆列入"西北文献"。

瓜　棚

一

有大片的西瓜地,就会有瓜棚,这是 20 世纪 80 年代之前茹河沿岸的情形。茹河是泾河北路支流,这两百多里的径流,正是古彭国之地。

瓜棚,是看瓜人来住的,搭在地头。

不管是西瓜、梨瓜,都要人来掐头、掐花、拉蔓,然后开园闭园,前后得有两个月的光景,这期间,正值伏雨,看瓜人为了方便,会搭瓜棚,住在地头。

西瓜种得好,一蔓上会结俩瓜,从根部开始,第一个被称作头胞,先熟先摘,第二个长大,一般会到入了秋,滋味上已不如头瓜。有了瓜棚,打头、翻瓜就方便多了。搭了瓜棚,除了务作,也有看守的意思,并不为防人,是防獾,一种肥硕、油黑的家伙,我竟在地头从没有看见过,很多年后,我在镇上赶集,见我的学生在卖獾,竟不止尺余,大狸猫一样,肥嘟嘟地趴在地上。

除了看守,瓜棚的作用就是方便卖瓜。瓜熟时节,没瓜的人会来买或者换,大路边,有过往的什么人,也会掏钱买,而农民是喜欢拿粮来换的。循着瓜棚过来,背上十几斤、几十斤麦子,棚里人迎身招呼,拿小木凳或马扎让乡邻歇口气,自己去地里,挑上俩瓜,在板上切开,让来人消渴,也了解一下瓜是不是沙甜可口。如果是付钱来买,尝瓜,也好使来人作合了他意愿的决定。农民有种瓜诀窍,就是施渣肥,那是亮汪汪的胡麻油渣。吃着了,说不错,瓜棚主人便去摘瓜。农民跟粮食、跟杆秤打交道多,即使不去提摸,也能在心里一估一个准。按规矩,到地头来买瓜,总要比市场上便宜三四成,地主之谊嘛!来换瓜的,是乡亲邻里,所以总是要让来换的人心满意足。一般都是一斤麦三斤瓜。完了口袋不满,或者身边有闲袋子的话,还会多送两只。

"自己地里种下的,有啥亏不亏的。"

看起来是买卖,而那时候农民手里拨着秤砣,却总是发乎良心。

二

瓜棚像是人们把自己置身大自然的一种途径,像海边的别墅,是农民的雅趣和休闲所在呢!瓜熟在收麦前后,碾完麦子,农家便闲歇了(有的人家栽大片的金针菜,会忙),这正是立秋前期,天气的燥热中已有一丝凉的惬意,瓜棚就在地头,晚上了,蒿绳火星一闪一闪,青烟缕缕,像一支燃不尽的老旱烟。其实,在陇东高原,由于干旱,蚊子是很少的。在繁星璀璨的黑色田野里,看瓜人在夕蛙、夜虫的聒噪里,享受着天辽地阔的静谧,收音机、手电筒,这些便是瓜棚里的全部家当了,越是简单,越使人接近自然,让身心放松,加上白日里,坐棚观景,这样,瓜棚就是好的别墅了。到阴雨天,瓜棚便淹没在雨水的敲打里,芦苇的、草泥的棚壁砰砰有声,倾听天地之声,人便与天地对话、与天地共存。

不知道瓜棚里会不会有幽会、约会之类的暧昧事情,但身处野外,与夜虫、霭雾、朝露为伴,这确实是人们难以追求的人生境况——当我有足够的智力,我才发现,住进瓜棚,那其实是人重归原始,让灵魂草藏于星宇之河,身体盘桓在风过之野、起卧于虫鸟啁啾之间的美。

三

说了不少,还没讲瓜棚是什么样!

在茹河流域,这种棚被称为"窝棚",这个窝,是两面倾斜拼接的三角形,从正前方看,正是标准的"A"字形,人就"窝"在上半部那个小三角里。

不是不能搭长方体的、梯形的棚,因为地茬年年换,瓜棚是临时搭建,便不会花更多的力气去建造它、完善它。三角形的锥体外罩面小,消耗的材料和人力便少,搭建的难度也就低。所以,窝棚搭成"A"形,既出于简单易行,也是考虑到它的稳固结实。栖身的木板,正是"A"字的"横",到地面半人高的距离。这样,一般也就只容一二人身,且起床时,不能够站起来。

搭建这种三角体的窝棚,至少需要九根木头,最长的四根,用于立柱,两两交叉;其次是横木三根,长度在两米以上,它们和短的两根横木,一起构联成四根立柱的长方框架,以放置床板。板上铺上毛毡、褥子,放上被子、枕头,这就是个棚"窝"了。

框架外,是比较麻烦的覆层。完成覆层,最基本、最原始的材料,是高个秸秆、芦秆,或者排布一起的树枝,用现拔的冰草和绳并穿绊,与框架绑定后,填充蒿草、狗尾巴草或者树叶,再涂抹和入碎麦秆节或者麦衣的泥巴(增强韧性和耐雨水剥蚀),使窝棚形成外壳,遮蔽风雨。有的人家,会用整片的芦席,这算是最好的选择,因为席子遮阳、避雨、透气的效果都好,人在里头不憋闷。

不管是泥草棚还是席棚,都是人类最久远的庇身之所。它的消失,源于人生产能力的进步,在镇原和陇东,是大约20世纪90年代,以塑料布为标志的现代化工业产品普及,而农业社会逐渐退出。所以,一段时间里,在用来销售的大片瓜地地头,我们仍然能看到这样的窝棚,不过,他们不再用树枝搭砌,不再堆以蒿草、秸秆,和泥涂抹,代之而起的,是整片的帆布、化纤布、塑料布。

席子春秋

我所熟悉的席子是种神奇的植物编的,那植物是芦苇,大概在中国的平原地带分布极广吧,而在高原陇东,芦苇得以丰长的塘池已几乎不见。

史料上说秦汉前,秦陇地带林木葱郁,大小池沼星罗棋布,游鱼如织。我想,那时芦苇一定俯拾皆是了(我见过一些在屯字塬出土的汉陶灶,上面有生动的鱼、笊篱等,这也间接说明,那时陇东的气候,确实比现在湿润得多)。芦苇和人类为伴,至少该有万年时间了吧!古人叫它蒹葭(所谓"蒹葭苍苍")、荻、芦荻,淮安人叫它芦柴,镇原、西和方言却叫它雨竹。

冬来了,先民会割上一捆又一捆的芦苇,随意地堆着,等它们风干,等冬闲时节的到来。芦苇剥去叶片之后,很像光杆的毛竹,但肥和白亮许多。把苇秆劈成篾条,用碾子压平,就可以编苇席了。花纹有人字形、回字形等。把苇席和草席一起来用,正是"筵席"的本意。苇席能隔绝潮湿,防虫蛀,好擦拭,是上好的铺垫物。古人极爱席,王公坐宴议事、平民捻麻话闲(宋代时,源于西亚的椅子才广泛使用)、富人褥下作衬、穷人炕上当铺,到处都有席的身影。

席子,也是履行礼仪的地方。北方人冬里待客,会请人坐到炕上,铺油布(实际上就是席子的作用)、落盘,然后请客人动筷子,这便是坐席的雏形。后来就有了排布于厅、室、棚及庭院,广开酒席的待客方式,这便是人们常说的宴席、酒席。镇原方言里的"坐席",就是"去吃饭,主人家已安排好,会是成桌的好酒菜"这样的意思。手巧的大妈去主厨,就叫"做席"去了;还有偏席、正席说法,请来的"请客"娃娃不谙事,入了"便席"就把肚子吃圆,不料接下来有"偏席",之后,又有"正席"来请了。

芦苇性寒凉,能祛燥火,皮韧耐用,虫不能蛀,是北方农民家里基本生活用品。20世纪80年代之前,镇原的大多数农家,都没有好的被褥。土炕上面,孩子们光着屁股,常常是在"溜精席"。一觉醒来,小屁股、小脸蛋被烙得通红,印满了经久不褪的、古老的春秋席纹。其实,火炕是很让人受用的,煨了碎柴进去,火就彤彤地红;煨了落叶枯草进去,炕洞里就熏熏腾腾,苇席子忠实地传达了火的热情,这种火火的烫或温暖的熏,使炕上的人经脉里会气走血窜、沉疴渐消,身心通透。想几千年来,北方如果没有这光光的席子、火火的炕,人们腰腿酸痛,怎么吃得消呢!

早些年的乡间路上,常常会见到背了席筒儿的老汉去赶集。席子曾是农市上最显眼的"大件儿",但又是廉价的,和死活不肯涨价的农产品一样,一页席子,比不过今天洗面台上的一只水龙头。玄奘大师生涯尽前,吩咐门徒,他死了之后,用苇席裹尸,置于深山老林的僻静之处就行了。"天下无不散的宴席",王熙凤生前裘衣玉食,最后落得一张席子裹了身入土,所以奢华、奢侈包括奢葬,不过是人不休的贪恋罢了。

把席子编成宽约一米、长四五米的条儿,就叫席条子,把它们缝接上,倒进去粮食,就是囤了,镇原方言里也叫篅(音 shuan),两三个篅续接上用,就叫接篅。在经历了饥馑和灾难的人眼里,鼓尖的粮囤,那是主人的荣耀、平安。男大当婚,女大当嫁,这女方家来看,一进门,就寻瞅男方的粮食篅,它成了主人家是否勤劳、能干的最好的直白。

席子很耐实的,爱惜的人家,一张席子能传几代(苇席从新石器时代至今,就一直伴随着人类)。如果终究着火烧破了,农民喜欢拿它去搭窝棚(茅棚、苇棚、席棚是人类原始生活形态的遗存),人在窝棚里往外看,空空隙隙地有亮儿,可不管雨怎么下,也渗不进一滴水来;太阳再怎么火、蝉儿再怎么喊,棚里还是显得清凉。所以,当它破了又破,鸡狗也盼着它来,给自己苫窝呢!哪怕剩下草帽大一片儿,它也不会散落成柴火,农家人会用它晒金针、晒杏干儿。

席子和古人生活关系密切，关于"席"字的古成语，多达七八十个。比喻祖上遗产丰富，生活优裕，就说"席履丰厚"；比喻极其简朴自然的生活，便用席天幕地来形容，如唐代范传正《赠左拾遗翰林学士李公新墓碑》："卧必酒甍，行惟酒船，吟风咏月，席地幕天。"宋代陆游《新辟小园》诗："席地幕天君勿嘲，随宜野蔌与山肴。"

席子和后来的方桌一样，都讲究规整、讲究一丝不苟。在镇原民间筵席中，有"上席""下席"的讲究，"上席"坐尊客、长辈，下席相反，"上席人"不动筷子、不发话，其他人不能逾越造次。庆阳是周祖发祥地，史书上讲，文王母怀文王时，席不正不入，就是在讲究礼数、躬行礼让。不过，这种最初作为司仪用的"礼"，后来演变出"礼教"，衍生出"席位""座位"，高与下、大与小、贵与贱一类的东西，强化形成了"唯权、唯官、唯衔"的可怕认知。今天，这种尊重与礼让层面和意义上的道德，和古老席子一样，躬身而退了。

王书逸的散文

| 王书逸,男,甘肃镇原人,中学教师。从小喜爱文学、书法。作品散见多家报刊。

夏天是一个脸上堆满阳光的男子汉

人们总是在一个季节里盼望另一个季节,在一个季节里回味另一个季节。

夏天是绿色的世界,如天上的云朵,一望无际的绿荫是大地的云朵,整个夏天是大地云朵最密集的季节,成堆成行的绿树飘在我们的头顶,郁郁葱葱的田野流动在我们的身边。如果把云头按低些,一阵瓢泼大雨后,就会听到庄稼窸窸窣窣的生长声,生命的绿色在夏天里疯长。一棵树就是一柄巨伞,一片庄稼就是一汪湖泊;耀眼的黄土如岛屿般星罗棋布,道路像希望一样长长地伸进绿色的海洋里,道路如织,希望不断。而夜晚的城市则是黑暗中航行的舰艇,灯火辉煌,把夏日梦幻一样迷人的夜晚驶向黎明。在晴朗的日子里,春天的娇嫩,早已被热风揩去,被梅雨浆染得墨绿墨绿,秋叶去年的记忆也同样被汪洋般的翠碧淡化、抹去……

夏天以茂盛的绿在季节中显得格外深沉、流美,以趋于成熟的步伐独立于四季之中,格外热烈健壮。夏天是飘逸的季节。

在长长的夏日里,人们如鱼儿深藏在水下一样躲进阴凉的世界里,正如冬天用棉衣抵御寒冷,人们充分利用自然和智慧的力量来远离炎热。燥热是一种情绪,连鸟儿也对正午的阳光深感惶恐,只有勇敢的蝉儿在树上拼命地叫着夏天,它好像很奇怪人们对生命旺盛的夏天的冷淡,寂寥的鸣唱一遍又一遍,抓挠人心,那种神气大有与夏天叫阵之势。乡村盛夏的正午如午夜般宁静、死寂,生命也好像停止了,万物在滚烫的阳光里煎熬,思想在阳光的影子里活跃,人们把清凉的渴望升华到午梦中去。生命的脆弱往往借梦幻来扶持,劳作的疲倦被甜蜜的梦浸泡得荡然无存,生命又重新开始,夏季是一个美丽的季节。

童年的夏天在打麦场上度过,我愿意白天四仰八叉地躺在大核桃树下,夜晚躺在高高的麦草垛上,望夜空,数星星。打麦场是一个大大的盘子,上面堆满了麦垛,就是巨大的馒头。场畔上长着一棵大大的核桃树,枝叶茂密,完全遮住了阳光,树影里只有零星的光点,给我一个过滤了的盛夏天地,走进这凉爽的树荫里,像从一个概念上升到另一个概念似的,整个打麦场如一个哲人一样在二元对立的世界里平和地思考着,给你一个夏天,又给你一片回避炎热的小天地。乘凉最好,把阳光给人的烦闷、燥热、倦意片刻消去;避雨也行,听雨打树叶,看雨幕无边,雨滴溅起的水珠雾一样漂浮在打麦场上。由于雨水浸润,打麦场又像一面明亮的镜子被哈上了雾气,连天好雨,令人遐思……

燃烧的火鸟飞到世界的另一边时,盛夏的夜空里,一盏盏星火渐渐点燃,我爬到高高的麦草垛上去,夜空低了,星辰大了,天边的星星神秘地对我不停地眨着眼睛,空气像清凉的水徐徐滑过肌肤,沁入心田。一钩弯月,满天星斗,苍穹是那么静谧、辽阔。我的身体飘在空中,渐渐溶入夏天迷人的星空里。

夏天随金黄的麦浪流过,思想在橘红的麦粒里一年年成熟,一回又一回。渐渐地,季节对我不再敏感,成年的季节四季如一,风雨冷暖从小屋旁走过,未觉汗流浃背,忽闻归雁阵阵,才见层林尽染,却又白雪飘飘,白雪的尽头早已春草寸生了。走进春秋冬,夏天依然是明快清朗的感觉,风雨猛烈,铁骑突出,万物繁茂,百舸争流。夏天是一个脸上堆满阳光的男子汉。

火红的春联

过年时节,门似乎丧失了进出的功能,默默地退出历史的舞台,我们走进一副副火红的对联里去拥抱平安幸福、温馨甜蜜……又从一副副鲜红的对联里走出去,寻找希望,放飞理想之鸽……

一副红红的春联就是一道道醒目的家门,吸引着天南海北的游子,牵挂着未归的心。打开门,瑞雪飞舞,红梅点春;关上门,芝兰和气,酒香扑鼻,欢聚一堂,喜庆丰收;进,红红火火,出,喜气洋洋。

把年写进对联里,前面是喜庆和欢乐,背后是汗水和辛酸。

把对联贴在门框上,一边是今年,一边是明年,一边是过去,一边是未来。

春联,岁月火热的谱写,是总结,也是开端。春联,时光深情的慧眼,热切地向往明天,深沉地审视昨天。春联,黑色的文字里隐藏着以往的忧伤,金色的字迹里闪耀着时光的灿烂,红色的河流中透出奋斗的艰辛和追求的执着。

春联,时光不可分割的旗帜,不仅仅是一种点缀,不仅仅是一种符号,是年头岁尾的注释,是两年合辙的韵律,去年和今年的对仗,问平仄孰多孰少,失去了许多平衡,得到了许多安慰,曾经多少倾斜,盼望多少超越。两条红红的地毯引我进入自己的年夜。

离别从今夜弥补,伤口从今夜抚平。即使疲惫满怀,即使行囊空空,短暂的欢聚延伸成无限的永恒。今夜,幸福悄悄降临。

春联在除夕的门外如梅怒放,渴望着什么,向往着什么,春风寻她千百度,蓦然回首,春花盛开在万家灯火中。

鸟儿找到躲避寒冷的巢穴，远方的人，思念的人，今夜，请入我梦。

只一眨眼，就远离了年，靠近了月，走进了日子。

做一只四季都歌唱的鸟，让年、月、日走进我的歌里吧。

打工嫂

把太阳留给花朵,把月亮留给了草叶。

你以泥土的方式走向城市, 如窑洞里升起的炊烟, 顷刻消失在天南地北。

你过早地拉开了春天的窗帘, 悄悄地告别锄头和扁担, 走过石头的坚硬,走近钢铁的冷漠,异乡的街头长满陌生的丛林。

站在城市面前,希望和失望在煎熬时空,渴望和冲动敲打着春日淅沥的暮雨。

站在城市面前,心中的山影很沉很沉,西部的风愈加粗放。

干渴和贫瘠使你远离麦苗,如麦苗远离田地一样悲凉,远离了青春在犁沟里开出的迷人金谷,丢下农事,背叛土地,你只想把腌菜缸里酱卤的梦,随春天的风筝放飞到有雨的云头。

在城市的眼里,你们像来自同一个村子里的人。

由于脸上布满高粱的营养,背上落下大山的沉重,眼神流露熟透了的农事,于是,城市在拥挤中慷慨地给你一个心酸的称呼——农民工,这个飘着浓烈田野气息的称谓,在城市的高贵和文明面前,永远是一个满身泥土的矮子。

一生没有涂洒香水的婀娜,无论怎样修剪,始终站不到高贵的楠木林中去,不像橘会因地而别名。

你以泥土的方式走向城市,把田野的甜蜜和土地的温暖带给钢骨水泥,让远离土地的城市感受大地的脉搏,城市在你的山歌里激动。

你嘴边不时飘落的农事,脚下朴实的泥巴,使城里人精明的眼睛也感到迷惘。尽管老实在时代的眼里几近于愚蠢,城市仍然离不开你这傻大姐,城市被你的纯朴和诚实感动。城市的天空因你而晴朗,城市的愁眉因你而舒展,城市的老人离不开你,城市的女儿依托你,你在细细缝合填补城市看不见的伤口,然后你带着来时的行囊悄悄退出城市。

贫困和劳作养成的勤俭习惯在城市里成为你的财富,只有你还固守着信念立足的最后一片热土,使你受到城市唯一真诚的欢迎。

你把被碎石、瓦片磨损了的青春埋在犁沟里,用最大的希望耕耘极少的收获,玉米秸也是你整齐的年收入,这曾经四季,结出一代又一代金色生命的枝叶,透出你闪光的年华。

回家的感觉真温暖,猫儿、鸡儿亲昵的欢叫,热炕头的温馨,使你熟悉、兴奋而又陌生。也许怀揣着的只是自己孩子的学费,是给父母的一件衣衫,可眼前亮堂了许多,宽广了许多,脚下轻快了许多……

你从四面八方来,走进千家万户,不被接受,不被理解,你被城市拒绝,被城市无情送走。可你还惦记着某个孩子某位老人,惦记着自己的亲人,城市在遗忘中惭愧。尽管这样,你仍不满足于日出而作,日落而归,你梦想着像城市人一样生活。

当你往返于城市和乡村间时,一部法规在支撑着你的倾斜,温暖着你的腰包,乡村在你的奔波、遗憾中将与城市赛跑。

温　暖

　　黄土高原寒冬的苍凉，被一场温润的大雪漂洗，世界变得宁静、皎洁而明亮。连年的暖冬使大雪在人们的眼里成为憾事，久违的精魂突然悄悄地降临，多么亲切、温馨，精神的春天在心里蠢然而动，行人匆匆的身影在团团雪花中飘摇，窗外孩童的嬉闹在雪花纷攘中遥远。

　　静静地，雪落无垠，漫天飘洒，思绪也如雪纷飞。

　　童年的冬天，几乎每年都要落好几场大雪，明亮、欢快，空气湿润清新，寒而不酷。物质是贫乏了些，而大自然赋予我们童年的天地是广阔的，光脚丫子穿着父亲用金针叶打的草鞋，在雪地里摸爬滚打，欢天喜地，双手冻得通红，可从来没疼过肿过，天地好像特别眷顾我们这些没有什么精神生活的孩子，从另外的方面补充给我们丰富的营养。每个冬天都是生机盎然，十分活泼欢畅，原来以为冬天就会像童年那么快乐，可天地又好像特别吝啬，等到长大时，美丽的冬天就成了过去的故事。我珍视童年的每一刻美好时光，而时光常常与我们闹捉迷藏，找不到躲在麦草垛后面的同伴，找到的是美妙的遗憾。

　　真不希望眼前的飞雪被恶风赶走，它是失落的火种，点燃我童年的温馨。

　　那时，农人穿的袜子有用白棉线或羊毛捻成的线织的，也有用棉布片拼成的，可会用铁丝磨成签子织袜子的人却很少，外祖母便是少数人中的一个。当时很多商品都限量供应，只有简单的白、蓝、黑三种颜色的棉线不限量，只要用几毛钱的棉线就可以织一双袜子了。至于毛线的来源，就要简单一些了。其时虽也限制私人喂养,可不少地方还是准许私养羊只,只要放养在集体的羊群中就行了。应该说羊毛在当时还不是很缺的,也可以在集体剪羊毛时,偷几把揣在腰间,织一双手套或袜子足够了。每年,我盼望着春夏之交的剪羊毛时节,因为那时有人为我储备冬天的温暖。

在北方的女性中,外祖母算是个大个子,却是小裹脚,走起来虽然步子小,但身板是直挺的,慈眉善眼的大脸盘,即使生气的时候也不过于露形于色,所以,在外祖母有生之年,每次见到她总是温和慈祥的样子。说起话来,风趣而幽默,惯用语气词来表达自己的诙谐,往往使人觉得极形象贴切,易理解又能引人发笑,一团和气传染到每个人的心间,于是,大家很快就轻松亲切起来了,可在不太熟悉的人面前,她却不是一个多话的人,有时还有些羞涩的表情。然而,她依然是一个讨人喜欢的听众,眼神穿梭于别人的眉飞色舞间,即使被人置若罔闻。她这样,更鼓舞了说话的人的滔滔不绝。

和黄土高原大多数人家一样,外祖母的家在临沟的崖畔处,依崖挖窑洞而居,一字排开,根据地势,或直线或罗圈形,很多人家集中在一起,中间用院墙隔开。有时候上下几层,出门就能看到别人家院子里的一切活动,这些都是我们非常熟悉的居住方式。习惯了,丝毫不觉得奇怪,现在看来,前辈们的居住选择令人不解,问问老人,他们语重心长地说,爱地得很。热爱土地,珍惜土地,到了使自己受苦的程度,令人惊叹,让我们这些后人汗颜。外祖母家崖背边上长满茂密的木瓜树,从崖背上够不着,且非常危险,只能等到瓜熟蒂落的时候,拣院里落下的木瓜玩。每天早晨,东方的太阳最先照到窑洞里,大人们早就下地干活去了。外祖母因为是小脚,和其他两个人看场院。每到收获的季节,她当然有机会把队里的玉米棒、黄豆、糜谷,还有核桃、枣等偷偷地带些回家,垫补家用。像这样的事,在那个时代屡见不鲜,差不多每个参加集体劳动的妇女都有一个贴身的大肚兜用来见机行事,掐青扭黄。而我家里是没有什么果类的,所以,我总是不时地借机往舅家跑,现在还梦见当年趁放学顺路到舅家的情景。

外祖母家门前的路很窄,仅容人和牛羊通过,路边上没有遮拦,长着各种杂草。下雪天,我可不敢在这样的路上玩,因为路下边还是人家,家家都这样居住,所以也没有同伴可玩,他们都在自己家里。

外祖母住在小磨窑里,靠炕后的窑中间安着一盘磨,可以由人来推,也可以用驴拉着磨面,家家都是一样。那时已经有了机械磨面,石磨基本不大用, 只是偶尔用来磨杂粮之类, 也有人为了省点钱趁雨天抱着磨担推上些面。

小颗粒的雪落在肩上铮铮有声,没有一丝风,空气变得柔和而又微有暖意,世界上的尘嚣渐渐地被白雪淹没了,除了偶尔的几声狗叫外,一切好像忽然之间屏住了呼吸,万物会心地等待着天公发放温暖的棉被。火炕好热啊,为了防止羊粪煨炕散发的呛味,外祖母把冒烟的炕门用麻布堵得严严实实,趴在被窝里舒坦极了。外祖母靠窗坐着,借了白雪的光亮来织袜子,闪亮的铁签子在她的双手中舞蹈,细细密密,一针一份暖意,苍老的双手灵活而欢快地绕动着。今年的袜子早已穿在我的脚上了,她是在今年的寒冷里为明年的寒冷提前编织着温暖。望着外祖母慈祥的面容, 我的心就一直暖到明年,暖到今天……

经过几遍洗涤的羊毛袜子, 雪白雪白, 和大自然的冰天雪地融在了一起,穿着它走出去,还有什么寒冷抵御不了的!在买不起袜子的年代里,我的脚在温暖的袜子里踏实成长,在买得起袜子的日子里,外祖母没有穿过我买的一双鞋袜,不是因为她的脚丑,而是因为我的心丑。多少美好的事物,在失去的时候,才感到珍贵,这又有什么用呢!

多少年来,我的眼前始终浮现着外祖母的影像,梦里也是如此。外祖母活了九十多岁,在我出生到会观察人的时候,直到她去世的前几年里,她一直是那个健朗宽厚的样子, 只是在她走前的两年里, 脸上才有少许的老年斑。我一直在想,外祖母给我老年人的形象是因为她的小裹脚,可生活的困苦和突变却始终没有击倒她的原因是什么呢?

望着门外的雪天,小颗粒早已变成了大雪花了。片片雪花,飞舞旋转,徐徐而落,世界是那么宁静,静到听见雪花落地的声音,雪花层层叠叠,平静而安详,无怨无悔,沟底树杈,没有高低贵贱,消化了成水,蒸发了成风。渐渐地,雪花结成了团,铺天盖地而来,人间好像飞升到了银色的仙境,静谧而又缥缈。雪花是冬天里的神话,外祖母就是讲着温馨童话的老人,使我温暖而又平和。

李辅子的散文

| 李辅子,男,甘肃镇原人,甘肃省诗词学会会员,甘肃省楹联学会会员。作品散见多家报刊。

吃水的记忆

我的家乡在茹河岸边,河水清澈透明,波光潋滟,从西向东绕村流去,按理说并不缺水,可是多少年来,吃水成了几千人最头痛的一件事,这始终困扰着村里人。

从我记忆开始,全村人常常到离村子二里多远的茹河里挑水吃。路程远,担子重,一担水挑回家,总得歇三四次,真费劲。因此,除去种田和打柴以外,挑水就成了村里人生活中的大事了。从鸡叫一直到点灯,挑水的路上人群一绺一串,来来往往,熙熙攘攘,今天王大爷摔了桶,明天李二妈砸了罐,天天有"新闻",天天有"好戏"。

改革开放后,人民政府为群众办大事,办实事,着力解决全县人畜蓄饮水的问题,川区以打井接水为主,山区以挖窖蓄水为主,全县搞得热火朝天,轰轰烈烈,我们村上也不例外,村委会决定把离村子五里以外柳树沟里的泉水引下山,解决村里人畜饮水问题。

为了早日让村民吃上泉水,村上成立了引水专业队。专业队不畏风雪,不怕困难,劈荆棘,斩顽石,逢山开路,遇沟架管;筑水坝,箍水池,凿水道,铺水管,日夜奋战,不到三个月,在山花烂熳、野草流碧的阳春三月,把柳树沟里的清泉顺利引下了山。

清泉引下了山,全村沸腾起来,村里人品着、夸着、叹着、乐着。

树欲静而风不止。好景不长,没过几年,让人意想不到的事情发生了。由于植被被破坏,林木被砍伐,大自然无情地报复人类,旱情一年比一年严重,柳树沟里的水源严重不足,水位急剧下降,管子里的水仅有原来的三分之一,水荒的阴影笼罩了全村。

然而,困难总是和解决困难一同产生的,就在村里人吃水越来越紧张的时候,县上又有了新的扶贫打井项目,于是村民们人人动手,个个争先,挖井口,吊泥沙,箍井圈,修水塔,安装抽水设备,前前后后不到一个月,就在村口打了一口压水井。

奇怪的是,打出来的水咸、苦、涩都有,很不好吃,掘井千丈,不得一滴甘泉。正当村里人心灰意冷、低头叹气的时候,乡政府又帮助村民在离村子二百米远的地方,又打了一口机井,这才缓解了村里人吃水的燃眉之急。

今年初春,和谐春风夹着蜜汁般的细雨,吹绿了山川大地,吹暖了千家万户,浇洒了茫茫陇原。构建和谐新农村似雨后春笋般地全面迅速开展起来,安装自来水,硬化乡村公路成为农村的中心工作。全体村民在村官的带领下,搞得风风火火,如火如荼。人人上马,个个提枪,男女老少齐上阵。早上顶着朝霞出工,晚上披着夜幕回家。大干快干,村头街尾,巷里巷外,镐飞锹舞,土花迸落,沙雨绵绵,叮咚声,号子声,夯歌声,此起彼伏,没有多久,水沟挖通了,水管接好了,水塔修好了,水龙头、水表安装好了,就在天高气爽、五谷丰登的金秋,清亮亮的自来水沿着粗粗细细的水管,带着村民期盼已久的心情,哗哗地流进了千家万户,流到了锅台灶边,烧茶,煮饭,洗涮,浇花,再也不犯愁了,用肩挑水,用手压水,用车拉水的日子已成为历史。

四十年沧桑巨变,斗转星移,四十年改革开放,真正解决了村民的吃水问题,为吃水头痛,被吃水困扰的包袱解下了,千百年来积压在茹河人民心头的吃水疙瘩烟消云散了。

畅筱燕的散文

| 畅筱燕,女,甘肃镇原人,中学教师。喜欢读书,诗文散见各类报刊。

婆　婆

　　婆婆生病已经半年余了,求医问药总是时好时坏,住院也有两三回,可总不能根治。最终老公决定带婆婆到西安检查,可婆婆执拗不去,说不好意思,给我们添麻烦了,自己老了不中用了。

　　其实,婆婆今年才六十七岁,在老家忙活了一辈子,五年前家中的生意转手给了别人,她才到我家来给我们做饭洗衣,当起了专职保姆。

　　那天去医院检查时,婆婆已经虚弱得走两三步就气喘吁吁,满头大汗。她紧紧地拽着我的胳膊,原本瘦弱的身躯紧紧地贴在我的身边,我扶着她的肩膀,能感觉到她那突兀的骨骼。好像突然之间,那个无所不能的人,那个曾经独自支撑磨坊二十几年的人,那个下地耕田、厨房做饭、厅堂迎来送往的人,那个一年前还上树摘核桃的人,那个前夜还在为我和孩子包饺子的人……突然就被岁月收回了法力,现出了只是个普通人的虚弱原形。

　　做核磁共振时,她紧紧抓着我的手不放,眼睛里透出的是局促和不安。

　　"没事的,妈,不怕,我就在外面等着你。"

　　也许只有我知道她为什么那么紧张和恐惧。她这一生经历了太多的沧桑劫数,尤其这一年以来经历了太多的世事无常和人情悲凉:正当壮年的女婿因为肝癌英年早逝,妹妹因为突然中风猝然去世,母亲也因久病不愈与世长辞……在巨大的悲痛面前她依然强颜欢笑，善对自己的子女儿孙、邻里众亲。

婆婆心底的善良和为人着想的体贴是我毕生从未遇到的温暖，每天晚自习后回到家中，茶几上必盛着三碗热气腾腾的牛奶，待我换好鞋子，洗完手坐到沙发上时，那牛奶是刚刚可以入口的温度。时令水果也早已洗好摆在桌上，等我和孩子享用。最令我感动的是每到核桃成熟季节，她总会替我剥核桃。每天中午上班时，她总亲自为我夹几个核桃装进我的包里，让我带到办公室有时间了再吃。我爱吃核桃，她是知道的，但核桃剥起来比较麻烦，她总在我上班之后那一段闲暇时光给我剥核桃。有时她一个人剥，有时她和母亲一起剥。总之每天晚上，总有一小碟带着爱的核桃仁等着我吃。婆婆说我喜欢吃，她就给我剥了，希望能把我在夏天掉的肉补回来。

婆婆待我和我的孩子极其用心，每天早晨比我早起半小时给我们做早餐，待我起床洗漱完毕，早餐早已摆上桌。当她偶尔发现我因贪睡迟起那么几分钟的话，她准会帮我把早餐打包好，让我带到办公室吃，我和她之间的语言交流并不多，更多的是生活的默契。她刚来我家的那些时日，老问我喜欢吃什么，孩子们喜欢吃什么。慢慢地，她再也不问了，可每顿饭都是我们喜欢吃的。而且婆婆连我不喜欢吃醋这一点都发现了，偏偏女儿喜欢吃醋。所以每次凉拌菜她总做两份，一份是给我和儿子吃的，蒜香；一份是给女儿吃的，酸辣。

因为婆婆的到来，我也结束了兵荒马乱，一个人带两娃上班的日子，再也不用经常去娘家蹭饭了，开始了养尊处优、五指不沾阳春水的生活，也有更多的精力投身工作和做我自己喜欢做的事情了。无论我做什么，她都支持我，就连我大手大脚地花钱她也表示苟同。母亲常常责怪我不会过日子，不会细水长流应对生活。可婆婆说，孩子们喜欢吃什么、穿什么就由着她去好了，等到了你我这年纪，想吃什么牙不行了，想穿什么没身材了。说着她俩就笑着逛街去了，可买回来的全是我和孩子喜欢吃的。

婆婆和母亲相处非常融洽，她们经常一起聊天、买菜、购物，也经常探讨我和我的孩子，她俩互相照应，相互牵挂，更多的像姐妹而非儿女亲家，常常引得小区众婆婆、阿姨的羡慕。

婆婆贤惠聪明，与邻里和睦相处，待我更如同女儿。我和老公吵架，她总是偏袒我。记得有一次我俩吵架，几天都不得安宁，她一边责怪她儿子，一边竭力维护我，照常给我准备早餐。见我委屈地掉眼泪，她甚至拥抱着我说："别哭了，你只管上班，妈收拾他。"她还告诉我心情不好就约几个朋友逛街吃饭去，出去散散心也好，从来没有说过我的半句不是。

婆婆平日话语不多，在老家那些时日，多在磨坊和厨房奔走。磨坊停业以后，她常常帮公公打理生意。她还烧得一手好菜，生了灶火，铁锅里煎炒之声，喜气悦耳。烟囱里炊烟弥漫到庭院、村落，以及每一个自由的地方，每当周末、假日，她早早做好一桌佳肴，等候她的孩子们回家吃饭，那焦虑的眼神，想起来满是深情，饱含爱意。当孩子们都上桌开始嘈杂地吃饭时，她撩起围裙站在旁边瞧瞧这个，看看那个，摸摸孙儿的头，捏捏外孙的脸，家长里短地聊着。好一幅温情脉脉的图画！

时光的河流，让孩子们一天天强大时，她却在一天天衰弱。一天午后，我和婆婆、母亲坐在客厅聊天，婆婆给我儿子缝制校服裤子上的破洞，她举着针穿了几次都未成功引线，我要帮她，她不肯。线头被搓捻毛了，母亲起身找剪刀铰线头。我看见婆婆试探着慢慢起身，两手扶着沙发扶手，等站稳了脚跟，才一点一点直起身子，然后蹒跚着走到柜子跟前。我恍然惊觉，以前那个一只胳膊夹着孙子，一只手翻锅炒菜的婆婆，已经到了穿不上针、甚至连站起来都很费力的年纪了。

泪水漫过心田，我们与父母，在短短二三十年间，就走到了时间的两岸。当我们的身体愈来愈强壮，天地愈来愈广阔，足迹愈来愈深远，父母的身子也越来越瘦，脚步越来越轻，声音越来越弱，渐渐淡化成了影子。

检查结果出来了，医生要求婆婆住院治疗。可她坚持不住，说学校还没有放假,我一天挺忙的,她要回家帮我照顾孩子……我知道,她怕我们要请假、怕我们多花钱、怕自己不中用、怕被我们嫌弃、怕越来越衰弱的自己成为我们的累赘……

婆婆是个"小心眼",花开花落、草木凋零、季节变化都会引起她的伤感落泪。她在老家,就一直牵挂我的孩子,嘱咐我一定要给孩子吃饱穿暖。在我这儿就时常念叨她两个女儿和那个失去父亲、在外地上班的外孙,谁日子过得不好她都忧愁。她不识字,有时那种牵挂实在太煎熬了,或者几天听不见两个女儿或者外孙的声音,她就会央求孩子们给她的女儿和外孙拨打电话。在晚饭后悄悄地坐在我儿子或者女儿的身边,轻轻地说:丹丹,你军军哥哥几天都没有打电话了,你给奶奶拨一下你哥哥的电话……

一会儿又小心翼翼地给我儿子说:"程程,你给奶奶拨一下你大姑姑电话……"她牵挂这个,牵挂那个。

婆婆,你用尽青春,只为供养子女长大;你踏遍山水,只为教育子女成人;你饱尝人间疾苦,只为将爱传递。"妈,我们听医生的话,就住几天,好了就回家。"

她最终还是顺从了我们的意思,"乖乖"地在医院里躺了一周。

夜深人静,万家灯火。独自坐在电脑屏幕前,回望这十几年与婆婆一路走来这远远近近、深深浅浅的脚印,一时间内心生出许多的感慨。眼看着婆婆的青丝被岁月漂白,腰背被时光压弯,我在耳濡目染中受到了许多良好的启示,随着年岁渐长,也渐渐明白为人处世要厚道。

年轻的时候,时常觉得自己与众不同,注定会特立独行,率性上演与身边人不同的人生故事,只顾着今朝有酒今朝醉,只顾着面朝大海春暖花开的浪漫,从不关心粮食和生活。

近几年,却越发觉得自己无非平凡小人,和所有人一样在温室环境里,过着命运平顺的日子,而且多半时间觉得父母是罩在自己头上的那把晴雨伞。以前觉得自己成熟练达,对父母长辈为人处世的做法深感迂腐,把他们的教导视为耳旁风。而现在却发现生活小事有时比圣经论语更有哲理,自己最初的想法是何等幼稚可笑,深味之后难免会心微笑,醇厚绵长。

生命是一个慢慢打磨的过程,终是会把一个人历练得不惊不扰,人生更是一种懂得,走过了鲜衣怒马,走过了悲欢离合,开始放下执念,和自己妥协,与岁月温柔相待。

感谢婆婆,教会了我坚强面对生活浮沉;感谢光阴,赋予了我们一切的如意或者不如意;所幸,经历过风风雨雨,我依然还陪伴在父母的身旁。

婆婆,你的余生,我不会缺席!

张文博的散文

张文博,男,甘肃镇原人,甘肃省诗词学会会员。偶有散文、诗歌见于纸书和网络文学平台。

母亲的旧棉袄

在母亲的衣柜里,珍藏着三十多年前的一件深黑色,粗棉质地,大开襟子,缀着布纽扣的旧棉袄。

母亲挚爱这件棉袄。三十年来,她存放衣物的器物由一只小布袋换成了小纸箱,由小纸箱换成了大木箱,近年来又换上了大衣柜,但是,这件形同文物的旧棉袄却始终没有从她的衣柜中被丢弃。她的衣物从几无到简有,从简有到绚丽丰富,但是,这件"老掉了牙"的旧棉袄却从来没有走出过她的衣柜。

有一年夏天,儿子乘母亲不在场的时候,把晾晒的棉袄好奇地提在手中,嬉笑翻抖,母亲闻讯赶来,狠狠地甩了儿子一拐杖。那是她老人家平生第一次,也可能是最后一次教训自己疼爱的孙子。

母亲珍爱这件旧棉袄,因为,在这件不起眼的旧棉袄上,洒下了她太多的泪水!

我九岁那年,直到入冬之后,家里才分到了四丈八尺的布票指标,人均六尺。父亲东借西凑,总算买回了一卷粗粗的黑布料。母亲欣喜异常。她白天劳动,晚上便和大姐一起,乘我和弟弟妹妹脱下衣服时,拆掉夏衣,搭上新布,整整七夜没有合眼,总算凑凑合合让父亲和我姊妹六人穿上了棉衣。每次，我都是在鸡打鸣的时候被惊醒，看见母亲依然在油灯下一针一线缝补着。

天气越来越冷，不时还飘着雪花。可是母亲除了给自己改装了一件旧棉裤，棉上衣都还没有着落。当时，父亲已经去交口河以北的山区做毡活了。母亲只能穿上夹衫，外边套上父亲留下的那件只有身筒却没有袖子的羊毛毡马甲，腰间系上草绳，苦苦抵御寒冷。全家天天盼望着父亲能早点带回一丝希望。然而，没等盼回父亲，母亲却因受寒而病倒了。外婆闻讯赶来，熬了一大盆地椒水，不断地给母亲喂喝；又把土炕烧热，让母亲盖上被子捂汗。总之，使尽了各种土法子，母亲总算能下床了。

那是一个西风猎猎、黑云涌动的傍晚。外婆要回家了，她临走的时候，不顾母亲的再三阻拦，硬是脱下了新做的棉袄，亲手穿在了母亲身上，自己却换上了母亲的夹衫和毡马甲。我送外婆出了大门，迎面冷风如剑，让人瑟瑟发抖。在凛冽的寒风中，外婆拄着拐杖，含着眼泪，蹒跚着"三寸金莲"，毅然决然地消逝在了我的眼眸之中，消逝在了寒风狂飙的暮色之中。

那年冬至这天，清晨便狂风怒吼，天色灰白。一群乌鸦在门前的山沟上空来回喔哇。晌午时分，二舅来了，他头上缠着白布，泪流满面。原来，我那可敬的外婆因重感冒而引发了肺心病，生命的时钟永远静止在了她五十九岁的那个冬至之晨。母亲闻知，捶胸顿足，哭天喊地，一天内竟昏厥了好几回。任凭家人如何劝解，她都无法拂去心头的懊悔！

那是一个漫长而忧郁的冬天。母亲终日抚摸着外婆留下的棉袄，以泪洗面，形容憔悴。直到来年的春天，她的情绪略有好转，才把外婆留下的那件棉袄收起，像家珍一般，藏在了心间，藏在了记忆的深处。

这是一件极其平常、极其普通的破旧棉袄。但是，在母亲的眼里，它却成了见证母爱，见证人间亲情，见证那段辛酸岁月的信物。

段建华的散文

| 段建华,男,甘肃镇原人,甘肃省作家协会会员。爱好文学与写作。

故乡,那一抹浓浓的变迁情怀

走出故乡,才知思念;越想隐藏,却在滋长。蓦然回望,山村儿时记忆的梦,像一轮明月,挂在心头,它那亲切的模样和一串串迷人的故事,依然清晰地映入眼帘,而那流淌在灵魂深处的一抹记忆情怀,轻轻一碰,便会把我拉回到童年的乡间小道……

我的故乡在县城东七八里之外沟壑绵延也不起眼的一个小山村,它经历了世事的沧桑,有着道不尽人间的心酸。祖祖辈辈依山掘窑而居,世世代代,耕田种地。日出而作,日落而归,繁衍生息。全村百余户人家均属段姓。听爷爷讲,家族在解放前很发达,骡马成群,置地百亩,祖太爷抽大烟,临近解放家道败落。峥嵘岁月,多少春秋,一代又一代,山村先辈们见证了小山村迂回曲折的变迁,在沧桑岁月的流逝中,故乡总是与天地同在,与日月同辉,生活在村里的父辈们,干完农活,茶余饭后,不约而同,来到村口的大槐树下,席地而坐,吧嗒着老旱烟,眉飞色舞地天南海北、家长里短、唠着闲、拉拉家常,谈着新社会改革开放,那神色里有感叹、有满足、有激动和骄傲。用支书爷爷的话说:"现如今的社会真好,我们真赶上了好时代,要好好多活个些年头呀。"说完猛吸一口烟,全场哈哈大笑……

我的父辈们都是面朝黄土背朝天老实忠厚地地道道的庄稼人,整天在黄土地上耕种着希望与收获,过着贫苦且安详的日子。我出生于20世纪70年代初期,那个年代,农村的生活仍然很艰苦,大家住的都是破旧不堪的窑洞,吃的是粗糙的杂粮,以玉米、高粱面为主,偶尔才可吃一顿小麦面食,能填饱肚子就很不错了。穿衣也是新三年旧三年,缝缝补补又三年。我的母亲针线手艺活好,有时给我在衣服上剪个小花,再缝上去,美观大方,穿出去,小朋友们都非常羡慕,在村口的场地上,我们玩猫捉老鼠、上树掏鸟窝、摘野果、偷玉米棒,去山上用柴火烧着吃。冬天来临,和童年小伙伴打雪仗、用筛子扣麻雀烤着吃肉。童年是快乐的,也常常帮着父母干一些力所能及的家务活,大人们在生产队劳动归来,晚上抱担推磨,我也帮着推,转得让人眼前发黑,心里也饿得发慌,忙完还得去沟里挑水,抱柴火烧炕,晚饭吃得都很迟。在那些艰难困苦的岁月里,人们的劲头都很大,精气神都很足,心情也都是快乐的。

转眼到了1978年实行家庭联产承包责任制,改革的号角全面吹响,我的村子1981年实行包产到户,人心大振,雀跃欢呼,村民的积极性都非常高,我们家分到一头毛驴。放学回家我也帮着父母干些家务活,农村的活路总是太多,每个在农村生活的人,从小都学习了农民的活技,我赶着毛驴犁过地、播过种、割过麦、拉着架子车进县城交过公粮、在街上卖过西瓜。农民的生活太苦,冬去春来,花开花落,一年四季有忙不完的活,乡亲们在故乡的土地上用汗水与勤劳尽情地挥洒着生命的厚重。那些年月,我们都天天盼望着过年,家家户户都宰一头猪,留一半过年,进城卖一半,给孩子们预备学杂费用,过年可以吃好的,穿新衣服,跟着大人给长辈拜年磕头,长辈们给我们小孩水果糖,发过年钱,还可以放鞭炮,贴门神,吃年夜饭,这些都带给我少年成长岁月中无穷的欢乐。

渐渐地,随着我离开家乡,外出求学,成家立业,奔波生计,回故乡的时间逐渐减少,而村庄发展变迁的步伐越来越大,人们策马扬鞭,种植经济作物、跑运输、贩牛羊、做买卖、搞建筑、包工程,原先名不见经传的小山村顿时热闹了起来,村子通了电,家家户户都盖起了崭新的四合院,装修气派,绿化美观,自来水都通到各家院子里,家用电器一应俱全,做饭也电器化,告别了烟熏火燎的日子,自行车都堆到杂物角落里,取而代之的是电动摩托车、小汽车、农用三轮车,几乎人人都用上了手机,在和外界密切地交流着。大家齐心协力,把村里通往县城的道路拓宽,铺上厚厚的石子,下雨下雪,畅通无阻,村民进城办事,交通更加方便快捷了。

家乡的面貌发生了巨大的变迁,但外面的世界更精彩,于是焕然一新的四合院门上挂了锁,门前杂草丛生,姑娘小伙子们都走了,年轻媳妇们也走了,家庭经济好的村民进城上了楼,领娃上学的村民在城里租了房,村学大门上的大锁锈迹斑斑,一时间,热闹的村子变得冷冷清清,曾经炊烟袅袅的小山村冷清了,留守的只有老人和小孩,让人心里隐隐作痛。

也许是人到了中年,漂泊游走在喧嚣的都市久了,思念故乡心切,回家的思绪渐浓,每逢闲暇,我都携带妻儿回到乡村小住,陪陪年迈的双亲,干干家务,静养心情,常回家转转也成了我雷打不动的闲暇日常安排。斗转星移,无论时光如何变换,然而故乡的小山村依然永远高傲倔强地耸立着,故乡永远见证着岁月的沧桑、见证着乡村世事变迁,故乡的巨变,永远是喜人的。

故乡是根,故土是魂,故乡是生我养我的摇篮,也是我休憩的港湾。人到知天命之年,更恋故土。故乡,那一抹浓浓的情怀,永远挥之不去……

李普越的散文

| 李普越,男,笔名田野,甘肃镇原人,《科技报》记者,爱好写作。

浅浅的秋,深深的念

岁月匆匆的脚步驱走了盛夏的炎热,攒来了浅秋的微凉,光年的琉璃泛起了一夏的记忆,浅秋的微凉带来了思绪的沉静。

走在浅秋的路口,随风而起的浓绿,是这个季节的盛装。小道默默无语,一地黄花,似在告别昨日的辉煌,也似树木诉说忧伤。

循着文字的馨香,倾听彼此,沉默,是你我读得懂的温柔。你就坐在时光的那端,我坐在时光的这端,吟尽了默默中的相思眷恋。

或许,流年清浅,没有人会握得住天长地久,念在心头,终是不枉年华锦绣。岁月因为走过而美丽,而这一季的守望,因了你我的真诚而袅袅生香。

浅秋微凉,岁月无殇。感恩经历的所有,它让我们的记忆变成永不褪色的嫣红。我用多情的笔,将秋天月圆的相思写满,让那些缠绵悱恻,就那样跌落在忧伤的文字里,渲染着秋的一怀情思。

流年似水,我泼墨扶笔落字,把往事写在字里,把记忆刻在心里,把故事藏在画里,把悲喜咽在喉咙,把快乐写在脸上。几许水墨,几许仰望,几许时间,几许又几许。

回眸经年,暗香盈袖。静静,于红尘深处守候悠然静美,让思念如花芬芳。静默处,一树清风,一窗暖阳,一份懂得,一声念安。早已经让一颗坚硬的心温润如初。

一些无意疏落的情谊，终是打湿了记忆的栅栏。而我，依旧心怀慈悲，善感于每一份挚诚的眼神，静静珍惜，默默祝福。踏着浅秋阳光，花香朵朵。我用绯红的意念，韵染流年。

一帧流年絮语，一念温软，再念馨香，让爱的落叶飘落在这个落寞的秋里。拾片落叶夹在心扉，让它慢慢读懂这个季节的怀想。在无悲无喜中，淡忘流年，淡忘时光。或与秋天痛痛快快地恋爱一场，那落叶便是你心的牵绊。

想你的时候，里程没有遥远，时空没有距离。把思念糅进诗行，在阅读中漫忆，在你我心灵里激滟相惜。从我柔软文字里，嗅到你的体香，听见你的呼吸，看见你盈盈笑语，察觉你流露相思的泪滴，细品到你清纯如玉的倩影。

凝眸，望远。片片落叶片片情，一抹轻灵的念悠然而出，漫成这一季最清凉的模样。秋是多彩的，心是素淡的，浓墨重彩我欣赏，静默清欢也安然。

秋色无边，不如有你在身边。你在身边，秋生动成诗行，你在天涯，思念是我望穿的秋水。

浅浅秋，浓浓情。一念相思，牵不到的手。你不来，我淡看时光荏苒。一念破灭，再欢喜，一场空罢了。我曾经深恋你眼角的翘起，没有人如我这般珍惜。我拾起一片落叶，轻轻地从手中放下，随风飘零的落叶不知要飞向何处。

你说我们牵起的手，就不会在人海里走散。为此，我把每个朝起和暮阑，都注入那句誓言，小心呵护装帧成暖，我怕流年会将它风干，梦里梦外用思念填满句点。时光透过风汇聚指尖，秋点燃红叶如焰，一程心事落于诗段，思绪开在万枝之间。每一句纯白语言，都和你息息相关。

因为有你，一切美好；因为爱在，温暖相随。端一杯菊花酒，书一首枫叶愁。独坐，在这寂寞的秋夜！在你打开窗户的那一刻，你我在浓郁的香息中喜极而泣。

人生如画卷，提笔将一缕芬芳入墨，无须太多念，只留一径浅香给自己。一片秋叶随风翩翩起舞，仿佛蝴蝶与天空在缠绵，填一阕华美的秋之浓韵。

一帘雨雾一帘风,一窗秋雨一窗愁,秋雨萧瑟了季节,冰冷了暗夜,更平添无尽的别绪幽幽,思念在滴滴雨声中穿行于空旷的夜,寻找着你的身影,心底无数次唤起你的名字,直到泪水盈满双眼。

一场秋雨过后,寒凉慢慢弥漫。秋光越过门窗,倾泻一室温暖,让默默浅唱的文字,于多情的彩笺上一一呈现,零碎的记忆沿着时光旋转,恣意地缠绵。

这个浅秋,我轻拥一枚秋心,携着文字琳琅与时光对饮,学会以风的洒脱笑看红尘过往,以露的清纯期许岁月静好,以菊的坚强走过流年山高水长。错错对对,恩恩怨怨,终是抵不过日月无声、水过无痕。人生旅途,天涯两端,愿尝尽尘世烟火的你我,仍能用一颗无尘之心,来守望生命初见时的那份美丽。

从此,光阴载着岁月,寂寞背着忧伤,如水的思念在幽深的岁月伴着孑然一人的孤独。

长夜漫漫。窗外雨声潺潺。我正让笔尖流泻我的思念。虽你与我相隔遥远,但往事依旧历历在目,因为你的一切都已烙在我的心房。探寻着那停留在文字里的脉络,在可想不能可遇的遐想里勾勒你的眼神、你的浅笑。

文字渐渐被迷离的思绪所掩盖。而你的容颜浸透令我痴迷的温柔,悄然侵入,肆意将我的心情包绕。迷离的心沉入刹那的感动与流连,甚至不惧由前生延伸而来的那道深深的伤痕。

今夜,我就在文字中静坐,用呢喃煮一壶月光,与你浅斟慢饮。亲爱的,若你听见,请对我微笑,经年过往,回首处,总有一份记忆美丽如花,那花香,便是你我。

一念花开,一念叶落。于秋风中,轻拾一地阑珊,体味着秋的静美,感受秋意绵长。静许,凝望,寻一处清幽,让心灵在静怡的意境里徜徉!

拾一枚思念,悬挂在你的眉间,风起时,你是否听得到低语的缠绵?捻一弯心绪,系在悠悠的风中,雨落时,你是否看得到飘落的花瓣?今夜,将一枚思念轻轻地放于时光窗前,瞬间思念的味道轻轻弥漫,那一刻,满树繁花,见证了彼此的心暖,从此岁月铭记了一场盛世花开的倾心眷恋。

　　浓浓情,不会因为浅秋的悲情而搁浅。一些无意的给予,震颤着心扉。那是岁月赠予的一窗暖阳,一米爱意,一怀慈悲。路过的青鸟,衔来一枚红豆,风情万种的相思,瞬间堆满水湄。当花事开至荼蘼,我便在红豆的蒹葭彼岸,执笔写一生的绝恋。与岁月无关,与文字有染。

　　想你,水一样的轻柔,梦一样的绵长;思念,深情了眼睛与眼睛的相逢;聆听了一季又一季花开的声音。若把思念淡放于眉弯,是否可以一直欢笑?若把思念轻聚在指间,是否可以永没烦恼?总是想用一种精致的方式,让爱绚丽;总是想用一回恬淡的心情,让思念幽香。

　　若爱必须望穿秋水,才能刻骨铭心,愿来生,不再有茫茫烟水,不再有别离的不舍和潮湿的相拥。

马明霞的散文

| 马明霞,女,甘肃镇原人,镇原县作家协会会员。作品散见于多家报刊及网络平台。

母亲的针线笸箩

母亲苍老得很快,仿佛一夜之间的事,不知是我以前太大意还是对母亲关心不够。

总之,当我看到母亲在阳光下眯着眼睛穿针时,风将她鬓角的发丝一根一根地拂起,迷离了她的眼,她无奈地放下针,重重地叹了口气道:"真是老了,都穿了四次了。"回头,发现我正看她,竟低了头,轻声说:"是不是觉得妈妈老了?"那语气,那神态,像极了做错事怕家长责罚的孩子。我鼻子一酸,轻轻揽她入怀:"没有,你怎么会老呢?"她摇了摇头,指着眼前的针线笸箩:"这个是我刚结婚时你爷爷做给我的,如今,它都破了,你也这么大了,我怎会不老?"

看着眼前这个熟悉的物什,我的思绪变得绵长而久远。

记忆中,老家的窑洞里,温暖的土炕上,晚上昏暗的油灯忽明忽暗,父亲已经沉睡,打着均匀的呼噜。小小的我裹着打满补丁的棉被紧贴在母亲身旁,看着母亲戴着顶针纳鞋底。有时鞋底太硬,母亲把针头在发间来回蹭几下,鞋底就比较容易被扎透了,如果这样还不行,母亲会用锥子在鞋底上先扎个眼,然后再扎针,这样就很容易穿透厚厚的鞋底了。每每此时,那刺啦刺啦的声音总会在火苗的跳跃中忽高忽低,伴随着窗外呼呼作响的西北风,慢慢地把我送入梦乡。有时一觉醒来，看见母亲打着盹，针在手上不听指挥地乱走，一不小心扎了手，母亲一个激灵，猛地惊醒，看着细细外流的红色液体，我总会一个骨碌爬出被窝，心疼地拉过母亲受伤的手指轻轻放入口中，慢慢吮吸，直到血不再流出为止。母亲一边替我掖被子一边嗔怪我的鲁莽，同时又很享受我传递给她的温暖。

一个冬天下来，针线笸箩里那些针头线脑，破布碎片，总能在母亲灵巧的双手下变成一双双美观实用、舒适温暖的鞋子，棉鞋、单鞋，方口的、圆口的，一双双就像等待检阅的列兵，整齐地排列在笸箩底部。我总会一个个地捡起，看看这双，摸摸那双，最后才极不情愿地把它们一双双送到爷爷奶奶、外公外婆手中。至于父亲的鞋子，总会被我扣押以换得一两颗糖果。

开春时节，每逢农活不太繁忙时，母亲总会端着针线笸箩，坐在树荫下和村里的婶子们做鞋垫。这是一件既费时又费力又很考验女人针工的活。同样的一朵花、一个字、一只小动物，在不同人的手中做出的效果会有天壤之别。颜色的搭配、针法都是很讲究的。母亲出阁之前，大都在学堂，只学过一年的针工女红，每逢此时，母亲总会很虚心地向别人请教，几年下来，竟有了很大的进步。我和弟弟的衣服破了，母亲就会根据破损的形状在上面绣上相应的图案，穿出去常常引来一片赞叹声和羡慕的目光，我和弟弟总会沉醉在这些小小的虚荣中不能自拔。父亲常年在外奔忙，衣服鞋袜总是破得很快，母亲细心挑选着补丁，尽量做到和原色一致，一针一线，仔仔细细，没有半点马虎和疏漏。补完了，就用盛满热水的洋瓷缸把缝补过的地方一遍遍熨得服服帖帖，平平整整。父亲总是很骄傲地对我说："瞧，这就是你妈的手艺，学着点。"

后来爷爷奶奶相继离世，我和弟弟也不再穿做的鞋子，更不愿意穿打着补丁的衣服，母亲的针线笸箩也就慢慢淡出了我们的生活，被人遗忘在了老宅，落满尘埃。

女儿学走路时，母亲特意找出了遗忘多年的针线笸箩，补好被老鼠啃烂的部分,说要给女儿做几双鞋子,小孩子学走路不能穿买来的鞋子,不然以后脚会疼的。

看着母亲认真的样子,一股暖流缓缓溢过心底。哦,母亲的针线筐箩!

赶路的豌豆

　　豌豆仿佛是赶在阳光照上房门前的一个早晨，挂上院墙的。那天我推开吱呀响的木门，揉了揉蒙眬的睡眼，一眼就望见了院墙上挂起的豌豆。女儿蹦蹦跳跳出了院门，豌豆摇晃着给女儿打了招呼，女儿像不理会我们对她的呼喊一样，没有理会豌豆姐妹们。早晨的阳光明晃晃照上院墙，我清晰地看见豌豆姐妹们身上的那一层薄灰，像还没有散去的一团薄雾附在上面，微颤、嫩气。

　　豌豆是女儿随意种在田边的，不问收成，更像是种植一个童话。阳光下，女儿微胖的小手摘下一片片树叶和月季花瓣，沿着田边的草地向着院门口一路铺下去，像一条蜿蜒流动的彩带，蚂蚁们跳着脚来赶场。女儿甜润的声音在空气中流淌："从前有一位勇敢的王子，他想找一位公主结婚，但是她必须是一位真正的公主。他走遍了全世界，想要寻找到一位真正的公主，但不论走到什么地方，总碰到一些障碍……因此，那位王子就选她做妻子了，因为他知道他得到了一位真正的公主。这粒豌豆因此也送进了博物馆。如果没有人把它拿走的话，人们现在还可以在那儿看到它呢。"蚂蚁们似乎被女儿的《豌豆公主》吸引了，跟着女儿一路向前，到了院门口，女儿回头望了望还在泥土里沉睡的豌豆们，眼神里满是期待。阳光灿烂，照见各种植物上的经络，照见女儿脸上的绒毛，稚气、闪亮。

　　雨后的田野里，女儿扎着羊角辫，跳过草莓，越过西葫芦，穿过葡萄藤，踏着露水哼着歌："绿叶青藤开小花，小花开后长豆荚。豆荚是间绿帐房，豌豆宝宝里面藏。"豌豆藤儿在女儿的歌声和阳光里一路爬行，穿过绿草地，爬上篱笆墙，抓住苹果枝，攀着阳光的茎秆使劲向上，想去亲亲苹果绿绿的脸蛋,吹吹枝头掠过的风,听听鸟雀呢喃的低语。短暂停留后,豌豆藤儿又开始赶路。世界那么大,到处走走又何妨?于是,在一个雨后的清晨,豌豆藤儿爬上了院墙,蓬勃的叶片和紫色的花儿铺满了斑驳的墙身。院墙下,一树月季开得正浓,碗大的花朵娇艳欲滴,香气袭人。豌豆藤儿涎着口水,使劲俯了俯身子,想把这尤物揽入怀中。忽然,一阵风急急赶来,把豌豆藤儿拎上了墙头,豌豆藤儿摇晃着脑袋,颤巍巍地站着,望望从院墙的另一端急急赶来的一株豌豆弟弟,望望院子里的小花猫和小黄狗,望望房檐下进进出出忙碌的燕子们。

整个春天,女儿总有唱不完的歌:"豌豆花,蚕豆花,花儿谢了结豆荚。豌豆荚,蚕豆荚,睡着几个胖娃娃。胖娃娃,变呀变,变成豆米香喷喷。豌豆脆,蚕豆香,我们吃得乐呵呵。"我在想,豌豆们其实是记住了女儿的那些歌的,不信?不信你看,那些扁长的荚果宛如一叶叶轻舟,闪着幽静融和的光,青青的豌豆角碧绿莹润,嫩生生地伸展着肢体,在春风里笑,在春风里长。

一天下午,女儿追着蝴蝶满院子跑,忽然喊我:"妈妈快来看,妈妈快来!"我一惊,一个箭步冲出房门,只见女儿仰着小脑袋站在豌豆藤下,满脸泛着喜悦的光,头上的汗珠顺着额头一路前行,在眼睑处驻足,女儿用袖子胡乱蹭蹭,小手指着墙头一蹦一跳地说:"妈妈看哪,王子来娶豌豆公主来了!"女儿的声音因过分激动而颤抖,小脸通红。我顺着女儿手指的方向看到:院墙另一边的豌豆刚刚赶上墙头,脑袋上的花儿像未摘掉的王冠,歪歪斜斜,藤条儿在墙头匍匐着,努力向那一串串豌豆靠拢,女儿摘下一朵月季递给我,拍着小手唱:"送你一朵花,请你交给她,结婚的日子二月二十八。"我笑得前仰后合。

阳光只用了几天时间,就把豌豆姐妹们的绿帐房涂成了金黄色,藤蔓们也停止了赶路,懒懒地趴在墙头,女儿端着小碗站在墙根下喊道:"豌豆豌豆,快到碗里来。"豌豆荚们忍不住咧开了嘴巴。

此时,我想这日子的安稳,其实简单得很,有女儿,有忙着赶路的豌豆,足矣!

徐子航的散文

| 徐子航,男,1995 年生,甘肃镇原人。作品散见于《陇东报》《祁连文学报》等报刊。

有一种味道叫思念

很多东西,失去时才觉惋惜;很多情感,疏远时才想珍惜;而很多人,只有遥远时才会涌起思念。

一

2013 年正月的一个清晨,我和父亲回到老家。庭院里几天前的积雪还未融尽,因为无人照料,初春的绿色仍被满院荒芜所掩盖,熟悉的院景,生气近无,只剩大门上的对联被风扯破,半边犹贴在墙上,却已是红褪墨残。

那年,爷爷奶奶在西安大伯那里过年,老家无人。

"过年"二字,在我的概念里,就是喜庆,是团聚,是洋芋丸子。记得以前每逢除夕,我们一家,大伯一家,再加上姑姑,有时连二爷、三爷、四爷(我爷爷的兄弟)也会来爷爷家吃年夜饭,一大家子人挤在一个大圆桌上,说说笑笑,喝酒吃肉,热闹非常。因为人多,我们这些小孩子就被安排在另一个小方桌上,另置一席。那里才是我们的天堂,想吃什么随便抓,不用顾忌长辈,无须在意吃相。

我最喜欢的一道菜就是奶奶亲手做的洋芋丸子。说实话,这个菜名实在不雅,本想以四喜丸子之类的菜名相称,奈何二者并不相同,况且我也不想给朴素感情的寄托加一个洋气的名字来衬托。

洋芋丸子这道菜是用煮熟的土豆碾成沫团和面做皮儿,用红糖拌碎杏仁、核桃等做馅儿,然后用皮把馅儿包住团成球状,油炸之后就好了。复杂却不显花哨,一如某些情感……

因为这种丸子制作麻烦,所以老妈从来不做,我就只有过年时在奶奶家才可以吃到,不觉间,潜意识里已把吃洋芋丸子看作一种过年的符号,每年席上,还没开饭,我就已经开始滴溜着小眼睛准备抢丸子了。因为在家里我是长孙,是所有孩子里年龄最大,所以少有同龄人能抢得过我,但洋芋丸子又是道所有小孩子都爱吃却数量较少的甜点,为了不委屈自己的孩子,一些够不着夹菜的点点儿大的娃,就由他们的父母来替他们争夺,我以小抢大,更是急切,筷子挥舞不停,生怕丸子被别人抢完,以至于后来奶奶怕我吃多了伤胃,把剩余的丸子用一个瓷罐装着藏了起来,每天只给我限量供应……

之后有几年,我和老爸老妈、弟弟四人在镇原过年,虽说饭食依旧丰盛,荤菜素肴,美味可口,但咀嚼起来总感觉少了什么味道。

我明白少的是什么。

二

在我的印象里,童年应该是属于农村的。应该属于麦田地、果树林,村庄的炊烟,金灿灿的油菜花,属于一条尘土飞扬的乡道,属于一院低矮朴实的农舍;属于抓知了,掏鸟窝,赶鸡逗狗……

太惬意了!

我从小就被父母交给爷爷奶奶照看,是在老家长大的。在我的印象里,老家最美丽的是夏天。白昼,家门口那株高大的核桃树和近旁的杏树中间有一大片的凉荫,我就约了小伙伴在那里打弹子;黄昏,玩了一天的我被爷爷拽回家,奶奶把饭桌搬出来放在院子里,我们在宽敞的庭院一边纳凉一边吃饭。吃过饭,待奶奶刚擦干桌子,我就赤膊爬上去,躺在小木桌子上,看漫天星斗,看月满枝头,看着看着,眼前的一切仿佛都旋转起来,包裹住自己。那时的感觉,离树很近,离微风很近,离星空很近,离世界很近。

老家的院子很大,几排房子离得比较远。饭后大人们都聚在大房(类似于客厅)里看电视,只剩奶奶一个人在屋(厨房)里收拾碗筷,我就陪着奶奶。因为我从小胃就不好,而且挑食,属于吃面不喝汤,吃馒头不夹菜的那种。所以每次吃饭我都是刚刚吃了半碗饭就把碗放在桌子上,大喊一句"我吃饱了",然后准备开溜,奶奶百般哄劝不得,只能任我离去,把我的剩饭扒到自己碗里吃掉。直到后来我家买回一条叫"虎子"的小狼狗,奶奶才在我的要求下把我的剩饭拿来喂这只和我形影不离的小玩伴。我就每晚等着奶奶用热面汤和着剩菜汁拌好虎子的吃食,倒在一个小盆里,交给我来端给它。

时光荏苒,逝者如斯,几年之后再回到老家,才发现幼时整天缠在我脚边摇着尾巴和我"摔跤"玩的小狼狗,已是守门多年的老狗了。望着老年"虎子"杂乱的毛发,心中涌起感慨。时光似刀,一刀一刀刻下生命的年轮,不知何时,又会再来一刀,让整个生命终结……

三

也是在那年,除夕的前两天我和母亲闹翻,愤而离家。

我自幼和母亲的关系就处理得不太好,或许是因为我是爷爷奶奶带大的,和她有隔阂,也可能是我遗传了她的暴脾气,一旦吵起来,针尖对麦芒。总之,我俩整天摩擦不断。反倒是我和我爸的关系不错。老爸说:"以后要是我没在,你再和你妈发生矛盾,别和她硬来,先避开,打电话告诉我,我回来调解……"

我离家的时候老爸正在西安照顾生病住院的奶奶。她刚做完手术不久。

我不想让奶奶知道我的事,怕她担心,就憋着没给老爸打电话,一直在朋友家住了三天。不想最后是我妈把我爸叫了回来……

好不容易过了年。在除夕夜晚,老爸给我看了奶奶住院时的照片:白色的墙壁,白色的角柜,白色的床单,还有奶奶苍白的脸,双眼微合……

我打电话给她,她一听是我,还不待我再搭话,突然就孩子般哭了起来。

"诚诚啊,我终于听见你的声音了!我都多长时间没见你了,娃儿啊……你知道吗,奶奶差点就见不到你了啊,奶奶差点儿就回不来了啊,奶奶可被疼死了啊……"

后来我知道,她做手术那次,局部麻醉失效,手术不能中止,她就那样强忍着疼,挺到了手术结束。在手术台上,疼得她用手掰着床沿,拽着床单,死命掰,手都抽了筋……

四

思绪凌乱,一些模糊的场景自脑海深处浮现。

我想起以前,奶奶身体不好,还总要半夜起床,看看我被子盖好了没有,有几次我半夜迷糊着看见有个人影呆坐在床边看我,吓了一跳,睁开眼才看清是她。我问她半夜不睡觉看我干吗,她赶忙说:"没事,我就是睡不着,想看看你,没吓着你吧?"

我想起以前,年幼顽劣的我因为一点小事就冲她发脾气,有次因为她答应带我去麦地里玩却食言,一个人去了地里干活,回来后我还用玉米秆打她,她不躲不避,只是一个劲儿赔笑道歉地哄我。

我想起以前,我总爱躺在床上,让她用被子把我卷起来,甩到炕角。她就笑着一遍又一遍用被子蒙住我,把我从炕头推到炕的里角……她从不问我为什么这样,也从未试图纠正我,只是毫不厌烦地陪我玩,因为我喜欢这样,仅此而已。

回忆的碎片,拼凑出的是浓郁而慈祥的溺爱。

几年前,还年幼的我从奶奶藏洋芋丸子的罐子里偷吃的时候,可曾品出那里面的温暖与甜蜜?

五

2013 年,彼时我还在读高中,如今却已经走向社会。时间总是这样,蓦然回首时,才觉白马一瞬,让人无奈而心悸。

记忆回溯,记得上大学时有次在离家的前一天,奶奶突然走进我的房间,突兀,半天却说不出一句话,终于张嘴,只有浑浊的泪滴落下。一如那时的我,想写些什么,却不知如何表达,茫然盯着屏幕,嘴角一搐,舔到咸咸的味道……

趁一切还来得及

阳光通透,穿过玻璃一缕一缕扑进来,泅满书桌,如水面波纹。

白云流动,日影渐长。

我呆坐在椅子上,想起早晨看到父亲写的一幅毛笔字——"时不待我",宣纸摊放在毡上,笔痕勾画间略显凄凉,或夹杂着一种无奈与伤感也未可知。

不由想起一段话:多希望我们有一天突然惊醒,发觉自己是在小学的一节课上睡着了,桌上满是你的口水。你告诉同桌说,做了一个好长好长的梦。同桌骂你白痴,叫你好好听课。你看着窗外的球场,一切都那么熟悉,一切都还充满希望……

其实每个人的生命都是一个看不见的沙漏,我们不知道自己的沙究竟还剩多少,也看不到那沙流逝的速度有多快,但可以百分之百肯定的是,那沙漏在不停地漏,不停地漏,不停地漏……

这样臆想着,倏忽像掉进了时间的罅隙,卡在里头,好似一个发条松了而停摆的时钟,没有分秒点滴漏出。那种感觉——人如荒草,挥之不去,有种苏武牧羊式的孤独苍凉。

窗外的阳光被一朵云遮了一下,天色倏忽变暗,一会儿又亮了起来。射进屋内的光线投出一道光柱,映到我的脸上,无数小尘埃在光柱间跳跃、翻腾。

是想要重来吗? 或许想。

是有悔意吗? 是有吧……

于是不禁自问，如果时光倒流，真的可以重来一次，我会做些什么？

我在纸上写下——练琴（感觉懂音乐高贵）、学书法绘画摄影（我热衷所有表达美好的方式）；我会看很多的书，走很多的路，见很多的人；我会学习抓住与放开、拿起和放下，我会做好多好多事情。

但是……这可能吗？

答案当然是否定的。所以我还是不会弹琴写字，因为错过了学习的黄金年龄，现在也很难通过努力学习去弥补幼时的缺失。

每每苦练之余泄气的时候，我就不由得想：我现在是来不及了，以后我有了孩子，一定要教他及时学习更多的东西，不要留有和我一样的遗憾……

这样想着想着，蓦然意识到，我的父母当年是否也是这样的想法？自己错过的事、没做的事，想在孩子身上去弥补，去把自己曾经的遗憾，输入后代的身体大脑，去把儿女铸造成理想化的自己？

我还不由得问自己：假使真的重来，我设想的这些便真的可以做到吗？

或许未必！

我们有时用"坏"去量时间，一栋院落，从门墙斑驳脱落到门腐坏倾倒，直到整间院子被荒草覆盖；我们有时用"动"去量时间，日影的长短，星星的行走，昼夜的交替……我们有时也会用"荒"量时间，过去的遗憾，曾经的错过——我们在懊悔中体验时间的流逝，用嗟叹感受时间的迅捷。

然而无论何时，我们的人生都是现在进行时，当下我没有做到的、没有做好的事，如果重来一遍，就真的可以做好吗？

所谓的怀念与懊悔，只是源于对现状的不满意，那懊悔的意义是什么呢？

时不待我，时不待你，时也不待他。时间不会等待任何人，不会给予任何人嗟叹喟谈的机会，再后悔也回不到过去。

装水的杯子，打翻了，那再倒一杯就好，这才是最实际的事情。所谓的懊悔嗟叹，说到底还是因为惰性，突然发现，我们永远习惯于选择做最简单的事——譬如臆想、后悔——这样既能显得自己不过于麻木，又可带动情绪的发展以至于填充内心的空虚。

我们脑中永远充斥着遗憾，患得患失，空留叹息，却不去想想自己还拥有什么。

时间太瘦，指间太宽，每一声的嗟叹，都是对一刻时间的荒废。

想起不知在哪里看到过这样的一句话——我们如何珍惜时间？只要把每天都当成最后一天去度过。

不禁设想，如果生命还剩最后一天，我会做些什么？

想来想去，突然觉得这设想实在太过恐怖！

我害怕，怕自己没有完成真正想要做的事，怕在这个世间还有所遗漏。不禁觉得，我要做的事那是一天就可以了清的！

确实，我们错过了太多东西，留下了太多遗憾，但谁不是这样呢？人生就是有很多无奈很多唏嘘很多彷徨，如果事事都一帆风顺、臻于完美的话，人该怎么去成长？

我们都在前进，在不断学习拾起与放下，我们穷尽一生，只是在学会怎么尽可能的不留下遗憾。

那，怎么过才会不留遗憾？

经历越多事情，慢慢就会觉得，如何活出一个真实、让你觉得舒服的自己，才是最最重要和舒服的一件事情。

所以，何必去想！活出自己想要的模样，就好！

秦士范的散文

| 秦士范,男,甘肃镇原人,爱好文学。2017 年去世。

石磨的记忆

我的家乡西北黄土高原沟壑区,属农耕文明和红色革命的发祥地之一,也是窑洞的故乡。我们村就坐落在五指塬上最细小的梨岭塬的末梢。20 世纪 60 年代,交通非常闭塞,一条坑坑洼洼的土路加上不间断的沟壑嶒崎连着外面的世界,到县城要翻两座驴脊梁山、过两条饮马河,还要穿过两条风大就会吹倒人的弓背连襟岭。乡亲们都在岭边的半坡上依山挖窑洞散居着,吃水要到三里外坡陡弯急的深沟里去挑。石磨是当时家境的一个象征。不多几户人家有磨窑,那时不仅没粮吃,而且磨面要由人力一圈一圈推着石磨子磨,推磨实在是一件令人头疼的事。

20 世纪 70 年代里,爸爸在百公里外任教,一年只能步行回两趟家。妈妈一人拉扯着我们姐弟五人,姐姐是村里第一个上中学的女孩,哥哥和我到村部上小学要过几个沟圈,小弟还嗷嗷待哺。姐姐上中学路远,在校住麦草铺,吃食是周末从家里背的馍馍,周六下午磨面便成了家庭必修课。每周五晚上,母亲拿出一点小麦,更多的是高粱或玉米,在煤油灯下先舂皮衣再簸土后精心挑拣出潜伏的小石子,周六放学回家的姐姐就带我和哥哥推磨。大石磨磨面快,但推起来沉重,一会儿就累得满头大汗,气喘吁吁,但再累也要等一遍全推完,在姐姐箩面时我和哥哥才可以歇一歇,然后再共同推完第二遍磨,哥哥再去箩面。就这样我们姐弟三个连续围绕磨台转,在没尽头的路上齐心协力绕过一圈又一圈,不断地吃力行走,磨完小麦磨苞谷,磨不到一斗粮,整整需要两三个小时。有时磨推困了,哥哥就讲个笑话或故意放个冷屁,要么姐姐就编一个鬼故事,或谁出一下猛力,会把打瞌睡或偷懒的磨担掉下来,若打溢了面粉,挨揍是肯定的。妈妈每天都是天黑才放工,有面粉就先做点饭,没面粉就抱着被绳子拴了大半天的小弟弟,加入到推磨的行列。

关于用石磨磨面,老奶奶们都能讲出一串串的鲜为人知的故事。那时候,走进农家院落,最不显眼也最龌龊的窑洞是磨窑,最圣洁也最不干净的地方还是磨窑。老人叮咛出门赶场的孩子"门前的狮子你别摸,农业社的磨坊你别睡,庄稼汉的烟嘴你别吸,匠人的眼镜你莫戴"。那时候拥有石磨的人家并不多,多数人家推磨都向别人家借用,年前节下也有问了这家问那家、借也借不到的时候。那时村民经济都极其拮据,磨窑很少是有门扇的,里面有推磨时落下的粮食或簸出来的秕子,是燕雀、鸡、猪娃和老鼠最爱光顾的地方,狼偶尔也会光顾一下。万浩逸的耳朵,就是当年推磨时狼扑进磨窑咬掉的。破磨窑塌方或掉土块是常有的事,砸死人的现象也有过。那时我最爱帮人推豆腐磨磨,能吃到用碱土水分浆的鲜嫩的豆腐脑,拿上老碗喝香喷喷的原汁豆浆。

石磨使用久了,磨得没齿了、转柱坏了的,只能等走乡串户搞副业的延安跛脚石匠贾光明师傅,他好几年才能拐来一趟。

到我上高中时,村里有了一台石磨的升级版——钢磨,基本上结束了推磨靠人力的历史。90年代末,在弟兄们资助下,三弟又买回了一台全自动磨面机,磨坊里逐渐添加的还有粉碎机、碾米机和小麦脱皮机等一应机械化、半机械化面粉加工机具,还投资一台机井,从近千户排队加工面粉,到粮来换面、水送到户,人们总算卸下了推磨的重负,石磨便也渐渐淡出人们的生活。

高杰的散文

高杰,男,甘肃镇原人,中国寓言文学研究会会员,白银市作家协会会员,作品散见国内外多家报刊及选集。

落在童年的那场雪

雪,轻轻柔柔地落下,如天女散花。

塬,用静默的姿态,一声不吭。道路两旁,昂首挺立的钻天杨,竖着耳朵,聚精会神地聆听着雪花由远及近的脚步。一条平展展的柏油路,被陆陆续续赶来的雪花,印上醒目的图案。

此时,住在山坳里的人家,挑起拼花的门帘,"呵,下雪了!"只此一句,就让整个冬天鲜活了起来。

孩子们开始在院子里兴高采烈地踩雪花。红扑扑的脸庞,犹如自家园子里秋季的红富士。

雪下得更加认真,更加起劲。

雪落满屋顶、墙角和视力所及之处,犹如一位高明的魔术师,正把所有的是非曲直,调换成素雅的真诚。

雪,继续纷纷扬扬地下着。

搭在窑洞里的土炕,热烘烘的,猫冬的庄户人家,用旱烟锅子,准备把冬天点燃。

白色的窗户纸,剪上红色的窗花,顿时让百格窗年轻了许多。背起童年的小书包,用一把铁锹,绘出一条路的形状,直达川道旁的小学校。

一口大铁锅,蹲在教室里,被干草引燃的枯树枝,狠狠地熏着黑乎乎的煤块,呛人的浓烟过后,终于吐出了暖人的火苗。那种裸露的红,犹如一颗颗跳动的心。

房檐上,挂着半块犁铧,老师拿起另外的半块,敲了几下,雪地上玩闹的场景,立马恢复了肃静。从纸糊的窗户里,瞬间飘出了朗朗的读书声,给庄严的冬天,涂上一层别样的色彩。

小河,已经完全隐藏了自己的模样,躲在雪花的臂弯下,呼呼大睡。

雪落了一层又一层。紧贴着地面,麦苗正在窃窃私语,准备在一个阳光充足的午后,探出头,望一望,春天到底还有多远?

鸡鸣狗吠的清晨,让北方的冬天,更富有诗意。从一朵雪花的背后,能窥见山村慵懒的祥和。

若干年后,那山,那水,依然还在,只是容颜改。唯有那所佝偻的老学校,还站在原地,给原乡的记忆,标下了最后的批注。

娘的萝卜兰

娘爱花,就像爱她的孩子一样。有一天,娘从一位养花的人家,淘来一盆不知名的小花,疏疏朗朗的几片细长的叶子,泛着淡淡的光泽,由于缺水,叶片已经蔫蔫地紧贴着滋养它的泥土。看到它的狼狈相,外加其貌不扬的样子,我有些不屑,确切地说,心底有点排斥。

我家院子里的犄角旮旯,所有能搁置盆呀罐呀的地方,都被花草占领,争奇斗艳。按它们对光线的喜好,摆放在不同的方位。艳丽如芍药、牡丹,热情如玫瑰、蔷薇,淡雅如山茶、茉莉,清新如君子兰、芦荟,还有绣球、仙人掌、龙舌兰等等,好几十个品种。要么花好,要么叶美,要么造型好看,而这样一盆毫不起眼的小花,在庭院里挨挨挤挤的众花中,简直有点多余,于是略微加重了我的抵触情绪。偶尔浇水施肥,也会瞅空偷懒。一段时日内,那盆不知名的小花,一直躲在阴凉处。

其实,确切地说,我更愿意称它为草,因为没有发现它有准备开花的迹象,只是碍于娘的情面,勉为其难地姑且称之为花。但它并没有因我的懈怠而妄自菲薄,而是在日月的浸染下,越发葱健。我不觉暗暗地对它的顽强另眼相看。

山里的光阴吹着跑。日子一晃,几个月就过去了。

一个阳光充足的午后,娘拎着一个旧塑料盆,正给一朵花换土。我很纳闷,盆土里用的苔藓,一般都是我铲的,这次娘怎么没喊我呢?正纳闷,只听娘笑着说:"你看看,这花是不是长大了"我仔细一瞧,咦,不就是那朵其貌不扬的花嘛,只是叶子明显变长了变宽了变多了,于是花盆便显得有些窄了。

只是叶间，没有生出一丁点茎。我有点失落，确信它是一株不会开花的植物。即便这样，娘还是很细心地给它换上一个干净的大盆，让它更加舒坦一些，养料也足一些。我悠悠地说："娘，它不会开花。"娘依然微笑着说："它即使不开花，也跟别的花一样，在娘的心里，也是最美的花，因为它是娘养大的。"猛然间，我的内心隐隐有点震撼。我答非所问地胡乱搪塞一句："嗯，是的。"

夏去秋来，落叶纷飞。院子里的花木，我帮母亲修整之后，一盆盆端进一个半地下的窑洞里，累得我腰酸背痛。那盆不起眼的小花，自然留在了最后。看到它蔫蔫的样子，我用试探性的口气说："娘，这盆没地方放了？"娘自然知道我的心思，依然微笑着说："累了就歇会儿，等我忙完了，我来搬。"我很无奈，悄悄地搬了去。

冬天给人的感觉总是漫长的，已经下过两场雪了，天气奇冷。我忽然心血来潮，忙不迭地跑去那个半地下的窑洞，当看到它们居然都安然无恙时，我才心安一些。不过，我特意看了看那盆不知名的小花，竟然从根的基部，开出了细密的小花，白中略带粉红。在这种天气，能活下来都算运气，居然还能孕蕾绽放，简直就是奇迹。欣喜之余，我高高地举起它，向家的方向奔去，想好好地炫耀一番。

娘一脸平静，依然微笑着对我说："它如兰花，不张扬，不炫耀，默默地慢慢地积累，在合适的时机，展现独一无二的自己。你看，尽管它的花不大，也很素雅，是不是有一种让人肃然起敬的感觉？"我感到娘像一位智者，啥都懂，忙不迭地说道："是呀，是呀！"娘笑而不答，忽而又对我说："你不是很想知道它的名字吗？其实养花的人也不知道，那就叫它萝卜兰吧。"

萝卜兰，朴实如泥土的名字，一下子印进了我的脑海。多年以后，我之所以能记住这个名字，是因为她与娘有关。

20世纪70年代，我家经济条件很不好，由于家大人多，经常在温饱线上徘徊。娘并没有因为物质上的匮乏而使我们挨饿受冻，剜野菜拾地耳揪山葱挖地蒜，掺和五谷杂粮，让粗茶淡饭，摇身一变，成为独一无二的家庭美食，让我们百吃不厌。虽然衣服,是大哥穿过二哥穿,但总是缝缝补补或拼接起来,用不同的彩线,绣成不同的花纹或图案,既时尚又美观。每件都洗得干干净净,个个穿戴整齐。我们哥几个,人前人后,总是体体面面的。

娘每天起得最早,打扫庭院,侍奉长辈。晚上又是睡得最晚,抛却一天的忙碌,利用夜晚的空闲,赶制我们手上戴的、脚上穿的。一盏油灯,一直亮在我们的睡眠里。

尽管日子过得清苦,但欢乐,一样都不能减。全家人的生日,娘熟烂于心。两个荷包蛋,是一家人的满足。满足的,就是那种七嘴八舌说说笑笑热热闹闹的氛围。

那时,我们都很幸福,从来都没有感觉到自己会比别人差。反过来,同村好多人都羡慕我们。由此,娘是富足的。

这就是我平凡而又伟大的娘。她之所以平凡,是由于她默默无闻,放在千千万万的劳动人民中,微小得犹如尘埃。说她伟大,是因为在那样一个物资匮乏的年代,把生活调剂得如此丰富多彩,让现在的我们感到汗颜。

娘一生爱花,不仅邀春同住,满室生香,而且在看花赏花的同时,画花、剪花、绣花,个个栩栩如生,样样活灵活现。犹如朴素的艺术家,用自己的勤劳,尽情挥洒自己的热情与向往,为平凡的生活,增添靓丽的色彩,真让人佩服。

如今,庭院与花木,已随娘,连同故乡,一起凋零在岁月深处,跌落在清浅斑驳的时光里,蓦然回首,那份心暖,至今温存。

母亲的炸油果

油果,是过年吃的一种油炸面食,酥脆香甜,可以当主食,也可以当零食,特受小孩的青睐。

记得有一年,我们全家去老家过年,母亲一定要炸油果。在案板上,给和好的面团里,加入各种配料,不用称,也不用量,全凭母亲几十年经验的积累,不能多也不能少,要各种原料配合得恰到好处,才能使成品的味道唇齿留香,让吃的人念念不忘,所以母亲的指间拿捏功夫、精准程度,似乎不亚于高科技的器皿。

揉面团的活,我自告奋勇。看似简单,实际操作起来,还是有许多技巧的,母亲不时地提醒和指导,我才费了九牛二虎之力,勉强把面团揉光洁,本来以为万事大吉,结果母亲笑了笑,又反复搓揉了几遍,才用擀面杖擀薄,用刀划成巴掌大的小方块。妻子、女儿,各自已经准备好小刀、剪刀、梳子之类的加工工具,已经急不可耐地站在一边,那种兴奋感,无可比拟。

看着她们发挥想象,划、剪、捏、印,制作成不同的造型,即使看看,也是一种享受。女儿制作出了一辆辆风车,犹如欢乐的童年,无忧无虑;妻子做出了一朵朵雪莲,一层层叠加的花瓣,犹如越来越好的日子,节节攀升;母亲制作出了一盏盏灯笼,犹如吉祥如意的生活,美满幸福。每个人的脸上,都藏不住内心的喜悦,犹如她们在用心编织憧憬的梦想,把一年的期盼与祝愿,都融进柔软的面片里。

母亲始终微笑着,有时还会停下来,指导妻子,手把手地教女儿,看着她们一个个做出漂亮的"艺术品",我心里也痒痒的,伸出手拿了一块面片,在众人的共同监督下，也做出了像模像样的造型，一种成就感油然而生。

油锅已热，母亲亲自往锅里放做好的面胚，这也是一项技术活。因为是面做的，拿起时，用力重了，会黏结一起，失去美观；用力轻了，会拿不起来，揪断连接处，成为残次品。因此，所有的操作，不仅要小心翼翼，还要懂得轻重缓急。放入油锅时，离油面太高或太低都会很危险，母亲娴熟的动作，让我惊叹不已。

母亲始终注视着锅里的变化，一会说火大了，我赶紧把灶膛里的火撤出一点；一会儿说火小了，我赶紧添加柴火，拉风箱。因为火候决定成品的品相，火大油热，颜色会变深，反之会变浅。成品的品相，犹如我的颜面，丝毫马虎不得，在众目睽睽之下，但愿不要成为笑柄。

终于出锅了，金黄的色泽，特别诱人。定型后，整个造型会更饱满，更流畅，更有立体感。尤其是灯笼形的，那种通过繁杂的工艺，精心制作的精美造型，真不想作为一种美食，更愿意当成一件杰出的艺术品。

女儿嚷嚷着，要尝一尝自己做的风车与其他造型是不是同一个味道。

那种其乐融融的场景，全家总动员的热闹，柴火饭里的清香，在若干年后，竟成为我心中割舍不掉的念想，并成为一抹挥之不去的乡愁。

赵建飞的散文

| 赵建飞,男,甘肃镇原人。有作品发表于报刊、电台,获 2007 年"感动庆阳"十佳人物称号。

让潮湿的心晒晒太阳

敬畏生命,给心灵放个假,在太阳的晾晒中除却久积的尘埃与抑郁,那么灼热的灵魂,定然能收获许多人生的感动……

——题记

最近刚经历了一些有关心灵阴影的事情,轻慢惯了的思想被阴影纠缠着,情感遭了殃,神色也显得呆滞而凝重。人一旦处于阴影之下,就会心绪烦闷不安,精力散乱无章,快乐成分锐减。正像人们经常感到手头拮据、钱不够花一样,总觉得保持好心情的时段太少、太不够用。我正为独自蹒跚在阴影下犯愁,却在探望一位患病的女性朋友的时候,在和她的聊天中知道,她不仅患有白血病,还患有鼻窦癌和肝癌。并发症折磨得她一头秀发已经落光,漂亮的脸庞变得蜡黄而干枯,全身和口腔已经多处溃烂,只能靠流食和一些液体来维持脆弱的生命。可她面对疾病依然乐观,面对别人依然热情和灿烂……

感悟到了她生命和生活中的豁然和开朗,许是受她的这种情绪的影响,脑海立时泛过一阵阳光下的清影。心境的不和谐、混乱的思维,顿时销声匿迹。于是,我开始敬畏起生命来了。生命本身是一种历程,变化莫测。当生活遭遇不测、陷入阴影，作为人，一个感觉生活疲惫的人，何不变个视角、换种态度，给心情放个假——让潮湿的心情晒晒太阳！我望着窗外，早上的太阳好像面包渣，灰蒙蒙中有几许清明的天空连同冬的黄色构成视觉空间中一种妙不可言的融通。灰色的云流动，显得迟缓而沉重，季节的风肆意地呼叫着，柳树顽强地站立着，随风摇晃着身子，发出本能的呼声，像是有意蔑视冬天。田野的草木惶恐地颤抖着，无力拖曳它们的翅膀似的，时时抖下萎黄的残缺的叶儿，身子骨一天比一天裸露了。远处旷野遗留的残迹，似被火烧了，这里焦了头，那里烂了额。一切都变了色，换上了憔悴而悲哀的容貌，眼前的一切不容忽视，此景象往往传递出一种毁损效用，很容易使人心境不和谐，任凭你去猜疑、去嫉妒，哪怕是去凌辱，只要你不小心，不良意志就会轻易聚拢。除非各种"官"能失效，否则常犯疏忽大意的毛病。这世上，我相信没有一个人能一方面说着消极的话，带着消极的情绪而向上生活的。

我一度想为自己的生命画一个符号，然后绕着这个抽象的符号空空想象……想象冬日的河水是不是任性着一改往日的活泼，恬静安分得依然睡不着；想象那披着一层霜像一个个秃顶老头儿的树木，任凭冷飕飕的风侵袭，能否承受一个冬季；想象树荫底下的阴影里，晨寒时分锦缎般的白霜掩盖下的图案造型；想象穿梭于枝头和田园里残留的葱茏冬青中的灰色雀儿自由自在的欢乐情形……妄为的多维想象无限，只要你乐意为想象加双翅膀。

人们的眼睛是有情的，而想象有可能是有色彩的，也有可能是灰色的。借鲁迅先生所描述："院子里两棵树，一棵是枣树，另一棵也是枣树。"人生似乎不能没有想象。我的想象经常陷入一种不可名状的悲观境地，实在是自信心不足的外露啊！此刻想来，一个能给自信心纠偏的简易办法，就是让潮湿的心情晒晒太阳！

让潮湿的心情晒晒太阳，就像被子盖久了，需要晒一晒，见一见风。生活是一面镜子，你的心态怎样，它也会以同样的生活回报你。诚如一位作家所言："愿我们的有情之眼,看无情人生,看出感动,看出觉悟,看出共鸣,看出希望!"

冬天不止于萧疏与冷漠,它独拥凝结和纯洁,更有它献给大自然的含蓄的美。人世间,总有一些东西是岁月消融不了的,也是人生无法改变的!

户外,太阳已经很大,很圆,天空也是手染青布,落着一地绚烂。让我们把所有潮湿的心情,一并掏出来,晒晒太阳吧!

文字里绽放的思念

　　思念的时候,总有书写的欲望。习惯地铺开纸张,那洁白的纸张,发出柔和而圣洁的光芒。静默的文字,受了这光芒的诱惑,便有了灵动的身躯,在思绪的通道里涌动,以优美的姿势,进入爱的意象,进入思念的核心。

　　铺排着文字,用思念提纯,把所见的风景都刻画成你妩媚的容颜。随着笔沙沙地走过,一朵朵的微笑,轻巧地印入纸张。拈一抹微笑,动情地渲染每一个文字。不必刻意去推敲每个词语的含义,只凭着心尖的感觉,就能催得文字如花绽放。月儿妩媚,这是一个温暖的形容,恰似你的眼。

　　夜阑人静,思念悠悠。书写着厚重的心事。一粒一粒如生命灿烂的文字,从笔下吐出,深切地穿过岁月,诗意地落在纸上,跳跃闪动,如璀璨的星星。这种璀璨照亮我的写作与生活的整个过程。你在纸张上的微笑,将我唤入文字这诗意的栖居。

　　抒写着思念,沙沙的声音如一首动情的旋律,萦绕在耳边。让敏感的神经爆开芽孢,深情的旋律在心灵里突奔,思念便随着这旋律起起伏伏,身不由己。在这样的时刻,你便融入我的灵魂,穿过我的思想,随着音符升腾,抵达思念所能抵达的最高处。蓦然觉得,你的微笑如初春三月阳光般温暖。

　　文字与情感为伍,我思念的文字,来源于对你的那份眷恋与痴缠。那些鲜活的文字宛如充满生机的种子,把心事沁染成春意的绿色。思念,落在纸张上,是我灵魂的一段里程。更确切地说,是我在心里一笔一笔刻画你的容颜,花朵一样地绽放。

　　面对纯洁的纸张,把心中的思念与爱恋谱写成曲,让手中的笔凝结为箫,吹出弥漫在心中的幸福韵律。游弋在这样的文字里,感觉便能在岁月的皱纹里来去自如,在生命的重与轻之间自由穿行,思想里充满了柔和安详的光芒。

思念与诗意为伍,思念的文字经过诗意的组合,便成为我相思的篇章。诗意苍白的日子是生命的黑夜,只有思念来临时,才是诗意的黎明。你温柔的笑容就是那缕黎明的曙光,抚平了我所有的创伤。这样以抒写思念的方式,把我一个个平凡的日子,诗意地串连成传奇而浪漫的岁月。

在丰盈而静谧的夜晚,一个人静静地坐在书房里,思念着你,心灵空旷而纯净。凝视那张已经铺开的洁白如魂的白纸,你正在纸张深处笑靥如花。你馨香的气息,漫出纸张,缭绕在我的指尖。使它拿起笔来,酝酿着一场以思念为核心的文字风暴。思念之门已经打开,那支反复擦拭的笔吹响了嘹亮的号角,将一粒粒思念的文字从口中吐出,一排排,一组组,一行行,在洁白的纸张上植入,并把根须深扎,如长势良好的庄稼,有序地万头颤动,和着你的笑靥成为一纸生命亮丽的风景。

思念愈来愈浓,有着神奇的力量。文字愈来愈灵动,语言愈来愈充满生机。心已通体透明,在思念中轻轻拥你入怀,用羽毛般的温柔,用期待花开的心情,小心翼翼地呵护着你。透过时光的苍茫,我看到你满眼的泪水与火焰,洗涤一切,又燃烧一切。因此,是如此的温暖而晶莹。

在文字的土壤里,播下思念的种子。用真情的露珠浇灌,种子很快发芽,绽放出艳丽的花朵,然后,缀满爱的果实。这里取消了季节的概念,播种的季节即是丰收的时刻。静静的夜里,你来了,温柔如水,吐气如兰,清幽的呼吸声,点缀着夜色的宁静。优雅而妩媚的笑颜,清丽如莲,绽放无声。爱过才知情深,醉了,一种甜蜜而幸福的感觉,醉出了浓郁的香。

思念,在夜晚泛滥。夜,总是卷起思念的潮水,把一张我牵之挂之念之恋之的容颜,纯洁在我的文字里。你抬手舞起温馨的风,文字随风传出吟唱,爱幽幽情悠悠。旋律随着你的容颜弥漫。

夜阑人静,思念悠悠。裁几朵白云做纸,折一茎翠柳为笔,蘸落霞如火的深情,为你写一串缔结清香的文字,让瓣瓣心香,于你缱绻的眼波里摇曳生花。用藏了一生的甘霖点染心灵的沃土,于彼此的眼眸里植成旖旎的风景,让一路芬芳的岁月,沉醉你我无悔的痴。夜色斑斓,月光如水。我以笔墨和纸张所产生的美妙为意境,恣意地抒情。这样在纸上倾吐思念,一切源于对你深入骨髓的想念。那些想念,丰盈了我的思绪,在彻骨的感念中,以一种噙满热泪的感动,用内心纯真美好的情愫,一次又一次地将文字点亮。文字已排列成诗意的平仄,提升为爱的诗篇!

　　文字走过四季,思念占据了所有的篇章。春暖花开,轻启红唇的花朵为文字涂上暖色,思念如春草疯长。绿叶如盖的夏季,雨水、阳光和着笔尖走过纸张,流动着爱的炽热。秋高气爽的时候,更加适合想念,让文字拂去落满肩头的风尘,停在殷实而温暖的思念里小憩。雪花飘零,我听见文字解冻、大地布满花开的声音,思念响起了一遍又一遍的绿意。

　　一支笔在闪耀,用火焰的方式完成思念的动作。笔尖迸出的火花,嵌入我每一个思念的日子,点亮了一句一句诗意的语言。与你相处的日子,生活的斑斑锈迹,被思念你的心情擦拭得泛出亮光。笔内心的墨,早已蕴含了我真诚的情愫,得以赶赴纸张这诗意的居所。

　　一粒粒文字,踮起脚尖,深情地张望,相思炽燃。思念都溢满了我的文字,每一粒文字都是思念绽放的花朵,如此,我将文字在纸上开发成一座大花园,让我所有的思念在文字的花园里绽放如花!

邢莉的散文

邢莉,女,笔名白荷,甘肃镇原人,庆阳市作家协会会员。作品散见多家报刊和网络平台。

回眸人生

不短也不长的人生旅途上,一路走来,坎坷与平坦并存,痛苦与欢乐同步。

努力的结果付诸东流,所有的机会已到眼前,随即消失得无影无踪。也许是命运使然,但不相信。双足踩在命运的脊梁,每跨一步不一定成功,淡定心境,淡泊名利,继续前行。能做好每天需要做的事情,忙碌中寻求充实,烦恼中寻求快乐。

人生的路多姿多彩,胜利与坎坷用别样的姿态去面对。黄金有价情谊无价,那些真真切切的情感无法让你断了牵挂,就把它藏在岁月的抽屉,随风而飘会很自在的,不要扛在肩头,那样会很累的。有些感情需要一生去珍藏,而有些会随岁月的步伐一同远足……

给心灵放行,让岁月伴奏。生命里潜藏的活力在不经意的时候会光临。现实中太多的无奈组成了生命的旋律,缺了哪种因素都不完整。总有一些文字能触及你的心坎;总有一些梦想让人期盼;总有一些关怀让人感动;总有一些事情会让人流泪;总有一些伤害刺穿了心脏;总有一些爱恋食之无味弃之可惜;总有一些成功散发光环;总有一些失落痛彻心扉。

在人生的长河中,每一次真诚付出都是一次无尽的伤害,每一次用力跳跃都会摔跤,可是无论如何还得继续前行,人生本来就不是能静止的。有思想活动、行为活动,缺一不可,那么就不要在坎坷面前却步,不要在失落状态停滞。迈不了的坎,转换思维定式;过不了的桥,重新选择路径;忘不了的情,暂且收藏记忆;记不住的路,询问再走下一步。人就怕不明事理,更怕看破红尘了淡漠一切。

人生的概念既简单又复杂,有些人想忘记很难,有些人想留恋不容易。就在那不经意间想忘记的人,还会帮你过了奈何桥,而想留恋的人会悄悄地袖手旁观一跃三尺高。生命复杂的意义是在浮躁与朴实的夹缝中,表现出本来面目。该放弃的无须强求,需珍惜的不要马虎。成功的路上有鲜花的弥留,也有拼搏的汗水;失败的途中有伤心的哭泣,也有不交学费的经验,无论什么结局,就看自己如何去面对。

过不了的坎不一定就是灾难,也许是一次心灵考验。心慕的人走了是无缘,不爱的人来了是路遇。付出的感情有人接纳了是回报,投资的真情落空了算错觉。付出真情难回首,重新读懂了人间真相,藏于心底没说出口的另类感情叫隐私。读透人生的概念,人生的含义,再抒发心灵中最深刻的感受,叫体会。

岁月轮回,时代进步,跟不上步伐曰落伍。身处激流不退的旋涡,苦苦挣扎是体力不支心力衰竭,需要语言梳理还是药物调解,得看病情的发展再作定论。世事绝对不能两全,两全世事一定很难缠。得到的不一定是最好的,得不到的也许是最差的。幸运地获取了微笑,悲伤地俘虏了痛苦,生活的添加剂不光是酸甜苦辣,还有悲欢离合在陪同。走不过的坎也许最高,回眸人生旅途的足迹,才发现比那坎更高的山峰都已爬过,还怕什么呢。失败太多是生就的双足不够结实,痛苦太深是心灵的定位没有调好视频。改变站立的姿势,太阳的面目都会多姿多彩。为什么要立在死胡同里大喊塞车呢?人生的旅途不只是光明大道,还有羊肠小径作铺垫。谁说面朝黄土背朝天的农民不是龙的传人,街市上的绿色食品样样从黄土中来,绿色大棚的盗版改变了人们原有的口味。谁又能说技术改革就违背了生态平衡?所以凡是发生了的都是正常的,没有出现的那是在作潜能的动力缓冲。爱了是感情的升华,散了是缘分凋零,痛了是神经过敏,错了是劝告无效,悟了是心灵回归,醒了是知迷就悟!可不是嘛,人生百态包罗万千,包养的名词都提上了议事日程,谁还说预备爱情的归宿过于经典啊!先投资后盈利的做法,国际上都在引进技术,国产的品牌又有谁能全盘否定呢!

生在现实与命运交接的十字路口,晨昏不辨的时辰怎么能否定!总之,落脚在赤道以北就注定要承受寒冷的威胁,别无选择时就面对缝隙勇敢地钻。回首往事不一定就是留恋,但不要忘了在生命的旅途上,还有过风雨伴彩虹。把心的痕迹交给纤纤十指绕键盘,又有谁能否定时光的足迹踩错了磨沿。钟表的指针在碾盘上作了无数次的圆周运动,谁还给记录过一次往复运动所带来的枯燥扎根的痛苦。现实就这样,人生无法作一次奇迹的改变,那就不要叹息命运是错、过程太艰辛。不醒的时候太迷茫,不悟的时候悔人生,不痛的时候没投入,不散的时候不知惜。人往往是这样,芸芸众生的路是走出来的。

人生路是足迹的快照,是灵魂的影集,不要过河拆桥去否定心灵还曾有过一秒钟的回眸。

畅萨丽的散文

畅萨丽,女,甘肃镇原人,在教书育人的同时,喜欢用文字记录生活中的心情、小事、感悟。

初当教师的日子

时光飞逝,一晃二十多年过去了,回想起刚参加工作时的情形,一切清晰如初,仿佛就在昨天。记得 1998 年的秋天,17 岁的我刚从中专毕业,分配到离家不远的一所乡村小学任教。当时的心情既是欣喜的又是忐忑不安的,欣喜的是自己从此以后就成一名"国家干部"了,能领到工资买自己喜欢的东西,忐忑的是自己非师范院校毕业,又从没实习过代课,怎么"教书"、怎么"育人"呢?

记得第一次走进校园,迎接我的是老师们热情地笑脸和亲切地问候,他们帮我打扫卫生,收拾屋子,端来茶水,给我介绍学校的情况,如长辈一样真诚的关怀,让我感受到了家庭般的温暖。当时学校安排我担任五(2)班的班主任及数学教学工作,心中的不安少了许多,因为数学是我的强项,也是我最喜欢的一门学科,所谓"正中下怀"。吃过晚饭,我就开始看书备课,设想着明天上课时第一句话该说什么,学生会怎么回答,接下来我又该说什么,学生又该怎样回答,现在想来真是可笑。

第一次走进教室,只见 36 双纯朴好奇的眼睛扑闪扑闪地望着我,因为是在等待新来的老师,所以大家坐得很端正,教室里也显得格外安静,接下来的上课进行得还是挺顺利的。学生们都很懂事、很有礼貌,学习自觉性也很高,我曾暗下决心,一定要好好上课,不打骂学生,争取教出优异的成绩来。当时曾为学生的一点进步而欣喜若狂,也曾为学生的一点失误而气得直跺脚。

那个年代,乡村老师和他们学生的关系"亦师亦友亦亲人",老师们会把课本以外的知识讲给学生听,会把大山外面的精彩说给学生听;学生们会在二月二的时候,带给我们各种各样的炒豆子,会在端午节的时候带来各式各样的香包和粽子。当时学校给每个老师都分了一块小小的菜地,我和我的学生们一起种过各种蔬菜和瓜果。我们一起浇水、施肥,一起等着青涩的西红柿慢慢变红,一起品尝半生不熟的西瓜。现在回想起来,那些日子真的很快乐。

班上有个女同学叫高小丽,是一个乖巧懂事的小女孩,记得一次周末补课,因为我家距村学不远,平时我就回家去住。第二天早晨出门时,天还没亮,满天星星还没有退去,突然发现门前场边的电线杆下,两个小小的人影在喊老师,走近一看,原来是高小丽和姜建建同学。他们两个知道老师胆子小,竟然摸黑走了四五里路,到家门口来接我,真是太感动太意外了。这份感动此刻写在笔下,泪水仍会止不住地在眼眶里打转。班上最调皮捣蛋的男同学叫曹亮亮,常常爬沟溜渠,一次还从树上的鸟窝里掏下两只光溜溜的小鸟,拿给我看,吓得我又气又好笑。

拦不住岁月流逝的脚步,拖不慢四季轮回的节奏,匆匆的时光里,许多事早已烟消云散,许多人早已成为了彼此的过客。但总有一些人事会沉淀在我们的生命里,虽微小却足以温暖心灵,虽微小却足以绚烂时光。二十多年了,我的第一届学生都已走出社会参加了工作,天南海北的都有,有的可能已经结婚生了小孩。偶尔碰到几个,聊了聊近况,一切都已变了,奇怪的是,我的学生不再称呼我老师,而是叫我的名字。但我不生气,我想在他们的心里,可能我更多的是他们的姐姐或朋友。如果有可能,希望时间走慢一些,下次我们师生相见,还能容颜不老,还能踏歌而行,一起去采山上的野果子……

申明玉的散文

| 申明玉,男,甘肃镇原人,甘肃省诗词学会会员,文学爱好者。

潜夫山汉柏记

时人重黄花梨,却不知汉柏珍也。

余家住潜山北麓,少年家贫,放牧拾薪,常徘徊于汉柏之下。时值动荡,乡人皆知汉柏而不知王符为何许人也,庙宇一度被毁,惟汉柏躲过浩劫,苍翠郁葱,固守德馨,日夜聆听庶民疾苦、茹水行吟。

恰逢中兴,百业重整,政府倡导,名流捐金,重建通明宫,宫与汉柏交相辉映。

乡之僻,山无名,哲人远去而汉柏坚挺。寒来暑往,兴亡阅尽,不改贞心,如大隐,似仁人,与日月争辉,与天地共荣。

近闻黄山迎客松,不堪尘浸,病入膏肓。身处名山,万人朝圣,虽有园丁呵护,却是无颜返青。

观吾乡汉柏比之黄山迎客松,恰似木植泽国死,人逢逆境生。对照领悟,使人开阔胸襟,与世无争。

游子归来,屈节受辱,新仇旧恨,登斯山,见斯柏,则有祛除心病,复归本性之能也。

人有非常欲望,树则逐境而安,故柏经千秋而不枯,人生来聪灵,愈是处优愈短命。

常红艳的散文

| 常红艳,女,甘肃镇原人,爱好读书和文学创作。

春来了,花会开吗

那滑过孩子脸颊的是泪,落在我们心中的便是血。

——题记

　　阳阳双手托着下巴,坐在院外的石阶上,静静地望着杏树,她在等待杏花烂漫、蜂飞蝶舞的那一刻。

　　幼时的天空好蓝好蓝。那时,爸爸妈妈经常牵着她的小手,扶她走路,教她做游戏。春季忙碌的时候,妈妈就背着她,边干活边给她唱儿歌,讲故事。那时候,她在妈妈怀里,边咿呀学语,边做鬼脸惹妈妈开心,那纯真的小脸上荡漾的全是幸福的笑容,银铃般的笑声震落了那满树的杏花,响彻着整个山谷。

　　有一天,妈妈突然收拾好所有的东西,拎着一个大包,说要去大城市,给阳阳挣钱,等到杏花开了,她就回来给阳阳买芭比公主书包,让阳阳上学。阳阳死死地拽着妈妈的衣角,哭着要妈妈留下。可妈妈怎么也不肯回头,她被摔在门槛上,嘴角流了好多血。她一直哭着喊妈妈,直到睡着在奶奶怀里。许多天过去了,从来没有妈妈的消息,听出外打工的人说,妈妈找到了有钱的人,不回来了。从此,爸爸就变得越来越消沉了,他回家的次数越来越少,脾气越来越大。每次回家，就喝得醉醺醺的，浑身都是污渍，冲着她和奶奶发脾气，有时候还打她骂她，她怕极了。她多么希望妈妈能够回来，可每天醒来，陪在她身边的只有年迈体弱的奶奶。她也渐渐变得沉默了，不爱说话了。

过完春节了，阳阳已经六岁了，该上学了。开学那天，奶奶牵着她的小手，来到幼儿园。幼儿园的小朋友，都穿着漂亮的新衣服，背着花花绿绿的书包，其中，还有她喜欢的有芭比公主图案的书包和绣花边的毛裙子。听到别的小朋友叫妈妈，看到他们在妈妈面前亲昵的样子，泪水又在她的小眼眶里打转，她多么希望也有一件漂亮的衣服，多么想牵着妈妈的手，说说开学第一天的感受。

开学的第一课，老师让大家介绍自己的家庭。别的同学都说得很流利，轮到阳阳了，她哽咽着无话可说，一想起妈妈，眼泪就不争气地流了下来。接下来，听到的是小朋友的喧闹，她妈妈跑了，她爸爸是个酒疯子……阳阳感觉脑袋很大很大，感觉小伙伴都在嘲笑她，她无助地跌倒在椅子上。老师走过来，摸摸阳阳的小脑袋，轻轻地擦去阳阳脸上的泪痕，阳阳一头扎进老师的怀里，放声大哭起来。教室里安静极了，仿佛连空气都凝滞了。

乍暖还寒，白雪覆盖了整个山村，杏树上也沾满了厚重的雪条。阳阳拿出奶奶的拐杖，站在小凳上，一遍一遍地打落树上的雪花。她说，要尽快帮杏树脱掉雪大衣，让它早些长出花苞，散发芬芳，等到花儿开了，妈妈就会回来。

雪后的山村里，空气清新得很，阳光也更加明媚。微风吹来，可以嗅到一丝春的气息。只是不知道，这春来了，花会开吗？

后　记

　　镇原是文化大县,有众多的作家和文学爱好者,创作了许多有影响力的文学作品。这些文学作品,有书写历史人物和事件的,有赞美镇原秀美山川的,有歌颂改革开放、经济和社会发展的,有吟咏当代典型、镇原精神的……这些作品不仅滋养了镇原人民的精神生活,也为陇东乃至甘肃文化谱写了华彩篇章。

　　早在五年前,镇原县文联、县作协就有编选文学作品集的设想,但一直没能实现。2019年,镇原文学的繁荣景象,引起了镇原县脱贫攻坚帮扶单位读者出版集团的高度重视,认为有必要发挥文学引领时代风气,激发生活斗志的作用,提升镇原文化大县的知名度;有必要将这些文学作品精选出来,编辑成书,向社会推介,供时代检验,让读者品评;有必要在脱贫攻坚工作中发挥本土文学为贫困群众"举精神之旗,立精神支柱,建精神家园"的启智扶志作用。因此,读者出版集团将此作为脱贫攻坚、文化帮扶的切入点之一,在集团党委和党委书记、董事长刘永升,副总经理王卫平等领导和群工部、甘肃人民出版社等相关部门以及读者出版集团挂职干部、镇原县委副书记张笑阳的大力支持下,投资出版《黄土情韵——镇原文学作品选·诗歌散文卷》被确定为读者出版集团2020年帮扶镇原县项目之一。2019年8月底,镇原县文联、作协开始征集诗歌、散文作品。征稿启事发布后,作家和文学爱好者踊跃投稿,至9月底,短短一个月时间,共收到稿件730多篇(首)、75万字。按照编辑体量和质量要求,经编委会精心筛选、出版社反复审定,共选取了87位(其中诗歌39位、散文48位)作者、480篇(首)、60多万字的作品成书。从入选的作品来看,基本代表了镇原文学创作的整体现状和水平。"文章合为时而著,歌诗合为事而作。"入选作品均表现出作者扎实的文学功底、深厚的家国情怀和严谨的创作态度,能把作品作为立身之本,烛照现实,观照生活,用心打磨。整部作品体现了思想性和艺术性的统一。当然,在筛选过程中也发现有"高原"但缺"高峰"、创作手法陈旧等问题,需引起我们的重视。在今后的创作中,我们要把准方向、扎根生活、创作精品,力争有量的突破,也要有质的提升。

《黄土情韵——镇原文学作品选·诗歌散文卷》的出版,为笔耕不辍的本土作家和文学爱好者提供了一个展示风采的窗口,也定将成为广大镇原籍作家扬帆远航的出发点。"人事有代谢","我辈复登临"。镇原文学的繁荣兴盛,有赖于一代代本土文学先行者的传帮带。值得一提的是,老一辈文学工作者早在20世纪七八十年代,在条件极端艰苦的情况下,整理并油印《镇原文学作品集》,创办《镇原文艺》期刊,非常不易!他们不仅守住了心灵家园,还为镇原播撒了文学的种子。对此,我们要特别铭记,并致以崇高的敬意!

在本书征集、选稿、编辑、出版过程中,得到了读者出版集团,镇原县委、县政府领导的关心关注,县文联负责人为作品集出版奔走协调、统筹把关、审定修改做了大量工作。特别是诗歌、散文编审组的同志花费了大量精力审稿、校稿,默默奉献,披沙拣金。读者出版传媒股份有限公司副总经理、甘肃人民出版社社长李树军多次指导，严格把关。在这里我们一并致以最诚挚的谢意！

在《黄土情韵——镇原文学作品选·诗歌散文卷》出版之际，真挚地向给予支持关心的读者出版集团和各界人士致敬。另外，本书在征稿过程中，由于信息传播范围有限，加上人手紧张、时间仓促，以致个别作者无法取得联系，很多优秀作品没有收录进来，其中也不乏名人名家，是此次编选工作的遗憾之一。从征稿启事发出到作品付梓，所有工作虽尽心尽力，但也难免挂一漏万。如有不尽人意之处，敬请读者见谅，并请批评指正。

由于条件限制，本书只选编了诗歌、散文类作品。今后如果有机会，我们将陆续出版其他体裁的文学作品，届时还请广大文友不吝赐稿，提前致谢！

编者

2020 年 5 月